# Chrzest Ognia

# 獵魔士 長篇

## Vol.3 火之洗禮

安傑・薩普科夫斯基——著　葉祉君——譯

ANDRZEJ SAPKOWSKI

# 獵魔士 Vol.3

■目次■

科維爾
卡爾默罕
溫萊赫河
布拉河
布宜那河
大
瀚
海
亞得克拉格
青
雷達尼亞
喀艾德
拿威格拉德
特雷托格
奧克森福特
麗克賽拉河
彭達爾河
亞丁
特馬利亞
奇達里士
維吉馬
艾蘭德
布蘭薩那谷
紫
奇達里士
布洛奇隆
馬哈喀姆
维爾登
卡本山
利里亞
絲帶河
厚特拉河
布魯格
下索登
山
亞魯加河
上索登
伊那河
安格斧
琴特拉
亞梅兒山
納澤爾

穿過這些毀敗之地
火之洗禮
我已看盡你們的苦難
當戰火更加肆虐
雖然他們傷我甚重
恐懼與驚慌之中
你們沒有將我拋下
我並肩作戰的兄弟們……

—— 險峻海峽

那時，女巫對獵魔士說：「我給你這樣的建議：穿上鐵鞋，拿起鐵棍。踏著鐵鞋去世界的盡頭，而前方的道路就用鐵棍去摸索、用淚水去潑灑。你要走過火與水，別停下腳步，別回頭顧盼。當你的鞋底踏穿，當你的鐵棍磨平，當你的雙眼被風吹乾、被火烤乾，再也流不出一滴淚時，就能在世界的盡頭找到你所求與你所愛。或許吧。」

所以，獵魔士走過火與水，沒有回頭顧盼。不過他並沒有穿上鐵鞋，也沒有拿上鐵棍，只帶了他的獵魔士之劍。他沒有聽信女巫所言，而這個決定是對的，因爲那女巫是個邪惡的女巫。

——《童話與民間故事》
佛洛倫斯·德蘭諾伊

# 第一章

鳥群在樹叢中喧鬧。

山溝邊坡上長了一座由荊棘與小檗組成的濃密樹叢，是十分理想的築巢與進食地點，也難怪那裡會擠滿鳥群。金翅雀高聲吱啼，朱頂雀與白喉林鶯婉囀啾鳴，蒼頭燕雀的聲聲「琴科」也不時響起。*蒼頭燕雀是在叫雨水要來了。*米爾娃如是想著，目光不由得轉向天空。*沒有雲，可是蒼頭燕雀都是在下雨前鳴叫。也該下點雨了。*

凹地開口正前方，是個理想的狩獵位置，有不錯的機會能捕到獵物，尤其是這裡，在布洛奇隆裡，這個野獸的藏身之地。德律阿得掌管範疇廣大的樹林，卻不常打獵，而敢於冒險踏入這裡的人類甚少。在這裡，貪求皮肉的獵人自身就是獵物；布洛奇隆的德律阿得對於入侵者沒有絲毫憐憫。這一點，米爾娃親自體驗過。

不管怎樣，布洛奇隆裡的動物從來就沒少過。然而米爾娃已埋伏了兩個多鐘頭，卻沒有任何目標出現。她不能主動出擊——這裡已經鬧了好幾個月的乾旱，每走一步，枯枝與葉片都會沙沙作響。在這種狀況下，只有原地埋伏才能結出成功的果實。

一隻花蝶停到了米爾娃那把弓的弦耳上，她不動聲色地觀察花蝶如何張合翅膀，同時也看著手上的弓。這是她新買的弓，她到現在都還爲此開心不已。她天生就是名弓箭手，喜愛上好的兵器，而她手上這把，就是極品中的極品。

米爾娃這輩子有過很多把弓。剛開始學習射箭的時候，她用的是尋常梣樹與紫杉做的弓，不過很快便捨棄這樣的弓，改用德律阿得與精靈用的那種反曲弓。精靈的弓比較短，比較輕，也比較好使，因爲是由木頭與動物筋腱層壓製成，射出的箭也比梣木弓「快」了許多——擊中目標的速度快很多，而且弓身較爲平短，能大大降低風阻。其中最出色的是呈四彎狀，精靈稱之爲澤夫哈勒，因爲彎曲的弓臂與弦耳看起來就像是個盧恩字母。米爾娃用過很多把澤夫哈勒，也用了好多年，從沒想過會有特別突出的一把弓。

不過到頭來，她還是碰上了這樣一把弓。想當然耳，這是發生在奇達里士的「海市」裡，那個市集向來以各式各樣稀奇古怪的商品見稱，那些都是跑遍五湖四海的護艦與大船水手，從世界各地帶回來的。只要有機會，米爾娃就會去這個市集逛逛，瞧瞧海外來的弓。她就是在那裡買到那把以爲會用上許多年的弓——來自澤利堪尼亞的澤夫哈勒，上頭還用拋過光的羚羊角強化，是一把她認爲很棒的弓。不過這想法只維持了一年。因爲一年後，她在同一攤、同一個小販那裡，看見了眞正的夢幻逸品。

那把弓來自遙遠的北方，有六十二吋長，弓把經過精準測量，用的是桃花心木，弓臂又平又直，用的是珍貴木材、仔豬腱與鯨魚骨纏製而成的層壓板。跟一旁的層壓弓相比，那把弓不只構造不同，售價也不相同；事實上，就是售價引起了米爾娃的注意。然而，當她把弓拿在手上試了試之後，便立刻照小販的標價付了錢，甚至沒有殺價。四百尼夫加爾德克朗，她身上當然沒有這麼一筆天文數目——她把自己的澤利堪尼亞澤夫哈勒也抵了出去，還外加一綑紫貂皮、一個精靈巧製的精美飾盒，以及一只淡水珍珠鑲邊的珊瑚浮雕墜飾。

不過，她並不後悔，絕對不會後悔。那把弓輕得令人難以置信，而且準頭十分完美。弓身雖然不長，但層壓而成的弓臂威力卻是不小。兩端彎度精準的弦耳上綁著絲麻混製的弓弦，當拉距達二十四吋時，拉力會有五十五磅。的確，有些弓的拉力可達八十磅，不過米爾娃覺得那太誇張了。從她的五十五磅鯨骨弓射出的箭，可以在兩次心跳間飛到兩百步之外。若在百步之內，勁道更是足以重傷一頭公鹿，要是碰上沒有武裝的人類，甚至可以將其直接射穿。至於那些體型比鹿大或是有武裝的人類，則很少成爲米爾娃獵殺的對象。

蝴蝶飛去，蒼頭燕雀依舊高歌樹叢，獵物也依舊沒有出現。米爾娃把肩膀靠到松樹上，開始回想過往，而這麼做只是爲了要殺殺時間。

□

她和獵魔士第一次碰面是在七月，塔奈島事件與安葛拉谷戰事爆發後的兩週。米爾娃離開布洛奇隆十多天，回來時把斯寇亞塔也突擊隊的殘部也給帶了回來。突擊隊試圖進到陷入戰火的亞丁，卻在特馬利亞被擊潰。這些「松鼠」原是想加入布蘭納薩谷精靈發動的抗爭，但沒有成功。要不是米爾娃，他們早就完了。不過，他們找到了米爾娃，也在布洛奇隆裡找到了庇護。

米爾娃才剛回來，就聽說阿格萊絲在寇賽拉伊等她，急著要見她。米爾娃有些訝異。阿格萊絲是布洛奇隆的治療師之首，而寇賽拉伊則是個溫泉與地穴滿布的低矮凹地，是療傷的地方。

即使訝異，她還是聽從召喚，確信是某個已經痊癒的精靈，想透過她與自己的突擊隊聯繫。而當她看見受傷的獵魔士，得知是怎麼回事後，整個人都快抓狂了。她從洞裡跑了出來，頭髮被風吹得散亂，滿腔怒火全出到了阿格萊絲身上。

「他看到我了！他看到我的臉了！妳知道這對我有多危險嗎？」

「不，我不知道。」治療師冷冷地說。「這是格文布雷德，獵魔士，布洛奇隆的朋友。從朔夜算起，他已經在這裡十四天了。而他還會在這裡再待一段時間，直到可以站起來正常行走。他很想知道外面世界的消息、他身邊的人的消息，而只有妳才能爲他提供這些消息。」

「外面的消息？小姐，妳大概是瘋了！妳知道現在外面的世界、妳這個平靜森林的外面，正在發生什麼事嗎？亞丁那邊一直在打仗！布魯格、特馬利亞和雷達尼亞都亂成一團，像地獄一樣，是一座活生生的大戰場！全世界都在找塔奈島上發動叛變的那些人！現在到處是間諜跟安及法列，有時候只要多說一個字，多事撇一下嘴，地牢裡的劊子手就會拿著紅通通的鐵斧對著妳晃！要我在這種時候像個間諜一樣去到處打聽、蒐集消息？要我把脖子伸出去讓人家砍？爲了誰？就爲了一個半死不活的獵魔士？他是我的誰？是我的兄弟還是親人？妳眞的是瘋了，阿格萊絲！」

「要是妳打算大吼大叫的話，」德律阿得平靜地打斷她。「那我們就走遠一點到森林裡去。他需要靜養。」

儘管不情願，米爾娃朝她先前瞧見傷患的那個洞穴入口看了下。那男的挺高的。她不自覺地想著。

雖然很瘦，不過很結實……一頭白髮，肚子卻平得像年輕小夥子，看得出來他過得不輕鬆……沒豬油吃，也沒啤酒喝……

「他是塔奈島上的叛變者。」這話她說得肯定，而非詢問。

「我不知道。」阿格萊絲聳了聳肩。「他受了傷，需要幫助。其他的我沒興趣知道。」

米爾娃撇了撇嘴。這個治療師是出了名的不愛說話，不過米爾娃已經事先聽說了事情經過，布洛奇隆東界的德律阿得把一切說得活靈活現。她已經知道兩週前發生的所有事情，包括從魔法之光中出現在布洛奇隆的栗髮女巫，還有她拖過來的那個斷了一手一腳的瘸子。那瘸子原來是個獵魔士，德律阿得稱他為格文布雷德——白狼。

德律阿得說，一開始，她們不知道該怎麼辦。渾身是血的獵魔士一會兒大叫，一會兒昏迷，就這麼反反覆覆的。阿格萊絲先為他做了暫時包紮，女巫則在一旁不斷咒罵，還有掉眼淚；後者米爾娃是一點也不信——有誰看過女巫掉眼淚？後來，杜恩卡奈爾那邊傳了一道命令，來自銀眸艾思娜，布洛奇隆領袖。把女巫送出森林，德律阿得之森統治者的命令是這麼說的。治好獵魔士。

米爾娃看見醫治的過程。他躺在洞內，浸泡在滿是布洛奇隆魔法之泉的凹穴裡。他的雙腳被固定在板子上，上頭覆滿了有療效的克寧海拉藤與紫色接骨草。他的頭髮是白色的，像牛奶一樣。他的意識清醒，可是用克寧海拉藤醫治時，傷者通常都是躺著不斷囈語，魔法會透過他們的身體發聲……

「怎樣？」治癒師冷靜的聲音打斷了她的思緒。「所以現在怎麼辦？我要和他說什麼？」

「叫他下十八層地獄去吧。」米爾娃大聲吼道，還拉了拉因錢袋與獵刀而顯得沉重的腰帶，大聲吼著，「阿格萊絲，妳也下地獄吧。」

「隨妳高興，我不勉強妳。」

「說得對，妳勉強不了我。」

她轉頭往森林走去，步行在稀疏的松木間。她現在一肚子火。

關於七月第一個朔夜在塔奈島所發生的事，米爾娃全都知道，因爲斯寇亞塔也一直說個不停。島上舉行巫師大會之際發生叛變，導致血流成河、屍橫遍野。而尼夫加爾德的軍隊就好似收到訊號，舉兵攻向亞丁和利里亞，戰爭亦就此展開。特馬利亞、雷達尼亞與喀艾德將這一切歸咎於「松鼠」。一來，上塔奈島幫那群叛變巫師的，應該是斯寇亞塔也突擊隊。二來，用短劍刺殺雷達尼亞王維吉米爾的，應該是某個精靈或半精靈。因此人類滿腔怒火，拚命想找「松鼠」算帳。殺聲四起，如大鍋沸騰，精靈之血亦如江河流逝……

哈。米爾娃想著。說不定那些祭司會怕也是有道理的，說不定世界末日和審判之日眞的近了？這個世界著了火，人類不單對精靈來說是惡狼，就連對人類自己來說也是，哥哥拿刀對著弟弟……獵魔士跑去干預政治，和人家玩叛變。獵魔士明明是要跑遍全世界，把害人的怪物都殺掉！從有這個世界開始，從來就沒有哪個獵魔士讓人給扯進政治或是戰爭裡。甚至還有這麼一個故事，說有個蠢國王，他拿竹篩去裝水，叫兔子去當信差，還叫獵魔士去當總督。現在可好了，眞的有個獵魔士加入叛亂跟那些國王作對，搞得渾身是傷，要躲在布洛奇隆裡免得受罰。還眞是世界末日了呢！

「嗨，瑪麗亞。」

她震了一下。一個德律阿得靠著松樹，個頭不高，眼睛與頭髮都是銀色的。逐漸西下的太陽，以朦朧閃亮的林牆爲背景，將光輝灑在她的頭上。米爾娃單膝跪地，低頭行禮：

「願妳身體安康，艾思娜小姐。」

布洛奇隆的統治者將一把金色的鐮狀小刀，插進樹木韌皮做成的腰帶中。

「起來吧，」她說。「我們去走走，我想和妳聊聊。」

身材嬌小的銀髮德律阿得，與一頭亞麻色金髮的女孩，兩人在樹蔭濃密的森林裡走了很久。她們之中沒有任何人打破沉默。

「瑪麗亞，妳很久沒去杜恩卡奈爾看看了。」

「我沒有時間，艾思娜小姐。從絲帶河去杜恩卡奈爾的路很長，而我……妳知道的。」

「我知道。妳累了嗎？」

「精靈需要幫助，而我依照妳的指示在幫助他們。」

「依照我的請求。」

「的確。是依照妳的請求。」

「我還有一個請求。」

「我就知道。獵魔士？」

「幫幫他。」

米爾娃停下腳步，轉過身，狠狠折下一根特別突出的惱人忍冬枝在指間轉了轉，然後將那根樹枝扔到地上。

她盯著德律阿得的銀眸，輕聲說：「這半年來，我賭上自己的腦袋，把突擊隊被打散的精靈帶到布洛奇隆……等他們休息夠了、傷口好了，又馬上把他們送出去……這樣還不夠嗎？我做的還太少嗎？每到烏漆抹黑的朔月夜就動身上路……我已經變得像蝙蝠，或是夜梟那樣怕光……」

「沒有人比妳更清楚森林裡的小徑。」

「在森林裡我什麼消息也查不到。獵魔士應該是要我去打聽消息，要我混到人群裡去。他是個叛亂分子，安及法列個個都對他的名字敏感得不得了。我自己也不太方便在城市裡露面。要是有人認出我呢？當初那件事大家都還記得，那些血也都還沒乾……因爲那時候流了很多血啊，艾思娜小姐。」

「是不少。」年長德律阿得的銀色眼眸，顯得陌生、冷漠而難懂。「確實是不少。」

「要是被認出來，他們會把我戳到木樁上的。」

「妳很精明。妳很小心，也很有警覺性。」

「想蒐集獵魔士要的消息，就不能有警覺性，得要不停打探。可是現在好奇不是安全之舉，要是被抓到……」

「妳自有管道。」

「他們會折磨我、殺了我，不然就是把我關在德拉根堡裡逼瘋……」

「妳欠我一筆債。」

米爾娃轉過頭，咬住雙唇。

「是啊，我是欠妳，」她苦澀地說。「這一點我沒忘記。」

她閉上眼，突然皺緊眉頭，閉緊雙唇，鎖緊牙關。回憶在眼前閃耀出慘白光芒，是那天夜裡的鬼魅月光。腳踝被陷阱皮圈緊緊綁住的痛楚、關節因掙扎而磨傷的痛楚，一時間都突然復返。耳畔響起了樹幹猛然扯直之際的葉片沙響……尖叫、呻吟、驚狂掙扎，還有知道自己無法掙脫後的噁心恐懼……尖叫、恐懼、繩索磨扯的聲音、波動連連的暗影，還有不斷搖晃、上下顛倒的異常世界、顛倒的天空、顛倒的樹木、身上的痛楚、太陽穴裡翻湧的血氣……然後，黎明時分，到處都是德律阿得，包圍著她……一道銀鈴般的笑聲從遠處傳來……傀儡娃娃！晃吧、晃吧，小木偶，小小腦袋倒過來……還有她自己那陌生的暗啞叫聲。接下來的，是一片黑暗。

「是啊，我還有債要還。」她透過緊咬的牙關又重複了一次。「是啊，吊在樹上、讓人割斷麻繩救下來的是我。我看，只要我還活著，這筆債就還不完。」

「每個人都有自己的一筆債，」艾思娜說。「這就是人生，瑪麗亞・巴林格。債務與債權、責任、感謝、償還……爲他人而做，又或者，該說是爲自己做？其實，我們每次償債的對象都是自己，不是別人。我們每次借貸的債務，償還的對象都是我們自己。我們每個人的身體裡，都有一個債權人與債務人。重要的是，我們自己的帳能打平。我們都是被賦予生命的渺小存在，到這世上走一遭，不斷地借債與還債。向自己借，也還給自己。爲的就是到頭來，能把帳打平。」

「艾思娜小姐，這人和妳很親近嗎？這個……獵魔士？」

「很親近，不過這點他自己也不知道。回寇賽拉伊去吧，瑪麗亞・巴林格。去找他，去完成他向妳請求的事吧。」

□

凹地裡，枯枝斷裂，枝枒抖動。喜鵲惱怒地高聲「卻卻」，蒼頭燕雀搖了搖白色尾羽準備起飛。米爾娃屏住呼吸。終於來了。

「卻、卻。」喜鵲喚著。

「卻、卻、卻。」樹枝再度抖了一下。

米爾娃調整了下左前臂上用了很久、已經磨到發亮的皮護套，將綁在弓把上的環圈套到手腕。她從腿上的扁平箭筒抽出一支箭。就像是反射動作一樣，她習慣性地檢查了下箭鏃與箭羽。箭桿是在市集買來的——平均來說，十支裡大概只有一支能入她的眼——不過她總是親自裝上箭羽。市面上買得到的現成箭裡，箭羽大多太短，而且都是直直插在箭桿上，而米爾娃只用箭羽超過五吋、排成螺旋狀的箭。

凹地出口有一叢垂滿成串、紅色漿果的綠色小檗，就位在樹木之間。她把箭搭到弦上，瞄準那塊盎然綠意。

蒼頭燕雀並沒有飛遠，又一次嘹亮啼唱。來吧，小鹿。米爾娃將弓拉滿，心裡如是想著。來吧，我準備好了。

鹿群走山溝往沼澤與泉水的方向去，這些泉沼爲匯進絲帶河的幾條小溪提供了豐沛的水源。凹地裡走出了一隻小公鹿。牠長得很漂亮，看起來應該至少有四十磅。小公鹿抬高腦袋，豎起耳朵，然後轉往樹叢的方向，吃起葉子來。

小鹿是背對米爾娃，這對她很有利。要不是被樹幹擋住了目標，米爾娃一定會毫不猶豫地放箭。就算射到的是肚子，箭鏃也會穿過小鹿的身體，射中牠的心、肝或肺。若射到的是大腿，也能截斷牠的動脈，過不了多久還是得倒下。她繼續等待，沒有把弦放掉。

小鹿再度抬高腦袋，踏出一步，從樹幹後頭現了身，接著又突然稍稍轉向前方。米爾娃撐著拉滿的弓，在心裡咒罵了一下。從正面射擊的風險比較大——箭鏃可能傷到肚子而不是肺部。她屏住呼吸，繼續等待，嘴角嚐到弓弦的鹹味。這也是她這把弓另一個無以計價的大優點——若她用的是比較重或做工較不精細的武器，就沒辦法將這把弓拉得這麼久，而且還不會有手痠或失準的風險。

幸運的是，小鹿低下頭去吃青苔中冒出的草，並把身子轉向側邊。米爾娃冷靜地吐了一口氣，瞄準牠的胸骨，輕輕放開了指間的弓弦。

然而，她並沒聽見該有的箭鏃擊斷肋骨的聲音。那隻鹿當場跳了起來，後腳一踢，在乾枯枝葉的斷裂聲中消失得無影無蹤。

心臟撲通撲通，米爾娃動也不動地站著，宛如森林女神的大理石雕像一般，石化了。一直到所有的聲響都平靜了，她才將右手從臉頰移開，把弓放下。她把動物的逃跑路徑記在腦中以後，便平靜地坐了下來，將背靠到樹幹。她是個有經驗的獵人，從小就在艾思娜小姐的森林裡跑來跑去。第一頭母鹿在她手裡倒下時，她十一歲；而獵到第一頭頂著對七叉角的公鹿時，正是她十四歲生日那天——這是少見的吉兆，代表她會成爲出色的獵人。根據經驗，要想追到中箭的動物，絕對不能急躁。若是她那箭射得好的話，那頭小鹿絕對會在凹地口外的兩百步內倒下。要是她射偏了——基本上不可能——行事毛躁只會讓事情變得更加麻煩。動物一旦被失掉準頭的箭射傷，就會變得不安，先是倉皇奔竄一陣，然後會放慢速度，改用走的。受到驚嚇的動物在被追趕時的速度之快，足以讓其摔斷脖子，而且沒有跑過七重山，那動物是不會慢下來的。

所以，米爾娃至少有半個鐘頭的時間。她拔了一根草放到嘴裡嚼，再度陷入沉思。從前種種，在腦海中慢慢浮現。

□

她在十二天後回到布洛奇隆時，獵魔士已經能走了。他還有點跛，仔細看會發現他是拖著髖骨在行動，不過他確實已經能走了。這樣的情況米爾娃一點也不吃驚——她很清楚森林之水與叫作克寧海拉藤的綠色植物含有多麼神奇的療癒成分。她也很清楚阿格萊絲的能耐，不只一次親眼見證受了傷的德律阿得是如何閃電痊癒。而有關獵魔士異於常人的免疫力與耐受力等傳聞，看來也不是憑空捏造。

雖然德律阿得不斷暗示，獵魔士有多麼迫切期盼她的歸來，她卻沒有在回來之後馬上去寇賽拉伊。她是故意這麼做的，因爲她還是很不高興自己被分派到這樣的任務，想將這份不滿展現出來。她把先前帶進來的松鼠突擊隊成員領回精靈陣營。把路上發生的事做了一段冗長的報告，警告德律阿得，人類封鎖了絲帶河界。一直到被暗示第三次後，米爾娃才洗了澡、換過衣服，去見獵魔士。

他在林間空地的邊緣等她，那裡長著雪松。他不斷走來走去，有時也坐下來，然後再像彈簧般倏然起立。看得出來，這運動是阿格萊絲要他做的。

「有什麼消息？」打過招呼之後，他馬上開口詢問。她沒有被他語氣裡的冷意給騙了。

「戰事大概快結束了。」她聳著肩膀答道。「聽說尼夫加爾德毫不留情地痛宰了利里亞和亞丁。維爾登舉了白旗，特馬利亞王則跟尼夫加爾德大帝談妥了條件，而精靈在百花谷建了他們自己的王國。可是，從特馬利亞和雷達尼亞出來的斯寇亞塔也沒有跑到那邊，他們還在繼續打……」

「我問的不是這個。」

「不是？」她裝出一副訝異的樣子。「哦，對。我有去，雖然要多繞一大段路，但我有轉去多利安，就像你要求的那樣。現在商道不安全……」

她突然打住，伸展了一下。這一次，他沒有再催她。

最後，她終於問道：「你要我去找的那個科林爵，是你的朋友嗎？」

獵魔士的臉上沒有一絲動靜，但米爾娃知道他當下便聽明白了。

「不，他不是。」

「那就好，」她隨性地接著說。「因爲在活人的圈子裡已經找不到他了，跟他住的地方一起燒掉了，只剩下一根煙囪和半道圍牆。整個多利安謠言滿天飛，有人說那個科林爵在使巫術、煮毒湯，說他和惡魔訂了契約，所以惡魔之火把他給吞了。也有人說他老愛管不該管的事，有人看不順眼，就乾脆把他給殺了，再丟到火裡毀屍滅跡。你覺得呢？」

她沒等到任何回應，也沒在那張灰暗的臉上看見任何情緒，所以她繼續說了下去，語調依舊充滿惡意又傲慢。

「有趣的是，那場火災與那個科林爵的死，是在七月第一個朔夜發生的，和塔奈島上那場騷動是同一時間。這感覺像是誰發現科林爵知道那場動亂的事，會有人去問他細節似的，於是想早一步把他那張嘴永遠封住、把他的舌頭綁住。你覺得呢？哈，我看，你一句話也不會說。你的話還眞少！既然這樣，那就讓我來告訴你吧。你要求的行動、監視和打探都很危險。我是這麼想啦，說不定除了科林爵以外，有人還想讓其他幾張嘴和耳朵也跟著關起來。」

過了一段時間後，他說：「原諒我。妳說的對，我讓妳暴露了行蹤。這項任務確實很危險，對一個……」

「對一個女人來說，對吧？」她扭過頭，用力甩開肩上未乾的頭髮。「你想說的就是這個？還眞是個高貴體貼的紳士啊！你給我記清楚了，就算我是蹲著撒尿，我身上這件外衣可是用狼皮做的，不是兔皮！不要把我當膽小鬼，因爲你根本就不知道我是怎樣的人！」

「我知道。」他小聲而平靜地說，沒有回應她拉高的音量與怒氣。「妳是米爾娃。妳突破重圍，把『松鼠』帶進布洛奇隆。我很清楚妳有多麼勇敢，不過我卻這麼輕浮又自私，害妳暴露……」

「你這蠢蛋！」她猛然打斷他。「管好你自己就好，我的事不用你擔心，擔心你那個小女孩就好！」

她露出嘲諷的笑容，因爲這次他的臉色變了。她故意不說話，等待接下來的問題。

最後，他終於問了：「妳打聽到什麼？又是從誰那裡打聽到的？」

她哼了一聲，驕傲地抬高下巴，說：「你有你的科林爵，我也有我的人脈。他們可都是眼睛夠亮、耳朵夠利的。」

「麻煩妳，米爾娃，說吧。」

她又等了一會兒後才開始說：「塔奈島那場動亂之後，現在到處都是一團亂，大家開始找叛徒，特別是那些巫師，不管是站在尼夫加爾德那邊的，還是其他的叛變巫師都一樣。有些巫師讓人給逮住了，有些就像石頭沉到水裡，消失了。不用費太多心力也知道他們去了哪裡，躲到誰的翅膀下。不過現在在找的不只有巫師和叛徒。在塔奈島那場叛變中，松鼠突擊隊也幫了那群叛變巫師的忙，而帶領那支突擊隊的，就是大名鼎鼎的法伊提亞納。現在到處都在找他。有人下令，只要抓到精靈，就要好好折磨他們，逼問他們法伊提亞納那支突擊隊的事。」

「這個法伊提亞納是誰？」

「精靈，斯寇亞塔也。他是少數幾個讓人類丟臉丟到家的精靈，他的腦袋可値錢了。不過大家在找的不只有他，還有一個什麼尼夫加爾德的騎士，也在塔奈島上出現過，還有……」

「說。」

「安及法列到處在打聽一個獵魔士，那個獵魔士叫作傑洛特，從利維亞來的，還有一個叫奇莉拉的小女孩。他們要活捉這兩個人，指令是要把他們架著脖子帶回去。這兩個人頭上一根毛都不能少，裙子上一顆釦子都不能掉。哈！你在他們心中一定很珍貴，讓他們這麼擔心你的健康……」

看見他臉上那不自然的沉著突然消失，她猛然止住話語。直到此時，她才了解到，雖然自己刻意營造氣氛，卻根本嚇唬不了他，至少拿他的性命來嚇他行不通。一時間，她突然感到羞恥。

「呃，反正他們是往西邊去，追也是白追。」她的口氣稍稍和緩了些，但唇邊的笑容還是帶著些許嘲諷。「你在布洛奇隆裡很安全。而那個女孩，他們也捉不到活口。他們把塔奈島的廢墟整個挖過，也在那座塌掉的魔法塔裡面找過……喂，你怎麼了？」

獵魔士身形一晃，靠到雪松上，順著樹幹重重跌坐下去。米爾娃被他臉上突然出現的慘白嚇到，跳了開來。

「阿格萊絲！希絲薩！法芙！快過來，快點！該死的，他大概時候到了！喂！」

「不要叫她們……我沒事……說吧，我想知道……」

一時間，米爾娃突然懂了。

「他們在那堆廢墟裡什麼都沒找到！」她大吼著，覺得自己好像也快昏了。「什麼都沒有！雖然他們把每一塊石頭都檢查過，也施過魔法，不過什麼都沒找到……」

她擦掉眉梢的汗水，伸手擋住往他們跑來的德律阿得。她抓住坐在地上的獵魔士肩膀，身子壓得之低，連金色長髮都垂到他的臉上。

「你想錯了。」她很快又說了一次，說得斷斷續續。所有的話，好像都卡在嘴邊說不出口。「我只是想說……你誤會我的意思了。因為我……我怎麼知道你會這麼……我沒有那個意思。我只是要說，那個女孩……他們找不到她，是因爲她消失得無影無蹤，就像那些巫師一樣。對不起。」

他沒有回答，只是看向一邊。米爾娃咬住雙唇，握緊了拳頭。

很長、很長一段沉默過後，她溫和地說：「我會在三天內離開布洛奇隆，只要月亮一開始走缺、夜晚變得黑一點，我就上路。最多十天就回來，說不定還更快一點。就在收穫節過後，八月頭幾天。別那麼沮喪。我就算上天下海，也會把一切弄清楚。要是有人知道那女孩的事，那你也會知道。」

「謝了，米爾娃。」

「最多十天……格文布雷德。」

「叫我傑洛特。」他伸出了手。她沒有猶豫，馬上握住他的手，握得非常用力。

「叫我瑪麗亞·巴林格。」

他點了點頭，嘴角勾起一點淺淺笑意，感謝她的眞誠。她知道自己獲得了他的認同。

「小心點，拜託。問話的時候，要注意對象是誰。」

「不用擔心我。」

「妳的線人……妳相信他們嗎？」

「我誰也不信。」

□

「獵魔士在布洛奇隆裡，和德律阿得在一起。」

「我想也是，」戴斯特拉雙手交叉胸前，「不過現在確定了也好。」

他沉默了一會兒。冷內普潤了下嘴唇，靜靜等著。

「現在確定了也好。」雷達尼亞王國的特勤組織首領再度道，一臉若有所思，好像這話是說給自己聽一樣。「有十成把握總是比較好。唉，要是到頭來發現葉妮芙也和他在一起……冷內普，他身邊沒有女巫吧？」

「什麼？」前來覆命的間諜抖了一下。「沒有，大人。他身邊沒有女巫。請問您的命令是什麼？如果您想要活口，我會把他從布洛奇隆裡揪出來；如果您比較喜歡斷了氣的……」

「冷內普，」戴斯特拉抬起冰冷無情的淺藍眼眸看著那特務。「別那麼急著獻殷勤。在我們這行，獻殷勤一點用處也沒有，還會啓人疑竇。」

「首領，」冷內普臉色微微發白。「我只是……」

「我知道，你只是問我的命令是什麼。我的命令是：別去招惹獵魔士。」

「遵命。那米爾娃呢？」

「她也一樣。目前暫時先這樣。」

「遵命。我能退下了嗎？」

「可以。」

特務走出房間，小心翼翼又輕手輕腳地把身後的橡木門給關上。戴斯特拉盯著堆在桌上的地圖、信函、線報、審問紀錄和死刑判書，沉默了很久。

「歐瑞。」

他的祕書抬起頭，清了下喉嚨，沒有說話。

「獵魔士在布洛奇隆。」

歐瑞．羅伊文再度清了下喉嚨，反射性地看了一眼首領桌下的腳。戴斯特拉注意到他的目光。

「沒錯，這一點我不會放過他。」他粗聲說道。「因爲他，我兩個禮拜沒辦法走路，在菲莉帕面前丟盡了臉，得像條狗一樣對著她哀哀叫，求她用那該死的魔法，不然我到今天還得瘸著腳走路。算了，這都要怪我自己，我太小看他了。最糟的是，現在不能找他報仇，不能好好踹他這個獵魔士的屁股！我沒時間，再說，也不能因爲私人恩怨去指使手下！對吧，歐瑞，我不能這麼做吧？」

「咳……咳……」

「不要在那邊咳來咳去，我知道。唉，眞該死，這權力還眞會誘惑人啊！一直慫恿人動用它！一旦把權力握在手裡，還眞是容易昏頭啊！要是昏過一次頭，以後就沒完沒了了……菲莉帕．愛哈特還是待在孟特卡佛裡嗎？」

「對。」

「把筆墨準備好。我說，你記，寫一封信給她。寫……該死的，我沒辦法專心。那些該死的叫聲是怎樣？歐瑞，廣場那邊在幹什麼？」

「一群學生拿石頭在丟尼夫加爾德大使的住所。是我們付錢要他們做的，咳、咳，我想是這樣。」

「喔，好吧。把窗戶關上。明天叫那些學生去砸矮人吉安卡第的銀行分行，他不給我看帳冊。」

「咳、咳，吉安卡第捐了一筆很大的款項到軍事基金。」

「哈。那就讓他們去砸那些沒有捐款的銀行。」

「所有的銀行都捐了款。」

「唉，你眞是無趣啊，歐瑞。寫吧，我要說了。親愛的菲，我的小太陽……該死的，我老是忘記。再換一張紙。好了嗎？」

「好了。咳、咳。」

「親愛的菲莉帕。特瑞絲．梅莉戈德小姐現在一定很擔心被她從塔奈島祕密傳送到布洛奇隆的獵魔士。她把這件事當成極機密，甚至連我都沒有說，眞是讓我心痛萬分。好好安撫她。獵魔士已經沒事了，甚至已經開始從布洛奇隆派使者出來進行任務，要尋找奇莉拉公主——就是那個妳十分感興趣的人物。我們的朋友傑洛特顯然不知道奇莉拉就在尼夫加爾德，而且正準備要和恩菲爾大帝舉行婚禮。我很希望獵魔士能安心待在布洛奇隆，所以會儘量把這個消息傳給他。寫好了嗎？」

「咳、咳，傳給他。」

「下一段。我在想……歐瑞，該死的，把羽毛筆擦一擦！我們是寫信給菲莉帕，不是皇家議會，這封信看起來要充滿美感！下一段。我在想，爲什麼獵魔士沒有設法跟葉妮芙接洽？他如此被愛情所縛，完全不看政治立場，我不願相信他的那股熱情會這樣突然熄滅。不過換個角度想，如果把奇莉拉送給恩菲爾的人就是葉妮芙，而且又有證據可以證明這件事，那麼我很樂意把這些證據送到獵魔士手上。我很確定這樣一來問題就會自動解決，而背信的黑髮美女也將寢食難安。獵魔士不喜歡有人去碰他的小女孩，阿爾圖．特拉諾瓦在塔奈島上已經親自確定過這點了。菲，我很想相信妳沒有葉妮芙叛變的證據，也不知道她躲在哪裡。要是我發現這又是另一個瞞著我的祕密，我會非常痛心。我對妳是毫無保留……歐瑞，你笑什麼？」

「沒什麼，咳、咳。」

「快寫！我對妳是毫無保留啊，菲。希望妳也一樣。爲妳獻上我衷心的敬意……之類之類的。拿來給我簽字。」

歐瑞．羅伊文在信上撒了沙，將多餘的墨汁吸乾。戴斯特拉舒適地坐了下來，兩手交疊肚子上，轉起了拇指。

「那個獵魔士派出來打探消息的米爾娃，」他開口提問。「你知道她嗎？」

「咳、咳。」祕書清了下喉嚨。「她負責把被特馬利亞軍隊擊潰的斯寇亞塔也各隊帶進布洛奇隆。她幫助精靈躲避陷阱和追擊，讓他們得以休養生息，再重新整軍……」

「不要給我這種隨便誰都知道的消息。」戴斯特拉打斷他。「我很清楚米爾娃做什麼事，再說我也打算順便利用她。不然，我早就把她餵給特馬利亞人了。關於她個人，你知道什麼？關於米爾娃這個人本身？」

「如果我沒記錯，她來自上索登的偏遠村莊，本名叫瑪麗亞．巴林格。米爾娃是德律阿得給她的稱號，上古語的意思是……」

「鳶。」戴斯特拉打斷他。「我知道。」

「她的家族幾代都是獵人，與森林關係密切，和廣大的密林和睦相處。老巴林格在兒子慘死麋鹿蹄下之後，就把打獵的本領教給了女兒。他死後，妻子改嫁，咳、咳……但瑪麗亞和繼父處得不好，就離家出走。她那時應該是……十六歲。她一路往北流浪，靠打獵塡飽肚子，不過那些貴族底下的林場看守人並沒有給她好日子過，把她當成動物到處驅趕、放狗追她。所以，她開始在布洛奇隆打獵，然後就在那裡，咳、咳，被德律阿得逮到。」

「而她們不但沒砍下她的腦袋，」戴斯特拉喃喃說著。「反而還把她納入羽翼，把她當成自己人……而她也懂得感恩圖報。她和布洛奇隆的巫婆、那個老女人銀眸艾思娜訂了契約。瑪麗亞．巴林格就這麼死了，換米爾娃繼續活下去……在維爾登和科拉克的那些人發覺之前，她總共帶了幾趟？三趟是嗎？」

「咳、咳……如果沒記錯，應該是……四趟……」歐瑞．羅伊文總是很怕犯錯，但他的記性其實非常好。「總共大概有百來人，都是些恨不得把森林女妖頭皮割下來的人。而他們之所以一直沒有察覺，是因爲有時候米爾娃會在殺戮中把人揹在自己背上救出來，被救的人自然會大肆宣揚她的勇敢。一直到了第四次，應該是在維爾登，才有人突然拍著額頭，咳、咳，驚呼：『怎麼會這樣，那個帶人去殺森林女妖的女子，怎麼可能每次都能保住性命、活著離開？』最後，眞相總算大白。這個女子是帶了路，但卻是把人往陷阱裡帶，把人直接帶到埋伏等候的德律阿得箭下……」

戴斯特拉把案上的審問記錄移到桌邊，因爲他覺得那卷羊皮紙上似乎還留著刑求室的臭味。

「而就在那時，」他大概猜出後續發展。「米爾娃就消失在布洛奇隆，像場夢一樣。直到今天，維爾登裡還是很難找到願意去攻打德律阿得的人。老艾思娜和年輕的小飛鳶還真是合演了一齣不賴的戲碼，還敢說挑釁是我們人類的發明，說不定……」

「咳、咳？」歐瑞．羅伊文清了下喉嚨，對上司突然中斷說話，轉為漫長沉默而感到奇怪。

「說不定他們終於開始向我們學了。」間諜看著線報、審問記錄和死刑判書，冷冷地說道。

□

米爾娃到處都找不到血跡，開始感到不安。她突然想起那隻小鹿在她放箭時踏了一步。牠當時踏了一步，或者是打算要踏一步——不管是哪一種，結果都一樣。牠動了，箭可能會射中牠的肚子。米爾娃咒罵了一聲。射中肚子的箭，這對獵人來說可是詛咒和恥辱啊！眞倒楣！呸、呸，倒楣死了！

她飛快跑到凹地邊坡，在莓叢、苔蘚與蕨類中仔細尋找那支箭。那支箭的箭鏃有四片利刃，連手臂上的細毛都能刮下來。那支箭是在離小鹿五十步的地方發的，所以一定射穿了牠的肚子。

她瞧到了那支箭，鬆了口氣，並且啐了三口唾沫，慶幸自己的好運。她的擔心是多餘的，是啊，情況比她想的要好。箭上沒沾到鹿胃裡那些又黏又髒的穢物，也沒沾到肺裡的淡粉血沫。整支箭桿沾滿了暗紅血漬，表示這支箭射穿的是心臟。米爾娃無須偷偷摸摸或小心翼翼，也不須長途循跡。小鹿已經倒在樹叢中等她，這點不會錯，而且離空地不會超過百步，就在血跡所指示的地方。而被射中心臟的公鹿必然會血濺數步，因此她知道自己可以輕易找到痕跡。

她走了十步之後，找到線索。她一邊循線走去，一邊又再度陷入思緒與回憶之中。

□

她守住了對獵魔士的承諾，甚至提前回到布洛奇隆，就在豐年祭過後五日，也就是朔月過後的五日，這對人類來說是八月之始，對精靈來說則是收穫節，一年中的第七季，也就是倒數第二個撒瓦得的開始。

她在黎明時分和五個精靈一起渡過絲帶河。她帶回的這支突擊隊一開始共有九名騎士，但布魯格的傭兵始終緊追在後。他們在離河岸三頃處被傭兵追上，一路糾纏；直到絲帶河邊，看見右岸晨霧中的布洛奇隆，才鬆了一口氣。那些傭兵畏懼布洛奇隆，他們也因此得救。他們過了河，筋疲力盡、渾身是傷，但並非全數脫身。

她有消息給獵魔士，不過她以爲格文布雷德還在寇賽拉伊，打算先睡飽，中午左右再去找他。所以當他如鬼魅般從霧中出現時，她著實吃了一驚。他一言不發地在一旁坐下，看著她把馬毯鋪到樹枝堆上，張羅睡覺的地方。

「你還眞急啊。」她帶著諷刺的口吻說。「獵魔士，我都快站不住腳了。從早到晚都待在馬鞍上，臀部都麻了，而且整個人濕到肚臍，因爲我們天剛亮就像狼群一樣，壓著身子在岸邊的柳林裡走……」

「拜託妳，有打探到什麼消息嗎？」

「有。」她沒好氣地答道，一邊解開鞋繩，把又濕又黏的鞋子脫掉。「我沒有費多大的工夫，因爲這件事大家都知道了。你竟然沒跟我說你那個小姑娘是什麼來頭！我以爲你那個繼女只是瘦巴巴又髒兮兮的歹命小姑娘，結果咧？她是琴特拉公主！哈！說不定你也是什麼王子變裝的？」

「拜託妳，說吧。」

「那些國王已經沒辦法把她弄到手了，因爲你的奇莉拉呢，原來是從塔奈島直接逃到了尼夫加爾德去，一定是跟叛變的那些巫師一起過去的。而恩菲爾大帝則在尼夫加爾德準備了盛大場面歡迎她。然後，你知道嗎？他好像打算跟她成親。好了，現在讓我喘口氣。等我睡飽後，我們再來聊。」

獵魔士不發一語。米爾娃把濕透的綁腿帶晾到散開的枝枒上，將之曝曬在逐漸東升的朝陽下。接著，她扯開了腰帶釦環。

「我要換衣服了。」她抱怨著。「你還站在這裡做什麼？對你來說應該沒有比這更好的消息了吧？你已經沒有危險了，沒人問起你的事，那些間諜對你已經不感興趣了。至於你的小女孩呢，她從那些國王的手裡溜掉，要去當帝后了……」

「這個消息確定嗎？」

「現在沒有什麼事是確定的，」她打了個呵欠，坐到睡舖上。「可以確定的，大概就只有太陽每天從東邊逛到西邊了。不過關於尼夫加爾德大帝和琴特拉公主這件事，一定是眞的。現在到處都在說這件事。」

「為什麼大家都知道這件事？」

「你最好是不明白！當然是因為她帶給恩菲爾的嫁妝裡，會有一大堆土地啊！不只琴特拉，就連亞魯加河這一岸也是啊！哈，到時她也會變成我的主人，因為我是上索登來的，而整個索登呢，原來都是她的封地！到時候，要是我在她的森林裡殺頭小鹿被抓到，她就可以下令把我吊死……哼，真是個骯髒的世界！該死的，我的眼皮好重……」

「再一個問題就好。那些女巫……我是說那些叛變的巫師，有誰被抓了嗎？」

「沒有，不過聽說有個女巫自殺了。就在凡格爾堡失守、喀艾德軍隊踏進亞丁之後。要不是因為太過擔心，就是怕被刑求……」

「妳帶進來的突擊隊裡有沒人騎的馬，那些精靈有可能給我一匹嗎？」

「哦，你趕著上路啊，」她一邊用馬毯把自己裹住，一邊含糊說道。「我想我知道你要……」

他臉上的表情讓她吃了一驚，正要說出口的話也跟著打住。她突然了解自己帶來的消息根本就不是什麼好事。她突然明白，自己其實根本什麼都不知道。突然間，毫無預警下，她有股想坐到他身旁的衝動，想問他一堆問題、好好地聽他說，把一切都弄明白，或許還可以為他出個主意……她突然蜷起指頭去揉眼角。

我已經累到全身發軟了。她心想。死亡一整晚緊緊跟在我後頭。我必須喘口氣。再說，他的擔心與憂慮關我什麼事？他又關我什麼事？何況是那女孩？讓他們兩個都下地獄好了！該死，我的瞌睡蟲都被這些事給趕跑了啦……

獵魔士站起身。

「他們會給我馬嗎？」他又問了一次。

「你愛選哪匹就選哪匹。」過了一會兒，她答道。「不過最好別讓那些精靈見到你。我們在渡河時被打得很慘，大家都受了重傷……別碰那匹黑馬，牠是我的馬……你還站在這裡幹什麼？」

「謝謝妳的幫忙，為我所做的一切。」

她沒有答腔。

「我欠妳一次，該怎麼還？」

「怎麼還？就是你現在趕快給我滾蛋！」她粗魯地扯過馬毯，撐肘起身，朝他大吼。「我……我得好好睡上一覺！去牽馬……去吧……去尼夫加爾德，去地獄吧，去找所有的妖魔鬼怪吧，這和我沒有關係！走開！不要煩我！」

「我會把我欠的債還清，」他輕聲說。「我不會忘的。也許有一天妳會需要有人幫忙，有人支持，有一雙臂膀可以依靠。到那一天，妳就大叫，在夜裡大叫。我會來的。」

□

山坡邊長滿了濃密的蕨類，地面也因為幾處滾滾流動的水源而顯得綿軟。那隻公鹿就躺在這邊坡上，全身僵直，玻璃般的眼珠望著天空。米爾娃看見好幾隻大蜱蟲吸附在牠淡黃褐色的肚子上。

「蟲子，你們得去找別的血吸了，」她喃喃說著，一邊捲起袖子，一邊伸手拿刀。「因爲這血已經快冷了。」

她熟練而精準地把鹿皮割開，從胸骨一直劃到肛門，刀尖靈巧地避開生殖器。她小心翼翼地將脂肪層分開，鹿血一路流到她的手肘。她將食道切開，把內臟丟到一旁，然後把胃與膽囊往裡推，尋找糞石。她個人並不相信糞石帶有神奇成分，但相信這一套而且肯掏錢出來買的笨蛋卻不少。

她把公鹿抬起，平放到樹幹附近，並將其敞開的肚子朝向地面，好讓鹿血能夠流出。她抓了一小把蕨類來擦手，然後在獵物旁邊坐下。

「著了魔又發了狂的獵魔士啊，」她看著上方約百步遠的布洛奇隆松樹冠，輕聲說著。「你要去尼夫加爾德找你的女孩。你要去世界的盡頭，那裡可是水深火熱，但你甚至沒想到要帶上乾糧。我知道你是爲了某人活著，不過你要靠什麼活呢？」

當然，松樹沒發表意見，也沒打斷她的獨白。

「我在想，」米爾娃一邊說著，一邊拿刀把指甲中的血漬挑掉。「你根本就要不回你的小姑娘，連一點機會都沒有。你不可能到得了尼夫加爾德，甚至連亞魯加河都到不了。我在想，你根本連索登都走不到。我在想，你死定了。你那張有疤的臉上寫了死亡，它正從你那雙醜陋的眼睛裡往外瞧。瘋狂的獵魔士啊，死亡會追上你，很快就會對你發動攻擊。可是呢，多虧了這隻小公鹿，至少你不會餓死。這至少對你有點幫助，我是這麼想的。」

□

看到尼夫加爾德大使走入晉見廳，戴斯特拉悄悄嘆了口氣。恩菲爾·法·恩瑞斯大帝的使者希拉德·費茲歐斯德蘭，習慣使用外交辭令來進行談話，而且很喜歡用只有外交官和學者才懂的古怪自捧措辭。戴斯特拉曾在奧克森福特學院唸書，雖然沒取得文學碩士學位，但大學會用到的一些基本浮誇用語他還是知道的。然而，他用得不甚樂意，因爲他內心深處很受不了自我誇耀和所有虛假做作的形式。

「歡迎您，閣下。」

「大人。」希拉德·費茲歐斯德蘭非常正式地鞠了個躬。「喔，請見諒，或許該稱您爲『尊貴的公爵大人』？『攝政王殿下』？『國務卿大人』？尊貴的閣下，我以我的榮譽發誓，您擁有如此多頭銜，我眞不知應當怎麼稱呼您，才不會失了禮儀。」

「最好是用『國王陛下』，」戴斯特拉謙虛地答道。「閣下，您知道這座宮廷是由國王統治，而當我喊：『跳！』的時候，整座特雷托格宮廷只會問：『要跳多高？』，這點對您來說想必絕不陌生吧？」

大使知道戴斯特拉說得有些誇張，卻也與實際情況相去不遠。拉多維達王子尚未成年，海德薇格女王因丈夫慘死而深受打擊，而飽受驚嚇的王公貴族一個個成了笨蛋，互相爭吵、自成派系。目前的雷達尼亞，事實上是由戴斯特拉統治。戴斯特拉想要的話，不費吹灰之力就能把各種頭銜弄到手。可是，他卻一點也不想要。

「閣下沒有透過外交事務總長，」過一了會兒，大使如是說著。「而是紆尊降貴地召我前來，我何德何能竟有此殊榮？」

戴斯特拉翻了個白眼，說：「總長他因健康因素請辭了。」

大使鄭重地點了點頭。他很清楚外交事務總長現正坐在地牢裡，而那個懦夫兼白痴肯定已在嚴刑拷打下向戴斯特拉招供自己與尼夫加爾德情報組織共謀的每項細節。他知道帝國情報組織首腦瓦鐵·德里多布下的那張網已被戳破，而所有線頭都被戴斯特拉收在手中。他同時也知道，那些線頭直接牽連到的就是他本人。不過他知道自己受豁免權保護，而他所擔負的義務迫使他必須將這場遊戲玩到底。尤其是不久前，使館裡才收到瓦鐵與驗屍官史蒂芬·斯凱蘭——帝王的特殊任務專員所發來的怪異加密指令。

「由於尚未任命下一任總長，」戴斯特拉說。「很遺憾地，就由我來轉達閣下已被雷達尼亞王國列爲不受歡迎的人物。」

大使聞言，行了個禮。

「我很遺憾，」他說。「導致雙方各自召回大使的不信任感，竟是肇因於那些與雷達尼亞王國，或尼夫加爾德帝國沒有直接關係的事件。帝國沒有做出任何與雷達尼亞敵對的舉動。」

「只是在亞魯加河口與斯格利加島封鎖我國的船艦、貨物，以及爲盜群斯寇亞塔也提供武器與援助等等。」

「這些都是不實的指控。」

「那在維爾登與琴特拉集結的帝國大軍呢？突擊索登與布魯格的武裝部隊呢？索登與布魯格受特

馬利亞保護，而我們則和特馬利亞有結盟之誼啊，閣下。攻打特馬利亞就是攻打我們。還有其他直接與雷達尼亞有關的事：塔奈島上的叛變與刺殺維吉米爾國王的滔天大罪，以及貴國在這些事件所扮演的角色。」

「有關塔奈島之意外，」大使雙手一攤。「我並未被授權表達意見。貴國那些巫師的私人恩怨劇碼對恩菲爾．法．恩瑞斯大帝陛下來說非常陌生。我們對有心人士的四處渲染提出了抗議，但成效如此不彰，令人遺憾。請容我斗膽提出一點，這樣的傳言之所以會廣為人知，其中自然是少不了雷達尼亞王國最高統治階級的支持。」

「您的抗議著實令人吃驚，讓人好生訝異。」戴斯特拉微微一笑。「畢竟，從塔奈島上被挾持走的琴特拉女公爵，目前就在貴國宮廷一事，貴國帝王完全不加掩飾。」

「琴特拉的女王奇莉拉，並沒有遭到綁架，而是到敝國尋求庇護。這和塔奈島上的意外沒有任何關係。」希拉德．費茲歐斯德蘭加重語氣提出修正。

「當眞？」

大使端著一張石臉繼續說：「塔奈島上的意外讓敝國帝王感到震驚。而維吉米爾國王被瘋子刺殺一事，引起了他強烈的憎惡。而比這更讓他厭惡的，是在民間甚囂塵上的惡意謠言，暗示煽動這些事件的始作俑者就在帝國內。」

「但願逮捕眞正始作俑者，」戴斯特拉慢條斯理地說著。「可以為這些傳聞畫下休止符。而將他們逮捕到案、移送法辦，也只是時間的問題罷了。」

「正義為治國之基，」希拉德．費茲歐斯德蘭鄭重地贊同道。「重犯豈容縱容。我保證，帝王陛下也同樣渴望見到這樣的發展。」

「貴國帝王絕對有能力滿足這樣的渴望。」戴斯特拉雙手交胸，故作輕鬆地拋出一句話。「這場陰謀的領導者之一，便是艾妮得安葛雷娜，不久前她還是女巫法蘭西絲．芬妲芭兒，現在靠著帝王的施捨，在布蘭薩納谷扮演起傀儡精靈國的女王。」

「帝王陛下，」大使僵硬地行了個禮。「不能干涉布蘭薩納谷之事務，那是獨立的王國，獲得鄰近所有強權的承認。」

「但是雷達尼亞並沒有承認。對雷達尼亞而言，布蘭薩納谷仍舊是亞丁王國的一部分。就算你們與精靈，還有喀艾德聯手將亞丁拆得七零八落，就算利里亞瓦礫不剩，你們也太早把這些王國從地圖上劃掉。太早了，閣下。不過，現在並不是談論這件事的時機，而且地點也不對。姑且就讓法蘭西絲．芬妲芭兒繼續當她的女王，有朝一日，正義時刻將會來臨。但其他叛變者與刺殺維吉米爾王的策劃人呢？盧格溫的維列佛茲呢？凡格爾堡的葉妮芙呢？我有理由相信，此二人在政變失敗後，雙雙逃到尼夫加爾德去了。」

「我很肯定，」大使抬起頭。「這並非事實。就算真是如此，我保證他們絕對會受到應有的懲罰。」

「他們虧欠的對象不是你們，所以懲罰他們一事也不該由你們來執行。恩菲爾可以藉由交出這些罪犯，來證明自己對治國之基——正義的真誠渴望。」

「您的要求非常合理，著實讓人無法拒絕。」希拉德．費茲歐斯德蘭說得坦誠，臉上同時裝出困擾的笑容。「然而，這些人並不在敝國，此爲其一。其二，就算他們眞的到了敝國，還是窒礙難行。引渡罪犯必須透過法律程序來判決，就此事而言，必須由帝國議會來做決定。但尊貴的大人，請您留意，雷達尼亞取消與我外交關係一事實非友善之舉，而未與敝國交好之國，要想敝國議會表決同意，引渡到敝國尋求庇護的對象，恐怕也非易事。這可謂是史無前例……除非……」

「除非什麼？」

「創下先例。」

「我不明白。」

「若雷達尼亞王國能將某位在此被視爲罪犯的敝國子民，歸還給敝國大帝，那麼帝王與其議會便能有個依據，去回應這份善意。」

戴斯特拉沉默了一段頗長的時間，讓人覺得他似乎是在打盹，也像在沉思。「您指的是誰？」

「這名罪犯的姓氏嘛……」大使先是裝出一副努力回想的樣子，然後又伸手拿過羊皮夾，取出文件。「請您見諒，人是很健忘的。有了，叫卡希．馬芙．狄福林．阿波．凱羅。等著他的，可是嚴重的刑罰。他犯下了謀殺、擅離職守、姦掠婦女、偷竊及僞造文書等罪，現正遭到通緝。他爲了躲避帝國的刑罰，一路逃到了國外。」

「到雷達尼亞？那他還眞是挑了一條遠路。」

「尊貴的大人，」希拉德．費茲歐斯德蘭微微一笑。「讓您感興趣的事，並非只局限在雷達尼亞內。我很確定一旦您的盟國中有一方接受了這名罪犯，閣下您馬上可以從廣闊的……交遊當中得知。」

「您剛才說，那名罪犯叫什麼名字？」

「卡希·馬芙·狄福林·阿波·凱羅。」

戴斯特拉沉默了許久，貌似在腦海中搜尋關於這名人物的記憶。

最後，他總算開口：「不，我對這名字沒有印象。」

「是嗎？」

「在這種事情上，我的記性還不至於派不上用場。我很遺憾，閣下。」

「我也是。尤其是相互引渡罪犯一事，這樣的情況下似乎已經沒有可能。我就不再浪費您的寶貴時間了。」希拉德·費茲歐斯德蘭以冰冷的語氣答道。

「祝您身體健康，並順利找到該名罪犯。」

「您也是。告辭了，閣下。」

大使行過幾個複雜的正式辭別禮後便離開了。

「去舔我的後庭吧，你這狡詐的老狐狸。」戴斯特拉雙手交胸，碎碎唸著。「歐瑞！給我出來！」

憋了好長一段時間的咳嗽而顯得滿臉通紅的祕書，從窗簾後方現身。

「菲莉帕還是一直待在孟特卡佛嗎？」

「對，咳、咳。跟她一起的還有老克斯安提列、梅莉戈德與梅茲小姐。」

「再過一、兩天戰事可能就要爆發，再過一會兒亞魯加那頭的邊界可能就要烽火連天，而這些女人竟然還躲在什麼荒郊野外的小城堡裡！筆拿起來，寫！心愛的菲……該死的！」

「我是寫『高貴的菲莉帕』。」

「很好，繼續寫。妳可能會對一個戴著羽盔、同樣也從塔奈島莫名消失的怪胎感興趣，他的名字似乎叫卡希．馬芙．狄福林，是總管凱羅的兒子。原來，不只我們在找這名奇怪人物，還有瓦鐵．德里多的手下，和那個狗娘養的底下那群……」

「菲莉帕小姐，咳、咳，不喜歡這種字眼。我寫了『那個流氓』。」

「好吧，就這樣，那個流氓史蒂芬．斯凱蘭底下的人。而高貴的菲，妳和我一樣清楚，恩菲爾的情報組織迫切在找違逆恩菲爾的特務及使者，他們應該要完成任務或自我了結，卻違背主人、沒有將任務完成。不過事情看起來頗爲奇怪，畢竟我們以爲卡希的任務是要捕捉奇莉拉公主，把她送到尼夫加爾德去。」

「下一段。我不禁有了些猜測，而這些猜測雖然看似奇怪，卻又有所依據；雖然令人意外，卻又不乏推論基礎。我希望能當面與妳討論。獻上我深深的敬意……之類之類的。」

□

米爾娃策馬向南，像支箭般筆直奔去，先是沿著絲帶河岸，再穿過火燒地，渡過河水，順著潮濕的山溝前進。亮綠柔軟的土馬鬃像塊地毯般鋪滿整片山溝。她想，獵魔士不如自己對這塊區域這麼了解，應該不會冒險過去人類那岸。要是她直接切過彎向布洛奇隆的曲流，便有機會在階梯瀑布勘特利洩附近追上他。要是她快馬加鞭，不作休息，甚至有機會能超過他。

蒼頭燕雀早先的啼叫並沒有錯。南方的天空明顯聚集了雲層，空氣轉爲濃稠沉重，飛蚊與牛蠅也變得格外惱人難耐。

她進到一片浸著水的濕地，那裡長滿了垂掛青澀果實的歐榛與光禿禿的黑色藥鼠李，她感覺到自己並不是一個人。她雖然什麼都沒聽見，卻能感覺到。所以，她知道自己碰上了精靈。

她拉住馬，好讓藏身灌木叢中的弓箭手能夠清楚地看見自己。她同時也屏住了呼吸，冀望自己碰上的不是性情急躁的精靈。

她獵到的那隻公鹿就掛在馬臀上，一隻蒼蠅在那上頭嗡嗡鼓譟。

一陣窸窣過後，哨聲微微響起。她也吹著口哨給予回應。

斯寇亞塔也如鬼魅般自灌木叢中現身，米爾娃的呼吸也在此時方恢復自如。她知道對方是誰，他們隸屬於精靈寇伊納·德雷歐的突擊隊。

「哈耶。」她一邊說著，一邊下馬。「奎斯法？」

「內斯。」一個她記不得名字的精靈面無表情地說。「肯姆。」

不遠處，一片林中空地上有其他精靈紮營，至少有三十人，比寇伊納原本的突擊隊人數還多。對此，米爾娃著實感到訝異。近來，「松鼠」部隊的數量沒有增加，反倒減少。近來，她所碰到的突擊隊都是衣衫襤褸、傷痕累累，個個精神緊繃，幾乎快摔下馬或站不住腳。但是，這支突擊隊不一樣。

「克得，寇伊納。」她走向領隊，打了聲招呼。

「克得米，索兒卡。」

索兒卡，小妹子。這是與她交好的精靈，在表示對她的尊重與認同時所用的稱呼。再說，他們一個個都比她年長了許多、許多歲數。一開始，她對精靈來說，只是都因，人類。之後，她持續提供他們援助，他們稱她作阿因沃愛得比安娜，「來自森林的女子」。又過了一段時間，等他們對她更爲熟悉之後，便跟著德律阿得叫她米爾娃，飛鳶。她的眞名只讓與自己交情最好的對象知道，這也是對他們禮尙往來的表示，然而她的眞名對他們來說不太恰當——他們把這名字唸作「米阿亞」，而且表情有些怪異，好似這名字用精靈語唸來會令他們有不好的聯想，所以當下便改喚她「索兒卡」。

「你們要去哪裡？」米爾娃又更加仔細地四處查看了下，卻沒見到任何受傷或生病的精靈。「要去八哩地？去布洛奇隆嗎？」

「不。」

她很了解他們，所以沒再繼續問下去。只要看到他們緊繃的臉上沒有任何表情、帶著強撐的冷靜在整理武器行裝，這就夠了。她只要仔細瞧一下他們深沉無底的眼眸，這就夠了。她知道他們是要去作戰。

從中午開始，天空轉爲暗黑，水氣也開始凝聚。

「索兒卡，妳要去哪？」寇伊納開口詢問，然後快速瞥了下掛在馬上的公鹿，微微笑了笑。

「南方。」她冷聲回應，讓他知道自己會錯了意。「去得列斯賀。」

精靈止住了笑容。

「去人類那岸？」

「至少會到勘特利洩，」她聳了聳肩。「不過在階梯瀑布那兒我一定會轉回布洛奇隆，因為……」

馬群的噴氣聲讓她轉過了頭。一群新的斯寇亞塔也加入了這支人數已異常眾多的突擊隊。而新來的這些，米爾娃對他們又更為熟悉了。

「奇嵐！」她小聲驚呼，毫不掩飾內心的擔憂。「朵魯薇！你們在這裡做什麼？我才剛把你們帶到布洛奇隆，結果你們又……」

「耶斯克雷阿撒，索兒卡。」奇嵐．阿波．代爾伯嚴肅地答道。不斷滲出的鮮血，將包裹在精靈頭上的繃帶染紅。

「我們必須這麼做。」朵魯薇重複道。她小心翼翼地下馬，避免碰傷用吊帶吊著的手臂。「我們收到了消息。現在每一把弓都很重要，我們不能就這樣待在布洛奇隆裡。」

「早知道的話，」她扁了下嘴。「我就不會為你們費那麼多力氣，不會冒死帶你們渡河。」

「我們是昨天晚上收到消息的，」朵魯薇用細微的聲音解釋道。「我們不能……不能在這種時候拋下我們的戰友。我們不能啊！請妳諒解，索兒卡。」

天空變得越來越昏暗。這一次，米爾娃清楚聽見遠方傳來的雷聲。

「索兒卡，不要去南方。」寇伊納．德雷歐說。「暴風雨就要來了。」

「暴風雨又能把我怎麼……」她突然打住，專注地看著他。「哈！所以你們收到的是這個消息啊？

尼夫加爾德，是嗎？他們要渡過亞魯加河進入索登？要去攻打布魯格？爲什麼是你們去？」

他沒有回答。

「就像在安葛拉之谷那樣？」她看著他的黑色眼瞳。「尼夫加爾德大帝又在利用你們，讓你們在人類背後用劍與火來製造混亂。然後，尼夫加爾德大帝和各國國王訂定和約，而你們就等著被趕盡殺絕。你們會在你們自己放的那把火裡燒成灰的。」

「火能淨化我們，也能強化我們，所以必須穿火而過。阿恩夜勒哈耶，也雷阿，索兒卡？用你們的話來說：火之洗禮。」

「我比較喜歡別種火，」米爾娃把公鹿從馬上推到精靈腳邊。「會在烤肉串下劈啪響的那種火。這給你們，免得你們在路上挨餓。我已經用不到了。」

「妳不去南方了嗎？」

「我要去。」

我要去。她想。而且要快。我得警告那個笨蛋獵魔士，得要讓他知道，他要去攪和的是怎樣的風暴，得讓他回頭。

「別去，索兒卡。」

「別囉唆了，寇伊納。」

「暴風雨將從南方而來。」精靈重複道。「猛烈風暴即將來襲，熊熊大火將至。躲到布洛奇隆裡去，妹子，不要去南方。妳爲我們做得已經夠多了，剩下已非妳能力所及，而且也不需要這麼做。這是我們該做的事。耶斯太得，耶賽克雷阿撒！我們該離開了，再會了！」

空氣又濕又重。

□

傳影術很複雜，所以她們必須心手相連，共同施咒。即便如此，還是費了好一番力氣。此外，傳送的距離也不算短。菲莉帕・愛哈特緊閉的眼皮跳動了幾下，特瑞絲・梅莉戈德大口喘著氣，凱拉・梅茲的額前冒出了豆大的汗珠，只有馬格麗塔・老克斯安提列臉上沒有疲態。

原先照明微弱的屋室突而轉爲白亮，片片馬賽克鑲嵌般的光芒躍上暗色的壁板舞動。圓桌上方，懸掛了一顆散發乳白光輝的球體。桌子周圍排了十二張椅子，菲莉帕・愛哈特唸完咒語後，那球體便往反方向倒去，掉到其中一張椅子上。球體內部出現一道模糊身影，那影像不斷晃動，投射效果不甚穩定。不過很快地，影像變得清晰了些。

「我的媽呀，」凱拉撫著額頭嘀咕說。「難道他們在尼夫加爾德都不曉得『魅惑』，或是其他能增加美貌的魔法嗎？」

「顯然不知道。」特瑞絲扯著嘴角肯定道。「他們大概從沒聽過『時尚』這個字眼吧。」

「也沒聽過像『化妝』這種字眼。」菲莉帕輕聲說。「不過現在安靜了，女孩們。還有，不要盯著她瞧。我們應該先把投影穩定下來，然後再向客人好好打聲招呼。麗塔，幫我一把。」

馬格麗塔．老克斯安提列重複了一次菲莉帕的動作、咒語和手勢。影像晃了幾下後，便不再那麼模糊，也不再過於白亮，輪廓與色彩都變得銳利許多。女巫們現在得以更加仔細瞧瞧桌子另一頭的影像。特瑞絲咬住嘴唇，意有所指地對凱拉眨了眼。

投射出來的那名女性，有張膚質不佳的蒼白面孔、無神的雙眼、帶紫的薄唇與微鉤的鼻尖。她戴著一頂形狀奇特，還有點縐巴巴的錐形帽；又軟又垮的帽簷下，披散著一頭看起來不太乾淨的髮絲。而那件寬鬆、不合身，肩部刺繡還有銀線鬆脫的黑色長袍，凸顯了這整個毫無魅力又不修邊幅的形象。那片群星繞半月的手工刺繡，是這名尼夫加爾德女巫身上唯有的裝飾。

菲莉帕．愛哈特站起身，試著儘量不去展示自己身上的珠寶、蕾絲花邊與造形繁複的領口。

「令人景仰的阿西蕾小姐，」她說：「歡迎來到孟特卡佛。妳同意受邀前來，我們非常高興。」

「我這麼做是出於好奇。」來自尼夫加爾德的女巫習慣性地調整了下帽子，說話的聲調出乎意外地溫和而充滿音律。她的手掌單薄，有著點點黃斑，指甲斷裂不平，顯然是咬出來的。

「我只是好奇，」她又重複了一次。「不過好奇的後果對我來說可能是很糟的。可以的話，請為我說明一下。」

「我馬上就向妳說明。」菲莉帕點了點頭後，向其他女巫打了暗號。「不過首先，請讓我把其他與會人士投影出來，然後再為大家介紹。請再耐心等候一會兒。」

女巫們再度手心相接，重複先前的咒術儀式。屋室裡的空氣如緊繃的琴弦般響了起來，天花板的鑲板底下，有一團發光的迷霧再度落下，將整個室內填滿閃動的暗影。另外三張空椅子上，浮現出三顆不斷發光的球體，裡頭隱約可見人影輪廓。第一個出現的是莎賓娜．葛雷維席格，穿著一件綠松石色裙裝，領口開得十分大膽，而她肩上那一大片鏤空立領，則完美襯托著經過仔細梳理、挽在鑽石頭冠內的秀髮。夕樂．德唐卡維勒從投射在莎賓娜身旁的模糊白光中現身。她穿的衣服是由珍珠鑲邊的黑絲絨製成，頸上還戴了條銀色狐毛圍巾。來自尼夫加爾德的女魔法師緊張地舔了舔薄唇。

等法蘭西絲來吧，黑老鼠。特瑞絲心想。等妳看到法蘭西絲，連眼珠子都會掉出來的。

法蘭西絲．芬妲芭兒並沒有讓眾人失望。不論是她身上那件公牛血般鮮紅的美麗裙裝、高貴的髮型、紅寶石項鍊，還是那對小鹿般美眸上的濃厚精靈眼妝，都不會比其他女巫遜色。

「各位女士，」菲莉帕開了口。「歡迎妳們來到孟特卡佛。我今日擅自邀妳們前來，就是爲了要討論一些重要的事。很遺憾，我們只能以傳影術來碰面，因爲不論是時間、將我們分隔各地的距離，或是我們所在的情況，都不允許我們親身面對面。我是菲莉帕．愛哈特，這座城堡的主人。身爲這場會面的發起人與城堡主人，請容我來爲各位介紹：坐在我右手邊的是馬格麗塔．老克斯安提列，阿瑞圖沙學院的校長。我左手邊的是馬利堡的特瑞絲．梅莉戈德，和卡雷拉斯的凱拉．梅茲，再過去是亞得克拉格的莎賓娜．葛雷維席格。夕樂．德唐卡維勒來自科維爾的克萊登公國。法蘭西絲．芬妲芭兒，人稱艾妮得安葛雷娜，目前是百花谷的統治者。最後是阿西蕾．法．阿娜西得，來自尼夫加爾德帝國的維可瓦洛；而現在……」

「而現在我先告辭了！」莎賓娜．葛雷維席格大聲吼道，並用戴滿戒指的手比向法蘭西絲。「妳太過分了，菲莉帕！我沒有打算要和這該死的精靈坐在同一張桌子前，就算只是影像也不行！加樂斯但的城牆與地上的血跡都還沒褪色呢！而讓那裡血流成河的始作俑者就是她！她和維列佛茲！」

「請保持冷靜與儀態。」菲莉帕雙手按住桌緣。「請妳們聽完我想說的事，我要求的就只有這麼多。等我說完，妳們每個人再自行決定去留。這次的投影會議屬自由參加性質，可以隨時中斷。我只要求離開者不能洩露這次會談的內容。」

「我就知道！」莎賓娜猛然一跳，有一瞬間從投射中消失。「機密會談！祕密協商！簡單來說，就是陰謀！至於這場陰謀針對的是誰，大概也很清楚。菲莉帕，妳在開我們玩笑嗎？妳要我們對我們的國王保密，對那些妳認為不必邀請來的同伴保密，但艾妮得·芬妲芭兒就坐在這裡，靠著恩菲爾·法·恩瑞斯的施捨，在布蘭薩納谷稱后，那裡的精靈正積極地軍援尼夫加爾德。除此之外，我非常驚訝，在這房裡參與投影會議的，還有來自尼夫加爾德的女巫。尼夫加爾德的巫師什麼時候不再是帝國統治者的爪牙，不再任其奴役了？什麼鬼祕密！她在這裡，就表示恩菲爾已經知情，也同意了！這是他的命令！她是來這裡當他的眼睛和耳朵的！」

「我反對妳這麼說。」阿西蕾·法·阿娜西得平和地說。「沒人知道我參加這場會議。我被要求守密，所以我保守了祕密，也會繼續保守下去。這也是為了我自身的利益。一旦這件事情曝光，我的腦袋也將不保，也就是妳口中帝國巫師的奴性。我們可以選擇自我奴役，或是上斷頭台。我決定要冒一次險。我不是以間諜角色到這裡來的，而只有一個方法可以證明這點：我的死亡。只要把愛哈特小姐要求保密的事洩露出去就夠了，只要我們在這裡碰面的消息流出這座城堡，那我就必死無疑。」

「對我來說，洩密的後果同樣很嚴重。」法蘭西絲露出一抹美麗的淺笑。「妳有個很好的報復手段了，莎賓娜。」

「我自有其他方法來報復妳，精靈。」莎賓娜的黑眸迸出了不祥的火花。「要是這個祕密外洩的話，不會是因爲我的過錯或大意，絕對不會是因爲我！」

「妳這話是不是意有所指？」

「當然，」菲莉帕．愛哈特介入說。「莎賓娜當然是意有所指。她是在暗示各位女士我與希格西蒙．戴斯特拉間的合作關係，好像她自己從來沒和韓瑟頓國王的情報組織有過任何接觸似的！」

「這不一樣。」莎賓娜大吼。「我並沒有當韓瑟頓的情婦三年！更別說是他的情報組織了！」

「夠了！安靜！」

「這話我贊成，」夕樂．德唐卡維勒突然大聲道。「安靜，莎賓娜。塔奈島的事已經說得夠多了，婚外情與間諜的事也說得夠多了。我不是來這裡聽妳們互相憎恨、侮辱的，也沒興趣居中調解。如果這是我受邀至此的原因，那麼我要告訴妳們這是白費力氣。事實上，我懷疑我的參與既沒意義也沒必要，只是在浪費做研究的寶貴時間。但是，我暫且保留這個假設。我建議趕快將發言權還給菲莉帕．愛哈特，好讓我們弄明白這個聚會的目的，了解我們在這裡所扮演的角色爲何。到那時候，我們再來決定是要繼續演出，還是謝幕退場，不要感情用事。這裡所要求的保密責任，各位當然都必須遵守。要是有人沒盡責，我，夕樂．德唐卡維勒，會親自讓她了解洩密的後果。」

在場女巫沒有任何人有所動作或是回應。特瑞絲對於夕樂的警告沒有片刻懷疑。來自科維爾的獨身女巫，向來是說到做到。

「菲莉帕，我們把發言權交還給妳。爲了表示尊敬，在菲莉帕尙未表示結束之前，請各位保持肅靜。」

菲莉帕．愛哈特站了起來，身上的裙裝也跟著發出一陣窸窣。

「各位親愛的朋友，」她說：「當前的情況很嚴峻。魔法正面臨威脅。每當回想塔奈島上的悲慘事件，我心中總是充滿遺憾與反感。這些事件證明，一旦個人私利與高漲野心站上主導地位，幾百年來看似沒有衝突的合作，轉瞬間就會蕩然無存。現在我們像一盤散沙，毫無紀律，彼此間充滿了敵意與不信任。事情已逐漸失控。爲了要奪回主控權，不讓這艘飽受風暴蹂躪的船艦沉沒大海，必須由一雙強而有力的手來掌舵。我、老克斯安提列小姐、梅莉戈德小姐及梅茲小姐已討論過，也有了共識。只重建在塔奈島被摧毀的參議會及議會是不夠的。再說，也找不到人重建這兩個組織，更無法保證它不會在重建後，又立刻染上摧毀其前身的那種毛病。應該要建立一種完全不同的祕密組織，來專責魔法相關事務。這個組織必須盡一切代價去避免災難發生。因爲魔法一旦消失，這個世界也會跟著消失。就像好幾世紀以前那樣，如果世上沒有魔法，也將不會有魔法所帶來的進步，世界將陷入混亂與黑暗，沉入鮮血與蠻荒。我們想邀請在座所有女士，來加入我們的發起行列，積極參與前述提及的祕密團體事務。我們擅自召喚妳們前來，爲的就是要聽聽妳們對這件事的意見。我的發言到此結束。」

「謝謝。」夕樂．德唐卡維勒點了點頭。「要是各位女士不介意的話，接下來由我發言。親愛的菲莉帕，我的第一個提問如下：爲什麼是我？爲什麼我會被召喚到這裡來？我曾多次表明拒絕被推舉爲參議會候選人，對於議會裡的席次也提出了退席聲明。而首要原因，是工作讓我分不開身。第二個原因，則是先前我認為在科維爾、波維斯與漢格佛斯，有其他更適合這些榮耀的巫師，而且我至今還是這麼認為。因此我要問，為什麼是我受邀到這裡來，而不是卡爾敦？不是阿艾德琴維爾的伊思崔德、土哥瓦或詹格尼斯？」

「因為他們是男子。」菲莉帕答道。「我所說的這個組織，只由女性組成。阿西蕾小姐？」

「我要取消提問。」尼夫加爾德女巫露出一抹微笑。「我的問題和德唐卡維勒小姐的提問一樣，而問題的答案令我滿意。」

「我似乎嗅到女性沙文主義的氣味，」莎賓娜．葛雷維席格以諷刺的語氣說。「尤其是從妳的嘴裡說出來，菲莉帕，而且是在妳改變……性向之後。我對男人並不反感，更甚者，我十分喜愛男人，無法想像沒有男人的日子。不過……幾經考慮之後……這其實是合理的提議。就心理層面來說，男人都不穩定、過於情緒化，在危機時刻，沒有辦法指望他們。」

「這話說得沒錯。」馬格麗塔．老克斯安提列平和地認同道。「長久以來，我都拿阿瑞圖沙女子學員的學習成效，與班阿爾得學院的男子學員作比較，而結果總是對女孩們比較有利。所謂魔法，就是耐心、細心、智慧、勇氣與毅力，還有謙卑且冷靜地接受失敗與挫折。男人會被野心蒙蔽，總是想要得到明知不可行、也不可得的結果，卻往往注意不到可行者。」

「夠了、夠了、夠了。」夕樂制止她再說下去，繼而掩住笑意地說：「沒有什麼比以科學佐證的沙文主義還要糟的，妳應該要感到羞恥，麗塔。不過……沒錯，我也認為由單一性別來組成這個……集會，或是女巫會——如果你們比較喜歡這個說法——是很適當的建議。正如方才所提，我們現在說的，是魔法的未來，而魔法太過重要，不能將它的命運交托給男人。」

「我們這個性別天生具有領導優勢，這點不容質疑，」法蘭西絲·芬妲芭兒用她那音韻般的聲音說。「但如果可以的話，我想要稍微中斷這場已經離題的對話，將注意力集中在先前的提議上。對我來說，這次的發起，目的不很明確。會選在這個時間點並非偶然，讓人有所聯想。戰爭還在持續中。尼夫加爾德擊敗了北方諸國，將它們逼到牆角。就我在此所聞的這些空泛口號之下，難道沒有隱藏期盼反轉局勢的想望？想著要擊敗尼夫加爾德，將其逼至牆角；之後，再把目空一切的精靈剝皮拆骨？如果是這樣的話，親愛的菲莉帕，我想我們之間沒有共識。」

「這是我被邀請到這裡來的原因嗎？」阿西蕾·法·阿娜西得問道。「我並沒有非常關注政治，但我知道和妳們的軍隊比起來，帝國大軍目前佔了優勢。除了法蘭西絲小姐，以及來自中立國的德唐卡維勒小姐以外，在場的女士都代表與尼夫加爾德敵對的王國。我該怎麼理解與魔法團結有關的這些話語？當成鼓勵叛變嗎？很抱歉，我不打算扮演這種角色。」

阿西蕾完成自己的演說之後，便彎下身，好似在觸碰某樣投影範圍以外的東西。特瑞絲好像聽見了貓叫聲。

「她還養貓。」凱拉·梅茲壓低聲音說著。「我敢打賭，那隻貓一定是黑色的……」

「小聲點。」菲莉帕低聲警告。「親愛的法蘭西絲、令人尊敬的阿西蕾，我們的提議絕對非關政治，這是我們設下的基本前提。我們不會以種族、王國或諸位帝王的利益爲準則，而是以魔法的利益及未來爲依歸。」

「當我們以魔法的利益爲依歸時，」莎賓娜．葛雷維席格露出一抹諷刺的微笑。「應該不會把女巫的福利給忘了吧？我們明知巫師在尼夫加爾德有怎樣的待遇。我們自己在這裡說非關政治，可是等到尼夫加爾德得勝，而我們被歸到帝國統治之下後，我們所有人看起來都會像是……」

特瑞絲不安地動了一下，菲莉帕則非常輕地嘆了口氣。凱拉垂下了頭，夕樂則假裝調整狐毛圍巾。法蘭西絲咬住下唇。阿西蕾．法．阿娜西得的臉上雖沒有絲毫波動，卻染上了淡淡緋紅。

「我想說的是，等著我們所有人的，將會是悲慘的命運。」莎賓娜飛快地把話說完。「菲莉帕、特瑞絲和我三人，都上過索登丘。恩菲爾會跟我們算當初那場敗仗、算塔奈島那筆帳；他會針對我們做過的一切，和我們算總帳。不過，這只是我心裡對這個聲稱非關政治的集會，所產生的疑問之一。參與這個集會是否就意味著，我們必須馬上辭掉眼下於諸王跟前積極從事的政治職務？還是我們應當保留原有的職務，然後同時效忠二主：魔法與君主？」

「要是有人直接告訴我，」法蘭西絲微笑道。「說他與政治沒有牽扯，我總是會問對方腦子裡想的到底是哪個政治。」

「而我知道，這人想的絕不會是其當下領導的那個政治。」阿西蕾．法．阿娜西得說話的同時，也看著菲莉帕。

「我和政治沒有牽扯，」馬格麗塔．老克斯安提列抬起頭。「我的學校也跟政治沒有牽扯。我指的是當前不管哪種型態、類型或種類的政治！」

「親愛的女士們，」沉默好一段時間的夕樂開口說道：「要記住妳們是有領導優勢的那個性別，因此請妳們的舉止不要像群小女生一樣，相互爭奪桌上那個擺了甜食的餐盤。菲莉帕所建議的原則非常清楚，至少對我來說是這樣，而且到目前爲止，我看不出有任何證據質疑妳們的聰敏。出了這間屋室，妳們想當誰就當誰，想爲誰做事就爲誰做事，不管出發點是什麼、想要盡到多少忠誠都無所謂。不過，當集會召開時，我們的注意力就只能集中在魔法及魔法的未來上。」

「我所想的就是這些。」菲莉帕．愛哈特附和道。「我知道還有許多疑問、許多疑慮與尙未釐清的地方。我們可以在下一次碰面時，眞正地面對面談，而不是以投射虛影或幻象的方式來進行。妳們的出席將會被視爲善意的表現，並非代表同意正式加入集會。至於這樣的集會究竟有沒有辦法成立，就由我們共同來決定。我們所有人一起，每個人都站在同樣的立足點上。」

「我們所有人？」夕樂重複道。「我看見這裡還有空位，我想這些座位應該不是碰巧擺出來的吧？」

「這個集會應該要有十二個女巫組成。其中一張空椅子，我想要請阿西蕾小姐來爲我們建議成員人選，並在下一次會議上介紹給我們。尼夫加爾德帝國想必一定還能找到一位值得信賴的女巫。第二個位子是留給妳來決定的，法蘭西絲，好讓身爲在場唯一純血精靈的妳，不會覺得被孤立。第三個……」

艾妮得安葛雷娜抬起頭。

「請給我兩個位子，我有兩位人選。」

「請問在座的女士，有哪位反對這個請求嗎？如果沒有的話，我也同意。今天是八月第五日，也就是朔月過後第五日。親愛的會員們，我們就在滿月第二天，也就是十四天後再度碰面。」

「等一下，」夕樂·德唐卡維勒打斷她說道。「還有一個位子是空的，誰是那第十二名女巫？」

「這將是我們女巫會要處理的第一個問題。」菲莉帕神祕地笑了笑。「我會在兩週後告訴妳們，誰該坐上這第十二張椅子。在那之後，我們一起來決定，怎樣才能讓那人坐到這裡來。我推薦的人選將會讓妳們大吃一驚。因爲，親愛的會員們，這不是普通人物。這名人物代表的是『死亡』或是『生命』，是『毀滅』或是『重生』，是『秩序』或是『渾沌』，單看個人是從什麼角度去看。」

□

全村村民都聚到籬笆前去看經過村子的那一夥人，土吉克也和其他人一起出來看熱鬧。他有工作要做，卻管不住自己。最近大家說了很多有關老鼠幫的事。甚至還有謠言說他們全都給抓了、被吊死了。不過，這並非事實，而證明消息爲假的證據，正像在展示一般，不疾不徐地從村子前方遊行而過。

「眞是一群大膽的流氓。」某人在土吉克身後低聲歎道。「竟然直接從村子正中央穿過……」

「穿得好像要去喝喜酒似的……」

「還有他們的馬！就算是尼夫加爾德人，也沒有這種馬！」

「就是啊，這些都是搶來的。不管誰的馬老鼠幫都搶。現在隨便都能把馬賣掉，輕輕鬆鬆。不過，他們把最好的都留下來了……」

「你們看最前面那人，那是吉澤赫……他們的頭目。」

「然後跟在他旁邊的，就是那個精靈……他們管她叫星火……」

一隻雜種狗從籬笆後方跳了出來，在星火的母馬前腳下不停張嘴亂吠、跑來跑去。精靈女孩甩了下烏黑的濃密劉海，掉過馬，猛然俯身，抽了狗兒一鞭。那狗嗚咽一聲，原地轉了三圈，星火則朝牠身上啐了一口。

土吉克含糊地在嘴裡罵了一下。

站在一旁的人群依舊不斷小聲議論，含蓄地對跟著踏進村裡的其他「老鼠」指指點點。土吉克也一起聽著眾人的評論，因為他不得不聽。他知道的小道消息和傳言不比別人少，隨隨便便就能猜到這個一頭稻色及肩亂髮、咬著蘋果的人就是凱雷，肩膀很寬的是阿瑟，穿手工刺繡羊皮短外套的是瑞夫。

這個遊行隊伍由兩個女孩殿後，她們握著手，騎馬並行。個頭比較高的那位，騎的是匹黑鬃黑尾的棗色馬，頭髮短得好像剛得過傷寒，外衣也沒有扣好，底下的蕾絲上衣白得發亮，身上的項鍊、手環及耳釦閃閃發光，刺眼極了。

「那個頭髮很短的是米絲特……」土吉克聽到有人在說。「全身掛得亮晶晶的，還眞像是聖誕樹。」

「聽說她殺過的人，比她看過的春天還要多……」

「那，另外那個呢？騎了一匹花毛小馬的那個？背上揹了劍的那個？」

「她叫法兒卡，是今年才跟著老鼠幫一起混的，也是個小壞蛋……」

土吉克猜測，這個小壞蛋不會比他的女兒娜娜大多少歲。她頭上戴了頂絲絨貝雷帽，帽上還插了一束恣意抖動的野雞毛，帽子底下則有幾絲灰髮竄了出來。她的脖子上有一條罌粟般的火紅絲巾，上頭還打了個花俏的蝴蝶結。

擠在農舍前的那群村民當中，突然有了動靜。這是因為領在前頭的吉澤赫拉住了馬，隨意把一個叮噹響的小錢袋丟到了拄著拐杖的麥琪特卡婆婆腳下。

「好心的年輕人啊，願眾神保佑你！」麥琪特卡婆婆喊著。「我們的大恩人啊，祝你身體健康，祝你……」

老婦遲緩而模糊的話語，被星火的咯咯笑聲掩了過去。精靈女孩放肆地把右腳跨到鞍頭上，掏出一大堆錢幣，一把一把地往人群裡撒。瑞夫與阿瑟也有樣學樣，一陣銀雨就這麼落在沙路上。凱雷朗聲大笑，把吃完的蘋果扔到了擠在地上撿錢的人堆裡。

「大恩人！」

「英雄！」

「祝你們一切平安！」

土吉克沒有跟著其他人跑，也沒跪到地上去找混在沙土與雞糞裡的錢幣。他依舊站在籬笆下，打量緩緩從他身旁經過的那兩個女孩。年紀較小、有頭灰髮的那女孩注意到他的眼神與表情。她放開短髮女孩的手，踢了下馬兒，朝他走來。她貼著籬笆走，但馬鐙幾乎沒有撞到。瞧見她那雙綠色眼睛之後，土吉克打了個冷顫。那雙眼睛裡滿是憤怒與冷冰冰的仇恨。

「法兒卡，別管他。」短髮女孩喊道。不過，這其實是多餘的。

綠眼女土匪只是把土吉克擠到籬笆上，如此而已；然後，她跟在老鼠幫後面頭也不回地走了。

「大恩人！」

「英雄！」

土吉克朝地上吐了一口口水。

傍晚，一支從芬阿斯帕城附近的要塞而來、模樣很是嚇人的黑衣軍進了村。他們的馬匹不斷踏蹄嘶鳴，兵器也鏗鏘響亮。村長與被盤問的那些農民連成一氣，把這群追兵指往錯誤的方向，就好像有人僱用他們這麼做似的。還好，沒有人問土吉克。

當他從牧場回來，進到園子後，他聽見了聲音。他認得那些聲音。聲音聒噪的，是做馬車的茲加爾伯家那對孿生女兒；尖銳破嗓的，則是住在附近那群男孩。另外，還有娜娜的聲音。*他們是在玩吧*。他如是想著，從柴房後面走了出來，眼前景象卻讓他的心猛然一沉。

「米蓮娜！」

米蓮娜——他唯一存活的女兒、他的心頭肉。她在一根棍子上綁了繩子，揹在背上，假裝那是把劍。她把頭髮放了下來，並在頭上的毛帽別了根公雞毛，在脖子上綁了母親的絲巾，還綁成非常少女夢幻式的蝴蝶結。

她的眼睛是綠色的。

土吉克至今從沒打過女兒，也從沒用過所謂的「父親的皮帶」【註】。

這是第一次。

□

地平線上閃光一現，雷聲隆隆。一陣風捲來，像把耙子般犁過絲帶河表面。暴風雨要來了。米爾娃如是想著。暴風雨之後，就會是下個不停的小雨。蒼頭燕雀說得沒錯。

她催著馬兒加快腳步。如果要趕在暴風雨前追上獵魔士，她必須要動作快一些。

【註】在波蘭的家庭中，一般男性長輩會以「用皮帶抽打」來威嚇小孩要舉止得宜。其由來，據信是因爲皮帶所造成的傷害相對較小，但懲戒效果不減。另一個原因則是皮帶幾乎是男人的基本配件，可隨時取得。有些家庭甚至會有一條皮帶專門懸掛於牆上或走道，以作警示。

我這一生碰過很多軍人，認識很多統帥、將軍、總督、司令，還有戰場上的常勝軍，也仔細聆聽過他們的事跡與回憶。我見過他們俯身地圖，畫下各色線條，進行策劃謀略。在紙上戰場中，一切都推演如實，一切都運行無礙，一切都清楚明白，一切都按部就班。不這麼做不行啊，將領們總是這麼解釋著。軍隊裡最重要的就是秩序與條理。少了秩序與條理，軍隊便無法成形。

令人奇怪的是，所謂眞正的戰爭——而我也確實見過幾場眞正的戰爭——其中的秩序與條理，與陷入火海的妓院差不多。

——《詩的半世紀》

亞斯克爾

# 第二章

晶瑩透澈的絲帶河從斷崖流瀉，畫出一條圓滑的弧線，淙淙墜入縞瑪瑙般的黑色巨石堆中，折出一階階白沫水瀑，然後在飛揚水氣的掩飾下，沖入寬廣寧靜的深潭。那潭水是如此清透，由鵝卵石拼出的彩色河床清晰可見，隨波擺動的綠色草辮也同樣條條分明。

河岸兩側長著大片蓼草，河烏在其中驕傲地展示牠們喉頭上的白色邊飾。蓼草原邊，是一叢叢轉為綠、褐、赭色的灌木，而後頭的雲杉看起來就像撒滿了銀粉一般。

「這裡確實很美。」亞斯克爾讚歎著。

一條黑色大鱒魚試著躍過水瀑，凌空一個擺鰭甩尾，然後重重摔入水沫翻滾的漩流中。

一道枝狀閃電劃過逐漸轉暗的南方天際，遠處的雷聲在林牆中不斷悶悶迴響。獵魔士的棗色母馬跳了幾步、甩了下腦袋，呲著牙努力想把嘴銜吐掉。傑洛特猛力拉住轠繩，母馬蹭著步伐退了幾步，踏在石塊上的鐵蹄也跟著發出聲響。

「唦！唦——！你有看到牠剛才的樣子嗎？亞斯克爾，這該死的芭蕾舞伶！媽的，等一下一有機會，我就要擺脫這匹小畜生！就算是換成一頭驢子也行，我寧可累死！」

「這個機會快來了嗎？」詩人抓了抓被蚊子叮到發癢的後頸。「就審美的角度來看，這座山谷裡的曠野景色確實是無與倫比，不過為了換換口味，我很樂意去瞧一下比較沒那麼美觀的旅店。這個充滿浪漫氣息的自然景觀與壯闊的地平線，已經讓我讚歎近一個禮拜了，我現在開始想念待在室內，尤其是有供應熱食和冰啤酒的那種。」

「那你還有段時間好想了。」坐在鞍上的獵魔士轉過頭。「不過如果我說我也一樣有些想念文明生活，也許你就不會覺得那麼難以忍受。就像你看到的，我在布洛奇隆裡撐了整整三十六天，每天晚上這浪漫的大自然都會凍著我的臀、爬過我的背、把露水蓋在我的鼻子上……唷——！他媽的！妳這匹該死的母馬，到底鬧夠脾氣了沒？」

「牠是被馬蠅咬。每當暴風雨要來的時候，這些蟲子就會變得特別凶猛、愛吸血。南方那邊打雷閃電的次數越來越頻繁了。」

「我也注意到了。」獵魔士拉住不斷踏動的馬匹，往天空看去。「現在的風也不一樣了，聞得到海的氣味。看來是要變天了，沒錯。我們走吧。亞斯克爾，叫你那匹被閹掉的肥馬走快點吧。」

「我這匹駿馬叫作『飛馬』。」

「喔，當然。你知道嗎，我們也該替我這匹精靈母馬取個名字，呃……」

「『小魚兒』怎樣？」詩人取笑著。

「『小魚兒』，」獵魔士同意道。「這名字不錯。」

「傑洛特？」

「嗯？」

「你有哪匹馬不是叫作『小魚兒』的？」

獵魔士想了一下後，答道：「沒有，都是叫這名字。亞斯克爾，叫你那匹被閹掉的馬走快點，我們還有一大段路要走。」

「喔，是啊。」詩人不情願地說著。「尼夫加爾德……要你看，這有幾哩路啊？」

「很多哩。」

「我們入冬前到得了嗎？」

「我們先去維爾登吧。在那裡我們……有些事要討論。」

「什麼事？你趕不走我，也甩不掉我。我要和你一起去！我已經決定了。」

「到時再說吧。我說了，我們先去維爾登。」

「那還有多遠？這一帶你熟嗎？」

「熟。我們快到階梯瀑布勘特利洩了，前面這個地方叫七哩地。這條河過去那幾座小山叫貓頭鷹丘。」

「那我們是要順著河岸往南走嗎？絲帶河大概會在波得羅格要塞附近匯入亞魯加河……」

「我們是要往南，不過是要走對面那岸。絲帶河會轉往西方，所以我們要穿越森林。我想去一個叫作得列斯賀的地方，也就是三角帶。那裡是維爾登、布魯格和布洛奇隆的交界處。」

「到那裡之後呢？」

「順著亞魯加走。一直到河口，到琴特拉。」

「然後呢？」

「然後再看著辦。要是你叫得動那匹懶散的飛馬，叫牠走快點。」

□

滂沱大雨在他們渡到河中央時，追了上來。一開始先是颳起一陣強風，不斷吹打他們的頭髮與斗篷，臉頰也被河岸林木吹落的枝葉劃傷。他們雙腿一夾、吆喝一聲，催身下的坐騎加快腳步，在水沫四濺中往對岸急奔而去。就在此時，風倏然打住，他們看見一道灰色雨牆朝他們而來。絲帶河的河面轉爲濁白，開始沸騰，就好像有人從天上把幾十億顆鉛彈往河裡丟。

他們還來不及到達對岸就已渾身濕透，急忙躲進森林。一片片樹冠在他們頭上組成一頂濃密的綠色屋頂，卻不足以抵擋如此磅礡的傾瀉，雨水很快壓過葉片穿透了進來；沒多久，這座森林裡的雨勢幾乎已和外頭的空地一樣。

他們戴上斗篷的帽子，把全身緊緊裹住。林木間變得一片黑暗，唯一的亮光是越發頻繁的閃電。震耳欲聾的雷聲不斷響起，迴盪久久。小魚兒受到驚嚇，又是踏蹄、又是走跳，飛馬則是文風不動。

隆隆響雷再度打下，像個巨大馬車般地籠罩整座森林。「傑洛特！我們先停一停吧！找個地方躲躲！」亞斯克爾大吼，試圖蓋過再度響起的雷聲。

「要躲去哪？快走！」傑洛特也大吼回應。

於是，兩人繼續前進。

過了一段時間，雨勢明顯和緩下來，樹冠間再度颳起呼嘯的狂風，轟隆隆的穿耳雷聲也停了下來。

他們穿出樹群，來到一條被赤楊包圍的小徑。之後，他們往林間空地走去。這片空地上長了一棵巨大的山毛櫸，一輛雙騾車就停在其樹冠下、由樹果與褐葉鋪成的寬厚地毯上。騾車的前座上坐著車夫，正拿著十字弓瞄準他們。傑洛特咒罵了一下，卻讓雷聲給蓋了過去。

「把十字弓放下，科爾達。」一個戴著稻草帽的矮個子說。他從山毛櫸前轉過來，跳著單腳把褲子扣好後，說：「他們不是我們在等的人，他們是客戶，別嚇著了他們。我們時間不多，但說到買賣，總是湊得出一點時間！」

「這些傢伙是哪來的啊？」亞斯克爾在傑洛特背後嘀咕著。

「兩位精靈先生，你們過來一點啊。」戴草帽的人叫道。「不用怕，我是自己人。內思阿特阿而施！法，雪以。客得米而！我，自己人，懂嗎？精靈。想來做買賣？來啊，到這兒來啊，來山毛櫸這兒，這裡雨比較沒那麼大！」

對方會有這樣的誤解，傑洛特並不覺得奇怪。他和亞斯克爾兩人身上都披著灰色的精靈斗篷。他自己身上穿著德律阿得給的外衣，上頭有精靈最愛的葉狀圖騰，身下的馬兒套著精靈用的馬具，轡頭更有精靈族特有的裝飾。兜帽將他的臉遮掉了一部分。至於亞斯克爾這個翩翩公子，已經不只一次被認作是精靈或半精靈了，尤其他開始蓄著及肩長髮，有時還會用鐵捲來上造型。

「小心點。」他一面下馬，一面低聲說。「你現在是精靈，沒必要的話別開口。」

「爲什麼？」

「他們是哈付客。」

亞斯克爾聽懂了他的意思，不禁小聲倒抽一口氣。

金錢萬能，有需求就有供給。聚在林中擄掠的斯寇亞塔也，蒐集了一堆於他們無用但能轉售的贓物，而他們自己則苦於裝備與武器的短缺。在這樣的情況下，便衍生出這種林間兜售的交易模式，以及專門從事這種交易的一群人。於是，投機者的車子便在林間各個通道、伐區與空地上悄悄出現，與「松鼠」進行地下交易。精靈稱他們做哈付卡倫，這個字雖沒有對等的翻譯，但聽起來像是指餓虎飢鷹般的貪婪。後來傳到了人類的圈子裡，就成了眾所皆知的「哈付客」，而這個字聽起來更糟。因爲這些都是很糟糕的人類，既殘酷又無情，爲達目的不擇手段，就算殺人也在所不惜。哈付客要是被軍隊抓到，不用指望能得到憐憫，因爲他們自己也很少對他人展現慈悲。所以，只要在路上碰到可能把他們交給軍隊的人，哈付客會想也不想就伸手拿刀或十字弓。

因此，他們算是有點倒楣。還好，這兩個哈付客把他們當作精靈。傑洛特調整兜帽，把臉遮得更加嚴實，並開始在腦中預想一旦僞裝曝光，情況將如何演變。

「這雨還下得眞大啊。」商人搓了搓雙手。「這雨根本就是用倒的，好像有人在天上挖了個洞似的！這太得眞是糟糕，也雷阿？不過沒關係，只要有生意做，就沒有壞天氣，會壞的就只有貨物和錢幣而已，哈，哈，哈！懂嗎？精靈。」

傑洛特點了點頭，亞斯克爾蓋著兜帽咕噥說了些話。算他們走運，大家都知道精靈不屑與人類打交道，所以他們的態度也不會顯得奇怪。不過那車夫仍舊沒將十字弓放下，這可不是個好兆頭。

「你們是誰的手下？是哪一個突擊隊的？」雖然眼前的客戶話不多，但哈付客就像每個積極的生意人，不讓他們就此保持沉默。「寇伊納．德雷歐？安格斯．布力克力？還是里歐登？里歐登對吧？我知道。一週前把皇家庫官殺了個精光的，就是他的部隊，那些庫官車上運的可都是徵收來的貢品。我指的是錢幣，不是糧食。我可是不收焦油、穀子，也不收沾了血的衣服；如果是贓貨的話，只收水貂皮、紫貂皮或白鼬皮。不過我最喜歡的還是錢幣、寶石或珠寶！要是你們有的話，我們就可以來做個買賣。我這裡可都是上等貨！耶文連法拉恩阿爾得色迭，也雷阿，懂嗎？精靈，我什麼都有，看看吧。」

商人走近馬車，拉開濕透的帆布。他們瞧見帆布底下有劍、有弓、有成束的箭羽和馬鞍。哈付客在貨物裡翻找一番，抽出其中一支箭，箭鏃呈鋸齒狀。

「你們在其他人那裡可找不到這個。」他誇耀道。「其他商人都尾巴夾得緊緊，怕得要命，因為賣這種箭鏃不管是被誰抓到，都是要五馬分屍的啊。不過呢，我知道『松鼠』喜歡的是什麼，顧客至上啊。再說，有哪樁買賣是沒風險的，只要有賺頭就行啦！我這些尖牙鏃，九個歐蘭一打。奈夫得阿恩特維得阿內，也雷阿，懂嗎，雪以？我敢發誓，沒佔你們便宜，我自己都沒什麼賺頭了，我拿我那幾個孩子的腦袋瓜來發誓。要是你們一次拿三打，我再給你們打個九四折。我敢發誓，這絕對是千載難逢的好機會，錯過就沒了……喂，雪以，別碰我的車子！」

亞斯克爾怯怯地從布篷上收回手，把兜帽拉得更低，蓋住眼睛。傑洛特不知道是第幾次在心裡咒罵詩人那不受控制的好奇心了。

「米而沒法拉。」亞斯克爾抱歉地抬起手，含糊說著。「斯克斯。」

「你們別見怪啊，」哈付客露出滿口牙。「不過那裡頭的東西看不得，因為我這車裡還有其他的貨，不是拿來賣的，不是給雪以的。那是人家訂的，嘿、嘿。話說回來，我們光在這裡說個沒完……你們可是把錢掏出來看看啊。」

來了。傑洛特看著車夫那把上了弦的十字弓，心裡如是想著。他有理由認為，那把弓上的箭鏃可能就是哈付客那千載難逢的尖牙鏃。要是被它射進肚子，會從背後穿出三個洞，說不定是四個，把肚子裡的器官攪成亂七八糟的燉肉。

「內思太得。」他說，並特意把自己的口音改成充滿音律。「塔耶阿得。米雷安法拉，法恩佛特。我們會再從突擊隊那邊過來，到時候我們再做買賣。也雷阿？懂嗎，都因？」

「懂，」哈付客啐了一口。「你們是窮光蛋，想拿我的貨，只是不會把錢留下來。滾蛋吧，你們！不要再回來了，因為我可是要跟大人物在這邊碰面，你們別被那些大人物看見比較安全。你們去……」

一道馬兒的噴氣聲讓他打住了。

「算了！算了！」他粗聲說。「來不及了！他們已經到了！精靈，把你們腦袋瓜上的帽子蓋好！不要動，也不要給我出一點聲音！科爾達，你這個笨蛋，把十字弓放下，快點！」

雨聲、雷聲和滿地的落葉掩住了馬蹄的踏動，那群騎士也因此得以無聲無息地靠近，而不驚動他們，然後眨眼間把山毛櫸圍了起來。來人不是斯寇亞塔也。大樹周圍聚了八名騎士，他們身上的盔甲、肩甲與鎖子甲都因雨水而閃閃發亮，而「松鼠」是不穿盔甲的。

其中一個騎士策馬逼近，像座山一樣地立在哈付客面前。那人本身個子不矮，身下的戰馬也十分高大，戴著盔甲的肩膀上披了一張狼皮，臉上罩著覆至下唇的護鼻頭盔；手裡拿了一支看起來很具威脅性的長喙錘。

「德里多！」那人粗聲喊道。

「法伊提亞納！」商人也朝著對方喊，聲音微顫。

騎士又更靠近了些，將身子往前傾。一道細小的涓流從他的鐵護鼻落下，滴在護手及閃耀不祥光芒的長喙錘尖上。

「法伊提亞納！」商人又喚了一次，並深深鞠了個躬。他拿下帽子，稀疏的頭髮在頃刻間就讓雨水貼到了頭蓋骨上。「法伊提亞納！我是自己人，我有暗號……是法伊提亞納派來的，大人……是按說好的在這邊等……」

「那邊那幾個是誰？」

「我的護衛。」哈付客的腰又彎得更深了。「他們是……這個……精靈……」

「俘虜呢？」

「在車上，放棺材裡了。」

「放棺材裡？」雷聲把護鼻頭盔騎士的怒吼蓋掉了些許。「你等著受刑吧！德里多大人的命令很清楚，這個俘虜要是活口！」

「他是活的，是活的。」商人趕忙回話，答得結結巴巴。「就像大人交代的一樣……他是被關在棺材裡，但還活著……大人，那口棺材不是我的主意……是法伊提亞納……」

那名騎士用長喙錘敲了下馬鐙，做出暗號。三個騎士跳下馬，扯掉貨車上的帆布，把馬鞍、馬毯和一套套馬具都丟到地上；在閃電的亮光下，傑洛特瞧見車上確實有一具用剛砍下的松樹做成的棺木，不過他沒能仔細看。指尖傳來一股令人發麻的寒意，他知道要出事了。

「怎麼這樣？大人。」哈付客看著貨物被丟到濕答答的落葉堆上，出聲說：「你們怎麼把我車上的貨都丟在地上呢？」

「這些我全買了，連你的馬車一起。」

「哦——」一個噁心笑容爬上了大鬍子商人的臉。「如果是這樣，那就另當別論啦。這全部總共……讓我想想……不好意思，如果閣下方便付特馬利亞幣的話，五百。如果是用大人您那邊的錢來付的話，那就是四十五個弗洛倫。」

「這麼便宜？」馬上之人不屑地說，護鼻底下勾起一道陰森的笑容。「過來。」

「小心點，亞斯克爾。」獵魔士低聲說，並暗暗解開披風的釦子。雷聲又再度落下。

哈付客走近那名騎士，天眞地以爲這是他生命中的一筆大買賣。這的確是他命中的一筆大買賣，也許不是最大筆，但肯定是最後一筆。騎士在馬鐙上站起身，然後大手一揮，那把長喙錘就這麼釘進他的禿頂。商人連哼都沒哼一聲就倒下，四肢抖了幾下，鞋跟在濕葉毯上踹出幾道痕跡。在車上四處翻找的那群人中，有人把皮繩套到了車夫的脖子上，用力拉緊；另一個則拿著短劍跳到車夫面前，刺了他一劍。

一名騎士快速地拿起十字弓擱到手臂上，瞄準了亞斯克爾。不過，傑洛特的手上早已拿著從哈付客車上丟下來的劍。他抓起劍身中央，當作長槍一樣地扔了出去。拿十字弓的那人被一劍刺穿，摔下了馬，臉上還一副極度吃驚的樣子。

「快跑，亞斯克爾！」

亞斯克爾快速衝向飛馬，猛力蹬上馬鞍。然而，動作有些魯莽，詩人又不甚熟練，結果沒抓住鞍頭，整個人直接滑過馬鞍，摔到另一側地上；這剛好救了他一命——有名騎士朝他攻來，劍刃嗖地一聲，劃過了飛馬的耳朵上方。公馬受到驚嚇，掙扎扭動，與攻擊者的馬匹撞在一起。

「他們不是精靈！」戴著護鼻頭盔的騎士抽出長劍咆哮道。「留活口！把他們捉起來！」

馬車上那群人跳了下來，其中一人因爲這道命令而猶豫了一下，這已經足夠讓傑洛特拿到自己的劍，而他沒有一秒猶豫。一注血泉就這麼噴在其他兩人身上，把他們的幹勁澆熄了些。獵魔士趁機又殺了第二個人。不過，此時其他騎士已來到他身後。他從他們劍下閃過，擋住敵方攻勢並及時閃避襲擊，此時卻突然感到右膝傳來一股痛楚，覺得自己就要倒下了。他沒有受傷，是那條在布洛奇隆治好的腿忽然無法使力，沒有任何預警。

一名步兵拿起斧頭朝他砍了過來，突然悶哼一聲，腳步踉蹌，好像有人用力地推了他一下。那人倒下之前，獵魔士注意到對方身側插了支長羽箭，箭身只剩半截露在外面。亞斯克爾放聲大叫，卻讓雷鳴蓋了過去。

在閃電的照射下，緊倚車輪的傑洛特看見一名淺髮女子拉著弓，從赤楊林裡跳了出來。那些騎士也看見了她。他們肯定會注意到她，因爲其中一人就在此時筆直往後地摔下馬，喉頭還插著一支沾滿血的箭。剩下三名騎士，包括那名戴著護鼻頭盔的首領，當下評斷威脅來源，大喝一聲，往持弓女子奔去。他們藉馬頸作掩護，以爲這樣就能躲掉弓箭手的飛箭。不過，他們錯了。

瑪麗亞．巴林格，人稱米爾娃，把弓拉滿。她的臉緊貼弓弦，平心靜氣地瞄準目標。

首先發動攻擊的那人先是慘叫一聲，滑落馬鞍，一腳卡在馬鐙上，被鐵蹄踩了個稀巴爛。第二個則被直接射下了馬。第三個，也就是他們的首領，已經十分逼近；他站在馬鐙上，舉起劍準備攻擊。米爾娃卻文風不動，無畏地盯著朝她而來的對手。她拉滿弓，在離對手五步之距，直接一箭射在對方臉上，位置就在他的鐵護鼻旁。那支箭射穿了他的臉，連帶把他的頭盔也射掉了。馬並沒有放慢速度，沒了頭盔與部分頭骨的騎士，在鞍上待了一段時間後，緩緩向前傾倒，摔進泥水坑裡。馬兒嘶鳴一聲，繼續往前跑去。

傑洛特困難地站起身，揉了揉發疼的腿，但奇怪的是，那條腿的功能卻很正常，他可以用那隻腳站立、行走。一旁，亞斯克爾把那名壓在他身上、喉頭被射穿的騎士屍體推開，從地上掙扎起身。詩人的臉成了石灰色。

米爾娃走近他們，途中順手把一支箭從屍身上拔起。

「謝謝妳。」獵魔士說。「亞斯克爾，謝謝人家。這是米爾娃．巴林格。多虧有她，我們才能活命。」

米爾娃從第二具屍體上拔出箭，審視染血的箭鏃。亞斯克爾含含糊糊地說了句話後，依皇室禮節鞠了個躬，不過動作有些顫抖。之後，他雙膝一軟，跪地嘔吐。

「這是誰？」持弓女子在濕葉上擦了擦箭矢，然後將箭收進箭袋裡。「你兄弟啊？獵魔士。」

「對，他叫亞斯克爾，是名詩人。」

「詩人。」米爾娃看了下被乾嘔折磨的詩人後抬起眼，說：「如果是這樣，那我就明白了。要說不明白的，那就是爲什麼他不找個安靜的地方寫詩，卻要在這裡吐。話說回來，這和我沒關係。」

「就某種程度上來說，跟妳有關。妳救了他的命，還有我的命。」

米爾娃抹了抹被雨水濺濕的臉龐，頰邊那道弓弦壓痕還清晰可見。雖然她射了好幾支箭，壓痕卻始終只有一道——弓弦每次都是壓在同一個位置。

「你們在和哈付客說話的時候，我就已經在赤楊林裡了。」她說。「我不想被那個無賴看到，而且也沒這個必要。然後那些人來了，你們打了起來。那幾個人你解決得挺俐落的。我必須承認，雖然你的腳還跛著，但你挺會耍劍的。你應該要在布洛奇隆再待一陣子，把跛腳治好才對。你這樣會把情況弄得更糟，可能這輩子都要當個跛腳，你應該有想過這點吧？」

「我應付得了。」

「我看也是。我一路上追在你的後頭，想要給你警告，叫你回頭。你走這趟是白走了，南方現在在打仗，尼夫加爾德的軍隊正從得列斯賀往布魯格去。」

「妳怎麼知道？」

「就算是看這裡也知道啊。」女子的手大大一揮，指著那堆屍體與馬匹。「他們是尼夫加爾德人啊！你沒看見他們頭盔上的太陽嗎？沒看見他們馬鞍墊上面的刺繡？你們還是腳底抹油趕快跑吧，後面的人可能就快到了，這些是出來偵察的。」

他搖了搖頭，說：「我想他們應該不是偵察隊或是前鋒部隊，他們到這裡來是爲了其他東西。」

「什麼東西？只是好奇問一下。」

「這個。」他指著擺在車上的松木棺，上頭的顏色因爲雨水的關係而變深。雨勢已經減緩，雷聲也不再落下，暴風雨已向北方移去。獵魔士拾起掉在落葉中的劍，跳上馬車，不過他悄聲咒罵了一下，因爲膝蓋還是不斷用痛楚來喚起他的注意。

「幫我把這打開。」

「怎麼？你想要把死人……」米爾娃話說到一半，看見棺蓋上鑽了好幾個洞。「搞什麼鬼啊！哈付客這個箱子裡運的是活人？」

「是個囚犯。」傑洛特瞄了一眼棺蓋。「那商人之所以在這裡等尼夫加爾德人，就是要把這個囚犯交給他們。他們換了暗號……」

棺蓋「砰」地一聲撬了開來，裡頭是一個嘴巴被堵住、手腳被皮繩套住，塞在棺材裡的人。獵魔士彎下身，仔細地看了看那人。接著他又看了一次，而這次看得更加仔細。然後，他咒罵了一聲。

「想不到啊，想不到。」他拉長聲音道。「這還眞是個驚喜啊，誰會想到有這一天？」

「獵魔士，你認識他？」

「看過。」他笑得很難看。「把刀收起來，米爾娃。不用幫他把皮繩割掉。依我看，這是尼夫加爾德人自己的事，我們不該插手。就讓他像現在這樣待著吧。」

緒。

「我沒聽錯吧？」亞斯克爾的聲音在他們背後響起。他還是一臉慘白，不過好奇心壓過了其他情緒。

「你想把被綁住的人留在森林裡嗎？我想這人和你有過節對吧？不過，該死的，這明明是個囚犯啊！他可是那些人的囚犯，那些人偷偷跟著我們，差點把我們殺了。他是我們敵人的敵人……」

他突然打住，看著獵魔士把刀子從鞋筒中抽出。米爾娃微微清了下喉嚨。被綁住的那人有雙深藍色眼睛，原本因為雨水的關係而瞇著，見這情況突然張大雙眼。傑洛特俯下身，割斷了綁住他左臂的皮繩。

「看好了，亞斯克爾。」他一邊說，一邊抓起那人的手腕。「你看見他掌上的這道疤嗎？這是一個月前在塔奈島上，奇莉砍的。他是尼夫加爾德人。他特地上塔奈島，就是要抓奇莉。這是她在被抓的時候，為了自保而出手傷人的。」

「看來這個自保也沒啥用。」米爾娃喃喃地說。「不過，我在想，事情不太對勁。要是他把你的奇莉從島上抓去尼夫加爾德，那他為什麼會被關到棺材裡？為什麼哈付客是把他交給尼夫加爾德人？獵魔士，把他嘴裡的那塊布拿掉，說不定他會告訴我們？」

「我一點都不想聽他說。」他沉聲說道。「他光是這樣睜著眼睛躺在這裡，就讓我看了手很癢，想給他一劍。我現在已經很忍耐了，要是他再開口，我就忍不住了。我沒把他的事全都告訴你們。」

「那就不要忍啊。」米爾娃聳了聳肩。「要是他是這麼一個惡棍，那就一劍砍下去。不過要做就要快，我們時間不多了。我說過，尼夫加爾德人就要來了。我去牽我的馬。」

傑洛特放開那人的手，站起身。

那人馬上扯掉嘴上的束縛、吐掉塞在嘴裡的布條，不過一句話也沒說。獵魔士將一把刀子丟到他的胸口。

「尼夫加爾德人，我不知道你是犯了什麼錯，要被人裝進這個箱子裡，」他說：「我也不想知道。這把小刀就留給你，你自己鬆綁吧。要留在這裡等同伴，還是要躲進林子裡，隨你便。」

那名囚犯沉默不語。他整個人被綑住，塞在木箱裡，看起來比在塔奈島時還要可憐無助，而當時的他是雙膝跪地、身受重傷，在血泊中驚惶顫抖。現在的他年紀看起來比那時還要輕。獵魔士猜想他應該不會超過二十五歲。

「我在島上饒過你一條命，」他又說：「我現在再饒你一次，但這已經是最後一次。下次再見，我會把你像條狗一樣地給宰了。記清楚了。如果你想要說服你的同伴來追我們，最好把這口棺材給帶上，你會用得上的。亞斯克爾，我們走。」

「快走！」米爾娃從往西的小徑上奔回頭，朝他們喊道。「不是那邊！進森林，他媽的，進森林！」

「發生什麼事了？」

「絲帶河那邊有一大隊人馬正朝我們來！是尼夫加爾德！你們還在看什麼？快上馬，免得被他們追上了！」

□

這場村落爭奪戰已經持續了一個多鐘頭，卻絲毫看不出結束的跡象。躲在石牆、籬笆與馬車屏障後頭的步兵，已經三次擊退在水堤上發動猛烈攻勢的騎兵。礙於堤防的寬度，騎兵無法大舉進攻，但步兵卻能因此集中火力防守。結果，騎兵的每一波攻勢都被路擋化解，早已不抱希望卻仍舊死守崗位的步兵從路擋後方、使用長弓與弩弓射出陣陣箭雨，成功嚇阻蜂擁而至的騎兵。中了箭的騎兵個個亂了陣腳，推擠成堆。此時，防守那方拿起戰斧、長戟與刺連枷火速進攻，能砍多少就砍多少。騎兵拋下陣亡人馬，退回水塘，而步兵則躲回路擋，朝敵方叫囂辱罵。隔一段時間，騎兵整軍就備，重新展開攻擊。

然後，一切又再度重演。

「不知道是誰在跟誰打呢？」亞斯克爾又問了一次，話音很含糊，因爲他嘴裡含了從米爾娃那裡要來的乾糧，正試著把它濡濕。

他們就坐在斷崖邊，有杜松作完美掩護，可以好好觀察這場戰爭，不用擔心自己會被人看見。事實上，他們必須待在那裡觀察，別無選擇。他們的前方是座戰場，後方則是陷入火海的森林。

「這很好猜。」傑洛特總算決定勉強回答亞斯克爾的問題。「那些騎兵是尼夫加爾德人。」

「那步兵呢？」

「步兵不是尼夫加爾德人。」

「那些騎兵只是普通的維爾登騎兵。」一直神色陰鬱、異常寡言的米爾娃說。「他們的鞍囊繡了棋盤徽。至於村子裡那些士兵，是布魯格的傭兵，看他們的幡幟就知道了。」

就在這時，步兵再度獲勝，興高采烈地將一面綠色旗幟高舉路擋之上，旗幟上繪有以四個白錨組成的十字。傑洛特一直很留心觀看戰事，卻沒看見這面旗幟，守軍是到現在才把它舉起來。顯然這場仗剛開打的時候，這面旗幟不知被丟到哪去了。

「我們要在這裡坐很久嗎？」亞斯克爾問道。

「我就知道。」米爾娃嘀咕了一下。「又再問了。看一看四周！現在不管往哪邊都是死路一條。」

亞斯克爾不用看他的四周，也不用轉身。一條條煙柱讓地平線成了條紋狀，而煙霧最濃的地方在北方與西方──某支軍隊在那裡放火燒了森林。南方的天空也有許多煙柱竄升，那是他們本來打算要去，卻被這場戰爭擋住去路的地方。不過，他們待在山頭的這一個鐘頭裡，東方那邊也起了硝煙。

過了一會兒，弓箭手看著傑洛特說：「不管怎樣，我現在倒是很好奇你打算怎麼辦，獵魔士。我們的後面是尼夫加爾德和燒成一片的森林，前面是什麼你也看見了。所以，現在你的計畫是？」

「我會按照原定計畫，等這場仗打完，再往南方去。去亞魯加河。」

「你大概是瘋了。」米爾娃皺起眉頭。「你又不是沒看見前面現在發生什麼事。隨便看一下也知道，這群人不是出來郊遊的，這叫打仗。尼夫加爾德和維爾登正在打仗。南方那邊，他們一定已經掃過亞魯加河和整個布魯格，說不定連索登也燒成一片……」

「我必須要到亞魯加河。」

「很好。然後呢？」

「我會找艘船，順水而下，想辦法去河口。然後再改搭大船……該死，那邊一定還有船開往……」

「開去尼夫加爾德？」她冷哼一聲。「照原定計畫？」

「妳不用陪我一起去。」

「我當然不用。而且，我還很感謝老天爺，因爲我不想找死。我一點都不怕死，不過我要告訴你，找死並不是什麼難事。」

「我知道。」他心平氣和地回答。「我已經試過了。如果沒必要，我不會跑去那邊。不過我必須去，所以我要去。沒有任何事能阻攔我。」

「哈，」她上下瞄了他一眼。「聽聽這位英雄講的話，眞是令人害怕啊，就好像有人拿刀子去刮舊鍋底似的。要是恩菲爾大帝聽到你這麼說，一定會嚇得尿褲子。快來啊，侍衛，快來啊，帝國守衛，你們快來啊！獵魔士就要搭船直接殺到尼夫加爾德了，要殺到我這裡了，他馬上就來了，要把我的命和王冠都奪走！我該怎麼辦啊！」

「夠了，米爾娃。」

「不夠！該是時候有人當著你的面把事實說破了。這世上要是有哪個男人比你還要自大，那就讓我被掉光毛的兔子上好了！你要去把你的女人從恩菲爾手裡搶過來？那個恩菲爾看中，要娶來當皇后的女人？那個他從各國國王手裡搶過來的女人？恩菲爾的爪子可利了，一旦被他抓在手，他就不可能放掉。各國國王都拿他沒辦法了，而你想去試？」

他沒有答話。

「你打算去尼夫加爾德，」米爾娃既嘲弄且同情地搖著頭，又重複了一次。「去向帝王宣戰，去拐他的未婚妻？你有想過後果會怎樣嗎？等你到了那裡，在城堡裡一堆的房間中找到那個奇莉，全身上下都是黃金和絲綢，你要跟她說什麼？走，親愛的，跟我走，要那個什麼帝國寶座幹嘛？我們倆一起去住茅屋，如果糧食在收割前先吃完，我們就去啃樹皮。看看你自己吧，一副窮酸樣的跛子。就連你身上的鞋子和破外套，也是德律阿得給的，從受傷並死在布洛奇隆裡的精靈身上拿的。你知道你的小姑娘看到你的時候會怎樣嗎？她會對你吐口水、恥笑你，會叫禁衛軍把你丟到門外餵狗！」

米爾娃越說越大聲，到最後，她幾乎是用吼的。這不只是因爲她的怒氣，也是爲了要蓋過越來越大的噪音。下方，有幾十個，或許是幾百個人扯著嗓子吼叫。另一波攻勢再度向布魯格步兵襲來，不過這一次是兩邊同時。穿著棋盤徽、藏青袍的維爾登人由水堤那邊衝來，而從水塘後方對守軍側翼發動攻擊的，則是一支穿著黑色披風的精銳騎兵。

「尼夫加爾德。」米爾娃簡短地說。

這一回，布魯格的步兵一點機會也沒有了。騎兵闖過路擋，轉瞬間便把守軍一個個掛到劍上。十字旗倒落在地。部分步兵棄械投降，部分試著逃往森林。不過從森林那頭，有第三支部隊也發動攻擊，那是支軍服不一的輕裝騎兵。

「斯寇亞塔也。」米爾娃一邊起身，一邊說。「現在你知道發生什麼事了吧？獵魔士。懂了嗎？尼夫加爾德、維爾登和『松鼠』是一國的。這是戰爭，就像一個月前的亞丁。」

傑洛特搖了搖頭，說：「這是搶劫，是強盜行爲。這裡只有騎兵，沒有半個步兵……」

「步兵在攻打堡壘和司令部。你以為那邊那些煙是從哪來的？燻窯嗎？」

底下，從村子的方向傳來一聲聲瘋狂驚恐的叫喊，那是被「松鼠」追斬的逃難者。一道道火舌、濃煙從房舍屋頂爆出。早上那場大雨打濕的茅草已被強風吹乾，火勢因此飛快蔓延。

「是啊，」米爾娃喃喃道。「這個村子就要冒煙了。上次那場戰爭過後，他們才剛把村子重新建好，花了兩年時間把屋子架起來，做得滿頭大汗，結果沒兩下又全被燒成灰。是該學點教訓了吧！」

「什麼教訓？」傑洛特厲聲問道。

她沒有回答。濃煙從被火焰吞噬的村子裡高高竄到斷崖，讓人眼睛刺痛，淚水也跟著被逼了出來。那群人裡不斷傳出陣陣慘叫。亞斯克爾的臉色突然白得像帆布一樣。

那群俘虜被趕成一堆，圍在一個圓圈裡。在一名戴著黑羽頭盔的騎士號令之下，所有騎兵開始砍殺手無寸鐵的人群。跌在地上的，就讓馬匹給活活踩死。那個圓圈逐漸縮小。傳上斷崖的聲聲慘叫，開始變得不像人聲。

「我們要往南邊去？」詩人問著，並意有所指地看著獵魔士。「要穿過這些火場？要去這些屠夫來的地方？」

「我想，」獵魔士帶著遲疑回答。「我們別無選擇。」

「我們有。」米爾娃說。「我可以帶你們走森林去貓頭鷹丘，然後回到勘特利洩，回到布洛奇隆。」

「穿過那些著火的森林？穿過我們才剛剛躲開的入侵部隊？」

「這比往南的路要來得有把握。去勘特利洩的路全長十四哩，而我知道怎麼走。」

獵魔士看著下方，看著逐漸消失於烈火中的村落。尼夫加爾德人已經把俘虜處理完畢，整好隊伍準備行軍。斯寇亞塔也的雜牌軍則朝東行的商道移動。

「我不回頭。」他堅決地說。「不過，把亞斯克爾帶去布洛奇隆。」

「不！」詩人的臉色雖然還沒回復正常，還是提出抗議。「我要和你去。」

米爾娃揮了揮手，拿起她的弓和箭袋，往馬的方向踏了一步，接著又突然轉過身。

「真是見鬼了！」她吼道。「我看我是精靈的命救太久、也救太多了，搞得自己現在都見不得別人去送死！一群瘋子，我帶你們去亞魯加。不過，不是走往南的路，要走往東的那條。」

「那邊的林子也已經燒成一片了。」

「我會帶你們穿過火焰，這對我來說是家常便飯。」

「米爾娃，妳用不著這麼做。」

「我當然不用。好了，上馬！你們到底要不要走啊？」

□

他們並沒有走太遠，馬兒在長滿灌木叢與雜草的小徑裡走得很吃力。不過，他們不敢冒險走道路——四面八方都有馬蹄聲與兵器聲，透露出軍隊行進的路線。黑夜在草木叢生的峽谷中找上門，於是他們停下來過夜。是夜沒有下雨，天空讓火光照得發亮。

他們找到一塊比較乾燥的地方，裹著斗篷與馬毯坐了下來。米爾娃去四周查看。這位來自布洛奇隆的弓箭手，一直讓亞斯克爾很感興趣，等到她一走，他憋了很久的好奇心便馬上發作。

「這女孩挺不錯的。」他低聲說。「你總是那麼好運，能碰上這種好事，傑洛特。你看她，身材修長勻稱，走路像在跳舞。就我的品味來說，臀部有點太窄，肩膀有點太壯，不過很有女人味啊……前面的那兩顆蘋果，呵呵……都快把衣服撐爆了……」

「閉嘴，亞斯克爾……」

「這一路上，」詩人繼續他的白日夢。「我有時會不小心碰到她。我告訴你，那大腿就好像大理石做的。喔，你在布洛奇隆的這個月，還眞是不無聊啊……」

剛剛探查回來的米爾娃，正好聽見如此戲劇性的低語，也注意到詩人的目光。

「你在講我嗎？詩人，我才轉身你就盯著我看，是在看什麼？有鳥在我背上拉屎嗎？」

「我們還是一直沒辦法相信，妳的射箭技術怎麼會這麼厲害。」亞斯克爾露出一口白牙。「妳要是去參加射箭比賽的話，大概沒有幾個人是妳的對手。」

「少蓋了。」

「我在書上看過，」亞斯克爾暗示性地盯著傑洛特。「最厲害的女弓箭手，算是澤利堪尼亞的女子，草原部族的女子。據說她們有些人會切掉自己的左胸，免得阻礙拉弓。聽說胸部會擋到弓弦。」

「這一定是哪個詩人掰出來的。」米爾娃哼了一聲。「就有這種人，只會坐著，拿羽毛筆沾夜壺來寫些鳥事，然後愚蠢的人類還跟著相信。怎麼，射箭是靠奶子還怎樣？拉弦要拉到嘴邊，身子要側著站，喏，像這樣。根本就沒有什麼東西會擋到弦。什麼切胸部的都是些蠢話，都是那些腦袋空空，只會想著女人奶子的人想出來的。」

「謝謝妳對詩人與詩歌的充分肯定，也謝謝妳為我們上了一課射箭技巧。弓是一種好武器。你們知道嗎？我在想，戰爭的藝術其實就是朝這個方向在發展。未來的戰爭將會是遠距戰爭，會發展出長程攻擊的武器，讓敵對雙方可以不用見面，就能直接射殺彼此。」

「亂講一通。」米爾娃簡短下了評論。「弓是好東西，不過所謂對戰，就是漢子跟漢子間的對抗，是一把劍的距離，力氣小的就會被力氣大的打個頭破血流。從以前到現在都是這樣，以後也一樣。一直要打到兵都死光了才算結束。現在是怎麼打的，你也看到了。就是在水堤邊的那個村子。哎，在這邊說這個有什麼用？我再去四處看看，那些馬叫得好像這附近有狼一樣……」

「真不錯。」亞斯克爾目送她離開。「嗯……不過，我們還是回到剛才說的那個水堤旁的村子，還有我們坐在斷崖時她跟你說的事……你不覺得她說的其實有點道理嗎？」

「你是指什麼？」

「我是指……奇莉。」詩人說得有點結巴。「我們這個長得漂亮、箭法神準的姑娘，好像不知道你和奇莉的關係，我覺得她好像以為你要和尼夫加爾德大帝爭著向她求婚，以為這就是你要大老遠跑去尼夫加爾德的真正動機。」

「關於這一點，她根本完全說錯了。所以，她是哪一點說對了？」

「等一下，不要激動。不過，面對現實吧。你把奇莉帶在身邊，覺得自己是她的保護者。不過她不是普通女孩，這是皇家之子啊，傑洛特。想也知道，她天生就是要坐寶座、住宮殿、戴皇冠。我不知道皇冠是不是剛好就在尼夫加爾德，恩菲爾是不是她的最佳夫婿人選……」

「說得對，你是不知道。」

「那你就知道了嗎？」

獵魔士用馬毯裹住身子。

「很明顯，你打算要下結論。」他說。「不過不用白費力氣了，我知道你的結論是什麼。『把奇莉從一出生就註定好的命運裡拯救出來是沒有意義的，因爲奇莉被救出來以後，就會叫禁衛軍把我們掃地出門，所以我們就不要麻煩了』，是吧？」

亞斯克爾張開了嘴，但傑洛特卻不給他機會說話。

「這女孩，」他說話的語氣逐漸改變。「又不是被龍或邪惡的巫師抓走，不是被海盜綁去勒索贖金。她不是被關在塔裡，不是被關在地牢裡，也不是被關在籠子裡。她沒有被人拷打，也沒有人要讓她餓死。正好相反，她睡的是錦被，用的是銀器，穿的是絲綢蕾絲，戴的是珠寶首飾；等著瞧吧，他們會把她捧成女王。簡單一句話，她很幸福。曾幾何時，歹毒的命運把一個獵魔士放到她的生命中，而這個獵魔士，竟然打算用他那雙某個精靈死後留下的破鞋，去踐踏、摧毀、破壞、拆散她的幸福，對吧？」

「我不是要說這個。」亞斯克爾埋怨著。

「他不是在對你說。」米爾娃從黑暗中突然出現，猶豫片刻後，在獵魔士身旁坐下。「這是說給我聽的。是我的話傷了他，我只是在說氣話，我沒想到……原諒我，傑洛特。我知道被人在傷口撒鹽是什麼滋味。好了，不要生氣，我不會再這麼做了。可以原諒我嗎？還是我應該要親你一下來表示歉意？」

她沒等他回答，也沒等他同意，直接一把攬住他的脖子，在他的頰邊親了一下。他用力摟住她的肩頭。

「靠過來。」他清了下喉嚨。「你也是，亞斯克爾。一起的話……會比較暖和些。」

他們沉默了許久。雲層在被火光照亮的天空流動，遮住閃爍的夜星。

最後，傑洛特開了口：「我想告訴你們一件事，不過你們要發誓不會笑。」

「說吧。」

「我作過一個怪夢，是在布洛奇隆的時候。一開始我以為是譫妄的關係，以為是我的腦袋有什麼不對勁。你們也知道，我在塔奈島上被人重重打了好幾下頭。不過，我已經連著幾天都作一樣的夢，都是同一個夢。」

亞斯克爾與米爾娃不發一語。

過了一會兒，獵魔士繼續說：「奇莉她不是睡在城堡裡的錦幔下，而是騎著馬經過某個破敗蕭條的村子……那村子裡的人都對她指指點點，用我不知道的名字叫喚她。村裡的狗都對著她吠。她不是一個人，還有其他人和她一起。有一個頭髮剃得很短的女孩，牽著奇莉的手……奇莉對著她笑。我不喜歡那個笑容，我不喜歡她臉上的濃妝……而最讓我不喜歡的，是死神一路跟在她的後頭。」

「問題是這女孩在哪裡？」米爾娃一邊咕噥，一邊像隻貓兒似地往他身上窩。「不是在尼夫加爾德？」

「我不知道。」他艱澀地說。「不過這個夢我已經作了好幾次。問題是，我不相信這種夢。」

「那是因爲你是個笨蛋。我就相信。」

「我不知道。」他又說了一次。「不過，我感覺得到，在前面等著她的是一團烈火，而死神就跟在她的後面。我得動作快一點。」

□

黎明時分，天空開始下雨，不過不是像前一日的風暴加短暫豪雨。天色先是轉爲昏暗，接著罩上一層鉛灰，然後天空開始滴雨，下起細細濛濛的惱人綿雨。

他們騎著馬往東走，由米爾娃帶路。當傑洛特提醒她亞魯加河位在南方時，弓箭手把他罵了一頓，提醒他帶頭的人是她，而她知道自己在做什麼。在那之後，他便不再說話。反正他們已經上路了，這才是最重要的。至於是哪個方向，並沒有太大意義。

他們沉默地騎著馬，又濕又冷地縮在馬背上。他們一直走在林間小徑上，沿著林道飛快前進，並穿過一條條商道。每當他們聽見路上隆隆傳來騎兵的蹄聲，便馬上躲進灌木叢中。他們遠遠繞了一大圈，好避開戰爭意味濃厚的吼叫與騷動。他們走過一座座被火吞噬的村落，走過一堆堆煙霧瀰漫的餘燼，避開了一個個屯村與莊園。所謂的屯村與莊園，不過就是一片片焦土，和雨水淋濕焦物的臭味。他們驚動一群群啄食屍塊的烏鴉，走過成群結隊、馱著沉重包袱要逃離戰火的村民。他們的表情呆滯，對於任何問題的反應都只是驚惶、不解又默默然，那一雙雙抬起的眼睛都因苦難、恐懼而顯得空洞。

他們往東走，穿過漫火與烽煙，穿過細雨和濛霧，而在他們眼前逐漸開展的，是一張以戰爭爲主題的壁毯，是一幕幕畫面。有個畫面，是一口有著長長打水桿的水井，像條黑色粗線般立在燒焦的村落廢墟之中。打水桿上掛著一具赤裸的屍體，頭部朝下，血從撕裂的下體與腹部流過胸膛與臉部，順著頭髮倒流凝結，看起來像一根根冰柱。在那屍體的背上，可以看見一個符文「阿爾得」，那是用刀割出來的。

「安及法列。」米爾娃甩開肩上的濕髮說。「『松鼠』已經到過這兒了。」

「安及法列是什麼意思？」

「告密者。」

有個畫面，是一匹披著黑色馬衣並上了鞍的白馬。那匹馬在戰場邊顚顚簸簸，不斷閃避成堆的屍體與插在地上的斷矛。牠嘶鳴一聲，又輕又悲，身後拖著一堆穿肚爛腸。他們沒辦法替牠結束生命——除了這匹馬，戰場邊還有些故意落在隊伍後方打劫死屍財物的匪兵。

有個畫面，是一個攤成大字的女孩。她躺在離焦黑支道不遠的地方，赤裸裸的，渾身是血，透過一雙玻璃眼珠望著天空。

「大家都說當兵是男人的事，」米爾娃咆哮著。「卻沒有人可憐這女的。他們只管自己開心就好。什麼英雄，去他媽的。」

「妳說得對，但是妳改變不了這個事實。」

「我已經做了改變，我是離家出走的。我不想在家裡掃地、刷地，就這麼一直守著，等他們來把房子燒了，把我攤在那個地板上，然後……」

她沒把話說完，趕著馬走開了。

在那之後，是一座焦油廠的畫面。當時，亞斯克爾把那一天內吃的乾糧和半塊魚乾全都吐了出來。那座焦油廠裡，尼夫加爾德人——又或者是斯寇亞塔也——處決了一群俘虜。至於那群俘虜的詳細人數，已經無從算起，即使是走近之後也沒辦法。因爲他們處決的方式不只是用箭、劍和矛，還有在焦油場中找到的伐木工具——斧頭、刨刀與木鋸。

其他還有一些畫面，不過傑洛特、亞斯克爾與米爾娃三人已記不得了。那些畫面已經被他們從腦海中剔除。

他們已經麻木了。

□

接下來兩天，他們甚至走不到二十哩。雨依然下個不停。原本因夏日曝曬而乾渴的大地，已然啖足水分，林道變得泥濘濕滑。霧氣與水氣讓他們無法觀察烽煙，不過燒焦的臭味卻點出軍隊依舊離他們不遠，依舊繼續到處放火，把能燒的一切都燒掉。

他們沒見到任何逃出的人。他們一直都是三個人待在森林裡，至少他們是這麼以爲的。

傑洛特是第一個聽見跟在他們後頭而來的馬兒噴氣聲，他面無表情地掉轉小魚兒。亞斯克爾張大了嘴巴，但米爾娃伸手要他安靜。她從鞍旁的箭袋中取出弓。

跟在他們後頭的那人從草叢現身，見到他們在等自己，便拉住了馬，那是一匹紅棕色公馬。兩方人馬就這麼靜靜地站著，打破這片靜默的只有雨聲。

最後，獵魔士終於開口：「我說過，不准跟著我們。」

那名尼夫加爾德人，也就是亞斯克爾早先在棺材裡見到的那人，把目光定在淌水的馬鬃上。詩人幾乎認不出他。他的身上穿了鎖子甲、皮上衣與披風，毋庸置疑，這些都是從哈付客車邊被殺的某人身上脫下來的。不過他記得這人的年輕臉孔，那張從山毛櫸下的驚險過後到現在，稀薄鬍碴還來不及掩住的臉孔。

「我說了不准。」獵魔士又重複了一次。

「你是不准。」年輕人總算承認。他說話沒有尼夫加爾德的口音。「可是，我必須這麼做。」

傑洛特跳下馬，把轠繩交給詩人。然後，他抽出了劍。

「下馬。」他平靜地說。「我看，你已經替自己找了塊鐵。這很好。要是你手無寸鐵，我還眞沒辦法把你給砍了。現在就另當別論了，下馬吧。」

「我不會跟你打，我不想。」

「我可以想見。你就像你所有的同胞一樣，比較喜歡別種打法，焦油廠裡的那種。你一路跟著我們的腳步，一定也從那邊經過了吧。我說了，下馬。」

「我是卡希．馬芙．狄福林．阿波．凱羅。」

「我沒有要你自我介紹，我是叫你下馬。」

「我不會下馬，我不想跟你打。」

「米爾娃，」獵魔士朝弓箭手招了招。「幫我個忙，把他騎的那匹馬給殺了。」

「不要！」尼夫加爾德人搶在米爾娃搭箭上弦之前舉起了手。「不要，拜託。我下來。」

「很好。現在把劍拿起來，小子。」

年輕人雙手環胸，說：「你要的話，就殺了我。或是你喜歡的話，就叫那個精靈用箭把我射死。我不會跟你打。我是卡希．馬芙．狄福林……凱羅之子，我想……我想加入你們。」

「我大概聽錯了，再說一次。」

「我想加入你們。你要去找那個女孩，我想幫你，我必須幫你。」

「這是個瘋子。」傑洛特轉身對米爾娃與亞斯克爾說。「他已經精神錯亂，我們現在是在跟個瘋子打交道。」

「他挺適合加入的，」米爾娃咕噥著。「簡直就是最佳拍檔。」

「傑洛特，考慮一下他的提議吧。」亞斯克爾譏笑道。「說到底，這可是尼夫加爾德貴族呢。也許有他的幫助，我們可以更快到……」

「管好你的舌頭。」獵魔士厲聲打斷他。「來啊，尼夫加爾德人，把劍拿起來。」

「我不會跟你打，而且我也不是尼夫加爾德人。我來自維可瓦洛，我叫……」

「你叫什麼我沒興趣。拿起你的武器。」

「不。」

「獵魔士，」米爾娃靠著馬鞍，往地上啐了一口。「時間不等人，雨又下不停。尼夫加爾德人就是不想和你打，而你呢，雖然裝得一臉凶巴巴，可是又不會冷血地把他給宰了。我們要這樣杵在這裡，等到嗝屁嗎？讓我在他的紅棕馬要害上插一箭，然後我們就可以繼續趕路了。他用走的追不上我們。」

凱羅之子卡希一口氣跑向紅棕馬，跳上馬背，往回頭跑，一路上還叫喊著要馬兒衝快點。獵魔士看著他離去，然後坐上小魚兒，一語不發，目不斜視。

過了一段時間，在小魚兒與米爾娃的黑馬並駕齊驅之後，他喃喃地說：「我老了，開始有顧忌了。」

「是啊，上了年紀的人就是有這種毛病。」弓箭手同情地看著他。「把宿根草煎了喝，對這個有幫助。不過現在你自己先暫時在鞍上墊塊枕頭吧。」

「是顧忌，」亞斯克爾認真解釋道。「不是內痔，米爾娃。妳弄錯意思了。」

「眞搞不懂你們那些自以爲是的笑話！老是說個沒完，你們就只會這個！快點，上路了！」

過了一會兒，騎在馬背上的獵魔士，擋著迎面而來的雨勢，開口問道：「米爾娃，妳眞的會殺了他的馬嗎？」

「不會。」她不情願地承認。「馬又沒有任何錯。那個尼夫加爾德人也沒有……他到底是哪根筋不對勁要這樣跟著我們？為什麼他說他必須要這麼做？」

「我要是知道的話，就讓我被鬼壓好了。」

□

當森林突然來到盡頭，他們來到商道上的時候，雨依舊下個不停。這條商道蜿蜒在群山之間，由南向北，又或者是反過來，端看是從哪個視角而定。

商道上所見的景象，並沒有讓他們感到驚訝。他們已經見識過了——東西散落一地的傾倒馬車、馬匹的屍體、零亂的包裹、鞍囊與行囊，還有一塊塊扭曲僵硬，呈奇怪姿勢的殘骸，而這些殘骸不久前都還是人類。

他們又靠近了些，沒有絲毫畏懼，因為這場屠殺顯然不是今日發生，而是昨日或前日。他們已經學會辨認，又或者是靠著過去這幾天在體內覺醒的動物直覺來辨別。他們也學會了如何滲入戰場，因為有時候可以成功地在散落一地的戰利品中，找到一點乾糧或是一小袋飼料，雖然這種事不常發生。

眼前是一片東倒西歪的車陣，他們在最後一輛車前停了下來。那輛車的車轂朝下，側倒在溝壑之中，被壓住的那片車輪已然碎裂。車下躺了一名脖子成不自然扭曲的壯碩女子。她的衣領上覆滿血跡，那是耳飾被人扯掉後，從破裂的耳垂所流下的血。在雨水的浸漬下，乾涸的血跡已經暈散。從蓋在車上的帆布上頭，可以看見一排寫著「薇拉．盧文豪普特母子」的字樣。

「這些人不是農夫。」米爾娃咬住雙唇。「是商人。這些人是從南方來的，從第林根要往布魯格，在這裡被追上，全部被殺了。情況不妙啊，獵魔士。我以為從這裡就可以轉往南方，不過我現在眞不知道該怎麼辦了。第林根和整個布魯格一定已經落到尼夫加爾德的手上了，所以走這條路，我們到不了亞魯加河，必須要繼續往東，走土落山。那邊都是森林，沒有人跡，軍隊不會到那裡的。」

「我不會再往東走了。」他提出異議。「我必須要去亞魯加河。」

「你會到的，」她異常平靜地回答。「不過要走比較安全的路。要是你從這裡去南方，就會直接落到尼夫加爾德人手上。這對你一點好處也沒有。」

「但我可以爭取時間。」他咆哮著。「往東走只會浪費時間。我和你們說過，不能這樣放任……」

「安靜。」亞斯克爾突然說道，還一邊將馬掉頭。「你們先不要說話。」

「怎麼了？」

「我聽見……歌聲。」

獵魔士搖了搖頭。米爾娃冷哼一聲。

「詩人，那是幻覺。」

「安靜！你們閉嘴！我告訴你們，有人在唱歌！你們沒聽見嗎？」

獵魔士將斗篷拉掉，米爾娃也側耳傾聽。半晌，她看向獵魔士，無聲地點了點頭。

吟遊詩人對音樂的敏銳度畢竟不同。看似不可能的事，卻是眞實存在。他們人在森林裡頭，四周煙雨濛濛，路上橫屍遍布，但那歌聲卻能傳入他們耳中。有人從南方那邊接近，而且還一路高興愉快地唱著歌。

米爾娃扯住黑馬韁繩，準備隨時躲避，獵魔士卻出手示意她按兵不動。他很好奇。因爲他們聽見的歌聲，並不是肅殺威嚇、節奏強烈、鼓聲隆隆、多人合唱的步兵進行曲，也不是趾高氣揚的騎兵之歌。那逐漸靠近的歌聲並不會令人恐懼。事實上，那首歌給人的感覺正好相反。

雨水淅瀝落在葉間。他們開始仔細聆聽歌詞的內容。如此輕快的歌曲，在這一幅戰爭與死亡的景象中，似乎是某種陌生而不自然的東西，而且是徹底、絕對的不合宜。

看啊，那邊樹下有狼跳舞。
嘴巴開開，尾巴搖搖，腳兒跳跳。
爲何森林野獸這麼開心？
看來他是一人光棍才會開心亂叫！
嗚答，嗚答，嗚呼哈！

亞斯克爾突然笑了開來，從濕透的披風底下抽出魯特琴，完全沒注意到獵魔士和米爾娃正朝他噺聲示意，只是把琴弦一撥，扯開嗓門重複那段旋律：

看啊，那邊草地有狼跛腳。

頭兒低低，尾巴縮縮，眼兒汪汪。
爲何這個野獸這麼傷心？
看來他昨天剛結婚或定了親！

「呼呼哈！」好幾道聲音從距離他們頗近的地方喊了回來。

一陣笑聲如雷貫耳，某人用手飛快吹了聲口哨，然後商道轉彎處出現一群五顏六色的怪人，像鵝群般列隊走來，一邊還有節奏地踏動笨重的靴子，將路上的泥水濺得到處都是。

「矮人，不過不是斯寇亞塔也。他們的大鬍子沒有紮成辮子。」米爾娃壓著嗓子下了定論。

迎面而來的一共有六個矮人，身上穿著矮人在雨季常穿的斗篷，那是一種用各種灰、棕色塊點綴的連帽短斗篷。就傑洛特所知，這種斗篷的好處是完全防水，而這種功效是由商道上的焦油、塵土，還有油膩餐食的殘渣，經過十幾年的累積而來。如此實用的衣著，都是由父親傳給長子，正因如此，通常只有成年矮人才能使用。當矮人的鬍子長至腰際，便表示他已經成年，而這通常要等到五十五歲。

朝他們而來的矮人裡，沒有一個看起來是年輕的，不過年紀也都不大。

「他們在替人類引路。」米爾娃低聲說道，然後頭一偏，把跟在六矮人後頭、從林子裡出現的一小群人指給傑洛特看。「這些一定是難民，因爲他們身上帶了大包小包。」

「那些矮人身上的行頭可不輕呀。」亞斯克爾評論著。

說得沒錯，每個矮人的行囊看起來都重得足以在短時間內累倒幾個人和幾匹馬。除了綁在棍子上的尋常包袱與腰上的錢袋以外，傑洛特還瞥見幾個鑲了邊的小箱子、一個挺有分量的銅製大鍋，和一個看起來像是小五斗櫃的東西。有個矮人背上還揹了車輪。

走在隊伍前端的那個矮人並沒有拿行囊。他的腰帶上有一把小戰斧，背上揹了把長劍，收在條紋貓皮裹成的劍鞘裡，而他的肩上則有隻羽毛直豎、渾身濕透的綠鸚鵡。朝他們打招呼的，正是這名矮人。

「你們好啊！」他在路中間停了下來，雙手扠腰大叫著。「現在這種世道，在森林裡寧可碰上野狼，也比碰到人類好。不過如果真的碰上了，那也寧可是拿著上了弦的十字弓，而不是好言好語打招呼的傢伙。而用歌聲來打招呼、用音樂來自我介紹的，一看就知道是自家兄弟！又或者是自家姊妹，別見怪啊，可愛的小姐！你們好，我是佐丹．奇瓦。」

「我是傑洛特。」獵魔士猶豫片刻後，做了自我介紹。「剛才唱歌的是亞斯克爾，而這位是米爾娃。」

「X——你媽！」鸚鵡叫了起來。

「閉上你的鳥嘴。」佐丹．奇瓦對鳥兒吼道。「請你們見諒。這隻海外來的鳥仔很聰明，不過沒什麼教養。這寶貝可是花了我十個塔拉，牠叫飛得元帥．嘟答。其他這些是我的夥伴，這是蒙羅．布魯斯、亞宗．華爾達、卡列伯．斯特拉通、菲吉斯．默盧卓，還有培齊瓦．舒登巴。」

培齊瓦．舒登巴不是矮人。在他濕淋淋的斗篷帽下，沒有濃密的落腮鬍；又長又尖的鼻子探了出來，這顯然說明了這鼻子主人在地精當中，屬於古老而高貴的一族。

「至於那邊那些，」佐丹．奇瓦指著停在稍遠處的一小群人。「是從凱諾夫村逃出來的。就像你們看到的，都是女人跟孩子。本來有更多人，不過尼夫加爾德人三天前找到他們，大開殺戒，把他們都打散了。我們在森林裡碰到他們，現在他們和我們一道走。」

「你們還眞大膽，」獵魔士縱容自己如是說道。「不但走商道，還大聲唱歌。」

矮人動了動下巴，說：「我不覺得邊走邊哭會是比較好的辦法。我們從第林根開始就一直走森林，安安靜靜、躲躲閃閃，等到軍隊過去了才出來到商道上，好趕點路。」他突然打住，看著眼前的戰場。

「這種景象，」他指著那些屍體。「我們已經看習慣了。從第林根開始，從亞魯加河開始，商道上就到處都是屍體……這是你們做的嗎？」

「不是，這些商販是尼夫加爾德人殺的。」

「不是尼夫加爾德人。」矮人搖了搖頭，一臉無所謂地看著被殺的人。「是斯寇亞塔也。一般正規軍不會這麼費事，還把箭從屍體身上拔起來，而一支好的箭鏃可是要半個克朗。」

「內行。」米爾娃喃喃道。

「你們要去哪裡？」

「去南邊。」傑洛特立刻答道。

「我看不要。」佐丹．奇瓦再度搖了搖頭。「那裡現在水深火熱、慘絕人寰，是眞正的人間煉獄啊。第林根一定已經淪陷了，有越來越多黑衣部隊渡過亞魯加河，我看沒多久，右岸的山谷就會被他們整個塡滿了。就像你們看到的，他們在我們前面，正往北方前進，要去布魯格城。所以，現在唯一可行的方向，就是往東逃。」

米爾娃若有深意地看著獵魔士，而獵魔士則是持保留態度，不予評論。

「我們打算要往東走。」佐丹．奇瓦繼續說下去。「唯一的機會就是避開前線，反正到頭來，特馬利亞的軍隊會從那邊出發，從東方，從伊那河那裡。我們想走林道去土落山，然後從古道去索登，到厚特拉河，那條河會匯入伊那河。要的話，我們可以一起走。只要你們不嫌我們會拖慢速度就好。你們有馬，而我們有難民在快不起來。」

「你們應該不會拖累我們。」米爾娃以銳利的目光看著他回答。「矮人就算是帶著行囊，每天也可以走到三十哩，就和人類騎馬差不多。那條古道我知道。少了這些難民的話，你們大概三天就到得了厚特拉河。」

「這些都是女人和孩子，」佐丹．奇瓦挺起了下巴和肚子。「我們不會任他們被命運擺布。你們有什麼反對意見嗎？嗯？」

「不，沒有。」獵魔士說。

「很高興聽到你這麼說。也就是說，我的第一印象沒錯。所以呢？我們要一起走嗎？」

傑洛特看向米爾娃，弓箭手點了點頭。

佐丹．奇瓦注意到她的頷首，說：「好，那就上路吧，免得我們在這商道上被哪支偵查騎給趕上。不過，在這之前……亞宗、蒙羅，你們倆去看看那些馬車。要是還有什麼用得上的，就趕快包一包。菲吉斯，這輛小貨車我們用剛好，看看我們的車輪合不合。」

「剛剛好！」過了一會兒，那個揹輪子的矮人大喊。「就像訂做的一樣！」

「看到沒？你這豬腦袋，昨天我叫你把那個輪子撿起來揹到背上的時候，你還覺得我莫名其妙哩！快裝上！卡列伯，去幫他！」

已故薇拉．盧文豪普特的車，沒多久便從溝裡被拉回路上，並裝上了新的輪子，車上原有的帆布與不必要的東西全都被清了出來，速度快得令人印象深刻。他們快手快腳地把行囊全丟到車上。佐丹．奇瓦幾經思量後，下令把孩子們也都放上車。不過這道命令就沒有完成得那麼俐落——傑洛特注意到那些難民與矮人有些隔閡，並刻意保持距離。

亞斯克爾一臉厭惡地看著兩個矮人打算把屍體身上的衣服剝下來。其餘的則是在各輛馬車間瞧來瞧去，不過卻沒看到什麼值得帶走的東西。佐丹．奇瓦用手指吹了聲口哨，示意他們打劫的時間已經結束了。之後，他又用行家的目光打量小魚兒、飛馬和米爾娃的黑馬。

「都是載人用的馬。」他皺著鼻子，一臉鄙視道。「也就是說，沒有用處。菲吉斯、卡列伯，到車轅站好，我們輪流拉車，出——發——！」

□

車輪陷進濕軟的林道時，傑洛特本來很確定這些矮人很快就會把這輛車子丟了，不過他錯了。這些小矮子壯得像牛，而往東的林間小路其實長滿了雜草，不至於太泥淖。雨依舊下個不停。米爾娃繃著一張臉，看來心情很壞，開口閉口就說馬的蹄壁已經浸軟，馬上就要裂開。佐丹．奇瓦的回應卻是舔了舔嘴唇，檢查了下馬蹄，然後說自己是料理馬肉的專家，這讓米爾娃快氣瘋了。

他們的隊伍一直保持讓馬車走在中間，由其他人輪流拉車。佐丹走在馬車前頭，亞斯克爾騎著飛馬跟在旁邊，一路戲弄他的鸚鵡。傑洛特與米爾娃騎著馬走在車後，而那六名來自凱諾夫村的女人則拖在隊伍的最後頭。

帶路的通常是長鼻子地精培齊瓦・舒登巴。雖然他的身高與氣力不如矮人，但他的耐力卻是與其相當，而且還比他們要敏捷多了。行進間，他不斷地變換方向、撥弄樹叢。時而跑到前頭不見人影，然後在遠處突然現身，像隻猴子一樣地快速比手畫腳，示意眾人繼續前進。有時他也會回到隊伍中，一股腦地把前方路上的障礙情況全數報告。每當他回來時，手上總會抓著一把黑莓、核桃，或是其他一些奇形怪狀但相當美味的根莖給車上的四個孩子。

他們已經在林道上走了三天，行進速度慢得很可怕。他們沒碰上任何一支軍隊，也沒見到一絲濃煙或火光。不過除了他們以外，還有其他人。負責偵查的培齊瓦・舒登巴，好幾次回報說森林裡躲著一群群難民。他們迅速避開了好幾群這樣的難民，因爲那些手拿乾草叉與鐵棍的農夫，看起來讓人情願不要和他們有所接觸。期間，有人提議最好還是試著與這些團體商量，看能不能把凱諾夫村的女人留給這些團體，不過佐丹反對，而米爾娃支持他的意見。那些女人也完全不急著離開隊伍。這樣的情況其實頗爲怪異，因爲她們在面對矮人時，顯然充滿恐懼及不確定感。她們幾乎沒說話，而每到休息時，她們總是聚在一旁。

傑洛特將這些女人的舉止，歸因於她們不久前才經歷過的那場慘劇，然而他也懷疑她們會這麼恐懼，有可能是因爲矮人們的不拘小節。佐丹和他的同伴們經常滿口髒話，就像那隻名喚飛得元帥·嘟答的鸚鵡一樣，不過他們的辭彙又更加豐富了。他們唱的是下流猥褻的歌曲，而這點亞斯克爾倒是大方支持。他們隨地吐痰、徒手擤鼻涕，還大聲放屁，而且通常還會藉機嬉鬧玩笑，相互較勁。他們只在眞的有較大需求時，才會進到樹叢裡去；如果只是比較小的那種，他們不會費勁走到遠處解決。這日早晨，佐丹對著餘燼尚溫的火堆小解，完全不在意他人目光時，總算把米爾娃逼瘋了。被責備的佐丹並不覺得尷尬，而且還大剌剌地說，通常只有表裡不一、不守信義、喜歡告密的人才會遮遮掩掩地辦事，這也是他平常用來辨識這種人的方法。不過如此雄辯滔滔的解釋，對弓箭手卻完全起不了作用，回敬這些矮人的是詞藻豐富的咒罵與幾個十分具體的威脅。這些威脅確實發揮了作用，因爲所有人都開始乖乖地到草叢裡去。可是，爲了避免被懷疑是不守信義的告密者，他們都是成群結隊一起去。

這些新同伴讓亞斯克爾完全變了一個人。詩人與這群矮人稱兄道弟，在他發現他們有些人聽過他的名號，甚至知道他的歌謠與對句之後，這種情況更爲明顯。亞斯克爾與佐丹是寸步不離，他身上穿著從矮人那裡硬要來的格紋外套，頭上的破舊羽毛帽也換成了引人注目的貂毛帽。他在腰上繫了條釘著銅釦的寬腰帶，還將一把看起來像土匪用的刀子插在腰帶上頭——那是他收到的禮物。當他彎腰時，那把刀常常會插進他的股溝。所幸，他沒兩下就把那殺人匕首給弄丟了，而且再也沒收到第二把。

他們在土落山邊坡的濃密森林裡遊走。那森林看來死氣沉沉，沒有半點鳥獸蹤跡，顯然全被軍隊與難民給嚇跑了。雖然沒有獵物可打，暫時還沒有斷糧的危機。那些矮人身上帶了不少乾糧。等到這些東西吃完以後——而等著吃飯的嘴有不少張，所以這一刻很快便到來——亞宗·華爾達與蒙羅·布魯斯便拿著兩個空袋子，不知所蹤了。他們是在天剛黑時消失的，等到天亮他們回來時，那兩個袋子已經裝得滿滿了。其中一袋裡有馬飼料，另一袋裡則是去了殼的穀粒、麵粉、牛肉乾和一塊幾乎沒有吃過的乾酪，裡頭甚至還有一大條煙燻豬肚腸——那是一種塡了碎豬肚的特製品，看起來就像由兩片木板壓住，用來煽動煙囪爐火的風鼓。

傑洛特可以想見這些東西是從哪來的。他並沒有馬上發表評論，而是等到適當的時機，等到只剩他跟佐丹兩人時，才有禮貌地詢問佐丹，竊拿其他難民的食物是否妥當；那些難民不會比他們少挨餓，而所有人都是爲了生存在奮戰。矮人很嚴肅地回答說自己當然會很不好意思，不過這性子已經改不了了。

「我有個很大的缺點，」他解釋道：「就是心腸太好。我這人的性子就是一定要做好事。不過，我也是個有理智的矮人，我知道自己不可能對所有人都好。要是我對所有人好、對全世界好，還有這世界上的一切生物好，那就等於是大海裡的一滴淡水，換句話說就是白費力氣。所以我覺得要做比較具體的好事，不會白費力氣的那種——我對我自己好，也對我身邊的人好。」

傑洛特沒再提出任何問題。

□

某一次紮營時，傑洛特與米爾娃兩人和佐丹．奇瓦這個無可救藥的利他主義者多聊了幾句。關於這場戰事的經過，這矮人可說是有個概略了解，至少他給人的印象如此。

「攻擊，」他一邊講述，一邊不斷地要高聲咒罵的飛得元帥．嘟答安靜。「是從得列斯賀開始的，在收穫節後第七天的黎明開始。與尼夫加爾德一起出發的，還有他們的維爾登盟軍，就像你們知道的，維爾登現在是在帝國的保護之下。他們行軍快速，把得列斯賀之後的每個村落都放火燒掉，把駐守當地的布魯格軍隊徹底消滅。至於要塞第林根，則是由尼夫加爾德的黑衣步兵，從亞魯加河對岸過來解決。他們是從最令人意想不到的地方過河。他們把橋搭在船上，只花半天就蓋好了，你們相信嗎？」

「現在什麼都有可能了。」米爾娃咕噥道。「戰事開始的時候，你們就在第林根嗎？」

「在那附近。」矮人答道，但神情閃爍。「當我們聽到大軍入侵的消息時，已經在往布魯格城的路上。商道上是一團亂，到處都是黑壓壓的逃難人群，有人要從南邊往北逃，有人卻往反方向跑。所有人都擠在商道上，我們也就跟著卡在那裡。尼夫加爾德人呢，行進方向與這些逃難的人一樣，又在我們前面，也在我們後面。那些從得列斯賀來的部隊一定是分頭行動。依我看，大批的入侵騎兵是朝東北走，那正是往布魯格城的方向。」

「所以黑衣軍已經在土落山以北了。這樣看來，我們是在中間，在這兩支入侵大軍之間的間隙帶。」

「的確是在兩軍之間。」矮人承認道。「但不是在間隙帶。帝國騎兵大隊的兩翼有『松鼠』、維爾登志願軍與其他零散隊伍守著，而這些部隊比尼夫加爾德人還要糟糕，就是他們放火燒了凱諾夫村，連我們也差點被他們抓走，幸好我們在最後一刻躲進森林。我們只要別把頭探出森林，隨時提高警覺就好。我們就走到古道，然後從那邊沿厚特拉河到伊那河，我們在伊那河畔一定可以碰到特馬利亞的軍隊。佛特斯特國王的大軍現在一定已經從錯愕中回神，開始頑強抵抗尼夫加爾德了。」

「希望如此。」米爾娃看著獵魔士說。「不過重點是，我們急著到南方辦事。我們在想要從土落山往南走，去亞魯加河。」

「我不知道你們在那邊有什麼要緊事要辦，」佐丹狐疑地看著他們。「必須拿你們的腦袋去冒險。」

他的結尾話音上揚，期待得到回應，不過卻沒有人急著爲他解釋。矮人伸手抓了抓臀部，清清喉嚨，朝地上啐了一口。

最後，他開口道：「要說現在亞魯加河兩岸，甚至是伊那河河口都被尼夫加爾德抓在手裡，我也不會意外。你們是要去亞魯加河的哪裡？」

「我們沒有確切的目的地。」傑洛特決定要回答佐丹的問題。「只要到河邊就好，我想搭船去河口。」

佐丹看著他，大笑出聲。不過當他了解到這不是個玩笑後，馬上把嘴閉了起來。

過了一會兒，他說：「我必須承認，你們想出來的這條路線挺不賴的，不過還是把這些空想都丟了吧。布魯格南部已經整個燒起來，你們還沒到亞魯加河，就會讓人插上木樁，不然就是銬上腳鐐拖去尼夫加爾德。就算你們夠好運走到河邊，也不可能有機會搭船下到河口。我跟你們說過那條搭在船上、從琴特拉到布魯格的浮橋，那條橋從早到晚都有人緊緊盯著，沒有船能從那邊過，過得去的大概就只有鮭魚吧。你們的那些要緊事，也只能變得不要緊了。要我說，你們這是『老太婆生孩子』。」

米爾娃臉上的表情神色，無聲地道出了自己也是抱持類似看法。傑洛特沒有發表任何意見。他覺得很不舒服。長時間的跋涉與無孔不入的濕氣，加深了不斷腫脹的刺痛，就好像有好幾根看不見的利牙，不斷地啃咬他的左前臂與右膝；還有那股鋪天蓋地、令人消沉、無以言喻的不適感，那是他從沒經歷過的陌生感覺，也因此他不知該如何面對。

那種陌生的感覺叫無力與頹喪。

□

兩天後，雨停了、太陽出來了。森林吞吐著白煙與快速擴張的霧氣。連連雨日迫使鳥兒不得不保持沉默，現在牠們可以開始積極彌補先前的缺憾。佐丹的心情也轉爲開朗，故而安排了一次較長的休息。他承諾在這次休息過後，會加快腳步前進，在一天內抵達古道。

凱諾夫村的女人把附近的枝枒全都曬上黑色與灰色衣著，自己身上只穿了襯衣，羞怯地躲在樹叢中，飛快吃著食物。脫了衣服的孩子們玩開了，用各種不同方式讓水氣飛揚的廣林不得安寧。亞斯克爾累得睡著了。米爾娃則消失了。

矮人的休息方式非常動態。菲吉斯．默盧卓與蒙羅．布魯斯跑去採香菇，佐丹、亞宗．華爾達、卡列伯．斯特拉通與培齊瓦．舒登巴聚在馬車不遠處，不斷玩著「轉螺紋」。這是他們最喜歡的紙牌遊戲，只要一有空檔就玩，即使是前幾天濕答答的夜裡也一樣。

獵魔士有時會和他們坐在一起，爲他們加油，而現在也是。這個典型的矮人遊戲規則非常複雜，他始終沒辦法理解，不過卻意外地喜歡上這些做工精細的卡片，以及卡片上頭畫的圖像。和人類玩的紙牌相比，矮人們的紙牌可是眞正的繪畫傑作。傑洛特再一次見識到這些長鬍子小人的技術先進，而且不是只侷限在掘礦、鍛造和冶金等領域。而矮人在紙牌這一項的才能，之所以沒能幫他們獨佔市場，是由於紙牌在人類的世界中，始終沒有骰子受歡迎，而且人類賭徒也不是出身重視美感的族群。獵魔士不只一次有機會觀察人類賭徒，他們玩的牌總是又縐又髒，把牌打到桌上前，都得先費一番工夫把黏在手指上的牌給拔下來。紙牌上頭的圖像也總是畫得非常潦草，之所以還能分得出少女和士兵的差別，只因爲士兵是騎在馬上。話說回來，那匹馬看起來倒比較像是隻跛腳的黃鼠狼。

矮人的卡片就不會導致這類誤解。戴著皇冠的國王是眞正的皇族，少女豐滿美麗，而手持長戟的士兵則是蓄著俏皮的小鬍子。這些人像在矮人的語言中叫作**赫拉瓦**、**外娜**及**巴雷特**，不過佐丹和他的兄弟們玩牌時，用的都是共通語，以及人類對這些牌卡的叫法。

陽光暖洋洋的，蒸發了森林裡的水氣。傑洛特爲他們加油打氣。

矮人「轉螺紋」的基本規則，會讓人聯想到馬市拍賣——不管是活動的激烈程度，抑或是競標人聲音的強度都一樣。喊到最高「標價」的那一方便努力想要拿到越多墩數越好，而對手會用盡各種辦法阻撓。遊戲進行得又大聲、又激烈，每個玩家身邊也都擺了根粗棍子。這些棍子極少被放到一旁，倒是很常被拿來揮動。

「你這個阿呆，到底會不會玩啊？你是豬頭嗎？幹嘛不出愛心出葉子？我喊愛心是喊好玩的嗎？

哼，我要拿棍子來敲敲你這個豬腦袋！」

「我有四張葉子，其中一張還是士兵，我以爲贏定了！」

「四張葉子？最好是！你把牌都放腿上，八成是連你自己的鳥都算進去了。斯特拉通，你想這麼多做什麼，這裡可不是大學啊！現在是在玩牌！只要拿到好牌，就算是頭豬都贏得了城主。華爾達，發牌。」

「鈴鐺一片糕。」

「球子一小堆！」

「國王去玩小球子，結果輸到脫褲子。葉子雙張！」

「轉螺紋！」

「卡列伯，別打瞌睡啊，都已經雙張加轉螺紋了！你要叫什麼牌？」

「鈴鐺一大堆！」

「我跟。哈！怎樣？沒人要轉螺紋了嗎？這下錢進袋囉，是吧？兄弟們，華爾達，出牌。培齊瓦，你要是再對他眨一下眼睛，我就把你揍成熊貓，讓你到冬天都沒辦法再眨一下眼睛。」

「士兵。」

「少女。」

「少女之後來張國王！少女被幹啦！我吃下囉，哈、哈，我還有愛心，是我特地留下來的！士兵、十字，還有一張十……」

「王牌跟在她後面！有王牌不出，就等著被人吃。來個小球子！怎樣？佐丹，正中要害囉！」

「你們看看他，這個欠人幹的地精。啊，看我拿棍子……」

佐丹的棍子還來不及派上用場，林子那頭就傳來一聲可怕的尖叫。

傑洛特第一個衝了出去。跑到一半，咒罵了聲，因爲他的膝蓋又開始痛了。佐丹．奇瓦從車上抓了他那把纏著貓皮的劍，在傑洛特之後也趕了過去。培齊瓦．舒登巴與其他矮人帶著棍子隨後跟上，被吵醒的亞斯克爾也大叫著追在眾人後頭。菲吉斯與蒙羅從一旁的林子裡跳了出來。兩個矮人把裝了香菇的籃子丟掉，把四處奔逃的孩子們抓回來。米爾娃不知從何處現身，邊跑邊把箭從袋子裡抽出來，並把尖叫聲的來源指給獵魔士看。這個舉動其實是多餘的。傑洛特早就聽到、看到，也知道是怎麼一回事了。

發出尖叫的是其中一個孩子，那是個長著雀斑、紮著辮子的九歲小孩，可能是個女孩。她整個人僵在那裡，離一堆腐爛的樹幹約隔了幾步。傑洛特飛快跳了過去，大手一抓，把女孩夾在腋下，截斷了那發狂的叫聲，眼角亦同時捕捉到樹幹間的晃動。他快速後退，撞到佐丹與他的矮人。米爾娃也看見了樹幹間的影子，於是把弓拉滿。

「別射。」他壓著聲音說。「把孩子帶走，快。至於你們，後退。不過要慢，別做任何太大的動作。」

一開始，他們以爲是一根朽木晃了一下，就好像那根樹幹企圖遠離曝晒在陽光下的那堆樹幹，自己去樹木間找塊陰影似的。一直到他們仔細看過之後，才瞧見那樹幹上有著不尋常的地方。最明顯的，就是那關節長滿突疣的四對細腳。那東西的身體節段分明，如龍蝦一般，甲殼上凹痕滿布、斑點橫生，而那四對細腳則高高屈在體側。

「動作不要太大，」傑洛特小聲重複著。「別激到牠。你們別被牠現在不動的樣子給騙了。牠不會主動攻擊，但動作卻快如閃電。要是牠覺得受到威脅，就有可能發動攻擊，而牠的毒是無藥可解的。」

那東西緩緩爬上朽木，慢慢轉動位在枝幹上的眼睛，看著人類與矮人，幾乎沒有動作。牠把腳一隻隻舉起，用令人印象深刻的尖銳口器仔細刮舔腳的尖端，好把那些腳清理乾淨。

「叫得那麼大聲，」佐丹站在獵魔士身邊，不帶感情地說著。「我還以爲眞的出了什麼大事，像是出現了騎兵隊和維爾登志願軍，又或者是軍檢官。結果呢，瞧，不過是個長過頭、像蜘蛛一樣的甲殼動物。我不得不承認，大自然挺會替自己扮些有意思的樣子。」

「不會再有這種東西了。」傑洛特回應著。「趴在那邊的東西是眼頭怪。『渾沌』之下的產物。這是異界交會後遺留下來的東西，已經快滅絕了，不知道你懂不懂我在說什麼。」

「我當然懂。」矮人看著他的眼睛。「我雖然不是獵魔士，但也是個『渾沌』還有這類產物的專家。好了，我現在很好奇，獵魔士會對異界交會的遺物做什麼。說得清楚點，我很好奇獵魔士會怎麼做。你要用你自己的劍，還是你比較想用我的夕希爾？」

「這是把很不錯的兵器，」傑洛特看了一眼佐丹從貓皮裹鞘裡抽出的漆劍，「不過派不上用場。」

「有意思。」佐丹說。「所以我們就這麼站著，你看我、我看你嗎？等這個異界遺物自己覺得受到威脅？還是我們要回頭去找尼夫加爾德人來幫忙？你有什麼提議呢？怪物殺手。」

「你們去車裡拿湯勺和大鍋的蓋子來。」

「什麼？」

「佐丹，不要和專家爭論。」亞斯克爾出聲道。

培齊瓦・舒登巴跳上馬車，轉眼間就把東西送了過來。

獵魔士低聲對眾人說了幾句，然後開始用盡全身力氣，拿湯勺敲著鍋蓋。

過了一會兒，佐丹・奇瓦摀著耳朵大叫：「夠了！夠了！操，你會把湯勺敲壞的！那個甲蟲已經跑了！已經跑了，他媽的！」

「而且你看牠跑的那副德性！」培齊瓦打趣地說。「塵土都飛滿天了！地上明明就是濕的，牠的後頭竟然飛了一堆沙，不誇張，我要是騙人就讓我被雷劈！」

傑洛特把微微變形的廚具還給矮人，解釋道：「眼頭怪非常敏感，聽力很敏銳。牠沒有耳朵，但是呢，這麼說吧，牠是用整個身體在聽，尤其沒辦法忍受金屬的聲音，牠會很痛苦……」

「就連屁眼裡都痛。」佐丹打斷道。「我懂，因為你一敲鍋蓋，就連我也開始覺得痛苦了。要是那怪獸的聽力比我還要敏感，那我還真同情牠。牠應該不會再回到這裡吧？不會帶同伴來吧？」

「我想牠在這世上的同伴應該已經不多了。眼頭怪獨自一個不會那麼快回到這裡，沒什麼好擔心的。」

「怪物的事我不會和你爭，」矮人心情沉了下來。「不過你這場銅管演奏會一定連斯格利加島那邊都聽見了，我不排除某些音樂愛好者已經往這邊來的可能性。他們到的時候，我們最好不要還待在這裡。兄弟們，拔營！喂，女人，把衣服穿上，點一點孩子人數！出發了，快！」

他們停下來過夜時，傑洛特決定要把一些事情搞清楚。佐丹・奇瓦這次沒有坐下來玩轉螺紋，所以要把他拉到一邊進行男人間的對話，不會有什麼問題。傑洛特沒有做任何鋪陳，開門見山直說了。

「說吧，你怎麼知道我是獵魔士？」

矮人瞪著他，露出狡猾的笑容。「在你面前，我大可誇耀自己有多精明、說我注意到你的眼睛在日落之後，和在大太陽底下有什麼變化，也可以說我是個經驗老到的矮人，而且不只一次聽說過來自利維亞的傑洛特大名。不過事情的眞相是很無趣的。不要這樣凶巴巴地看著我。你是很低調，不過你的詩人朋友又唱又說的，他那張嘴可是關不住啊。我就是這樣知道你是做哪行的。」

傑洛特沒再追問下去，而這是個明智的抉擇。

「好啦，」佐丹說：「亞斯克爾什麼都說了。他一定是察覺到我們很重視眞誠，至於我們對你們的友善態度，這也很明顯，因爲我們從不遮掩好惡。長話短說。我知道你爲什麼這麼急著要往南去，也知道那些把你拉到尼夫加爾德的事有多重要又多緊急。我知道你要去那邊找誰，而且這不光是從詩人瞎扯淡裡知道的。戰事爆發以前，我曾住在琴特拉，聽過有關驚奇之子與白髮獵魔士的故事，知道這個『驚奇』是獵魔士命中註定的。」

這次，傑洛特也沒有加以評論。

「剩下的，」矮人說：「就是靠觀察囉。雖然你是個獵魔士，卻放過了那個長著甲殼的醜東西。你的獵魔士本業就是要斬掉這類怪物，可是這怪物對你的『驚奇』沒有造成任何傷害，所以你就不用浪費你的寶劍，只靠敲鍋蓋來把牠趕走。因為現在的你不是獵魔士，而是個高貴的騎士，要趕去拯救被綁走、受迫害的少女。」

矮人依舊沒等到任何回應或評論，於是又說：「你還是一直用目光打量我，還是不斷想嗅出背叛的氣味，你很不安，擔心被揭發的祕密會對你不利。別擔心。我們一起去伊那河，互相幫忙，互相依靠。我們的目的和你一樣：要保住性命，要繼續活下去。目的是要繼續完成高貴的任務，又或者是要像平常一樣活著，不過一旦死亡的時刻到了，可要問心無愧才行。你以為你變了，以為世界變了。不過這個世界就是這樣，以前是這樣，現在也是這樣。別擔心。」

「你別想要擺脫我們，」佐丹沒有因為獵魔士的沉默而手足失措，繼續他的獨白。「想要自己往南走，穿過布魯格與索登去亞魯加。你得必須另外找路去尼夫加爾德。你要的話，我建議你……」

「你不用建議。」傑洛特揉了揉好幾天都隱隱發疼的膝蓋。「不用建議，佐丹。」

他找到了亞斯克爾，他正替擠在一起玩轉螺紋的矮人加油。傑洛特一把抓住詩人的袖子，什麼都沒說，把他拉進了森林。亞斯克爾只消看獵魔士一眼，就馬上了解這是怎麼回事。

「你這個長舌公。」傑洛特小聲地說。「大嘴巴。你這個笨蛋，應該要把你的舌頭剪掉，把馬銜塞到你嘴裡。」

詩人一句話也沒說，但表情顯得很僵硬。

「當我開始和你打交道的消息傳開時，」獵魔士繼續說下去。「有些腦袋清醒的人對這樣的交情感到訝異，想不通爲什麼我會讓你跟著我到處走。他們曾建議要我把你帶到沒人的地方，把你身上值錢的東西都拿走，再把你掐死，丟到洞裡埋了。說眞的，我很後悔沒有聽那些人的話。」

「你是誰、要做什麼，這難道眞有這麼祕密嗎？」亞斯克爾突然挺起胸膛。「難道我們在所有人面前都要躲躲藏藏、僞裝做作嗎？這些矮人……就像是我們的同伴一樣……」

「我沒有同伴。」他大吼。「我沒有，也不想有。我不需要同伴，你懂不懂？」

「他當然懂，」米爾娃在他身後說。「而且我也懂。你不需要任何人，獵魔士。這點你常常表現出來。」

「我不是在進行一場私人戰爭。」他猛然轉過身。「我不需要幹勁十足的夥伴，因爲我去尼夫加爾德不是爲了要拯救全世界、推翻可惡的帝王。我是要去找奇莉，所以我可以自己一個人走。如果這讓你們聽起來不太舒服，希望你們別介意，不過其他事都與我無關。現在你們走吧，我想自己一個人。」

半晌，他把身子轉回來，看見離開的只有亞斯克爾。

「我又作夢了。」他簡短道。「米爾娃，我在浪費時間，這樣是在浪費時間！她需要我，她需要有人去救她。」

「說吧。」她輕聲道。「把一切都說出來吧。就算是個可怕的夢，你也說吧。」

「那不是個可怕的夢。在我夢裡……她在跳舞，她在一間滿是煙霧的屋子裡跳舞。而她，該死的，很快樂。當時有樂聲，有尖叫聲……整間屋子都因爲吼叫與難聽的樂聲而震動……而她在跳舞、一直跳舞，不斷踏著腳上的高跟鞋……而在這間該死的房子屋頂上、那片寒冷的夜空中……死神在跳舞。米爾娃……瑪麗亞……她需要我。」

米爾娃別開眼。

「不只是她。」

她輕聲低語，不讓他聽見。

□

接下來這一次休息，獵魔士對夕希爾表現出了興趣，在與眼頭怪的那場歷險中，他只來得及瞄了佐丹這把劍一眼。矮人二話不說，解開裹在兵器上的貓毛皮，把劍從漆鞘裡拔出來。

那把劍看來有四十吋長，重量不會超過三十五盎司，上頭還寫有一串頗長的神祕盧恩字母。劍身帶著藍色光彩，像剃刀一樣銳利，稍加練習，可以用來刮鬍子。劍柄有十二吋，上頭裹著格紋蜥蜴皮，劍柄末端不是球狀的劍首，而是圓筒狀的黃銅吊環，把手的部分則做得非常小巧精細。

「很漂亮的一把劍。」傑洛特拿起夕希爾嗖一聲，畫了個圈，然後快速從左刺了一劍，再如閃電般以高二分位從右側格擋。「這的確是一把不錯的鐵器。」

「哼！」培齊瓦·舒登巴發出一聲嘲諷。「不錯的鐵器？你最好拿近一點看清楚，免得等等連『軟趴趴的牛蒡』這種話都說出口。」

「我有過更好的劍。」

「這我倒是不否認。」佐丹聳了聳肩。「因爲那一定是從我們的打鐵鋪出來的。你們獵魔士懂得使劍，不過那些劍都不是你們自己做的。這種劍只有我們那邊才做得出來，在馬哈喀姆，卡本山腳下。」

「矮人會把鋼熔掉，」培齊瓦補充道。「打成劍身。不過負責拋光磨利的是我們，地精，在我們的工作舖裡。用我們地精技術做出來的劍，就像我們以前曾打過的寶劍格維希一樣，是世上最好的劍。」

「我現在拿的這把劍，」傑洛特露出劍身。「來自布洛奇隆，來自克勒阿干的地下墓穴，是從德律阿得那裡得來的。這是最上乘的武器，卻不是矮人做的，也不是地精做的。這劍身是精靈做的，已經有一、兩百年了。」

「他根本就是個外行人。」地精大聲嚷著，接過那把劍，用手指在上頭摸索一番。「這做工是精靈的，沒錯。把柄、護手跟劍首都是，上頭的雕刻、裝飾也都是精靈做的。不過這劍身是在馬哈喀姆鍛造磨利的。還有，沒錯，這的確是在幾世紀以前打造的，因爲馬上就看得出來，這是用比較差的鋼，做工也很粗糙。哪，把它跟佐丹的夕希爾放在一起，看見差別了嗎？」

「看見了，我的看起來做工並沒有比較差。」

地精揮揮手，哼了一聲。佐丹笑得一臉得意。

「劍身呢，」他用專家的口吻說。「是要用來砍人的，不是要好看的，而且也不是憑劍的外表來斷定好壞。重點是，你的劍只是尋常的鋼鐵組合，而我這把夕希爾是用加了石墨和硼砂的貴合金打出來的。」

「這是新技術！」培齊瓦忍不住開口，看來有些興奮，這顯然是他很了解的話題。「這種劍身的組成結構，是用幾層柔軟的劍心，再包上堅硬的鋼材，而不是軟的……」

「慢著，慢著。」矮人打斷他。「他又不是要學冶金，不要用這些枯燥的細節來煩他，斯特拉通。我來用簡單的方式跟他說。獵魔士，一塊上好的硬磁鋼是很難打磨的。爲什麼呢？因爲很硬！要是沒有技術，又想要有把劍緣鋒利、劍心鋼硬的寶劍，劍緣要用抗度比較低的軟鋼來打。你的那把布洛奇隆寶劍就是用這種比較簡單的方式打出來的。我們以前沒有技術時就是這麼做，而你們到現在也還是這麼做。現在新式劍身的打造方式正好相反，用的是軟劍心、硬劍緣。打一把劍是很耗時間的，而且就像我說的，需要有高階的技術。不過成果就是打出來的劍身，鋒利到可以斬斷丟到空中的輕軟絲帕。」

「這種事你的夕希爾辦得到嗎？」

「辦不到。」矮人端出一張笑臉。「這種鋒利的劍，世上沒有幾把，用手指都數得出來，而且幾乎都在馬哈喀姆。不過我可以向你保證，之前那隻坑坑巴巴的八腳蟹，牠的殼根本就擋不了夕希爾，三兩下就可以把牠大卸八塊，甚至不覺得費勁。」

這場有關劍和冶金的談話，持續了一段時間。傑洛特興味盎然地聽著，分享自己的經驗，藉機充實自己的知識，提出各式各樣的問題，也拿了佐丹的夕希爾來檢視一番、試試手感。當時他還不知道，兩天後自己將會有實戰經驗來補足理論。

□

第一個透露出附近有人類居住的訊息，是由身爲隊伍先鋒的培齊瓦．舒登巴發現的。他注意到林道旁有一堆切口平整的柴樹，旁邊散落了一地木屑與樹皮。

佐丹下令要隊伍暫停，派地精到前方查看後，培齊瓦便消失了。半個鐘頭後，他飛快回來，非常興奮，拚命喘氣，大老遠就比手畫腳。等到培齊瓦跑回來，卻沒有馬上回報情況，而是捏著他的長鼻子，用力擤了一擤，聲音之大，讓人聯想到牧羊人的長號。

「別把動物給嚇著了。」佐丹．奇瓦吼著。「快說吧，前面有什麼？」

「村落。」地精喘著氣說，一邊還把手指在他那件縫了許多口袋的外衣上擦來擦去。「在前面林子的空地上有三間農舍、一間穀倉、幾間小庫房……屋外有狗在亂跑，煙囪有煙冒出來。有人在那邊煮飯。是燕麥粥，而且還是用牛奶煮的。」

「怎麼，你去廚房看過了嗎？」亞斯克爾打趣地說。「你去翻過人家的鍋子了嗎？怎麼知道那是燕麥粥？」

地精自傲地看了他一眼，而佐丹則不悅地哼了一聲。

「不要看不起他，詩人。他的鼻子靈到一哩外就能聞出食物的味道。要是他說是燕麥粥，那就是燕麥粥。該死的，我不喜歡這樣。」

「爲什麼？我喜歡燕麥粥，我很樂意吃燕麥粥。」

「佐丹說的沒錯。」米爾娃說。「至於你呢，亞斯克爾，你閉嘴，因爲這可不是在作詩。如果麥片粥是用牛奶煮的，那就表示這裡有乳牛。而農夫要是看到有烽煙，就會拉著牛往森林裡逃。為什麼這人剛好沒有逃命呢？我們轉進森林，繞過去吧。我有不好的預感。」

「慢著，慢著。」矮人含糊說著。「要逃命我們有的是時間，說不定已經打完仗了呢？說不定特馬利亞的軍隊總算出發了呢？我們在這片林子裡能聽到什麼消息？說不定這場大戰已經在哪打完了、尼夫加爾德已經被擊退了，說不定我們已經出了戰線，那些農夫和他們的牛已經回家了呢？我們應該要過去看看，問問現在是什麼情況。菲吉斯、蒙羅，你們兩個留在這裡，照子放亮點。我們去查看情況。要是安全的話，我會裝雀鷹的聲音通知你們。」

「雀鷹的聲音？」蒙羅．布魯斯不安地揉了揉下巴。「可是你根本就不知道要怎麼裝鳥的聲音啊，佐丹。」

「這就是重點。要是你聽見什麼都不像的怪聲音，那就是我啦。培齊瓦，帶路。傑洛特，你要跟我們去嗎？」

「我們大家一起去。」亞斯克爾下了馬。「要是有埋伏，人多比較安全。」

「我把飛得元帥留給你們。」佐丹把鸚鵡從肩頭移開，交給菲吉斯．默盧卓。「這隻鳥隨時都會突然『操你媽』地亂叫，我們的行蹤可就藏不住啦。走吧。」

培齊瓦快手快腳把他們帶往森林邊，他們來到一叢叢茂密的接骨木前。樹叢後的地勢微微下傾，那裡有一堆被挖出來的樹幹，再過去是一片廣大的草地。他們小心翼翼地把頭探出去。

地精的回報非常精確。這片草地的中央確實搭了三間農舍、一間穀倉和幾間用草皮蓋著的小庫房。

空地上有一大坑糞水閃閃發光。一旁有塊不大的長方形土地，有矮籬圍著，部分籬笆已經毀損。籬笆外有隻棕狗在院子跑來跑去。其中一間農舍的屋頂上有炊煙冒出，順著塌陷的茅草屋頂緩緩上升。

「你說的沒錯。」佐丹低聲道，一邊還不斷嗅著。「這煙的味道還眞香啊，尤其是我的鼻子已經習慣燒焦的臭味了。沒看到馬，也沒看到負責看守的人，很好，因爲這也有可能是某些不入流的傢伙在這裡休息，順便弄點吃的。嗯，依我看，這裡沒有危險。」

「我過去看看。」米爾娃提議道。

「不行，」矮人反對道：「妳看起來太像『松鼠』了。要是他們看到妳，可能會嚇死，而人類受驚時會做什麼事可是很難說的。讓亞宗和卡列伯去。至於妳呢，就把弓備好，掩護他們，以防萬一。培齊瓦，你回去其他人那裡。你們要隨時準備好，如果情況反過來，就大聲吹喇叭。」

亞宗・華爾達與卡列伯・斯特拉通小心翼翼地從濃密樹叢中現身，往建築物的方向去。他們緩步前進，警戒地觀看四周。

狗兒馬上就嗅到他們的氣味，在空地上不斷奔跑，瘋狂吠叫。矮人試著打哨咂嘴來討好牠，但牠卻完全不理會。就在此時，農舍的房門打開了。米爾娃立刻舉起弓，飛快地將弦拉滿，隨即又把弦鬆開。

紮著兩條長辮子、個頭矮小的女孩從門內奔了出來。她揮著雙手，不知在喊什麼。亞宗・華爾達攤開雙手，也喊了回去。女孩開始大叫，他們聽見那叫聲，卻聽不出來她在叫什麼。

不過那些話一定傳到了亞宗和卡列伯耳裡，而且還造成了不小的震撼。因爲兩個矮人好像收到命令一般向後轉身，火速回頭奔往接骨木叢。米爾娃再度拉滿弓，移動箭矢尋找目標。

「現在是在搞什麼鬼？」佐丹粗聲道。「發生什麼事了？他們幹什麼跑這麼快？米爾娃？」

「別吵。」弓箭手從齒縫迸出這麼一句，手上的箭始終在一間間農舍和庫房之間游移。不過她還是沒有尋獲任何目標。紮著兩條辮子的女孩遁入農舍，關上身後的門。

兩個矮人拚命地跑，就好像「渾沌」中所有惡魔都緊跟在他們身後一樣。亞宗不知道在叫什麼，些許是在咒罵。亞斯克爾突然刷白了臉。

「他是在叫……哦，我的媽啊！」

「你在……」佐丹的話只說到一半，因爲亞宗與卡列伯已經跑到他們這裡。由於使勁的關係，兩個人臉上都紅通通的。「怎麼了？說啊！」

「那裡有傳染病……」卡列伯喘著氣說。「是天花……」

「你們有碰到什麼東西嗎？」佐丹．奇瓦猛然往後一退，差點沒把亞斯克爾撞翻。「你們有碰到那院子裡的東西嗎？」

「沒有……那隻狗不讓人靠近……」

「這都要感謝那隻笨狗。」佐丹抬頭望著天空。「請眾神保佑牠長命百歲，有一堆比卡本山還高的骨頭好啃。那個女孩，那團小肉球，她有長膿嗎？」

「沒有，她沒事。得病的都躺在最後一間屋子，都是她的家人。她說已經死了很多人了。完蛋了，佐丹，我們被那邊的風吹到了！」

「你們叫夠了吧！」米爾娃放下弓說，「要是沒碰到發病的人就不會有事，不用怕。前提是眞的有天花，那女孩可能只是想把你們嚇跑。」

「不。」亞宗提出反駁，他的身子還是不停發抖。「庫房後面有個坑……裡面都是屍體。那女孩沒力氣把死人埋了，就把他們都丟進坑裡……」

「好啦，」佐丹吸了下鼻子。「燕麥粥就在裡頭，亞斯克爾。不過我不知怎地已經沒胃口了。我們離開這裡，動作快。」

犬吠聲從房舍那頭傳來。

「躲起來。」獵魔士蹲下身，低聲說。

空地另一頭，從伐木區裡躍出一群騎馬的人，他們不斷打哨叫囂，把那片屋舍團團圍住，然後闖進了院子裡。那些人身上都穿著盔甲，但顏色卻不一致。他們看起來非常散亂、沒秩序，裝備看起來也像是隨便亂湊的。那不是在兵工廠裡組出來的，而是在戰場上。

「十三個人。」培齊瓦．舒登巴很快數了一下。「他們是什麼人？」

「不是尼夫加爾德人，也不是其他正規軍。」佐丹評論著。「也不是斯寇亞塔也。我看這像是志願軍，一群散兵。」

「又或者是落在軍隊後頭的匪兵。」

馬上那群人在院子裡嬉鬧跑走。狗兒被長矛一棍打到，夾著尾巴逃走了。紮著辮子的女孩跳到門邊，對著他們喊叫。不過這一回，她的警告一點作用也沒有，又或者他們根本不當一回事。其中一人騎到她身邊，一把扯住她的辮子，把她拉出門外，拖過水坑。其他人跳下馬來幫忙，把那女孩拖到院子盡頭，撕開她的襯衣，把她丟到一座爛草堆上。女孩對著他們呲牙咧嘴，可是一點用都沒有。只有一個匪兵沒有加入他們的遊戲，負責看守綁在籬笆上的馬匹。那女孩慘叫一聲，讓人毛骨悚然，接著她又短短地叫了一聲，聽來萬分痛苦。在那之後，獵魔士等人就沒再聽見她的聲音了。

「這就是戰士！」米爾娃倏然起身。「眞他媽的英雄！」

「他們不怕天花。」亞宗·華爾達搖了搖頭。

「這太可怕了，」亞斯克爾喃喃自語。「會怕是人之常情，但這些人已經完全沒有人味了。」

「除了那一身皮囊之外。」米爾娃嘶啞著說，同時仔細地把箭架到弦上。「我等等就在他們身上開洞，這群惡霸。」

「那是十三個惡霸，」佐丹·奇瓦意有所指地說。「而且他們還有馬。妳可以射到一個或是兩個，但剩下的人會把我們包圍。再說，他們可能是先鋒，鬼知道他們後面還有多少人。」

「你是要我就這樣在這裡靜靜地看？」

「不。」傑洛特調了調背上的劍和頭上的髮帶。「我已經受夠了在一旁看，受夠了什麼都不做。不過，首先要防止他們逃走。妳看到那個看顧馬的了嗎？等我走到那裡，妳就把他射下馬。要是可以的話，就再射一個。不過，要等到我走到那邊。」

「這樣就剩十一個了。」弓箭手轉過頭說。

「我會算數。」

「別忘了天花。」佐丹·奇瓦嘀咕著。「你去那裡，會把傳染病帶過來……該死的，獵魔士！你會傳染我們所有人，眞是……他媽的，這不是你要找的那個女孩！」

「閉嘴，佐丹。你們回去車子那裡，進森林裡躲好。」

「我和你去。」米爾娃粗聲道。

「不。妳從遠處掩護，這樣比較能幫到我。」

「那我呢？」亞斯克爾問道。「我要做什麼？」

「你就像平常那樣，什麼都不做。」

「你眞是瘋了……」佐丹吼道。「你一個人要去面對這麼一堆人……你是怎樣？扮英雄嗎？處女救星嗎？」

「閉嘴。」

「啊，你去死好了！等一下，把你的劍留下。他們人多，最好是不用再砍他們第二次。拿我的劍去，用這把只要砍一次就夠了。」

獵魔士接過矮人的兵器，沒有遲疑，也沒說任何一句話。他再一次朝米爾娃比了比那個正在看顧馬的匪兵。然後，他翻過樹椿，快步朝農舍走去。

太陽當空照耀，蚱蜢在他腳下彈跳。

看馬的那人注意到他，從鞍旁的套子裡抽出長矛。那人有一頭暗色長髮，垂在搶來的鎖子甲上。那件鎖子甲上，有多處用生鏽鐵線修補的痕跡。他腳上穿的是雙全新的鞋子，顯然是不久前才搶來的，上頭還有亮閃閃的鞋釦。

就在這名哨兵大叫一聲後，籬笆後頭走出了第二個匪兵。這人的脖子上掛了條插著劍的劍帶，正在把褲子扣好。傑洛特已經很近了。那群人玩弄女孩的笑鬧聲，從稻草堆那頭傳來。傑洛特深深吸了口氣，而他每吸一口氣，體內殺人的欲望就更加強烈。他大可讓自己冷靜下來，不過他不想。他想要找點樂子。

「你是誰？站住！」長頭髮的那人把長矛抓在手上，大喊：「你要做什麼？」

「我已經看夠了。」

「什麼？」

「奇莉這個名字有讓你想到什麼嗎？」

「我去你的……」

接下來的話，那匪兵已經來不及說了。一支灰羽箭正中他的胸口，把他射下了馬。他還來不及落地，傑洛特就已經聽到第二聲箭嘯。第二名匪兵被一箭射中腹部，位置很低，就在他手擺的褲頭扣上。那人像動物般嚎叫一聲，折腰往後倒在籬笆上，把上頭的木片都壓斷了。

其他人還來不及回過神、抓好武器，獵魔士已經站到他們中間。矮人的劍閃閃舞動，開始唱出旋律。那樂曲像羽毛般地輕快，像鋼製剃刀般銳利，充滿嗜血的野性。他幾乎是順暢無阻地斬斷一具具軀體，鮮血噴得他滿臉都是，可他卻沒時間將之抹去。

即使那些匪兵曾想過要抵抗，眼前一具具倒下的軀體和水柱般噴濺的鮮血，也著實讓他們打退堂鼓。其中一人的褲子退到膝蓋，甚至來不及把它穿上，頸上的動脈就被一劍劃過，整個人仰倒在地。他那尚未滿足的男性象徵，也跟著可笑地一晃一晃。第二個人還是沒長毛的小子，把頭埋進雙手之間。夕希爾把兩隻手一起砍了，就在手腕處。其他人到處亂跑，急著逃命。獵魔士把他們全都砍了，但心裡也同時咒罵連連，因爲他的膝蓋又開始發疼了。他只希望那隻腳不會在這時罷工。

兩個匪兵僥倖逃到籬笆邊，把劍舉到身前，打算要和獵魔士對抗。他們被嚇得全身僵硬，動作顯得十分遲緩。矮人的劍身在他們的動脈一劃，鮮血再度濺上獵魔士的臉。不過剩下的人趁機逃跑，已經跳到馬上。有一個人被箭射傷，當場摔落馬鞍，像從漁網丟出來的魚一樣不斷地彈跳抽搐。另外兩人驅馬起跑，卻只有一人成功逃離，因爲佐丹．奇瓦突然出現在戰場上。矮人把斧頭一轉，朝著逃跑的兩人丟去，正中其中一人的背中央。那匪兵慘叫一聲，飛落馬鞍，滾了好幾圈。最後一人抱緊馬背，越過塡滿屍體的大坑，朝伐木區那邊的林子衝去。

「米爾娃！」獵魔士與矮人同時叫道。

弓箭手早已朝那人奔去。現在她停下腳步，雙腳站定。她把拉滿的弓放下，然後再緩緩舉起，越舉越高。他們沒聽見放弦的聲音，米爾娃也沒改變姿勢，甚至連動都沒動。一直到箭羽憑空射出，往下飛墜，他們才看見那支箭。馬上之人掉下鞍頭，可以看見箭尾插在他的肩頭。不過，他沒有落馬。他挺直了身子，大喝一聲，趕著馬匹加快腳步。

「這把弓還眞厲害啊。」佐丹．奇瓦驚艷地擠出一句。「還有那支箭！」

「這種箭根本就沒屁用。」獵魔士抹掉臉上的血。「被那王八蛋跑了，他會把大隊人馬帶過來的。」

「她射中了啊！那大概有兩百步的距離吧！」

「她大可以射馬。」

「馬又沒有錯。」米爾娃咬牙切齒，朝他們走來。看著那人騎馬消失在森林裡，她朝地上啐了一口。「我剛剛有點喘，才沒把這個王八蛋給射死……呸，看你帶著我的箭往哪跑！最好讓你倒大楣！」

一聲馬兒嘶鳴從林子那頭傳來，緊跟著是一聲有人被殺的慘叫。

「哇，哇。」佐丹驚艷地看著弓箭手。「他也沒跑多遠！妳的箭挺厲害的！有淬毒嗎？還是這是魔法？因爲就算這個混混染上天花，也沒這麼快發病啊！」

「那不是我做的。」米爾娃若有所思地看著獵魔士。「也不是天花。不過我想，我知道是誰。」

「我也知道。」矮人咬著鬍子，露出狡猾的笑臉。「我注意到你們不時會張望一下，我知道有人偷偷跟在我們後面，騎的是匹紅棕馬。我不曉得那是誰，不過既然你們無所謂……也就不關我的事。」

「再說，後面有個這樣的守衛，可是很有用的。」米爾娃意有所指地看著傑洛特。「你確定這個卞希是你的敵人嗎？」

獵魔士沒回答，把劍還給了佐丹。

「謝謝，確實挺利的。」

「那也要碰到會用的人。我聽過很多關於獵魔士的傳聞，不過只花了不到兩分鐘，就把八個大男人解決掉……」

「這沒什麼好驕傲的，他們不懂怎麼反擊。」

紮著辮子的女孩四肢扶地，撐起身子，然後站了起來，晃了一晃，抖著雙手想把被撕爛的襯衣拉好，卻一點用也沒有。獵魔士驚訝地發現她和奇莉根本沒有一丁點相似處，而一秒鐘前，他甚至可以發誓，說這是奇莉的孿生姊妹。女孩抹了抹臉，動作不太協調，然後搖搖晃晃地往農舍方向走去。她連糞水坑也沒有避開。

「喂，等等。」米爾娃喊道。「喂，妳……妳需不需要幫忙？喂！」

那女孩根本沒往她的方向瞧，她踢到門檻，扶住門框，差點沒絆倒。然後，她用力甩上身後的門。

「人類還眞是不懂什麼叫感謝。」矮人說。米爾娃像個彈簧般轉身，表情非常僵硬。

「她要謝什麼？」

「是啊，」獵魔士也說。「謝什麼？」

「謝匪兵留下來的馬。」佐丹沒有斂下目光。「她把馬宰了，就有肉可吃，不用去殺牛了。看起來天花對她沒有影響，而現在她也不用擔心會挨餓啦，她會活下去的。至於多虧了你，她才不用被人玩更久，房子也不用被火燒掉，這一點要幾天後，她回過神時才會想通。我們走吧，免得被病風吹到……喂，獵魔士，你要去哪？去討感謝嗎？」

「去拿鞋子。」傑洛特冷冷地說。他在雙眼了無生氣，死瞪著天空的長髮匪兵面前俯下身。「這雙鞋看起來剛好合我的腳。」

□

接下來幾天，他們吃的都是馬肉。那雙有著閃亮鞋釦的靴子非常好穿。名喚卡希的尼夫加爾德人騎著他的紅棕馬跟在他們後頭，不過獵魔士並沒有理會他。

獵魔士總算搞懂轉螺紋的奧祕，甚至還下場和矮人們玩。他輸了。

他們沒有談伐木區那片林子裡發生的事，因爲那沒有意義。

曼德拉草，亦稱蕩婦草，茄科，該科植物屬草本、無莖、具塊根。根部貌似人形，葉片呈蓮座狀。曼德拉草，秋熟，具藥性，於維可瓦洛、羅旺與伊姆拉茲有少量種植，野生品種則非常少見。其果實初綠後黃，常與醋、胡椒搭配食用；葉片則不需烹調，直接使用。曼德拉草之根部在今日醫學與藥學上極受重視，在古代則被染上非常濃厚之迷信色彩，北方各族對此一說尤其篤信。人們會將其雕成人形（即魔鬼草或魔女草），當作珍貴護身符置於家中，認爲能預防疾病，爲各種事情招來好運，爲女子送來子嗣、保佑順產。人們爲其穿上裙衫，並於朔夜贈予新衣。曼德拉草之根部具販售性，價高可達六十弗洛倫。因此，亦有以瀉根植物之根部充數的情形出現。根據迷信，曼德拉草的根部也被運用在魔法及巫藥之中，甚至可製毒；此種迷信之說，於獵殺女巫期間再度盛行。露克蕾吉雅·薇果在受審期間，即遭控使用曼德拉草。極富傳奇色彩之菲莉帕·阿哈特，亦曾將曼德拉草作毒藥之用。

——《大世界紀元百科全書》第九卷

艾凡伯格與塔波特

# 第三章

距上次獵魔士來訪至今，古道的樣貌早已改變。這條幾百年前由精靈與矮人打造，曾是平整、鋪有玄武岩板的道路，如今成了滿目瘡痍的荒途。地上這些坑洞之深，讓人聯想到小型採石場。他們前進的速度慢了下來，得費盡氣力才能讓矮人的貨車在這條坑坑巴巴的路上搖晃前進，但車子每動一下，便卡進一個坑洞。

佐丹·奇瓦知道這條路爲何毀損，他向眾人解釋，與尼夫加爾德最近的一場戰事過後，建材需求陡然劇增。這時，人們想起了古道上有取之不盡的石材可供使用。這條道路早已無人看照管理，就這麼靜靜地橫躺曠野之中，不知從何而來，也不知通往何處，運輸意義早已不剩，少有人走。因此，眾人也就無所忌憚地盡情取用。

矮人附和著一路罵髒話的鸚鵡，抱怨道：「你們那些大一點的城市，全都是蓋在精靈和我們的地基上頭。小一點的城堡和市鎮，雖說地基是你們自己蓋的，不過外牆那些石頭還是用我們的。你們還一直說多虧了你們人類，才有現在的進步與發展。」

傑洛特沒有發表評論。

「可是你們甚至連有系統地破壞都不會。」佐丹再度指揮將車子拉出坑洞的行動，一邊出口咒罵。「你們爲什麼不照順序挖石頭，從路邊開始？你們就像小孩一樣！不是一口一口把果醬麵包好好吃完，而是把手指插進麵包，把所有果醬都挖出來。然後挖剩下那些，已經沒那麼好吃，你們就全都丟掉。」

傑洛特解釋說，這一切都是政治地理的錯。古道西邊歸布魯格，東邊歸特馬利亞，而中間則由索登管，所以每個王國都照自己的意思去毀掉屬於他們的那部分。佐丹對此則是不雅地回應，說這些國王都關他屁事，並對那些國王的政治方針給予極富創造力的污穢評論。在那之後，飛得元帥・嘟答也補上了自己對諸王母親的意見。

越往前走，情況越糟。佐丹所使用的果醬麵包的比喻顯得越來越不貼切——這條路比較像水果派，上頭的葡萄乾與乾果全都被人挖得乾乾淨淨。看來，貨車是整個撞爛，還是完全卡死，只是時間的問題罷了。然而，拯救他們的，竟然也是毀掉這條路的元凶。他們來到一條通往東南的道路，而這條路早已被運送盜石的沉重馬車來來回回壓了好幾趟。佐丹的心情因此轉好，認爲這條路會通到伊那河邊其中一座要塞，而他原本就期待能在伊那河那裡碰到特馬利亞大軍。上一回戰爭的時候，北方各國的反擊是從伊那河後方、從索登發動，而被打慘的尼夫加爾德殘部，則全都逃到了亞魯加河的對岸。矮人深信，這回就像上次一樣。

事實上，行進方向的改變，的確將他們再度拉近戰場。夜裡，他們頭頂上的天空，突然被火光照亮一片；白天，他們看見一道道的煙柱竄向天空，點出南方與東方的地平線。因爲一直無法確定是誰在殺人放火，誰被放火殺頭，他們前進得十分小心，並總是派培齊瓦・舒登巴先行探路。

某天早晨，發生了一件他們意想不到的事。一匹無人乘坐的馬兒跑到了他們這裡，那是一匹紅棕色公馬。尼夫加爾德手工刺繡的綠色鞍墊上，有著黑色血漬。看不出來那是在哈付客車旁被殺的騎士所流下的血，又或是馬兒有了新主人後才沾上的。

「好了，麻煩已經解決啦。」米爾娃看著傑洛特說。「我是說，如果這是個麻煩的話。」

「最大的麻煩是，我們不知道誰把這鞍上的人給拉了下來。」佐丹嘀咕著。「還有這人是不是跟在我們後面，追著我們和那個奇怪的後衛。」

「他是尼夫加爾德人。」傑洛特咬牙切齒地說。「他說話幾乎沒有口音，不過已經失控的村民卻分得出來……」

米爾娃轉過頭。

「之前應該就把他給砍了，獵魔士。」她小聲說。「至少他會死得比較輕鬆。」

「他從棺材裡出來，也不過就是為了要死在另一條溝裡。」亞斯克爾點著頭，意有所指地看著傑洛特說。

卡希，凱羅之子，被人從棺材裡放出來的尼夫加爾德人，堅持說自己不是尼夫加爾德人，他的墓誌銘就這麼完結了。沒人再提到他。雖然傑洛特先前多次撂下狠話，卻不急著跟小魚兒分開，因此那匹紅棕馬便由佐丹．奇瓦來駕馭。矮人的腳根本踩不到馬鐙，但這公馬很溫馴，十分乖巧地任由佐丹驅使。

□

夜裡，火光仍舊把地平線照得通紅；白天，一道道龍捲煙柱沖天而上，玷污了那一片蔚藍。沒多久，他們就來到建築群聚的地方。那裡已是焦土一片，但火舌仍盤踞在燻黑的木梁與屋脊之上。離廢墟不遠處，坐了八名流浪漢和五條狗，他們正忙著啃咬馬屍身上剩餘的肉塊，那是一具已經發脹、部分焦黑的馬屍。一見到矮人，這群正大快朵頤的人馬上慌亂四逃。只有一個人和一條狗還留在原地，顯然任何危險都無法將他們趕離那具骨肉分離的腐屍。佐丹與培齊瓦試著向那人打探消息，卻是毫無斬獲。那人只是不斷嗚咽、顫抖，把頭埋進雙臂間，被骨頭上扯下的肉渣哽得難受。狗兒出聲吠叫，露出一排尖牙，連齒肉都清楚可見。一股極度難聞的臭味從馬屍身上散發出來。

他們沒有捨棄道路，繼續冒險前進，沒過多久，這條路又把他們帶到另一塊焦土之上。這座佔地頗大的村子已是烽煙四起，顯然附近發生過一場小型戰役，因爲就在這片冒著煙的廢墟之後，他們看見了一座新蓋的墳塚。墳塚後頭一段距離的地方，有棵巨大的橡樹長在岔路上。那棵橡樹上掛滿了橡果。

也掛滿了人體。

□

「我們應該要過去看看。」佐丹．奇瓦做了決定，爲這場有關風險與威脅的討論劃下句點。「我們走近一點。」

「佐丹，你該死的爲什麼要去看那些上吊的死屍？」亞斯克爾激動起身。「是要去搶他們嗎？我從這裡就看得出來，他們連鞋子也沒有。」

「你這個阿呆。我不是爲了鞋子，是要去了解軍情，了解戰事的發展。你笑什麼笑？你是個詩人，你不懂什麼叫戰略。」

「我偏要叫你吃驚，我懂。」

「讓我來告訴你，就算戰略從樹叢後面跳出來，朝你的屁股踹一腳，你也認不出什麼叫戰略。」

「說得對，這種戰略我不會認。那種會從樹叢裡跳出來的戰略，我都留給矮人，吊在橡樹上的那種也一樣。」

佐丹揮了揮手，朝大樹走去。向來控制不了好奇心的亞斯克爾，自是趕著飛馬動身，緩緩跟在後頭。傑洛特考慮了一下，也決定跟過去。他看見米爾娃就騎在他的後頭。

大樹底下啄扯屍體的鴉群見到他們，不甚情願地拍著翅膀嘎嘎散開。有些飛往森林，有些只是飛到更高一點的枝枒上頭，好奇地看著飛得元帥．嘟答在矮人肩上口頭冒犯牠們的母親。

吊在樹上的屍體共有七具，第一具胸前掛了面寫著「叛國賊」的牌子。第二具上頭寫的是「通敵」，第三具是「精靈的奸細」，第四具是「逃兵」。第五具屍體是名女性，身上的薄衫被撕破、沾滿血跡，上頭寫著「尼夫加爾德賤貨」。剩下兩具屍體上頭沒有牌子，看起來應該是偶然被吊上去的。

「沒問題的。」佐丹．奇瓦指著那些牌子，看來心情大好。「你們看見了嗎？我們的軍隊已經從這邊經過了。我們那些迷彩漢子已經經過這裡去反擊敵軍，而且把他們打得落花流水呢。依我看，他們當時還有閒工夫休息，順便還玩了場戰鬥遊戲。」

「這對我們來說是什麼意思？」

「意思就是，戰線已經移動了，我們和尼夫加爾德中間有特馬利亞軍隊隔著。我們安全了。」

「那我們前面的煙呢？」

「那是我們自己人。」矮人用篤定的語氣宣稱。「他們在燒那些讓『松鼠』過夜或吃飯的村子。我告訴你們，我們已經在戰線後頭了。從這個路口有條路往南，可以到那個位在厚特拉河和伊那河交匯處、有司令部在的阿美利亞堡。這條路看起來沒問題，可以走，已經不用再怕尼夫加爾德人了。」

「有煙的地方就有火，而有火的地方就可能被火燒到。」米爾娃回應著。「我只是在想，往有火的地方去挺蠢的。走這條，誰都能瞬間把我們圍住，這樣也挺蠢的。我們進林子裡去吧。」

「從這條路過去的是特馬利亞人，不然就是索登的軍隊。」矮人堅持著。「我們已經在戰線後方了，現在可以大搖大擺地走在商道上，就算會碰到軍隊，也是我們這邊的。」

「這是在賭運氣。」弓箭手搖了搖頭。「佐丹，你要是個戰士的話，就該知道尼夫加爾德通常會派出遠征騎兵團。特馬利亞人可能真的有經過這裡，可是我們不知道前面有什麼。南方的天空已經是黑壓壓一片煙，著火的就是你那個阿美利亞堡司令部。到那時候我們就不是在戰線外，而是在戰線上，可能會碰到軍隊或是脫隊的匪兵，碰到流寇或是『松鼠』。我們往厚特拉河去，不要走道路。」

「說得沒錯。」亞斯克爾給予支持。「我也不喜歡那邊的煙。就算特馬利亞已經從這裡經過，出發進攻，我們前面還是可能會有幾支沒跟上隊伍的尼夫加爾德騎兵。黑衣軍習慣打迂迴戰術。他們會先繞到後頭，再和斯寇亞塔也會合，先放出幌子，然後再打回頭。上索登那場仗，我還記得很清楚呢。我也覺得我們該走森林，森林裡不會有東西威脅到我們。」

「我可不敢這麼肯定。」傑洛特指著吊在最後的屍體。那屍體雖高掛擺盪，卻沒了腳板，只剩被利爪抓傷、沾滿血漬、骨頭外露的殘肢。「你們看，這是食屍鬼的傑作。」

「鬼嗎？」佐丹後退一步，啐了一口。「專吃屍體？」

「沒錯。晚上在森林裡，我們必須守夜。」

「X——你媽！」飛得元帥．嘟答罵了聲髒話。

「鳥仔，你可是替我把話說出口啦。」佐丹．奇瓦皺起眉頭。「喔，我們麻煩大了。所以現在要怎麼辦？去鬧鬼的森林，還是走有軍隊跟匪兵的路？」

「進森林。」米爾娃肯定地說。「而且是越茂密越好。我情願碰到食屍鬼，也不要碰到人類。」

□

他們在森林行走。起先是小心翼翼、繃緊神經，林子裡每個風吹草動都會讓他們心中警鈴大作。可是過沒多久，他們便神色自若，心情也跟著放鬆，找回先前的步調。他們既沒碰到食屍鬼，也沒發現任何食屍鬼的蹤跡。佐丹戲稱，這些鬼怪和其他妖魔肯定是知道大軍正朝牠們開拔，若牠們見識過匪兵和維爾登志願軍做的好事，包准會嚇得躲到森林最深處的原始地，怕得坐在那裡牙齒打顫、全身發抖。

「然後還要緊緊看好牠們的女鬼、老婆和女兒。」米爾娃說得咬牙切齒。「所有的怪獸都知道，只要是戰士經過的地方，就連一隻綿羊也不會放過。如果在柳樹上掛一件女人的薄衫，再加上樹上一個節孔，對那些英雄來說就已經夠用了。」

亞斯克爾的好心情已經保持了一段時間，他調好魯特琴，開始譜寫有關柳樹、節孔與好色戰士的對句，而矮人和鸚鵡則搶著幫他想韻腳。

□

「啊。」佐丹又重複一次。

「什麼？在哪裡？」亞斯克爾問道。他踩著馬鐙站起來，望向矮人所指的山溝處。「我什麼也沒看到。」

「啊。」

「不要像隻鸚鵡一樣說蠢話，啊什麼？」

「那條小溪，」佐丹平靜地解釋道。「是厚特拉河的右側支流，叫作『啊』。」

「喔……」

「什麼喔！」培齊瓦・舒登巴笑了出聲。「『喔』，是上游匯進厚特拉的那條溪，離這裡還有一段路。這是『啊』，不是『喔』。」

那條名稱簡單的小溪所形成的旱谷，也就是它的河床上，長滿了比矮人還要高的蕁麻，散發出濃郁的薄荷與朽木味，還伴著持續不斷的蛙叫。這座旱谷兩邊的坡勢很陡，而這一點很讓人傷腦筋。薇拉・

盧文豪普特的車子從一開始就一直跟著他們旅行，頑強地抵抗命運，克服了所有阻難，卻敗在了啊溪的挑戰下；它從推著它下坡的矮人手裡滑出，顛顛簸簸直衝谷底，把自己砸了個稀巴爛。

「X——你媽。」飛得元帥．嘟答開口咒罵，與佐丹與夥伴們的同聲大叫，形成相互呼應的旋律。

□

「說老實話，這樣說不定還比較好。」亞斯克爾盯著散落一地的行李及貨車殘骸，做了如是評論。「你們這輛車就只會拖慢行進速度，老是出問題。佐丹，面對現實吧。不管怎樣，我們都算走運，沒有被人攔下，也沒有被人追上。別的情況下這些行李或許還值得救，不過萬一碰上真得逃命的情況，這輛車和你們全部的行李，還是得一起扔下呀。」

矮人哼了一聲，掩在大鬍子底下的嘴生氣地咕噥了幾句，不過培齊瓦．舒登巴卻意外地支持吟遊詩人的看法。獵魔士注意到，他在聲援亞斯克爾時，還不斷地眨著眼。這眨眼原本該是個祕密暗示，但地精那張小臉上的表情過於明顯，讓暗示變成了明示。

「詩人說得對。」培齊瓦擠眉弄眼地又說了一遍。「從厚特拉河到伊那河已經沒有多遠了。前面是墳卡原，荒野一片，帶著這輛車在那裡會很辛苦。再說，要是之後我們在伊那河那邊碰上特馬利亞大軍，有車上的那些東西……我們可能會有麻煩。」

佐丹皺著鼻頭，考慮了一下。

他看著貨車殘骸被啊溪徐緩的水流滌洗，終於開口說道：「好吧，我們分頭走。蒙羅、菲吉斯、亞宗跟卡列伯留下來，剩下的繼續往前走。沒辦法，現在只好讓這些馬來揹糧袋和裝備。蒙羅，你們知道該怎麼做吧？有拿鏟子吧？」

「有。」

「不過，別留下任何明顯的痕跡！至於地點，你們要做好記號，記清楚了！」

「你們很快就能趕上我們。」佐丹把夕希爾和包袱甩到肩上，調了調腰帶上的斧頭。「我們會順著啊溪走，再沿厚特拉河到伊那河。再會了。」

留下來的四個矮人揮著手和他們道別。當這支少了幾個人的隊伍上路之後，米爾娃便低聲對獵魔士說：「眞不知道他們那些箱子裡裝的是什麼東西，還要特地把箱子都埋起來做記號？而且還不能讓我們任何一個人看到？」

「這和我們沒有關係。」

「我可不認爲那些箱子裡裝的是替換用的內褲。」亞斯克爾壓低聲音說道，駕著飛馬小心地走在滿地樹幹的道路上。「他們對那幾箱東西抱了很大的期盼。我和他們聊了那麼久，已經可以猜出他們葫蘆裡賣的是什麼藥，還有那些箱子裡藏的可能是什麼。」

「那依你看，裡面藏的是什麼？」

「他們的未來。」詩人看了看四周，想確定不會有人聽見。「培齊瓦是做石材打磨的，他想要有一間自己的舖子。菲吉斯和亞宗是鐵匠，他們一直在說打鐵舖的事。卡列伯．斯特拉通想要娶老婆，不過他的準岳父、岳母嫌他是個窮光蛋，已經趕走他一次了，而佐丹……」

「夠了，亞斯克爾。你這樣是在說閒話，像個娘兒們似的。不好意思，米爾娃。」

「又沒什麼好道歉的。」

過了溪水，出了又暗又濕的帶狀古老森林之後，他們走過一塊又一塊空地與一座又一座低矮樺樹林，以及一片片乾草原。儘管如此，行進速度還是很慢。從他們一出發，米爾娃便把一個長著雀斑、綁著兩條辮子的小女孩抱到鞍上。亞斯克爾也有樣學樣地把另一個孩子抱上飛馬，佐丹則是把兩個孩子放到了紅棕馬上，自己牽著韁繩走在旁邊。不過他們的速度並沒有加快——凱諾夫村的那些女人趕不上他們的腳步。

□

夜晚將屆，他們在溪谷與山溝中已經轉了將近一個鐘頭。佐丹．奇瓦停下來與培齊瓦．舒登巴說了幾句話後，便轉身面對其他人。

「你們先別嚷嚷，也別笑我，」他說：「不過我想我走錯路了。真是該死，我現在不知道我們在哪裡，要走哪條路了。」

「別說蠢話了。」亞斯克爾緊張了起來。「什麼叫作你不知道？我們明明就是沿著溪流走。而那邊、那個山溝裡的那條，就是你們的啊溪。我說的沒錯吧？」

「受不了。你看一下溪水是往哪邊流的好不好？」

「該死的，這不可能！」

「當然可能。」米爾娃幽幽地說。她正耐心地從坐在鞍頭、長著雀斑的小女孩頭髮裡挑出乾枯的寬大葉片與細長針葉。「我們在這些溪谷裡迷路了。溪水轉了向，形成馬蹄彎，而我們就在這彎弓上。」

「不過這還是啊溪呀。」亞斯克爾堅持道。「要是我們順著溪流走，就不可能會迷路。當然，溪水有時的確會左彎右拐，這點我不否認，不過不管怎樣，到最後溪水總會匯入某個地方。這個世界的秩序就是這樣。」

「唱歌的，不要自作聰明。」佐丹皺起鼻子。「閉上你的嘴，沒看見我正在動腦筋嗎？」

「沒看見，完全看不出來你在動腦筋。我再說一次，我們就沿著溪邊走，然後……」

「夠了。」米爾娃吼道。「你還真是個城市鄉巴佬。你那個世界的秩序是圍在城牆裡，在那裡面你的聰明或許還值幾分錢。看看你的四周吧！這座溪谷被山溝、地壑切得七橫八豎，兩邊的山坡又斜又陡，草木長了一堆。你要怎麼沿著溪邊走？是要拽著韁繩、拖著馬兒，先順著峽谷邊坡往下走，穿過灌木叢和沼澤，然後再往上走、再往下走、再往上走？走過兩條山溝之後，你就會喘不過氣，累癱在半山坡了。我們護送的都是女人和孩子啊，亞斯克爾。再說，太陽馬上要下山了。」

「這我注意到了。好吧，我閉嘴。我就來聽聽森林裡的追蹤老手有何建議。」

鸚鵡罵聲連連，佐丹．奇瓦朝牠的腦袋瓜拍了一下，又在指頭上捲了一撮鬍子，憤憤地拉扯。

「培齊瓦？」

「我們大概知道方向。」地精看著已垂落樹冠邊上的太陽。「第一條路，是別管這條溪，我們掉頭，離開這些山溝，回去乾燥的那區，走墳卡原，穿過兩溪中間，一直走到厚特拉河為止。」

「第二條路呢？」

「啊這條溪的水很淺，就算是先前有下雨，水位變得比平常高，但還是可以涉水過去。我們就直接切過彎流，涉水而過，有多少彎，就切多少次。如果我們一直照著太陽的方向走，就可以直接走到厚特拉河跟伊那河的交叉口。」

「不。」獵魔士突然出聲。「我建議你們立刻放棄第二條路線，甚至連想都別想。一旦到了溪水的另一邊，我們遲早都會闖進其中一座滅魂荒林。不管是哪一座，都是很糟的地方，我強烈建議與那些地方保持距離。」

「所以你知道這地方？你已經來過這裡？知道要怎麼離開？」

獵魔士沉默了半晌。

「三年前，我去過那邊。不過我是從另一邊進去的，從東邊。我當時打算要去布魯格，想抄近路。至於我是怎麼從那裡離開的，已經記不得了，因為我是半死不活、被人用車子載走的。」

矮人看了他一會兒，沒再提出任何問題。

他們在一片沉默中掉回頭。凱諾夫村來的女人走得很辛苦，她們跌跌撞撞，拄著樹枝前進，可是沒有任何一個人出聲抱怨。米爾娃策馬走在獵魔士身邊，手裡還托著在鞍上睡著的辮子小姑娘。

「我想像得到，」她突然出聲。「三年前那個時候，你在那邊的野林傷得很重。我猜，傷你的是某種怪物吧？傑洛特，做你這行挺賭命的。」

「妳要這麼說，我沒意見。」

亞斯克爾從後頭自告奮勇地說：「我知道當時發生了什麼事。你受了傷，有個商人把你從那邊運了出來，然後你在扎澤徹找到了奇莉。葉妮芙都跟我說了。」

聽到這個名字，米爾娃輕輕笑了一下。傑洛特先前的警告並沒有任何作用。他決定在接下來的休息時間好好教訓亞斯克爾一頓，整治整治他的大嘴巴。可是就他對詩人的了解，也知道這大概收不到多大效果，而且亞斯克爾很可能已經把他知道的一切全都吐了出來。

過了一會兒，弓箭手道：「說不定，我們沒有走對岸那邊，沒走去那片荒林，其實是錯的。你當時在那邊找到了那個女孩……精靈都說，如果再去一次事件發生的地點，那麼當時的時光就有可能再度復返。他們說這叫作……他媽的，我忘了。命運的絞索？」

「套索，」他糾正道：「是命運的套索。」

「呸！」亞斯克爾皺起眉頭。「你們能不能不要再說絞索和套索了？有一次，有個精靈向我預告，說我會因爲詩寫得不好，在臭水溝裡向這個塵世道別。我不相信這種廉價的預言，可是幾天前我夢到自己被人吊死。我醒來時滿身大汗，口水都嚥不下，氣也喘不過來。所以，要是有人一直說什麼絞刑架說個沒完，我可是會開心不起來。」

「我又不是在和你說話，我是在和獵魔士說。」米爾娃反駁道。「你只要別把耳朵豎得那麼高，那些可怕的話就連一個字也不會飛進你的耳朵裡。怎樣？傑洛特，你對這個命運的套索有什麼話好說？要是我們往那片荒林去，說不定就可以讓時光再現？」

「所以還好我們回頭了。」他直率地答道。「我對重溫惡夢這種事，一點興趣也沒有。」

---

「這還有什麼好說的。」佐丹環顧四周，點了點頭。「培齊瓦，你還眞是把我們帶到一個漂亮的地方啊。」

「墳卡原。」地精抓著他的長鼻尖端，喃喃說道。「墳塚之原……我一直都在想，這裡爲什麼叫這名字……」

「現在你知道啦。」

海上飄來的水氣形成了夕霧，蓋住了他們前方的開闊盆地。放眼所及，裡頭是上千座墳墩與青苔滿布的巨石，有些是未經雕琢的尋常石塊，有些則是鑿切平整的方尖石與石柱。而在這片石林的中央附近，是一區區以巨石建造的石桌、圓錐形石堆和環形列石，其排列方式，超出大自然的規則。

「這裡的確是個適合過夜的美麗地點。」矮人又說了一次。「精靈的墓地。要是我沒記錯的話，獵魔士，你不久前好像才提到食屍鬼？那就讓你知道一下，我感覺到牠們就在這些墳墓裡。這類怪物肯定全都聚在這裡了。食屍鬼、啃屍魔、死靈、屍妖、精靈的鬼魂、幽靈、鬼怪，全都到齊了。你們知道它們在那邊窸窸窣窣說什麼嗎？就是晚餐已經自己送上門，不用找了。」

「還是我們回頭？」亞斯克爾低聲建議著。「趁現在天還沒全黑，離開這裡？」

「我也是這麼想。」

「這些女人已經一步都走不動了。」米爾娃怒氣沖沖地說：「孩子們也快抱不住了。就連馬都不走了。佐丹，是你自己趕著大家上路，一直說再繼續走、再走半哩，是你說要再走一段的。結果現在呢？還要再往前走兩段嗎？什麼狗屁東西。管他什麼墳場不墳場，我們走到哪裡，就在哪裡過夜。」

「說得對。」獵魔士表示支持並坐了下來。「你們別緊張，不是每座墳場都有妖魔鬼怪。我從來沒在墳卡原待過，不過要是眞有危險的話，我會聽見的。」

除了飛得元帥．嘟答外，沒有人說話，也沒有人發表意見。凱諾夫村的女人家紛紛接回自己的孩子，挨成一堆坐在一起。她們什麼話也沒說，顯然已經全嚇壞了。培齊瓦和亞斯克爾把馬匹拴住，讓牠們在茂盛的草地上覓食。傑洛特、佐丹與米爾娃走到草原邊，觀察隱沒在霧氣之中、逐漸被黑暗籠罩的墓園。

「今天還偏偏是個滿月。」矮人嘀咕著。「唉，我感覺得到，今晚會是妖魔鬼怪的慶祝日。唉，那些惡魔會給我們好看喔……南邊那裡怎麼會有亮光？不是火光吧？」

「不然呢，當然是火光。」獵魔士確認道。「又有人把別人家頭頂上的茅草蓋給燒了。你知道嗎？佐丹，我覺得在墳卡原這裡還比較安全些。」

「我也是這麼覺得，不過要等到太陽升起之後。當然，這也要食屍鬼願意讓我們見到日出才行。」

米爾娃在袋子裡找了一下，翻出某個閃閃發亮的東西。

「銀箭矢。」她說。「這是特別留給這種場合的，我在市集裡花了五克朗。這種殺得了食屍鬼吧？獵魔士。」

「我想這裡應該沒有食屍鬼。」

「你自己說過，橡樹上吊的那些屍體被食屍鬼咬過，而只要有墳場，就一定會有食屍鬼。」佐丹怒吼。

「不是一定。」

「我把你這話記下來了，你是獵魔士，是行家，我希望到時候你會保護我們。那些匪兵你三兩下就掃光了……食屍鬼比匪兵還會打嗎？」

「這沒得比。我說過，不要緊張。」

「那這種箭頭適合用來射吸血鬼或幽靈嗎？」米爾娃把銀矢鎖到箭桿上，並用拇指滑過鏃緣檢查銳度。

「可能有用。」

「我這把夕希爾，」佐丹露出寶劍，粗聲說：「上頭有用上古矮人盧恩字母寫的古老矮人咒語。食屍鬼要是敢走進這把劍的範圍內，我絕對會讓牠忘不了我。喏，你們看。」

剛好往他們走來的亞斯克爾起了好奇心：「哈，所以這就是舉世聞名的神祕矮人盧恩文？這上面寫的是什麼？」

「狗娘養的吃屎吧！」

「石頭間有東西在動！」培齊瓦．舒登巴突然大吼。「食屍鬼！食屍鬼！」

「哪裡？」

「那邊、那邊！躲到大石頭間的縫隙了。」

「一個？」

「我看到的是一個！」

「天還沒黑牠就想把我們抓來吃，一定是已經餓昏頭了。」矮人在掌上啐了一口，用力握緊了夕希爾的劍把。「哈！牠等等就會知道，貪心是不會有好下場的！米爾娃，妳在牠的屁股上插支箭，我來幫牠清腸胃。」

「我什麼也沒看見。」米爾娃用箭羽抵著下巴，壓低聲音說。「石頭間的雜草連動都沒動。你沒眼花吧？地精。」

「絕對不可能。」培齊瓦提出抗議。「你們有看到像張壞掉的桌子那塊大石頭嗎？食屍鬼就是躲在那塊大石頭後面。」

「你們留在這裡。」傑洛特快速地抽出背上的劍。「保護女人、看好馬匹。食屍鬼發動攻擊的時候，動物都會陷入瘋狂狀態。我過去看看那是什麼東西。」

「你不能自己去。」佐丹堅決反對。「林子裡那片空地上，我因爲怕天花而讓你自己一個人去，結果我連著兩個晚上都羞愧得睡不著。我不會讓這種事再發生了！培齊瓦，你要去哪？躲到後面去嗎？說看到鬼的是你，所以現在就讓你打頭陣去看看。不用怕，我就跟在你後面。」

他們小心翼翼地走在墳崗之間，叢生的雜草蓋過了傑洛特的膝頭，也掩過了矮人的腰際。他們試著儘量不在草堆裡引起窸窣聲。

當他們靠近培齊瓦所指的石桌時，便巧妙地分頭行動，截斷食屍鬼所有可能的逃跑路線。不過這個策略到頭來卻是全無用武之地，而傑洛特早就料到會有此發展。他的獵魔士徽章根本連抖都沒抖一下，完全沒有反應。

「這裡沒人。」佐丹四處張望，點出事實。「連個活的影子都沒有。結果你還是看走眼了，培齊瓦。這是個假警報，害我們無端端緊張了一下。說眞的，應該要踹你屁股一腳。」

「我眞的看到了！」地精一股火氣衝了上來。「我有看見那東西在石頭間跳來跳去！那是一個瘦巴巴、穿得一身黑，像稅官一樣的傢伙……」

「閉嘴，你這個白痴地精，不然我就把你……」

「這是什麼怪味？」傑洛特突然發問。「你們沒聞到嗎？」

「的確。」矮人像隻緝查犬似地嗅了嗅。「是有股奇怪的臭味。」

「是藥草。」培齊瓦吸了吸他那兩吋長的敏銳鼻子。「艾草、羅勒、鼠尾草、八角……肉桂？見鬼了？」

「傑洛特，食屍鬼身上是怎樣的臭味？」

「屍臭。」獵魔士飛快地看了看四周，在野草中搜尋蹤跡，然後又快速跳了幾步回到傾倒的石桌旁，用劍輕輕敲了敲大石塊。

「出來。」他咬著牙說。「我知道你在那裡。快點，不然我就把劍插進洞裡。」

一道細微的摩擦聲從完美隱於巨石下的洞穴傳來。

「出來。」傑洛特又說了一次。「我們不會對你怎麼樣。」

「你連一根寒毛都不會少。」佐丹親切地向對方保證，但眼裡充滿了危險氣息，夕希爾也舉到了洞口上方。「不用怕，出來吧！」

傑洛特搖了搖頭，比出要他後退的明確手勢。石桌底下的洞裡再度傳來摩擦聲響，以及一股濃烈的藥草與樹根味。過了一會兒，他們看見一顆灰色腦袋，然後是一張帶著貴族氣息、長著鷹鉤鼻的臉孔。至少，那張臉並不屬於食屍鬼，而是屬於一名清瘦的中年男子。培齊瓦說的沒錯，這名男子看起來確實像個稅官。

「我眞的可以放心出來嗎？」他抬起黑色的眼睛與微微發白的眉毛，看著傑洛特問道。

「可以。」

男子爬出洞口，拍了拍身上的黑袍。一條像是圍裙的東西，就綁在腰際。他調了調帆布袋，再度引出一股草藥味。

「我建議各位先生把武器收起來。」他看著眼前的旅人，用冷靜的語氣說。「派不上用場。我呢，就像你們看到的，沒帶任何武器，而且從來就不帶，身上也沒有任何東西值得搶。我叫艾墨·雷吉思，來自第林根，是個理髮師。」

「是啊。」佐丹·奇瓦微微翻了一眼。「理髮師、煉金術士或是藥草師也行。我沒有冒犯的意思，先生，不過您身上的藥味還眞重。」

艾墨．雷吉思的笑容很特別，因爲他在笑的時候嘴是緊閉的。他攤開雙手，表示歉意。

「您的味道出賣了您，理髮師先生。」傑洛特把劍收進鞘。「有什麼特殊的原因，讓您看見我們就躲起來嗎？」

「特殊的原因？」男子的黑色眼珠轉向了他。「沒有，該說是一般原因才對。現在這種世道，我只不過是被你們嚇到了。」

「說得對。」矮人贊同道，並用拇指比著被火光照亮的天空。「現在的世道的確不好。我想，您應該和我們一樣，都是逃出來的吧？不過我倒是挺好奇的，您大老遠從老家第林根逃出來，卻自己一個人躲在這些墳墓堆裡？不過呢，這世上的人有千百種，尤其是現在這種艱難時機。我們被您嚇到了，您也被我們嚇到了。現在這個時候是風聲鶴唳、草木皆兵啊。」

自稱是艾墨．雷吉思的男子仍然緊盯著他們。「我對你們不會造成任何威脅，希望你們也一樣。」

「怎麼會？」佐丹咧嘴露出一排牙齒。「您是把我們當成了劫匪還是什麼？理髮師先生，我們也是難民啊。我們打算要往特馬利亞的國界去。要是您想的話，可以加入我們。大家一起會比自己一個開心，也比較安全，對我們來說，有個醫生也比較方便。我們還帶著女人和孩子。您身上那些聞起來臭得要命的藥草裡，有治擦破腳的嗎？」

「應該有。」理髮師輕聲說。「我很樂意幫忙。至於一起上路這件事……謝謝你們的提議，但我不是難民，不是因爲戰爭而逃離第林根。我住在這裡。」

「什麼？」矮人皺起眉頭，往後退了一步。「您住在這裡？在這座墳場裡？」

「墳場？不。我在離這裡不遠的地方有間小屋子。當然，我在第林根也另有一間屋子和舖子。不過我夏天都在這裡，每年都是，從六月待到九月，從仲夏節一直待到秋分。我在這裡收集具有療效的葉片、草根，有些我會直接在這裡提煉成藥品或藥劑……」

「您雖然離群索居，一個人待在這荒野上，不過您知道戰爭的事。」傑洛特這話不是問句，而是肯定句。

「經過這裡的難民說的。離這裡不到兩哩，在厚特拉河那裡，有個很大的營區。那邊聚集了幾百名布魯格和索登來的村民與難民。」

「那特馬利亞的軍隊呢？」佐丹好奇問道。「他們出發了嗎？」

「這件事我不清楚。」

矮人咒罵了一聲，然後瞪著理髮師。

「雷吉思先生，您就這樣自己一個住在這裡，」他的聲音拖得老長。「然後晚上跑出來墳墓間散步。您不會怕嗎？」

「我要怕什麼？」

「這位先生是獵魔士，」佐丹指著傑洛特。「不久前才看到食屍鬼的蹤跡。那是專吃屍體的妖怪，您懂嗎？不過平常人不用當獵魔士，也知道食屍鬼都待在墳場裡。」

理髮師一臉興味地看著傑洛特，說：「獵魔士，怪物殺手。嗯，有趣。獵魔士先生，您沒有向您的同伴解釋，這塊墓地已經有超過五百年的歷史嗎？食屍鬼雖然不挑嘴，但也不至於去啃五百年的老骨頭。這裡沒有食屍鬼。」

「那我安心多了。」佐丹邊說，邊四處張望。「好了，醫師先生，請到我們紮營的地方吧。我們有冷馬肉，您應該不會嫌棄吧？」

雷吉思看著他很長一段時間。

最後，他終於開口：「謝謝，不過我有更好的提議。請你們到我家來。我的夏日小屋其實只是座棚子，不是屋子，而且很小，到了夜裡你們還是得睡在月光下。不過我的屋子前有座水泉，另外還有個火堆，可以把馬肉烤溫。」

「我們很樂意過去打擾。」矮人行了個禮。「這裡或許沒有食屍鬼，不過光是想到要在這座墳場裡過夜，我的心情就好不起來。我們走吧，我介紹其他人給您認識。」

他們靠近營地時，馬兒紛紛嘶鳴，用腳蹄踏踩地面。

「雷吉思先生，請您站在比較下風的地方。」佐丹．奇瓦給了醫師一個眼神。「馬會怕鼠尾草的味道，而我呢，說起來真丟臉，這味道會讓我想到拔牙。」

□

「傑洛特，我們的眼睛要睜大點。」艾墨．雷吉思一消失在掩住屋子入口的帆布後頭，佐丹便壓低聲音這麼說著。「我不太喜歡這個藥草師。」

「有什麼具體的原因嗎?」

「我不喜歡在墳場附近消磨夏天的人，而且這座墳場還離人煙這麼遠。難道其他比較討喜的地方都沒長藥草嗎?我覺得這個雷吉思看起來像盜墓的。理髮師、煉金術士，還有其他類似的人，都是先到墳場裡挖屍體，然後再拿來做實驗。」

「不過這種實驗用的都是剛斷氣的屍首，這座墓園已經很老了。」

矮人看著凱諾夫村的女人，在理髮師屋子周圍的稠李下整理過夜的地方，撓了撓下巴說:「是這樣沒錯。說不定他是到地底墓穴，去盜取藏在裡頭的值錢東西?」

「問他。」傑洛特聳了聳肩。「他邀你到他的棚子時，你當場就答應了，連客套一下都沒有，現在卻突然變得疑神疑鬼，像個被人稱讚的老姑婆似的。」

佐丹想了一想:「嗯……你說的有點道理。不過我倒是很樂意去瞧瞧他那間屋子裡有什麼。對，這樣才可以比較確定……」

「跟著他進去，假裝借叉子。」

「為什麼是叉子?」

「為什麼不?」

矮人盯著他看了好一會兒，最後，他還是下了決心，大步走向小屋，有禮地敲了敲門框，進到裡面。他在裡頭待了一段時間，才突然出現在門邊。

「傑洛特、培齊瓦、亞斯克爾，你們過來一下，來看個有趣的東西。來，快啊，不用怕，雷吉思先生請我們過去。」

小屋裡頭很暗，一股溫暖、強烈的氣味撲鼻而來。這味道的主要來源，是來自掛滿所有牆面的藥草和草根。整間屋子裡的家具，就只有一張同是堆滿藥草的簡陋床鋪，以及被數不清的玻璃瓶、土瓶和陶瓶佔領的歪斜桌子。形狀怪異、宛如大肚沙漏的破敗爐灶裡正燒著炭，爲室內提供了昏暗的照明，足以讓人看清屋裡的一切。一堆亮閃閃的管子圍著這座小爐灶像是結成一張蛛網，那些管徑有大有小，或成弓狀，或成螺旋狀。其中一條管子底下擺了個木桶，接著不斷滴落的液體。

培齊瓦．舒登巴一看到這爐灶，便瞪大了眼、張大了嘴，他驚呼一聲，跳了過去。

「哇！」他大聲驚歎，難掩興奮之情。「我看到什麼了？這可是貨眞價實、裝了蒸餾器的煉金爐啊！上頭還配有精餾柱和銅製的冷卻器啊！做得眞是太好了！理髮師先生，您是自己組的嗎？」

「是的。」艾墨．雷吉思謙虛地坦承道。「我在製作煉金藥，所以必須要蒸餾萃取五次，還有……」

他見到佐丹．奇瓦接住從管子滴落的液體並舔拭指頭，便停了下來。矮人嘆了口氣，紅紅的臉上出現一種無以形容的滿足。

亞斯克爾見狀，也忍不住試了試，接著輕輕呻吟了一下。「五次。」他咂著嘴承認道：「這說不定是第六次或第七次呢。」

「是啊……」理髮師露出淺淺的微笑。「我說過，這是蒸餾酒。」

「是私釀酒，」佐丹順口修正理髮師的用詞。「而且還是很厲害的。培齊瓦，試試。」

「可是我又不懂有機化學。」地精跪在地上觀看煉金爐裝置的細節，漫不經心地回應道。「我想我應該分不出裡面的成分……」

「這精華是從魔女草提煉出來的。」雷吉思爲他解答。「還加了顚茄，以及發酵過的穀糊。」

「也就是說，經過醣化？」

「可以這麼說。」

「那麼，可以給我一個杯子嗎？」

「佐丹、亞斯克爾，」獵魔士雙手交胸。「你們聾了嗎？這是曼德拉草。這酒是用曼德拉草釀的。你們別再動這酒了。」

煉金術士從滿是灰塵的燒瓶與瓶子間，翻出一個不是很大的量筒，小心翼翼地用布擦拭，說：「親愛的傑洛特先生，這沒什麼好擔心的呀。這曼德拉草不是當季的，而且是經過仔細挑選、精準測量的。每磅我只加五盎司的魔女草，而顚茄也只加半得拉馬……」

「他不是指這個。」佐丹看了獵魔士一眼，馬上了解他的意思，態度轉爲愼重，小心翼翼地從爐邊退開。「雷吉思先生，重點不是您這裡頭加了幾得拉馬，而是魔女草值多少錢。這酒對我們來說太昂貴了。」

「曼德拉草。」亞斯克爾指著疊在棚屋角落，看起來像是小甜菜根的塊莖堆，低聲驚歎。「這是曼德拉草嗎？眞的曼德拉草？」

煉金術士點了點頭，說：「這是雌性變種，會成堆生長，就在我們碰面的那座墳場裡。正因如此，我夏天都在這裡度過。」

獵魔士意有所指地看著佐丹，矮人則喃喃不知說了什麼。雷吉思見狀，微微一笑。

「請用，各位先生，別客氣，如果你們有興趣，請來品嘗一下味道。我很欣賞你們的自制，不過現在這種時候，我沒有什麼機會把藥劑送到已經被攻佔的第林根。這些東西如果這麼放著，也會全部壞掉，所以我們就別提價格的事了。不好意思，但我只有一個飲用的器皿。」

「一個就夠了。」佐丹喃喃道。他拿起量筒，小心地將木桶裡的液體倒入。「敬您的健康，雷吉思先生，啊——」

「請見諒，」理髮師再度笑了笑。「這蒸餾酒的味道肯定還要多多改進……基本上這是半成品。」

「這是我這輩子喝過最好的半成品了。」佐丹大大吸了口氣。「寫詩的，給你。」

「啊……喔，我的媽啊！這太棒了！傑洛特，試試。」

「敬主人。」獵魔士朝艾墨．雷吉思的方向微微鞠了個躬。「亞斯克爾，你的禮貌呢？」

「各位男士請見諒，」煉金術士也回了個禮。「不過我不能碰任何藥物。我的身體已經不如從前，得放棄許多……樂趣。」

「就連一小口都不行？」

「這是原則問題。」雷吉思平靜地解釋道。「我從不打破爲自己定下的原則。」

「這眞是讓我訝異，而這股自律也讓我感到嫉妒。」傑洛特先是喝了一點量筒裡的液體，猶豫片刻之後，便把整個量筒喝了個精光。他細細品嚐那滋味，但眼角滲出的淚液卻讓這讓美好折損幾分。一股熱氣在他的胃裡翻湧。

「我去叫米爾娃。」他把器皿還給矮人，自告奮勇地說。「在我們回來以前，你們可別全喝光了。」

米爾娃坐在馬匹附近，逗弄著那個一整天都坐在她鞍上、長著雀斑的小女孩。聽到雷吉思的好客，她原僅是聳了聳肩，不過也沒讓傑洛特央請太久。

他們進到棚屋後，看見所有人都聚在一起觀察雷吉思存有的曼德拉草。

「我是第一次看到。」亞斯克爾把粗大的草根拿在指間把玩，坦誠說道。「這看起來確實有點像人。」

「像是腰痛到直不起來。」佐丹說。「至於這第二個嘛，看起來就像個大肚子的娘兒們。然後這個呢，不好意思這麼說，就像兩個人在打炮。」

「你們腦子裡想的就只有這種東西。」米爾娃一口灌下裝滿的量筒後，掄起拳頭捂住嘴，用力咳了幾下。「我的天啊……這酒還眞烈！這眞的是用蕩婦草做的？哈，那我們還眞是在喝有魔力的飲料呢！這可不是每天都碰得到的。謝了，理髮師先生。」

「這是我的榮幸。」

裝滿的量筒讓所有人都活絡起來，喚起了他們的好心情，打開了他們的話匣子。

「我所聽過的曼德拉草，是一種有巨大魔力的蔬菜。」培齊瓦．舒登巴篤定地說。

「就是啊。」亞斯克爾附和道。在那之後，他又乾掉一支量筒，抖了一下，開口說道：「跟這話題有關的詩歌還會少嗎？巫師都把曼德拉草加到藥劑裡，才能永保青春。女巫甚至還會把魔女草做成膏狀，叫作魅惑。用了這種藥膏，原本長滿皺紋的女巫就會變得漂亮又迷人，讓人看了連眼珠子都會凸出來。還有，你們也該知道曼德拉草是很強的春藥，能用來施展愛情魔咒，尤其是突破少女的心防。這也就是爲什麼，坊間給曼德拉草取了另一個名字：蕩婦草。也就是說，這藥草能讓人變成蕩婦。」

「白痴。」米爾娃評論道。

「而我聽說呢，」地精灌下滿滿一支量筒後說：「把魔女草的根從地下拔出來的時候，這植物會又哭又叫，像活的一樣。」

「是喔，」佐丹一邊說著，一邊從木桶裡再倒了些。「如果光是叫叫就好了！我聽說啊，這曼德拉草的叫聲可怕到讓人失去知覺，而且還會對那個把它從地底拔出來的人下蠱施咒。」

「我看這不過是鄉野趣談罷了。」米爾娃接過他手中的量筒，一口氣喝了個精光，然後抖了一下。「植物不可能會有這樣的力量。」

「這都是眞的！」矮人激動地叫著。「不過聰明的藥草師找到了自保方法。找到魔女草以後，要先把繩子一頭綁到它根部，然後另一頭綁到狗身上……」

「或是豬身上。」地精插嘴道。

「或是野豬身上。」亞斯克爾一臉認眞地補充著。

「你這個作詩的笨蛋。重點是要讓狗或豬來拔曼德拉草，這樣這草的詛咒和妖術才會落到動物身上，而藥草師自己就遠遠地躲在小屋裡，穩穩當當、一點事也沒有。是吧？雷吉思先生，我沒說錯吧？」

「這方法很有意思。」煉金術士露出謎樣的笑容，坦誠說道：「我是指這個方法的概念，不過缺點是會讓事情變得很複雜。理論上，其實只要用繩子就夠了，不需要動物來拉。我不認爲曼德拉草有能力分別是誰在拉繩子。魔法與詛咒不管怎樣都只會落在繩子上。這比用狗要來得便宜，也簡單得多，至於豬的話，我想就根本不用提了。」

「您是在笑我嗎？」

「哪敢。我說過了，我很佩服這個概念。因爲不管是哪一株曼德拉草，都不像一般人認爲的那樣，有能力施展魔法或詛咒，這種植物埋在土裡時帶有強烈的劇毒，就連它根部附近的土壤也會染上毒性。被剛滴出來的汁液噴到臉上，或是受傷的手掌，呵，就連聞到它的味道，後果也可能很糟糕。我是使用口罩與手套，但這並不表示我反對使用繩子。」

「嗯……」矮人思索著。「那魔女草被拔出來的時候，會發出可怕的叫聲是眞的嗎？」

「曼德拉草沒有聲帶。」煉金師平和地解釋道。「這對植物來說應該很正常，不是嗎？不過其根部流出的毒液會造成很強的幻覺。聲音、尖叫、低語和其他聲音都只不過是幻覺，是受到侵襲的中樞神經所創造出來的。」

「哈，我竟然忘得一乾二淨了！」亞斯克爾剛喝下一支量筒，非常克制地打了個嗝後，說：「曼德拉草的毒性很強！我剛剛還把它拿在手裡！現在我們又一直猛喝這草煉出來的酒……」

「魔女草的根部只有在剛拔出來時才有毒。」雷吉思安撫他說。「我這不是當季的，有妥當處理，而且這蒸餾酒也有經過過濾。沒什麼好擔心的。」

「當然沒什麼好擔心的。」佐丹認同道。「酒就是酒，不管是用毒芹、蕁麻、魚鱗，還是用舊鞋帶釀的都一樣。亞斯克爾，杯子拿來，後面有一堆人等著呢。」

量筒不斷滿注，讓整個氣氛熱鬧起來。所有人都舒服地坐在黃土地上。獵魔士先是倒抽一口冷氣、咒罵一聲，然後改變坐姿；因爲他坐下時，一股痛楚又再度襲上膝蓋。他注意到雷吉思正盯著自己。

「新傷？」

「不算新了，不過常常發作。你這裡有止痛的藥草嗎？」

「這要看是哪種痛。」理髮師淺淺一笑。「還有這痛是怎麼來的。獵魔士，我聞得到你的汗水裡有種奇怪的氣味。你這傷是用魔法治的嗎？有用到酵素和激素？」

「我用的藥有很多種。沒想到，這些藥竟然還能在我的汗裡聞得出來。你的嗅覺還眞是該死的敏銳啊，雷吉思。」

「每個人都有自己的優點，來平衡一下缺點。你是什麼病要用魔法來治？」

「我的手骨和腿骨斷了。」

「這是多久以前的事？」

「一個多月。」

「而你已經能走了？眞是讓人驚訝。是布洛奇隆的德律阿得對吧？」

「你怎麼知道的？」

「只有德律阿得才知道能快速重建骨骼的藥物。我看見你的手掌上有黑點，那是克寧海拉藤的藤根和紫色接骨草的共生芽進入你體內的地方。克寧海拉藤只有德律阿得才知道怎麼使用，而紫色接骨草只長在布洛奇隆裡面。」

「太厲害了，眞是精準的分析。不過我對另一樣東西比較感興趣。我是大腿跟前臂的骨頭被打斷，可這劇痛卻是出現在我的膝蓋和手肘。」

「很正常。」理髮師點了點頭。「德律阿得的魔法爲你重建傷骨，但同時也替你的神經幹做了點小變革。這種副作用在關節處最爲明顯。」

「你能給我點建議嗎？」

「很不幸，我沒辦法提供任何建議。你這準確預測壞天氣的能力，還會持續一段很長時間。這種痛在冬天會更加明顯，不過要是我的話，不建議你使用強效痲醉劑，尤其是毒品。你是獵魔士，就你的情況，這是絕對不宜。」

「那麼，我就用你的曼德拉草來治一下吧。」獵魔士舉起米爾娃剛拿給他的的量筒，一口把裡頭裝滿的液體喝光，然後被嗆得滿眶熱淚。「我的媽啊，我已經好多了。」

「我不確定，」雷吉思抿嘴而笑。「你是不是治對了病。我還要提醒你，要治的應該是病因，而不是病徵。」

「這個獵魔士的情況不一樣。」在一旁聽著他們談話、臉色已經有些泛紅的亞斯克爾粗聲道。「酒可以治治他的煩惱。」

「你也是，」傑洛特的目光讓詩人打了個冷顫。「尤其是這酒讓你變成大舌頭的時候。」

「我可不希望這樣。」理髮師再度笑了笑。「這個成分裡有顛茄，含有許多生物鹼，其中也包括了具鎮定作用的莨菪鹼。曼德拉草還沒對你們發揮作用，就已經讓我見識到你們的辯才無礙。」

「見識什麼？」培齊瓦問。

「口才。不好意思，我們還是用比較簡單的詞彙吧。」

傑洛特扯著嘴角，露出假笑。

「也是。」他說。「有時我們很容易會養成做作的風格，然後每天說一些做作的語言，然後，還被人們當成是自大的丑角。」

「或是煉金術士。」佐丹．奇瓦一邊把木桶裡的液體倒入量筒，一邊說著。

「再不然就是獵魔士。」亞斯克爾輕蔑地說：「這個獵魔士可是唸了不少書，想要給某個女巫留下深刻的印象。而女巫呢，卻只喜歡謊言啊，各位。其他的，她們一點興趣也沒有。我說的對吧？傑洛特，來啊，跟我們說說看啊……」

「別插嘴，亞斯克爾。」獵魔士冷冷地打斷他。「這酒裡的生物鹼對你的作用太快，你說太多話了。」

「傑洛特，你能不能不要那麼在意你的那些祕密？」佐丹皺起了眉頭。「亞斯克爾說的那些，我們差不多早就知道了。你是個活傳奇，這也沒辦法啊。很多木偶劇場早就在演你那些歷險事蹟了，就連你和那個叫桂妮凡的女巫的事也一樣。」

「是葉妮芙。」雷吉思小聲地糾正他。「我有看過這樣的戲碼。要是沒記錯的話，是有關獵捕魔神的故事。」

「那次我也在。」亞斯克爾自滿地說。「那次可有趣了，我告訴你們……」

「全都說了吧。」傑洛特站起身。「多喝一點，把故事說得精彩些。我要去走一走。」

「喂，這又沒什麼好氣的……」矮人有些不悅。

「你誤會了，佐丹。我是要去解放我的膀胱。這種事就算是在活傳奇身上，也是會發生的。」

□

這天夜裡非常冷。馬兒不斷踏動、噴氣，鼻孔裡都冒出了白煙。月光下，理髮師那間小屋看起來充滿童話氣息，像是林中仙女的小屋。獵魔士扣上了褲子。

在他之後沒多久也出來的米爾娃，有些尷尬地清了清喉嚨。她的修長身影趕上了他的。

「你爲什麼在這裡拖著不回去？」她問道。「你眞的生他們的氣了嗎？」

「沒有。」他否認。

「那你自己站在這月光下搞什麼鬼？」

「我在計算。」

「啥？」

「從離開布洛奇隆到現在，已經過了十二天，我總共走了大概六十哩路。傳言奇莉人在尼夫加爾德，在那帝國的首都；保守估算的話，距離大約兩千五百哩。這樣算來，按照目前的速度，我得花一年又四個月才到得了。這點妳有什麼看法？」

「沒什麼看法。」米爾娃聳了聳肩，再度清清喉嚨，說：「我的算數不好。根本就不會閱讀，也不會寫字。我是個愚蠢、沒腦的村姑，根本就不配當你的同伴，也沒資格當你談心的對象。」

「不要這麼說。」

「反正這是事實。」她突然轉過身去。「你幹嘛把這些日子和路程都算給我聽？是要我給你意見嗎？是要我給你希望嗎？是要我把你的恐懼給趕走，把那股比斷腿帶來的痛苦更讓你痛徹心扉的悲傷給壓住嗎？我不會！你需要的是別人，是亞斯克爾說的那人。她又聰明、又體貼，而且還是你愛的人。」

「亞斯克爾是個大嘴巴。」

「沒錯，不過有時候是個聰明的大嘴巴。我們回去吧，我還想再喝一點。」

「米爾娃？」

「怎麼了？」

「妳從來沒告訴過我，爲什麼妳決定要和我一起走。」

「因爲你從來沒問過。」

「那麼我現在問。」

「現在已經太晚了，連我自己都不知道了。」

□

「呼，你們總算回來了。」看見他們，佐丹很高興，語氣也明顯變了。「我們已經決定，雷吉思要和我們一起上路。」

「眞的嗎？」獵魔士望向理髮師。「爲什麼突然做了這樣的決定？」

「佐丹先生讓我了解，」雷吉思並沒有斂下眼神。「目前第林根的戰況，要比難民描述的嚴重得多，現在已經不可能回到那邊去；而待在這片荒野，或是自己一人上路，似乎都不是明智的決定。」

「而你雖然對我們一點都不了解，卻覺得我們看起來像是可以安全同行的夥伴。你只要看一眼就行了，是嗎？」

「兩眼。」理髮師帶著淺淺的笑容答道：「一眼看你們照顧的女人，另一眼看她們的孩子。」

佐丹大大打了個酒嗝，拿起量筒去舀木桶底部。

「外表可以騙人。」他冷笑道。「說不定我們打算要把這些娘兒們當奴隸賣了？培齊瓦，來處理一下這個儀器，是要把栓頭轉開，還是怎樣？我們想要好好喝個夠，而這水卻滴得像在流鼻血一樣。」

「冷卻儀的速度會趕不上，酒會是溫的。」

「無所謂，今天夜裡很涼。」

溫熱的酒精快速活絡了這場談話。亞斯克爾、佐丹與培齊瓦都紅了臉，聲音也跟著變了——基本上，詩人和地精只有微微的口齒不清。這時眾人開始餓了，紛紛嚼起冷馬肉，啃著在小屋裡找到的辣根，邊吃還邊掉眼淚，因爲那辣根就和私釀的酒一樣烈，也替這場論談添加了點火氣。

當雷吉思得知他們的最終目的不是馬哈喀姆山巒的飛地——那塊自古以來就屬於矮人、不受威脅的地方時，臉上露出十分驚訝的神情。佐丹變得比亞斯克爾還要多話，他告訴眾人，無論如何自己都不會再回馬哈喀姆，並大發牢騷，叨念著自己對那裡的政權，尤其是當地的政策，還有掌管馬哈喀姆與所有矮人宗族的主事——伯威．虎格，有多麼不滿。

「那個老傢伙！」他粗聲說，朝小灶子的爐火啐了一口。「光用看的都不知道他是活人還是假人。他幾乎動都不動，不過這樣也好，因爲他每動一下就會放屁。他說的話根本就沒人聽得懂，因爲他的鬍子和下巴都讓甜菜湯給黏在一起。不過他什麼都要管，他一個口令，所有人就要跟著動作……」

「不過大概沒有人會認爲老虎格的政策有問題。」雷吉思插嘴道：「多虧有他做決定，矮人才和精靈劃清界線，不再和斯寇亞塔也一起戰鬥。多虧了這樣，矮人逃過被屠殺的命運；多虧了這樣，才沒有人到馬哈喀姆興師問罪。你們與人類間建立的誠信關係，也算完美地開花結果。」

「這些根本就是一堆狗屁。」佐丹一把將量筒灌進嘴裡。「松鼠的事，才不是因爲誠信問題，只是有太多年輕人拋下礦坑和鐵舖的工作，跑去加入精靈，以爲在突擊隊裡能過得逍遙自在、像個漢子一樣冒險犯難。當這個現象發展到令人困擾的地步時，伯威．虎格把那群小伙子都好好地整頓了一番。他才不管松鼠到處殺人，也不在乎矮人因此而飽受壓迫——包括你們那些惡名昭彰的種族迫害。他對這些完全不在意，從以前到現在從沒當回事，因爲對他來說，那些住在城市裡的矮人全都是叛徒。所謂討伐馬哈喀姆的這種威脅，親愛的各位，別笑死我了。現在根本就沒有什麼危險，而且也從來沒有過，因爲沒有任何一國的國王敢動馬哈喀姆一根手指。所以我告訴你們，就算是尼夫加爾德人成功打下馬哈喀姆周圍的山谷，也不敢對馬哈喀姆怎樣。你們知道這是爲什麼嗎？告訴你們，馬哈喀姆產鋼，而且不是一般的鋼。那裡還有煤礦、赤鐵礦和數不清的礦層。出了馬哈喀姆，到處就只剩草一堆。」

「還有，馬哈喀姆有技術，」培齊瓦．舒登巴也插嘴道。「有煉鐵廠和冶金廠！那裡都是紮紮實實的大爐子，才不是什麼狗屁小燻窯，還有槓桿鎚和蒸氣鎚……」

「給你，培齊瓦。」佐丹再度把注滿的容器遞給地精。「喝你的酒吧，別拿你那些無聊的技術來煩大家了。技術的事大家都知道，不過馬哈喀姆有出口鋼材這件事，就不是每個人都知道了。這些鋼材都輸到各個王國，也輸到尼夫加爾德去。要是有人動我們一根手指，我們就會把廠房毀掉、把礦坑埋掉。到時候，你們就儘量去打吧，人類，用橡木棍、火石和你們的牙齒去打仗。」

「你說你很討厭伯威．虎格，還有馬哈喀姆裡的政權，」獵魔士提醒他。「不過你現在突然開始說『我們』。」

「當然啊。」矮人激動地承認道。「有種東西叫團結，對吧？我承認，我是有點太過自大，說我們比精靈聰明。不過這點你們應該不會否認吧？好幾百年以來，精靈一直假裝你們人類根本就不存在。他們明明就看得見天空、聞得到花香，不過只要一看到有人，他們那些上了濃妝的小眼睛，馬上就會翻白眼。等他們發現這樣做一點用也沒有了，就突然醒過來，把武器抓在手上，打算要去殺人，也準備好被人殺。而我們矮人呢？我們順應時局，才不會讓你們來整治我們，連想都別想。是我們把你們好好整治了一番才是眞的，用經濟手段。」

「這話說得確實沒錯。」雷吉思回應道：「和精靈比起來，你們比較容易順應時局。精靈重視的是土地、領域，你們重視的是宗族。有宗族在的地方，就是你們的祖國。就算眞有哪個短視近利的國王對馬哈喀姆發動攻擊，你們不過就是把礦坑埋了，遷往別處罷了，不會有一點不捨。你們會搬去其他遙遠的山頭，甚至是搬到人類的城市裡去。」

「當然！在你們的城市裡，生活可好過了呢。」

「就算是在矮人區也一樣？」亞斯克爾灌下這私釀酒後，大大吸了口氣。

「矮人區有什麼不好？我還寧願和自己人住在一起呢，幹嘛要跟人類打成一片？」

「你們只要讓我們加入行會就行了。」培齊瓦·舒登巴用袖子擦了擦鼻子。

「總有一天他們會讓我們加入。」矮人篤定地說：「要是不給加，那我們就搞破壞，不然就是自己組行會，讓市場來決定。」

「不過在馬哈喀姆還是比在城市裡安全。」雷吉思說道：「城市可能隨時被燒毀，在山裡等戰爭過去會是比較明智的抉擇。」

「誰想去就去。」佐丹從木桶裡再倒一杯。「我比較喜歡自由，這在馬哈喀姆裡可找不到。你們絕對想不到，這老傢伙是如何統治馬哈喀姆的。他最近常常調整那些所謂的社會規範。比方說：能不能戴腰帶。鯉魚湯要馬上吃，還是等結了魚凍再吃。吹小鵝笛是我們矮人多年來的傳統，還是人類腐敗、墮落的文化毒害影響。要工作幾年之後才能申請配發一個永遠屬於自己的老婆、擦屁股要用哪隻手、離礦坑多遠才能吹口哨，其他像這樣的生活大小事還多著呢。不不不，兄弟們，我不會回到卡本山下去。我可不想一輩子都在挖礦，如果沒有提早被甲烷炸到，得在裡頭挖四十年。不過我們已經有其他計畫了，對吧？培齊瓦，我們已經替自己找好未來了……」

「未來、未來、未來……」地精喝光整支量筒，擤了擤鼻涕，用已經有些渙散的目光看著矮人，說道：「以後的事，以後再說，佐丹。因為我們說不定還會被抓到，到時候我們的未來就會變絞索了……不然就是德拉根堡。」

「閉嘴。」矮人凶狠地看著他，大聲吼道。「你話太多了！」

「莨菪鹼。」雷吉思喃喃說道。

□

地精不斷說些蠢話，米爾娃一臉陰鬱，佐丹則是忘了自己已經提過馬哈喀姆那個老傢伙虎格的事，又重頭說了一次。傑洛特忘了他已經全都聽過了，所以又再聽了一次。雷吉思也在一旁傾聽，甚至還發表意見，完全不在意自己是這一群醉得東倒西歪的人中，唯一保持清醒的。亞斯克爾撥弄著魯特琴，開始唱起歌來。

難怪美女不好搭，

樹長越高越難爬。

「白痴。」米爾娃如是評論，但亞斯克爾並不在意。

不管小姐還是樹，不是笨蛋就會辦。

直接拿著插下去，什麼阻礙都會散。

「有一個啤酒杯……」培齊瓦．舒登巴說得口齒不清。「我是說，高腳杯……是用乳蛋白石做出來的……喏，像這麼大，是我在蒙薩瓦特山頂上找到的。杯口包了鐵石英，底座用的是黃金。那可眞是一件傑作啊……」

「你們別再給他喝了。」佐丹．奇瓦說。

「等一下，等一下。」亞斯克爾被勾起了興趣，同樣有些口齒不清。「這傳奇的高腳杯怎樣呢？」

「我把它拿去換騾子了。我那時候要一頭騾子來幫我運東西……是運剛玉和水晶煤。我有那個……呃……一堆……嗝……貨，意思是說，很重，沒有騾子就根本動不了……我要那個啤酒杯幹嘛？」

「剛玉？水晶煤？」

「喔，用你們的話來說就是紅寶石和鑽石，很……嗝……有用的。」

「我想應該是。」

「可以用在鑽子上、銼刀上，用在承軸上，這些東西我有一整堆……」

「你聽到了嗎？傑洛特，」佐丹雖然坐著，但還是舉手揮著，結果差點沒有把自己揮倒。「他人矮，沒兩下就醉了，還夢到一大坨鑽石呢。小心啊，培齊瓦，免得你那個夢有一半變成眞的！鑽石沒有，只有一坨！」

「作夢，作夢。」亞斯克爾又是口齒不清地說著。「那你呢？傑洛特，你又夢到奇莉了嗎？你應該要知道啊，雷吉思，傑洛特他會作預知夢呢！奇莉就是驚奇之子，傑洛特和她兩個被命運綁在一起，所以他可以在夢裡見到她。還有一件事你也應該要知道，我們是要去尼夫加爾德，把我們的奇莉從恩菲爾大帝手上給奪回來。奇莉就是被他抓走的。不過他也抓不了她多久，這個王八蛋，他還來不及看清楚，那女孩就會被我們救出來了！兄弟們，我想再多告訴你們一些，不過這是個祕密啊，是個可怕、沉重又黑暗的祕密啊……沒人可以知道這個祕密，你們懂不懂？誰都不行！」

「我什麼都沒聽到。」佐丹做了保證，卻瞪大雙眼看著獵魔士。「好像有蟲鑽進了我的耳朵。」

「蟲子確實很多。」雷吉思一邊表示認同，一邊作勢掏耳朵。

「我們是要去尼夫加爾德。」亞斯克爾靠著矮人，以保持平衡，而這顯然是個錯誤的決定。「就像我說的，這是個祕密。我們的目的地是個祕密！祕密標的！」

「這個標的確實藏得很好。」理髮師點了點頭，並瞄了一眼氣到臉色發白的傑洛特。「如果是照你們走的路線來分析，就連世上疑心最重的人，也不會想到你們的目的地是哪裡。」

□

「米爾娃，妳怎麼了？」

「你這個喝醉酒的大笨蛋，別和我說話。」

「喂，她在哭耶！喂，你們看……」

「你去死吧你！」弓箭手把眼淚抹掉。「小心我一拳打在你的鼻子上，你這欠揍的三流詩人……佐丹，杯子拿來……」

「跑哪去了……」矮人口齒不清地說。「喔，在這裡。謝了，理髮師……那個舒登巴死哪去了？」

「他出去了，已經有一段時間了。亞斯克爾，提醒你一下，你答應過要和我說驚奇之子的事。」

「等等，等等，雷吉思。我把這口喝完……就全說給你聽……奇莉的事、獵魔士的事……所有的細節……」

「你們這些狗娘養的全都吃屎！」

「矮人，安靜點！你會把屋前那些孩子吵醒！」

「弓箭手啊，妳別生氣。來，喝吧。」

「啊——」亞斯克爾用有些渙散的目光環視小屋。「我現在這樣，要是被德萊騰霍伯爵夫人看到……」

「誰？」

「這不重要。該死，這酒還眞的會讓人說個沒完……傑洛特，要不要再幫你倒一杯？傑洛特！」

「別煩他了，」米爾娃說：「讓他睡吧。」

□

他們離村子邊的穀倉還有段距離，但裡頭的隆隆樂聲已傳到他們耳中，讓他們全身充滿興奮的情緒。他們開始不由自主地在馬鞍上搖擺身體。起先是跟著隆隆、低沉的鼓聲和低音提琴晃動，等他們更接近穀倉之後，便改隨著古斯列琴與蕭姆管吟唱出的旋律搖擺。這個夜晚很冷，滿月高掛天空，照亮整座穀倉，而裡頭的燈火從木板間透了出來，讓穀倉散發出一圈光暈，看起來就像童話中的魔法城堡。

熱烈的喧囂從穀倉大門裡傳出來，透過舞動的熱氣，可以看見裡頭閃爍的亮光。

他們一進到穀倉，樂聲馬上轉小，變成拖泥帶水又不成調的和弦。裡頭舞得滿身大汗的村民們也都散了開來，聚到牆邊或柱子後頭。奇莉走在米絲特身邊，看見裡頭的女孩們，個個害怕得瞪大眼睛。她還注意到男人與莊稼漢那準備好面對一切的堅定眼神。她聽見越來越大聲的低喃與耳語，壓過風笛的鳴響，壓過蟲鳴般的小提琴與古斯列琴。眾人紛紛低語。老鼠幫……老鼠幫……強盜……

「大家不用擔心。」吉澤赫大聲地說，並把一個十分飽滿、鏗鏘作響的錢袋丟給那群樂師。「我們是來找樂子的。這場饗宴是給所有人參加的，對吧？」

「啤酒在哪裡啊？」凱雷搖了搖錢囊。「還有你們的待客之道在哪裡啊？」

「還有為什麼這裡這麼安靜啊？」星火看了看四周。「我們是從山上下來這裡玩的，可不是來參加葬禮接待會的呀！」

其中一個村民總算不再躊躇，拿起一個泡沫滿溢的陶杯往吉澤赫走去。吉澤赫躬身接過酒杯，一口喝光，再中規中矩地有禮致謝。幾名莊稼漢熱絡地出聲喊叫，但其他人依舊保持沉默。

「嘿，大夥，」星火再度喚道。「想跳舞了吧？不過我看得先幫你們暖暖身！」穀倉牆邊有張厚實的橡木桌，上頭擺滿了陶製餐具。精靈女孩雙手一拍，俐落地跳上桌面。那些莊稼漢趕忙把餐具收到一邊，來不及收的，則被星火一腳踢開。

「喂，演奏音樂的男士們，」她雙手扠腰，甩開頭髮。「讓我看看你們會什麼。奏樂！」她踩著鞋跟，快速敲出節奏。鼓聲重複了一次，大提琴與雙簧管跟著呼應。笛子與古斯列琴抓住旋律，快速變化，要星火變換舞步與節奏。穿得一身五顏六色，如蝴蝶般輕盈的精靈女孩，毫不費力地跟上節拍，隨樂舞動。村民們開始跟著打起拍子。

「法兒卡！」星火瞇起上了濃妝的眼睛喊道。「說到用劍妳是很快！那跳舞呢？妳跟得上我的舞步嗎？」

奇莉離開搭著她肩膀的米絲特，解開領巾，摘掉貝雷帽，脫掉背心。她一個起身便上了桌，來到精靈女孩身旁。莊稼漢子熱烈吼叫，樂鼓和大提琴開始咆哮，風笛則哀戚地吟唱起來。

「樂手們，演奏吧！」星火大叫。「大聲點！熱鬧點！」

精靈女孩手放臀部，用力甩頭，踏著細碎的腳步翩翩起舞，然後快速踏著鞋跟，敲出一連串的斷音。奇莉被這節奏深深吸引，把舞步重複了一次。精靈女孩笑了笑，跳了一下，改變節奏。奇莉猛然甩開額前的髮絲，將舞步完美地重複了一遍。兩人同時起舞，就好像是在照鏡子般。村子裡的莊稼漢紛紛大喊，鼓掌叫好。古斯列琴與小提琴拉出高音，宛如布匹撕裂一般，劃破大提琴的沉穩與風笛的哀戚。

跳舞的兩人，像甘蔗般挺立，並用手肘互相觸碰對方擺在腰間的手。高跟鞋的鞋跟打出節拍，桌子抖動搖晃，揚起的灰塵在燭光與火炬的照耀下凌空翻轉。

「再快點！」星火催促著樂手。「動起來！」

這已經不是音樂了，是發瘋了。

「跳吧，法兒卡！盡情地融入！」

腳跟、腳尖、腳跟、腳尖、腳跟、踏和跳、動動肩膀、握拳扠腰、腳跟、腳尖。桌子抖動，燈光波動，人群擺動，一切都在晃動，整座穀倉都在跳舞、跳舞、跳舞……人群放聲吼叫，吉澤赫放聲吼叫，阿瑟放聲吼叫，米絲特大笑著、拍著手，所有人都拍著手、踏著腳，穀倉在震動、地面在震動、世界在地面上震動。世界？什麼世界？已經沒有世界了，已經什麼都沒有了，只有跳舞、跳舞……腳跟、腳尖、腳跟……星火的手肘……狂熱、狂熱……只剩小提琴、笛子、大提琴和風笛在狂叫，鼓手只是把鼓棒舉起又放下，已經沒必要了，節拍由她們來打。星火與奇莉，她們的高跟鞋，桌子跟著嘎吱搖擺，整座穀倉跟著嘎吱搖擺……節奏，節奏就在她們體內，音樂就在她們體內，她們就是音樂。星火的黑髮在額前與肩膀甩動。古斯列琴的琴弦火辣辣地撥出史上最高的音調。血液不斷衝擊著太陽穴。

融入。遺忘。

我是法兒卡。我一直都是法兒卡！跳舞吧，星火！拍手吧，米絲特！小提琴與笛子以強烈而高亢的和弦作爲這首樂曲的尾聲，星火與奇莉同時踏著鞋跟，爲這支舞作結束，兩人的手肘在動作同時，完全沒有碰撞。她們兩人都氣喘吁吁、亢奮不已、汗水淋漓。她們突然貼在一起，擁抱彼此，分享汗水、熱氣與喜悅。穀倉裡爆發出一連串響亮的掌聲。

「法兒卡，妳這個小惡魔，」星火喘著氣說：「要是哪天我們厭倦了做壞事，就以舞者的身分，一起到世界各地賺錢去吧……」

奇莉也喘著氣，沒辦法回答隻字片語。她不能自已地放聲大笑，臉上流著淚水。

人群中突然變得一片混亂，尖叫四起。先是凱雷猛推了某個壯碩的村民一把，然後那村民也推了凱雷一把，兩人就扭打成一團，相互揮著拳頭。瑞夫跳了過去，短劍在火炬的照耀下閃著白光。

「不！站住！」星火長叫一聲。「不准鬧事！」

「這是屬於熱舞的夜晚！」精靈女孩拉著奇莉的手，由桌面雙雙飛落黃土地。「樂手們，開始吧！想讓大家見識自己有多會跳的，跟我們來！怎樣，有誰敢呢？」

大提琴的單音響起，卻被悠揚而哀傷的風笛劃破，古斯列琴也跟在後頭狂野高亢地吟唱著。村民們開始笑鬧推打，不再踟躕。一名金髮、寬肩的男孩一把扯過星火。另一個比較年輕、削瘦的男孩，有些忐忑地在奇莉面前鞠了個躬。奇莉先是高傲地將頭撇開，隨即又露出同意的微笑。男孩的雙手按到奇莉腰間，把她壓向自己，奇莉則把雙手擱到他的肩上。那觸碰如炙熱的箭簇般穿透了她，將節奏跳動的渴望注入她體內。

「樂手，動起來！」

整座穀倉因高聲尖叫而顫抖，隨音律節奏而振動。

奇莉跳著舞。

吸血鬼，又稱死靈，原爲亡者，卻因「渾沌」而重獲新生。喪失初生之後，吸血鬼便只能在夜半時分展開第二人生。他們會在月光照耀下破墳而出，於月光所及處恣意橫行。他們會攻擊沉睡的少女或鄉村青年，在獵物的睡夢中吸吮其甜美的鮮血。

——《自然史》

村民大量食蒜，並將蒜圈掛於頸上，強化保障。有些村民（多爲女性）會將成顆的大蒜塞在每個角落。整座村子蒜臭滿盈，村民也因此認爲自己身處安全之地，沒有任何吸血鬼能傷害他們。然而，當吸血鬼帶著一臉輕蔑於夜半降臨、大肆捕捉獵物、以利牙痛快啃咬之時，他們的驚懼也隨之加深。

「你們做得非常好，」吸血鬼高聲說：「再不了多久，你們全都會被我吃光，而加了調味料的鮮肉，只會讓我覺得更加美味。你們就朝自己再撒點鹽、再加點胡椒，喔，還有，別忘了芥末。」

——*Liber Tenebrarum*，亦即《科學無法解釋卻眞實存在之黑暗事件簿》

席勒維斯特．布及雅多

月兒閃呀閃，鬼兒飛呀飛，裙兒飄呀飄……姑娘兒心裡慌不慌？

——民謠

# 第四章

一如往常，鳥群搶在東升的朝陽之前，用啼聲填滿灰暗迷濛的安靜早晨。一如往常，首先準備好上路的，是來自凱諾夫村那些沉默的女人家和她們的孩子。不過，手上拿著旅行手杖、肩上揹著皮袋的理髮師艾默．雷吉思同樣動作迅速、充滿活力。其他人因爲昨晚喝多了，顯得有些萎靡。清晨的冷空氣讓昨夜狂歡的一群人清醒過來，精神也振奮許多，卻沒辦法爲他們徹底消除曼德拉草釀出的酒所帶來的後勁。傑洛特在棚屋的角落醒來，頭下枕著米爾娃的膝蓋。佐丹和亞斯克爾兩人抱在一起，躺在那堆魔女草根上，鼾聲如雷，就連掛在牆上的一束束藥草都被吹動。

培齊瓦則是在屋後的稠李叢下縮成一團，身上蓋著雷吉思用來擦鞋的稻草墊。這五個人對宿醉的反應雖不盡相同，但全都一臉疲憊、貪婪地挨在泉水邊解渴。

然而，當霧氣散開，火球般的朝陽在墳卡原的針松與落葉松冠上灑落一片溫暖之際，一夥人已經上路，精神抖擻地走在墳塚之間。雷吉思在前方帶路，後頭跟了培齊瓦與亞斯克爾，兩人組成了開心的二重唱，哼著一首有關鐵狼與三姊妹的歌謠。佐丹．奇瓦踏著沉重的腳步，拽著紅棕馬的轡繩跟在他們後面。矮人在理髮師的屋子裡找到一根節瘤滿布的梣木棍，用它在路上所有的糙石巨柱上敲打，祝八百年前就已死掉的精靈能永遠安息。停在他肩頭的飛得元帥．嘟答豎起羽翼，時不時發著牢騷，聽起來既不情願又不清楚，而且還不太有精神。

結果，對魔女草蒸餾出來的私釀最沒抵抗力的人，竟然是米爾娃。一路上，她顯然走得很吃力，汗水淋漓、臉色發白，脾氣壞得像刺蝟一樣。她甚至沒有回應一同坐在黑馬背上那辮子小女孩的歌聲。正因如此，傑洛特並沒有試著和她說話，他自己的心情其實也算不上太好。

由於四周霧氣瀰漫，再加上那帶著幾分酒意、訴說鐵狼歷險的吵雜歌聲，他們不期然地闖進了一群村民之中。那些站在高聳石柱之間的村民，遠遠就聽見了他們的歌聲，老早就在那裡等著。他們身上那屬於莊稼人家的灰色衣著，讓他們完美地融入四周的環境之中，令人無法察覺。其中一人被佐丹當成了墓碑，手中的那根木杖差點兒就打了下去。

「喔——！」他叫道。「請您原諒，人類。我沒注意到您。早安！您好啊！」

那十名莊稼漢聞言，也稀稀落落地小聲打了招呼，陰鬱地看著眼前這群旅人。他們手上抓著鏟子和十字鎬，還有一噚長的尖木釘。

「你們好。」矮人再次打了招呼。「我猜，你們是從厚特拉河邊的營區來的，沒錯吧？」

這群莊稼漢並沒有給予回應，其中一人反而把米爾娃的黑馬指給其他人看。

「黑馬，你們看到了嗎？」那人說。

「黑馬。」另一個人重複了他的話，還舔了舔嘴唇。「沒錯，是黑馬。來得正是時候。」

「啥？」佐丹注意到他們的目光和手勢。「這是黑馬啊，怎樣？不過就是一匹馬，又不是長頸鹿，沒什麼好奇怪的。各位兄弟，你們在這個墳場裡幹什麼啊？」

「那你們呢？」莊稼漢斜著眼睛瞥了佐丹等人一眼。「你們在這裡做什麼？」

「我們買下了這塊地，」矮人直視對方的眼睛，並用手杖敲了敲石柱。「現在正用步子算這地有幾畝，看有沒有被人給騙了。」

「我們在這裡是要抓吸血鬼！」

「抓什麼？」

「抓吸血鬼。」回話的這人，在這群莊稼漢中明顯年長許多，他頭上戴的氈帽早因髒污而僵硬。他在說話的同時，伸手抓了抓額頭：「那吸血鬼一定就躺在這裡的某個地方，這該死的傢伙。我們可是用白楊削了不少木樁，要把這個墮落的惡魔給找出來，釘得死死的，讓他再也爬不起來！」

「我們還帶了兩瓶聖水，是祭司施過法的！」另一個村民展示手上的器皿，大聲說道。「我們就給他滴幾滴，讓他永世不得超生！」

「哈，哈，」佐丹．奇瓦笑著說：「打獵啊，我看你們很認眞，計畫周詳、準備齊全呢。你們是說吸血鬼嗎？那你們可眞走運啦，各位好人家，我們這裡可是有個死靈專家——獵魔……」

他突然打住，小聲罵了一句，因爲獵魔士朝他的腳踝大力踢了一下。

「有誰看過這個吸血鬼？」傑洛特開口問道，並用眼神示意同行的人保持沉默。「你們怎麼知道在這裡找得到他？」

那群村民交頭接耳了一番。

「沒有人看過他的樣子，」帶氈帽的那個人承認道。「也沒有人聽過他的聲音。他是在烏漆抹黑的晚上出現，怎麼會看得到？他用蝙蝠翅膀飛，一點聲音都沒有，怎麼會聽得到？」

「我們是沒看到吸血鬼，」第二個人補充說。「倒是看到他辦完事留下的那些可怕痕跡。只要一滿月，這個吸血鬼就會來殺我們的人。已經有兩個人被他殺了，撕成好幾瓣。一個女人和一個孩子。大家都嚇個半死、緊張得要命！那吸血鬼把這兩個倒楣鬼當破布一樣撕開，把血管裡的血都喝了個精光！難道要我們什麼都不做，等他第三個晚上再來嗎？」

「是誰說兇手是吸血鬼，不是其他凶猛的鳥類？是誰想出要到墳場裡亂晃的？」

「是祭司大人這麼說的。他是個見多識廣，虔誠侍奉上帝的人。多虧了上帝保佑，他才會來到我們的營區。他一來，馬上就說吸血鬼要來找我們了。這是給我們的懲罰，因爲我們沒有好好禱告，也沒有好好捐獻。他現在在營區裡祈禱，然後叫我們到死人白天睡覺的地方，找吸血鬼的石墳。」

「就是這裡？」

「要找吸血鬼的墳，不去墳場要去哪？而且這裡是精靈的墳場。小孩都知道，精靈是卑鄙、無恥又不信神，每兩個死精靈裡，就有一個會變殭屍！所有壞事都要怪精靈！」

「還有理髮師。」佐丹認眞地點了點頭，說：「確實是這樣沒錯，小孩都知道。你們剛才說的營區離這裡很遠嗎？」

「哦，不會很遠……」

先前那個不太願意和他們交談、長了一臉大鬍子，頭髮也垂過眉毛的莊稼漢大聲吼道：「別和他們說太多，阿村叔。天曉得這些人是誰，他們看起來不太對勁。我們快點把事情辦一辦，叫他們把馬留下來，然後隨便他們想去哪就去哪。」

「對，說得對。」年長的村民說。「時間不等人，要趕快把事情辦好。把那匹黑馬給我們，我們找吸血鬼要用到牠。丫頭，把那孩子抱下馬。」

一直盯著天空看、事不關己的米爾娃，把目光轉向那村民，表情變得充滿威脅性。

「種田的，你在和我說話嗎？」

「當然是在和妳說。把馬交出來，我們要用。」

米爾娃擦了擦流汗的後頸，繃緊牙關，原本疲憊的雙眼，轉成惡狠之眼。

「各位，這是什麼意思？」獵魔士露出笑臉，試圖緩和緊張的氣氛。「你們這麼有禮貌地向我們要這匹馬，是要做什麼呢？」

「不然我們要怎麼找吸血鬼的墳？大家都知道，要騎在黑馬背上繞墳場跑，黑馬停下來不肯走的地方，就是吸血鬼躺的地方。一旦找到了地點，就要把他挖出來，用白楊樁釘他。你們別有意見，不然我們就沒辦法了。我們一定要得到這匹黑馬！」

「別種馬不行嗎？」亞斯克爾把飛馬的韁繩拉向那群莊稼漢，平和地問道。

「不行。」

「那你們就麻煩大了，因爲我的馬不給。」米爾娃從齒縫裡迸出這麼一句。

「什麼叫作妳不給？妳沒聽到我們剛剛說的嗎？我們沒這匹馬不行！」

「那是你們的事。」

「我有個折衷的辦法。」雷吉思和緩地說。「據我了解，米爾娃小姐不願意把她的坐騎交到陌生人手上……」

「廢話。」弓箭手用力吐了一口口水。「光用想的就讓我一肚子火。」

「所以我有個兩全其美的辦法。」理髮師平靜地繼續道：「就讓米爾娃小姐坐在她的黑馬上，由她來進行你們認爲一定要做的繞場。」

「我才不要像個白痴一樣地繞著墓園跑！」

「丫頭，又沒有人拜託妳！」那個頭髮蓋住眉毛的村民嚷道。「這件事要有膽量、有擔當的男人來做，女人家就該去廚房裡，待在爐子前面幹活。當然啦，女人之後也是派得上用場，因爲處女的眼淚用來對付吸血鬼可是很有效的。要是吸血鬼被這種眼淚滴到，馬上就會燒成灰燼。不過，這眼淚可是要從乾乾淨淨、還沒被男人碰過的年輕姑娘眼裡流出來才行。依我看，妳已經披過頭紗，不行啊。也就是說，妳對我們一點用也沒有。」

米爾娃一個箭步向前，閃電般打出一記右拳，重重擊在那名村民身上。那村民往後一仰，露出鬍鬚濃密的頸項，而這成了最佳攻擊目標。女孩再度往前，用盡全身力氣直接一掌打下去。那村民往後踉蹌了幾步，雙腳一絆，後腦勺重重撞上石柱。

「現在你知道我的作用了吧。」弓箭手磨拳擦掌地說，聲音因怒極而顫抖。「我們兩個之中，誰不怕死、誰該煮飯，很清楚了吧。我相信沒有什麼比得上拳頭生死鬥，打完之後一切就都清楚了。到時候，兩腳還站得穩穩的就是有種的那個，躺在地上的才是沒種的蠢蛋。沒錯吧？鄉巴佬。」

那群村民一點也不急著去驗證米爾娃的話，只是一個個張大了嘴巴看著她。戴氈帽的那人蹲到被打倒的村民面前，輕輕地拍了拍他的臉頰。那人一點反應也沒有。

「死人了。」村民抬起頭，哽咽地說：「打死人了。丫頭，怎麼可以這樣？怎麼可以就這樣把人打死？」

「我也不想。」米爾娃低聲回應。她放下雙手，臉色嚇得發白，然後，做了一件眾人怎麼也想不到的事。

她轉過身，晃了一下，頭抵石柱，突然開始大吐特吐。

□

「他怎樣了？」

「有輕微的腦震盪。」雷吉思站起身，扣好袋子，如是回答。「他的枕骨沒傷到，已經恢復意識了。他記得發生了什麼事，也記得自己叫什麼，這是好現象。米爾娃小姐剛才的情緒可真是激動，不過幸好是虛驚一場。」

獵魔士看著坐在樹叢下、目光垂斂的弓箭手。

「會有這種情緒的女子，絕對一點也不脆弱。」他喃喃道。「要我說，這一切的錯，都要怪昨天晚上的顛茄酒。」

「她之前就已經吐過了，」佐丹小聲插嘴。「是前天一大清早的時候，那時大家都還在睡覺。我想，是我們在土落山吃的那些香菇的關係。我的肚子也痛了兩天。」

雷吉思挑著花白的眉毛，用一種怪異的目光看著獵魔士，並把自己包在黑色羊毛披風裡，笑得很神祕。傑洛特向米爾娃走去，清了清喉嚨。

「妳覺得怎樣？」

「很糟。那個鄉巴佬怎樣呢？」

「他不會怎樣。已經醒了，不過雷吉思不准他起來。那些村民在搭擔架，我們會用兩匹馬把他載到營區去。」

「用我的黑馬吧。」

「我們已經用了飛馬和紅棕馬，牠們比較溫馴。起來吧，該上路了。」

□

隊伍的人數增多後，看起來倒像個送葬隊，而且用的也是送葬般速度前進。

「他們說的那個吸血鬼，你怎麼看？」佐丹．奇瓦問著獵魔士。「你相信他們說的嗎？」

「沒看見受害者，我什麼也沒辦法說。」

「這很明顯是個騙局。」亞斯克爾篤定地說。「那些村民說被殺的人都被撕成碎片，吸血鬼不會這麼做。吸血鬼都是直接咬大動脈，把血喝光，然後留下兩個明顯的牙洞。受害者通常可以繼續活下去，這是我在一本關於吸血鬼的書上看到的。那本書上，還有好幾張畫了吸血鬼在處女的天鵝頸上留下的咬痕圖呢。傑洛特，告訴他們。」

「我要說什麼？我沒看過那些圖，也沒認識幾個處女。我和處女不太常打交道。」

「別裝了，吸血鬼的咬痕你看過不只一、兩次了，有看過被吸血鬼撕成碎片的犧牲者嗎？」

「沒有，吸血鬼不會這麼做。」

「如果是高等吸血鬼，確實不會這麼做。」艾墨・雷吉思溫和地說。「就我所知，不管是夢妖族、卡塔坎族、慕拉族、布露卡薩族、諾斯菲拉特族，都不會用這麼糟糕的方式去傷害他們的祭品。不過費德族和艾奇馬族，倒是常把屍體弄得挺髒的。」

「太厲害了。」傑洛特看著他，眼底的驚訝絲毫不做作。「你把吸血鬼族群全都列了出來，而故事裡才有的那些你一個也沒提到。你的知識確實很豐富。所以，你一定知道，不管是費德族，還是艾奇馬族，從來就沒在我們這個氣候帶出現過。」

「所以呢？是誰在我們這個氣候帶裡，把那個女人和男孩大卸八塊？難道是他們憂鬱症發作，把自己撕了個稀巴爛嗎？」佐丹揮著梣木杖粗聲問道。

「如果要把會做出這種事的怪物都寫下來，那可會是一張很長的清單。首先要從戰時常見的瘋狗算起，你們絕對想不到這些狗的能耐有多大。那些歸在各種渾沌魔物身上的帳裡，有一半其實要算在這些在外頭亂跑的瘋狗頭上。」

「所以你認爲不是怪物做的？」

「也不是，這有可能是斯奇嘉、妖鳥女、啃屍魔、食屍鬼……」

「不是吸血鬼？」

「應該不是。」

「那些村民有提到一個祭司。」培齊瓦．舒登巴提醒道。「祭司都懂吸血鬼嗎？」

「有些祭司知道的事很多，而且對那些事也很了解，他們的意見通常值得聽取。可惜，不是所有祭司都這樣。」

「尤其是跟著難民在森林裡遊蕩的那些。」矮人不屑地說。「肯定是個住在山林裡的隱者、荒野來的無知修士。就是他把這群莊稼漢領到你的墳場，雷吉思。你滿月在那邊採曼德拉草的時候，連一個吸血鬼也沒注意到嗎？就連隻小的也沒有？迷你的？」

「沒有，從來沒有。」理髮師露出若有似無的微笑。「不過這也沒什麼好奇怪的。就像你們剛剛聽到的，吸血鬼會在黑夜裡用蝙蝠翼飛行，一點聲音也沒有，很容易讓人看走眼。」

「而吸血鬼不在的地方，也很容易看得出來。」傑洛特說。「我以前年輕的時候，好幾次把時間和精力浪費在追逐妄想與迷信上。常常不只整座村子傳得繪聲繪影，就連村長也會起來帶頭。有一次，我在一座被吸血鬼詛咒的城堡裡待了兩個月。沒看到什麼吸血鬼，但他們給的伙食倒是不錯。」

「不過你一定也碰過有些吸血鬼傳言，其實是有所依據的，對吧。」雷吉思逕自說道，沒有看向獵魔士。「我想，那時你的時間和精力就不會白費了。怪物最後都死在你的劍下？」

「通常是這樣。」

「不管怎樣，」佐丹說：「這群村民正好走運。我想在他們的營區等蒙羅・布魯斯和其他人，休息一下對你們也沒有壞處。不管是什麼東西殺了那女人和男孩，只要獵魔士在營區裡，它就等於是玩完了。」

「說到這個，」傑洛特抿住嘴唇。「麻煩你們不要把我是誰、叫什麼名字給說出去，尤其是你，亞斯克爾。」

矮人點了點頭，說：「隨你便，你一定有你的道理。還好你及時警告我們，因爲已經看得見營區了。」

「而且也聽得見。」沉默許久的米爾娃開口說道。「那裡吵得嚇人。」

「我們聽到的這個，」亞斯克爾扮出一臉精明相。「只是尋常的難民營交響曲。這首交響曲除了由幾百道人聲組成之外，起碼還要加上牛羊與鵝群的演奏，就像平常會有的那樣。負責擔綱獨唱部分的，是吵嘴的婆娘、扭打的孩童、鳴叫的公雞，以及——如果我沒猜錯的話——尾巴底下被塞了薊草的驢子。這首交響樂的名稱叫『一群人聚在一起求生存』。」

「這首交響樂，」雷吉思動了動貴族般的鼻翼說。「一如往常，充滿聽覺與嗅覺效果。這個求生聚落散發出煮高麗菜的香味，少了蔬菜，顯然不可能生存。生理需求也創造出經典的特色氣味，這樣的效果隨處可見，尤其是在營區周邊。我一直沒辦法理解，爲什麼生存之戰，必須以不挖茅坑的方式來體現。」

「你們和你們的那些自以爲聰明的廢話一起下地獄吧。」米爾娃生氣道。「你們用了五十多個浮誇的字眼，要說的其實就只有一句：這裡都是大便和高麗菜的臭味！」

「大便和高麗菜每次都是一起出現，形影不離。這是一首不停演奏的恆動曲。」培齊瓦．舒登巴簡潔地說。

□

他們才剛踏入嘈雜惡臭的營區，進到火堆、馬車與茅屋之間，馬上就成了當地所有難民的目光焦點，那些難民人數約有兩百，說不定還不只，並且以一種令人難以置信的方式表達對他們的興趣——有人突然大叫，有人突然跳到旁人背上，有人開始狂笑，也有人放聲大哭，演變成大規模的混亂。在這男女老少紛紛大叫的刺耳嘈雜聲中，實在很難判斷到底是發生了什麼事。不過，事情最後總算明朗了。和他們一起行走的凱諾夫村女人中，有兩人各自找到了她們的丈夫和兄弟，她們原以爲對方早已不在人世，不然就是在這場戰爭風暴中消失得無聲無息。這股喜悅與淚水不斷宣洩，似無止盡。

「像這種灑狗血的劇情，只有現實生活中才會發生。」亞斯克爾用手指比著那感人的一幕，篤定地說。「要是我用這種方式來完結我的其中一首歌謠，聽到的人肯定會笑掉大牙。」

「肯定是這樣。」佐丹同意道。「不過這種老掉牙的劇情，卻讓人看得挺開心的。看到命運給人恩賜，而不是一味奪取，我心裡輕鬆了些。再說，這樣我們就把那些女人解決了。我們一路護送她們，現在送到啦。我們走吧，站在這裡也沒用。」

有那麼一刻，獵魔士想提議暫時先不要離開。因爲他覺得這些女人當中，會有人想到要向矮人表達幾句感謝。最後他還是打消了這個念頭，因爲眼前的情況看起來，不會有人想到這點。這場相聚，讓這些女人開心到根本忘了他們的存在。

「你在等什麼？」佐丹敏銳地打量他。「等她們對你撒花道謝？塗蜜感恩？我們走吧，這裡已經沒我們的事了。」

「說得一點也沒錯。」

他們走沒多遠，一道尖細的聲音把他們攔了下來。那個綁著辮子的雀斑小姑娘追了過來，氣喘吁吁，手上還拿著一大束野花。

小女孩扯著尖細的聲音喊道：「謝謝你們照顧我和弟弟，還有媽媽。謝謝你們對我們好，還有爲我們做的一切。我摘了花要送給你們。」

「謝謝。」佐丹．奇瓦說。

「你們是好人。」小女孩露出大大的笑臉補充道。「伯母說的話我根本就不信，你們根本不是住在地下的骯髒侏儒。你不是地獄來的白髮變種人，而你，亞斯克爾叔叔，不是愛亂叫的火雞。伯母說的都不對。至於妳，瑪麗亞阿姨，妳才不是什麼揹著弓的妓女，妳是瑪麗亞阿姨，我喜歡妳。我幫妳摘的花是最漂亮的。」

「謝謝。」米爾娃說話的聲音有些微變調。

「我們大家謝謝你。」佐丹又說了一次。「喂，培齊瓦，你這個住地下的骯髒侏儒，給這孩子一個什麼臨別禮吧，讓她作個紀念。你口袋裡沒有多餘的石頭嗎？」

「有。拿好，小姑娘。這是矽酸鈹鋁，一般叫它作……」

「祖母綠。」矮人把話接完。「不要把這孩子搞得一頭霧水，反正她也記不住。」

「好漂亮喔！好綠喔！謝謝！謝謝！」

「好好玩吧。」

「還有別搞丟了，」亞斯克爾咕噥著。「因爲這塊小石頭可是値一小座農場呢。」

「沒這回事。」佐丹把小女孩送的矢車菊插到他的尖頂氈帽上。「石頭就是石頭，沒什麼特別的。好好保重喔，小姑娘。我們走吧。找個淺灘坐下來等布魯斯，還有亞宗·華爾達和其他人。他們應該快到了。怪了，這麼久都沒看到他們。該死，我忘記把他們的牌收走。我敢打賭，他們一定是坐在哪裡玩轉螺紋了！」

「該餵馬吃東西，」米爾娃說。「也該給牠們喝水了。我們往河邊去吧。」

「說不定可以找點熱的東西來吃。」亞斯克爾接著說。「培齊瓦，你去營區裡看看，發揮一下你鼻子的作用吧。我們去手藝最好的那邊吃。」

讓他們有些意外的是，河邊被圍了起來，而負責看守水源的村民要求每匹馬得付一個戈若什。米爾娃和佐丹氣得吹鬍子瞪眼，但傑洛特不想生事，也不希望招來別人的注意，因此他安撫了他們，而亞斯克爾則從口袋最深處，把錢幣掏了出來。

沒多久，培齊瓦·舒登巴回來了。他看來一臉陰沉、一肚子火。

「你有找到吃的嗎？」

地精擤了擤鼻涕，把手指在一旁經過的羊群身上擦了擦。

「找是找到了，不過我不知道我們拿不拿得到。這裡什麼都要錢，而價錢貴得嚇死人。麵粉和麥米，一克朗一磅。小小一盤湯要兩個諾貝勒。厚特拉河裡抓的，一小鍋泥鰍的價格就和第林根的一磅燻鮭魚一樣貴……」

「那馬飼料呢？」

「一小勺燕麥一塔拉。」

「多少？」矮人大叫。「多少？」

「多少、多少，」米爾娃吼道：「去問馬要多少啊。要是我們叫牠們去啃草，牠們會餓到腿軟！再說，這裡也沒有草。」

鐵一般的事實向來不容他人置喙。向手上握有燕麥的村民拚命還價也無濟於事。村民把亞斯克爾剩下的戈若什全都拿了去，也帶走了佐丹的幾聲叫罵，這對村民來說完全不痛不癢。不過，馬兒全都開開心心地把頭探進飼料袋裡。

「真他媽的土匪！」矮人大叫，用手杖戳著途經的每輛馬車車輪來洩憤。「這可真怪了，他們竟然讓人在這裡免費呼吸空氣，沒有說吸一口氣要算半戈若什！不然就是大個便收五戈若什！」

「比較高階的生理需求，」雷吉思一臉認真地說。「都貼了價碼。你們看到那用棍子搭起來的棚子嗎？還有站在棚子旁的那個莊稼漢？他在賣女兒的姿色，價錢現場談。我剛剛看到他收了一隻母雞。」

「我看你們的未來堪慮喔，人類。」佐丹陰鬱地說。「這世上有腦袋的生物，如果碰上了貧窮、苦難和不幸，通常都會去投靠同類，因爲和自己人在一起，苦日子也會過得比較輕鬆些，自己人會幫助自己人。而你們人類呢，就只等著從其他窮人身上挖好處。鬧饑荒的時候，不會分享食物，只會把最弱的生吞活剝。這種事在狼群裡行得通，可以讓最強壯的繼續生存下去。不過在有理智的族群裡，這樣的篩選通常只會讓王八蛋中的王八蛋存活下來，統治其餘的人。結果會怎樣、未來會怎樣，你們自己想吧。」

亞斯克爾激烈反對，把他所知的例子一股腦全拋了出來，說明矮人的貪得無厭與自私自利。不過佐丹與培齊瓦兩人卻裝出長長的放屁聲，替他消了音；這樣的聲音在這兩個族群都代表對對方論點的蔑視。

這場爭吵由突然出現的一群農夫劃下句點，帶頭的是那位他們已經認識的吸血鬼獵人——戴著氈帽的老人。

「我們是爲鞋子來的。」其中一個村民說。

「我們沒有要買。」矮人與地精大聲吼道。

「我們說的是被你們打破頭的那人，」另一個村民快速說明。「我們本來打算要幫他娶老婆。」

「我沒意見。」佐丹火大地說。「我祝他在人生的新階段裡一切順利，祝他身體健康、福星高照、萬事如意。」

「還有很多小鞋子。」亞斯克爾補充道。

「不、不，男士們。」那村民說。「你們覺得很好笑，我們可不好笑。現在我們要怎麼替他娶老婆？你們打了他的頭以後，他整個人都傻了，白天、晚上都分不清，要怎麼娶？」

「拜託，情況又沒那麼糟。」米爾娃盯著地上咕噥。「我看他已經比較好了，比早上好多了。」

「我不知道鞋子早上的情況怎樣，」農夫反駁道。「不過我看到的，是他跑到立起來的車轅前，對著那根柱子說它是個漂亮女孩。哎，廢話少說。一句話：你們要給償命錢。」

「什麼？」

「騎士如果殺了農夫，就要給償命錢。這是王法。」

「我又不是騎士！」米爾娃大吼。

「這是第一點。」亞斯克爾聲援她。「第二點，那是意外。第三點，鞋子還活著。所以，沒有所謂的償命錢，最多就是損害賠償，也就是補償金。不過呢，還有第四點，就是我們沒錢。」

「那你們就拿馬來賠。」

「喂，你大概是糊塗了吧，鄉巴佬。小心點，別太過分了。」

「X——你媽！」飛得元帥．嘟答高聲叫道。

「喔，這鳥仔還眞是說到我心坎裡了。」佐丹．奇瓦拍著塞在腰間的斧頭，慢慢地說道。「你們要知道啊，農夫們，那些滿腦子只想著賺錢，而且還是靠同伴被打破的腦袋瓜來賺錢的傢伙，就算是我，也不會給他們母親下太好的評論。各位，你們走吧。要是你們現在馬上走，我保證不去追你們。」

「你們不想賠錢，那就讓管事的大人來評理。」

這話讓矮人聽得咬牙切齒，甚至已經伸手要拿武器，不過傑洛特適時抓住了他的手肘。

「冷靜點。你想要這樣解決問題？把他們殺了？」

「幹嘛馬上就說要殺人？只要把他們打成殘廢就夠了。」

「該死的，夠了。」獵魔士嘶聲說道，然後轉身面向那群村民。

「這裡管事的人是誰？你們剛才提到的那人？」

「他是我們營裡的主事，海克特．拉伯斯，被燒掉的布雷札村村長。」

「帶我們去見他吧，我們會試著和他達成共識。」

「他現在沒空。」一個村民說。「審判團現在在審問女巫。喔，那邊的楓樹底下聚了很多人，你們看到了嗎？他們抓到的這個巫婆，和吸血鬼是一路的。」

「又是吸血鬼。」亞斯克爾攤開雙手，說：「你們聽見了嗎？他們又在說那些有的沒的。他們不是去拆墳場，就是去抓女巫——吸血鬼的同夥。各位，不然你們別再犁田、播種、收割了，都去當獵魔士，怎樣？」

「您要笑就笑，」莊稼漢說。「儘管笑吧。祭司就在這裡，而祭司比獵魔士要來得可靠多了。祭司說，吸血鬼向來都和女巫一起做勾當。女巫會把吸血鬼叫來，告訴他祭品在哪裡，然後把所有人的眼睛弄花，讓大家什麼都看不見。」

「事實證明，他說的沒錯。」另一人補充道。「我們收養了那巫婆。不過祭司識破她身上的妖術，所以現在我們要把她給燒了。」

「不然還有別的做法嗎？」獵魔士喃喃說了一句。「好吧，我們就去瞧一瞧你們的審判，然後和村長談談那個不幸的鞋子所碰到的事。我們會想出合適的補償辦法。對吧？培齊瓦，我敢打賭，你的某個口袋裡，還有顆小石頭。各位，帶路吧。」

於是一群人往枝葉開散的楓樹移動，而樹底下早已黑壓壓地聚集了情緒激動的村民。獵魔士刻意走在比較後頭，試著和一個看起來還算理智的莊稼漢交談。

「他們抓到的是怎樣的女巫？她眞的有施妖術嗎？」

「哎呦，先生，我哪知道啊。」那村民喃喃說道：「那女孩是外地來的，不認識。依我看，她的腦袋大概有些不清楚。她這麼大的人，卻老是和孩子們玩在一起，她自己也像個孩子，你和她說話，她連吭都不吭一聲。不過我哪懂這些事啊。反正所有人都說，她和吸血鬼做了淫穢的勾當，還會施妖術。」

「所有人，被逮的那個女孩除外。」走在獵魔士身旁的雷吉思小聲說道：「我想，他們在說她這件事的時候，她肯定連吭也沒吭過一聲。」

不過關於細節，他已沒時間多問，因爲他們已經來到了楓樹下。人群讓出了一條路給他們，不過實際的情況是，如果沒有佐丹和他的梣木杖幫忙，他們不會那麼輕鬆地穿過人群。

年約十六的女孩，兩手大開，呈十字形被綁在已經清空的馬車車梯上。那女孩的腳趾幾乎碰不到地。就在他們快走到的時候，那女孩的襯裙與襯衫被人撕開，露出削瘦的肩膀，可那女孩的反應只是兩眼一翻，像個呆子一樣地傻笑、嗚咽。

而一旁，熊熊火堆在燃燒著。有人認眞地把煤吹紅，有人拿鉗子小心翼翼地把馬蹄鐵放進火堆。祭司激動的喊叫聲，傳到了集聚的人群之上。

「邪惡的女巫！違反神戒的女人！誠實招供吧！哈，各位，你們看看她，喝了一堆不知道是什麼惡魔草做的藥汁！你們看看她！臉上寫了妖術兩個大字！」

那祭司很瘦，一張臉又乾又黑，像條燻魚似的。黑色長袍穿在他身上，就像掛在木樁上一樣。神聖的象徵在他的脖子上閃閃發光。傑洛特看不出那祭司是屬於哪座神殿，話說回來，這種事他並不在行。他對於近來迅速增加的萬神殿並沒有特別留意，不過這名祭司顯然屬於其他新興宗教團體。那些比較古老的宗教團體做的事還比較有用，而不是去抓年輕女孩，把她們綁到車上，並煽動反對他的迷信人群。

「從古至今，女子便是萬惡之源！女子是『渾沌』的工具，是反對世界與人種陰謀的幫兇！所以女子很樂意服侍惡魔，好平息她永不滿足的欲望與對抗秩序的天性！」

「等一下我們就可以知道更多關於女人的事。」雷吉思喃喃道。「單就臨床症狀來看，這是一種恐懼症。這名神聖的男子一定常夢到長了牙齒的陰道。」

「我敢說，不只這樣。」亞斯克爾也低聲回應。「我用人頭作保證，他甚至連醒著的時候，也是滿腦子想著沒有牙齒的。他是精蟲衝腦。」

「然後這筆帳要算在那個腦袋有問題的女孩頭上。」

「如果沒有人出來阻止這個黑臉白痴的話。」米爾娃咆哮道。

亞斯克爾滿懷希望、意有所指地看著獵魔士，不過傑洛特卻避開了他的目光。

「如果不是這女人的巫術，那是什麼原因造成我們現在的苦難與不幸？」祭司繼續大聲吼道。「不是別人，就是塔奈島上背叛了諸國國王的那群女巫，祕密策劃刺殺雷達尼亞國王的那群女巫！不是別人，就是布蘭薩納谷裡，派松鼠來攻打我們的精靈女巫！現在你們看到信賴女巫的下場有多麼糟糕了吧！容忍她們骯髒的手段！對她們的自由、猖狂，還有財富睜一隻眼、閉一隻眼！而這都是誰的錯？是諸國國王！這些驕傲自大的當權者，捨棄眾神，屏退祭司，奪走他們在議會裡的席次，卻把榮耀與黃金全都撒在令人作嘔的女巫身上！現在他們得到報應了！」

「哦！原來事件的源頭在這。」亞斯克爾說。「你錯了，雷吉思。這裡說的是政治，不是陰道。」

「還有錢。」佐丹．奇瓦補充道。

「讓我告訴你們事實吧。」祭司大叫。「我們去和尼夫加爾德打仗之前，先把自己家裡這些惹人厭的東西清乾淨！讓我們用白鐵燙掉這塊潰瘍！讓我們用火來洗禮！不准與巫術掛鉤的女人活下去！」

「不准！將她處以火刑！」

被綁在車上的女孩歇斯底里地笑了起來，雙眼翻白。

「等等、等等，不要那麼急。」一直保持沉默、滿臉嚴肅的村民開了口，他的身材十分高大，身邊還站了幾個同樣沉默的男子，以及幾名面露嚴肅的婦女。「聽了這麼久，只聽到有人不斷大叫。每個人都會叫，就連烏鴉也會。我以為像您這般白領黑衣神聖之人，會比白頸黑羽的烏鴉更懂得什麼叫尊重。」

「拉伯斯村長，您是在否定我說的話嗎？否定祭司說的話嗎？」

「我沒有在否定什麼。」大個子朝地上啐了一口，拉了拉身上粗糙的褲子。「那女孩是個迷了路的孤兒，和我一點關係也沒有。要是有人可以證明她的確和吸血鬼串通，那你們就把她帶走、殺了她。不過只要我還是這個營的村長，這裡就只會對有罪的人動刑。你們想對她動刑，那就先讓我看她有罪的證據。」

「我就讓你看看！」祭司大吼，並朝那些不久前才把鐵蹄放進火裡的幫手們使了個眼色。「我就讓你親眼看看！讓您拉伯斯，還有這裡的所有人看！」

幫手從車後抬出一個不是很大、燒得焦黑的小吊鍋，並把它擺在地上。

「這就是證據！」祭司大聲咆哮並踢倒鍋子。一灘稀薄的液體灑到地面，幾塊紅蘿蔔也跟著掉到了沙地，另外還有幾束看不出是什麼的綠色植物與幾塊小小的骨頭。

「這巫婆在做魔藥！這是讓她能在天空飛的魔藥！這讓她可以去找心愛的吸血鬼，好和他一起想出惡毒的計謀，確認接下來要進行的歹計！我很清楚這些巫師的事，還有那些伎倆；我很清楚這湯是用什麼做的！這是女巫用活貓煮出來的！」

眾人當場驚呼出聲。

「這真是太可怕了。」亞斯克爾打了個冷顫。「用活生生的動物下去煮？我本來很同情那女孩，不過她有點太超過了……」

「閉上你的嘴。」米爾娃嘶聲道。

「這就是證據！」祭司一邊吼著，一邊從還在冒煙的水窪裡拾起一塊骨頭，說：「這就是鐵證！貓的骨頭！」

「那是鳥的骨頭。」佐丹・奇瓦瞇著眼，冷冷地道。「依我看，這是松鴉，不然就是鴿子。這丫頭不過就是煮了個湯而已！」

「安靜，你這個侏儒異端！」祭司朝他大罵。「不要褻瀆眾神，不然眾神會借祂們的人類信徒之手來懲罰你！告訴你們，這是用貓煮出來的！」

祭司周圍的莊稼漢開始大喊：「這是貓！這絕對是貓！那女人有貓！是黑貓！大家都看到了，她有貓！本來她走到哪，那隻貓都跟著她，現在呢？那隻貓在哪？不見了！被煮掉了！」

「那隻貓被煮掉了！被放到魔藥裡煮了！」

「就是這樣！那女巫把貓放到魔藥裡煮了！」

「不用看其他證據了！把這巫婆丟到火裡去！不過要先好好拷問她！讓她把一切都說出來！」

「X——你媽！」飛得亓帥・嘟答大聲咒罵。

「眞是可惜了這隻貓。」培齊瓦・舒登巴突然高聲說道。「這隻小怪獸本來是那麼漂亮、肥嘟嘟的。毛色油亮油亮的，就像無煙煤一樣。兩顆眼睛像金綠玉，尾巴肥得像土匪的棒子！這貓眞是漂亮，一定很會抓老鼠！」

村民們靜了下來。

「您怎麼會知道呢？地精先生。」其中一人咕噥著。「您怎麼會知道那隻貓長怎樣？」

培齊瓦・舒登巴擤了擤鼻涕，然後擦在褲管上。

「因爲牠就在那裡啊，喏，就坐在車上，在你們的背後。」

村民們像是得到指令一般，全都轉過身去。他們看著坐在貨物堆上那隻貓，開始竊竊私語。而那隻貓對自己成了焦點，一點反應都沒有，自顧自地拉直一隻後腿，專心舔著臀部。

佐丹．奇瓦在這一陣靜默中開了口：「喔，現在很清楚了，您的鐵證跑到了這隻公貓的尾巴下，虔誠的先生。第二個證據是什麼啊？是不是母貓啊？如果是就好了，我們剛好可以把牠們配成對，讓牠們多生幾個，這樣就不會有任何鼠輩靠近糧倉的半徑內。」

幾個村民大笑出聲，其中也包括了村長海克特．拉伯斯。祭司的一張臉都發紫了。

「我會記住你的，褻瀆眾神的傢伙！」他指著矮人叫道。「不信神的短腿妖！躲在黑暗裡的怪物！你是從哪來的？說不定你也和吸血鬼勾搭在一起？等著吧，我們先對那巫婆用刑，再來好好地審審你！不過我們先來審這個女巫！馬蹄鐵已經放到炭裡燒了，我們來看看，等這罪人的醜陋皮膚滋滋響的時候，她會吐出什麼話來！我向你們保證，到時她自己就會承認用了巫術；你們說還要另一個證據，自白怎樣啊？」

「她當然會自白。」海克特．拉伯斯說。「一旦被那些燒紅的鐵蹄往腳底板一燙，就算是您這樣的神聖使者，也會承認自己和母馬有一腿。呸！您可是虔誠的人，不過說話卻像個劊子手！」

「對，我很虔誠！」祭司扯著嗓子大喊，蓋過了人群間不斷放大的耳語。「我篤信神的正義、懲罰與復仇！我篤信神的審判！讓這個巫婆站到神的面前接受審判吧！接受神的考驗……」

「這主意真是太好了。」獵魔士高聲打斷祭司，從人群中站了出來。

祭司打量了他一下，眼神充滿敵意。村民們停止私語，張大嘴看著他們。

「用考驗的方式接受神的審判，」傑洛特在這片絕對的靜默中說。「是完全可信、絕對公正的。這神裁法的結果也同樣被世俗的法庭所接受，但這方式有其規則。當受審的是女人、孩童、老人，或是有缺陷的對象時，可以請辯護者為他們站上審判台。沒錯吧？村長先生拉伯斯，我現在就請求擔任辯護者。把柵欄圍起來吧。如果有誰篤定這女孩有罪，而且不怕接受神的審判，那就出來和我對打吧。」

「哈！」祭司開口喊道，目光還是停留在獵魔士身上。「別這麼狡詐，陌生人先生？你要提出決鬥？我一眼就可以看出，你是個殺手，是個打手！你想用你的匪賊之劍來通過神的審判？」

「要是您認為用劍不合適，」佐丹・奇瓦站到傑洛特身旁，拖長聲調說道：「要是您覺得這位先生不合您的意，那麼或許我有這份榮幸？來吧，讓控訴這個女孩的人，站出來和我用斧頭打吧。」

「或者和我比箭。」米爾娃瞇起眼，同樣挺身而出。「一人一支箭，距離百步。」

「各位，你們看到了嗎？有多少人馬上站出來替這巫婆辯護？」祭司高聲喊完之後，轉過身，露出狡猾的笑容。「好吧，你們這幾個匪類，我就讓你們三個都接受神裁法的考驗。我們馬上就來舉行神的審判，馬上就來判定巫婆的罪名、檢視檢視你們的品格！不過，不是用劍、斧頭、拳腳或弓箭！你們說，你們懂神裁法的規則？不過，我也懂！這是放到炭裡燒到發紅的鐵蹄！火之洗禮！現在，巫術的支持者！要是有誰能把鐵蹄從火裡取出，拿來給我，而且手上不留下任何灼痕，就有資格說巫婆無罪。要是神的審判顯現出其他結果，到那時候，我在此宣布，不管是她還是你們，都要死！」

聚在祭司後方等著看好戲的群眾高聲吶喊，把拉伯斯村長那方不情願的低語給蓋了過去。

米爾娃看向佐丹，佐丹看向獵魔士，而獵魔士則往天空看去，然後又看向米爾娃。

「妳信神嗎？」他低聲問道。

「我信，」弓箭手看著火堆裡的炭，輕聲回答。「不過我不認爲祂們會注意拿熱呼呼的馬蹄鐵這種事。」

「從火堆到那個王八蛋不過就三步，」佐丹咬著牙說。「我應該撐得住，我在煉鐵廠裡做過事……不過還是幫我向你們的神祈禱一下……」

「等等，」艾默·雷吉思把手按到矮人肩上。「祈禱的事請先等一下。」

理髮師走近火堆，朝祭司與現場的人鞠了個躬，一個彎身，把手放到了紅炭上。眾人齊聲驚呼，佐丹出言咒罵，米爾娃一把抓住傑洛特的手臂。雷吉思站直了身子，心平氣和地看著抓在手上、已經燒得通紅的鐵蹄，然後不疾不徐地往祭司走去。祭司退了一步，卻撞上了站在他身後的人群。

「可敬的先生，要是我沒弄錯，您的意思是這樣，對吧？」雷吉思舉起鐵蹄問道。「火之洗禮？如果是的話，我想神的判定已經很清楚了。這女孩無罪，她的辯護者也都無罪。您可以想見，我也無罪。」

「手……手……手給我看……」祭司結結巴巴地說：「看有沒有燒傷……」

理髮師用他一貫的方式——雙唇緊閉——露出了笑容，然後把鐵蹄放到左手，把完全沒有損傷的右手先給祭司看了看，然後又高高舉起，向眾人展示。現場人群無不驚呼。

「這是誰的鐵蹄？」雷吉思問。「請這鐵蹄的主人自己來拿吧。」

現場沒人出聲認領。

「這是魔鬼的伎倆！」祭司大叫。「你要不是巫師，就是魔鬼的化身！」

雷吉思把鐵蹄丟到地上，轉過了身。

「那麼您就給我驅魔吧。」他冷冷地提議。「您可以這麼做，不過神的審判已經進行過了。我倒是聽說，懷疑神裁結果的，就是異端。」

「去死吧，消失吧！」祭司大叫，並拿著護身符在理髮師面前揮來揮去，另一隻手還比著神祕的手勢。「魔鬼，滾回地獄的深淵吧！讓大地在你腳下分開……」

「夠了！」佐丹生氣地大喊。「喂，人類！村長先生拉伯斯！你們還要繼續看這個小丑作戲嗎？你們還要……」

矮人的話語被一陣尖銳的驚叫聲蓋過。

「尼夫加爾德——！」

「西邊有騎兵！騎兵！尼夫加爾德來了！快逃啊！誰來救救我們啊！」

整個營區瞬間陷入徹底混亂。

村民連滾帶爬，相互踩踏，搶著衝進自己的馬車與棚屋。一時間，尖聲四起，直衝天際。

「我們的馬！」米爾娃大聲叫道，不斷朝周圍拳打腳踢。「獵魔士，我們的馬！快，跟我來！」

「傑洛特！」亞斯克爾大叫。「救命！」

人群如一波波浪潮湧向他們，把他們分了開來。一眨眼，米爾娃已被人浪推走。傑洛特手裡抓著亞斯克爾的領子，適時攀住被指控施法的女孩所綁的車子。不過，那輛車突然晃了一下，開始移動，而獵魔士與詩人雙雙跌落地面。那女孩用力地甩了甩頭，開始歇斯底里地大笑。隨著車子逐漸遠離，她的笑聲也越來越小，消失在尖叫的浪潮中。

「我要被踩死了！」躺在地上的亞斯克爾大叫。「要被踩成肉醬了！救命啊——！」

「X——你媽！」飛得元帥．嘟答的叫聲模模糊糊地傳來。

傑洛特抬頭吐掉嘴裡的沙，看見了一幅十分可笑的景象。

這一片恐慌中，只有四個人置身事外，其中一人是身不由己。那人就是祭司，他的頸項被村長海克特．拉伯斯的鐵臂牢牢鎖住。剩下兩人是佐丹與培齊瓦。地精快手快腳地從後方揪住祭司的長袍，而拿著鉗子的矮人則把燒紅的鐵蹄從火堆中取出，丟到這名虔誠男子的褲襠中。拉伯斯放開了祭司，後者馬上衝了出去，就像是拖著冒煙尾巴的彗星一樣，而他的慘叫則淹沒在人群的尖叫中。傑洛特看見就在村長、地精和矮人打算恭賀彼此神裁奏效的同時，另一波驚慌的人浪直接湧向他們。滿天飛揚的塵土掩住了一切，獵魔士已經什麼都看不見，話說回來，他忙著拯救亞斯克爾，也沒時間到處看。亞斯克爾再度被胡亂衝撞的公豬踩到地上。正當傑洛特要彎身扶起詩人時，後背讓一旁轆轆轉動的馬車車梯給一把撞上。這股重量把他壓到地面，他還來不及把梯子推開，便有約十五個人從梯子上跑過。當他總算掙脫那把梯子，另一輛車又重重倒在他身旁，三袋在這裡賣一克朗的麵粉，砸到了獵魔士身上。那些袋子鬆了開來，獵魔士眼前的世界頓時陷入一片雪白。

「傑洛特，站起來！」吟遊詩人喊著。「該死的，快站起來啊！」

「我沒辦法。」獵魔士嘶聲答道。因爲那珍貴麵粉而無法視物的他，雙手按住劇痛的膝蓋。「救你自己吧，亞斯克爾……」

「我不會拋下你的！」

營區西邊傳來可怕的叫聲，裡頭還混著鐵蹄的踏動與馬兒的嘶鳴。接著，叫聲與蹄聲倏然增強，而且還多了鐵器交擊的鏗鏘聲響。

「開打了！」詩人大叫。「他們打起來了！」

「是誰？和誰打？」傑洛特拚命地想把眼底的麵粉與糠麩清乾淨。不遠處有東西著了火，灼燙的熱氣與惡臭的煙霧吞噬了他們。蹄聲越來越響，地面開始震動。他在這片塵雲中首先看到的，是幾十隻快速奔跑的馬腿，在他的四周，到處都是。膝蓋上的痛楚讓他動彈不得。

「到車下去！亞斯克爾，躲到車子底下去，不然我們會被他們踩死！」

「不要動……」詩人開始平貼到地面上。「我們躺下……我聽說馬從來不踩躺著的人……」

「我可不敢肯定，是不是每匹馬都聽過這件事。」傑洛特喘著氣。「到車子底下！快！」

就在這時，其中一匹不懂人類俗語的馬，一腳踢向他的側腦，把他踹了出去。天上所有的紅、黃星座突然在他眼前閃爍起來，之後沒多久，一片無法打破的黑暗便遮住了天與地。

□

老鼠幫的成員被尖叫聲驚醒，紛紛跳了起來。那是一聲長長的尖叫，在洞穴的岩壁間久久迴盪。阿瑟與瑞夫抓起劍，星火則是大大咒罵了一聲，因爲她的腦袋撞到了突出的岩塊。

「怎麼了？發生什麼事了？」凱雷大叫。

外頭雖然陽光普照，洞穴裡卻是一片漆黑——老鼠幫一整晚都待在馬背上躲避追兵，所以正在補眠。吉澤赫點燃火把，高高舉起，往奇莉與米絲特睡覺的地方走去。兩人就如以往，與其他成員隔了一段距離。奇莉低頭坐著，而米絲特正攬著她。

吉澤赫把火把又舉高了些，其他人也跟著靠近。米絲特見狀，突地拿皮毛蓋住奇莉的肩膀。

「聽著，米絲特，」老鼠幫的首領嚴肅地說：「我從來不管妳們兩個睡在一起做什麼，也從沒說過任何讓妳們不愉快的話，或是嘲諷妳們。我一直努力用另一種角度看這件事，刻意不去在意。這是妳們的事、妳們的偏好，只要妳們保持安靜、低調，其他人沒有說話的餘地。不過這次有些太誇張了。」

「別蠢了！」米絲特爆發了出來。「你以爲我們……這女孩大叫是因爲作夢！她作惡夢！」

「別嚷。法兒卡？」

奇莉點了點頭。

「那個夢有那麼可怕嗎？妳夢到什麼？」

「不要煩她！」

「閉嘴，米絲特。法兒卡？」

「我以前認識的人，」奇莉結巴地說著：「馬蹄……我感覺到，牠們是怎麼把我踩得稀巴爛……我感受到他的痛……頭，還有膝蓋……到現在我都還覺得痛。對不起，把你們吵醒了。」

「不用道歉。」吉澤赫看著雙唇緊閉的米絲特，說：「妳們才是要接受道歉的人。至於夢嘛，每個人都會作夢。每個人都會。」

奇莉閉上了眼，她不確定吉澤赫是不是對的。

□

他被人踹了一腳，醒了過來。

他是躺著的，頭靠在翻倒的馬車上，而亞斯克爾挨在他身旁，縮成一團。踹他的人，原來是個身穿軟甲、頭戴圓盔的步兵。那人身旁還站了另一個步兵，兩人手裡都拉著韁繩，那些馬的鞍前還掛著十字弓與盾牌。

「他們是在磨坊工作還是怎樣？」

第二名步兵聳了聳肩。傑洛特看見亞斯克爾緊盯著那些盾牌。他自己也早就注意到那些盾牌上的百合花，那是特馬利亞王國的國徽。圍在附近的其他弓騎兵身上，也有同樣的圖騰。大多數人都忙著抓馬、打劫死屍。大部分的屍體穿著尼夫加爾德的黑色披風。

打鬥過後，營區裡仍是一片冒煙廢墟的景象，不過倖存下來、沒有逃得太遠的莊稼漢已經回到營區。有著特馬利亞百合圖騰的弓騎兵，將他們全都趕在一起，對他們又吼又叫。

到處都看不見米爾娃、佐丹、培齊瓦和雷吉思的蹤影。

早先那場巫術戲碼的主角——黑貓，就坐在旁邊，用牠的黃綠色眼睛冷冷地看著傑洛特。獵魔士有些訝異，因為貓通常不能忍受和他靠得太近。不過他沒時間去細想這個不尋常的情況，因為那名士兵用木棍戳了他一下。

「站起來，兩個都站起來！嘿，這個白頭髮的身上有劍！」

「把武器丟掉！」另一個人大叫，並把其他人都招來。「把劍丟到地上，快點，不然我手上這把長柄刀就要戳到你身上了。」

傑洛特聽話照辦，他的腦袋裡嗡嗡作響。

「你們是誰？」

「旅人。」亞斯克爾說。

「是喔，」步兵粗聲道。「你們是要回家？徽章收了、軍服脫了？這個營裡有很多像這樣的旅人，他們都怕尼夫加爾德，也吃不慣軍隊裡的硬麵包！有些年紀比較大的，還是我們認識的，是從我們騎兵隊裡出來的！」

「現在有另一場旅程在等著這些旅人。」另一個步兵咯咯笑著。「這旅程可短了！是到上面，上木樁去！」

「我們不是逃兵！」詩人大吼。

「你們是誰，等等就清楚了。你們很快就會明白現在是什麼情況了。」

一支輕騎軍出現在一圈弓騎兵的外頭，領頭的那幾名，身上穿著重甲，頭盔上有著豐潤的鳥羽。

亞斯克爾看了那些騎士後，拍掉身上的麵粉，整了整衣著，然後朝手掌吐了口口水，把頭髮順了順。

「傑洛特，你閉嘴。」他警告道。「我來和他們談判。這是特馬利亞的騎士團。尼夫加爾德人被他們擊敗了，他們不會對我們怎樣。我很清楚要怎麼和他們斡旋，不能讓他們覺得我們是普通人，要讓他們知道，他們打交道的對象和他們一樣重要。」

「亞斯克爾，拜託你幫幫忙……」

「別擔心，一切都會沒事的。我那麼常和那些騎士和貴族說話，特馬利亞有一半的人都認識我。喂，別擋路，你們這些下人，快讓開！我有話要和你們的長官說！」

那些步兵雖然猶豫地看著他，但還是舉起長矛，慢慢退開。亞斯克爾與傑洛特朝眾家騎士所在的方向走去。詩人邁著驕傲的步伐，一臉大人物的樣子，這和他身上那件已經有些破損、沾了麵粉污漬的衣服，實在不怎麼搭配。

「站住！」其中一個士兵吼道。「不准再進一步！你們是什麼人？」

「我是要和誰說呀？」亞斯克爾雙手扠腰。「還有，又爲什麼要說？各位先生，你們是何出身，要如此壓迫無辜的旅人？」

「輪不到你來問話，乞丐！叫你回話！」

吟遊詩人把頭一偏，看了看這些騎士盾牌與束腰外衣上的徽紋。

「三顆紅心鑲黃底，」他點出。「這也就表示，您是奧伯立家的人。盾頭上有三顆牙，所以您一定是安佐·奧伯立的長子。騎士先生，您的父母和我很熟呢。至於您，大嗓門先生，您那面銀盾上是什麼？兩頭獅鷲間擺了根木樁？要是我沒記錯的話，這是帕裴伯次克家的家徽，這種事我可是很少出錯。據說呢，這根木樁代表的就是家族的智慧。」

「拜託你，別再說了。」傑洛特無力地說。

「我是著名的詩人——亞斯克爾！」詩人沒理會他的警告，繼續說下去。「你們一定聽過了吧？那就帶我去找你們的指揮官、你們的上級，因爲我通常都只和同等級的人說話！」

那群盔甲武士沒有反應，但臉上的表情變得越來越不和善，套著鐵甲的手把轡頭越握越緊。不過，亞斯克爾顯然沒注意到這些。

「喂，您是哪裡不對勁？」他傲慢地問道。「看什麼看啊？騎士，對，我就是在和您說話，黑木樁先生！您幹嘛端著一張臉啊？是有人和您說，您要是瞇著眼、把下巴抬高，看起來就像個男人，勇敢、可敬又可畏嗎？那人騙了您。您看起來就像有一禮拜都沒好好把屎拉乾淨！」

「把他們抓起來！」安佐·奧伯立的長子——三心盾牌的持有者對步兵喊道。帕裴伯次克家的黑木樁用馬刺朝身下的駿馬一戳。

「抓起來！把這兩個渾帳綁好！」

□

他們跟在馬匹的後頭走，綁住他們雙腕的繩索就繫在馬鞍上。他們一直走，有時也得用跑的，因爲那些騎士根本不同情自己的坐騎或是囚犯。亞斯克爾有兩次都摔倒在地，有幾次甚至還整個人趴在地上被拖著走，那慘叫聲讓人聽了都不禁爲他噙一把眼淚。他們把他拉了起來，幾近無情地用矛桿催著他繼續上路。而且，那些人一路上不停地趕著他們前進。飛揚的黃土逼出了他們的淚水、模糊了他們的視線、鑽進了他們的鼻間、奪走了他們的氣息。他們感到喉頭渴如火燒。

不過，還是有件令人高興的事——他們被趕著走的那條路，是通往南方的。也就是說，傑洛特總算是往該走的方向去了，而且速度還挺快的。然而他並不開心，因爲這趟旅程和他原先想像的完全不同。就在亞斯克爾不斷出言辱罵，卻又因哀求憐憫而聲音嘶啞，傑洛特手肘與膝上的疼痛成爲一種折磨人的酷刑，讓他開始考慮採取激進且沒有退路的手段時，他們抵達了目的地——圍著燒掉一半的殘破據點所搭建而成的軍營。

越過外圍的守衛、馬圈與營火炊煙，他們看見一座座綴著錦旗的騎士營帳，搭在焦黑半倒的尖樁柵欄之後；而那些營帳圍繞的中心，則是一座人聲鼎沸的廣場，看來他們這趟非自願的旅程已劃下句點。

傑洛特與亞斯克爾兩人看見馬兒的飲水槽後，雙雙扯緊綁著他們的繩索。那些騎士原先並沒有打算放他們去喝水，不過安佐・奧伯立之子想起了亞斯克爾說過與自己的父母熟識一事，憐憫之心油然而生。他們兩人擠進馬群之間，痛痛快快地喝了個夠，並且把臉潑了潑，稍事清洗。然而，過不了多久，麻繩緊緊一扯，又把他們拉回了現實。

「你們又給我帶什麼人回來了？」一名高挑清瘦的騎士開口問道。他穿著鍍滿黃金的鎧甲，身上佩戴的鎚矛則韻律十足地敲著他的胸甲。「可別告訴我，這些又是間諜？」

「他們不是間諜，就是逃兵。」安佐．奧伯立之子回應道。「我們擊敗尼夫加爾德的偵察隊後，在厚特拉河畔的一個營區裡逮到他們。光憑這點就十分可疑！」

身穿鍍金盔甲的騎士先是不屑地哼了一聲，接著仔細地瞧了瞧亞斯克爾。之後，他那張年輕但冷峻的臉突然亮了起來。

「亂講，給他們鬆綁。」

「他們是尼夫加爾德的間諜呀！」來自帕裴伯次克家族的黑木樁騎士反對道。「尤其是這人，吶，這傢伙像隻野狗似地一直亂吠。他說他是詩人，真是不要臉！」

「他並沒有說謊。」身穿鍍金盔甲的騎士說。「這是吟遊詩人亞斯克爾，我知道他。把他的繩子解開，另一個也是。」

「伯爵先生，您確定嗎？」

「這是命令，帕裴伯次克騎士。」

「想不到我也有派得上用場的時候，對吧？」亞斯克爾扭著被綁到發麻的手腕，低聲對傑洛特說。「現在你知道了吧。我可是聲名遠播，到處都有人認識我、敬重我。」

傑洛特沒有發表任何評論，他正忙著按摩自己的手腕與發痛的膝肘。

「請見諒，這些年輕人都是求好心切。」那名被稱作伯爵的騎士說。「他們到處在找尼夫加爾德的間諜。每次只要出任務，就會帶回來幾個他們覺得可疑的人。也就是說，只要是和那些骯髒難民看起來不一樣的，他們都會覺得有問題。而您，尊貴的亞斯克爾，當然是有別於那些難民囉。您怎麼會到厚特拉河，和那些難民在一起呢？」

「我本來是在從第林根往馬利堡的路上，」詩人面不改色地撒著謊。「但我和我的……作家朋友卻碰上了這等人間煉獄。您一定知道他吧，他叫……傑洛杜斯。」

「我知道，當然知道，我還拜讀過他的大作呢。」騎士誇耀道。「很榮幸見到您，傑洛杜斯先生。我是加洛蒙內伯爵丹尼爾．埃卻維立。亞斯克爾大師，從您在佛特斯特國王的宮廷裡吟詩至今，許多事都已經改變了。」

「確實是這樣。」

「誰會想到，」伯爵的神情染上陰霾。「事情會演變成這樣。維爾登向恩菲爾臣服，布魯格幾乎滅國，索登陷在戰火之中……而我們也在撤軍，不斷地往後撤……不好意思，我是說：我們在做戰略性的調動。尼夫加爾德正在四周放火擄掠，已經快要到達伊那河，馬耶納和拉茲旺這兩座要塞也幾乎被他們包圍，而特馬利亞的軍隊卻一直在做這種戰略性的調動……」

「我在厚特拉河看見您的軍盾時，」亞斯克爾說：「以為大軍開始進攻了。」

「是反攻和了解戰況。」丹尼爾．埃卻維立提出糾正。「我們越過了伊那河，碰上幾支前來進犯的尼夫加爾德軍，還有幾個到處放火的斯寇亞塔也突擊隊。我們只來得及救下司令部的一部分，就像你們看到的那樣。至於卡卡諾和維多特兩座碉堡，都被燒成了灰燼……整個南方烽煙四起、血流成河……哎，我的話一定讓兩位感到枯燥了。再說，兩位是從那邊出逃到這裡，一定很清楚布魯格和索登發生的事。而我那些毛小子竟把你們抓了起來！我要再次請求你們諒解，並且邀請兩位共進午餐。兩位詩人先生，我想介紹一些貴族先生與軍官給你們認識。」

「這確實是我們的榮幸，伯爵先生，」傑洛特僵硬地鞠了個躬。「不過時間不等人，我們得上路了。」

「請不要客氣。」丹尼爾·埃卻維立端出一張笑臉。「都只是普通的軍伙。不過是些鹿肉、榛雞、鱘魚、松露……」

「我們要是拒絕的話，就太失禮了。」亞斯克爾嚥下口水，用眼神示意獵魔士。「我們走吧，伯爵先生。這座富麗堂皇的藍金營帳是您的嗎？」

「不是。這是總指揮的營帳，蔚藍與金黃是他的國色。」

「怎麼會這樣？」亞斯克爾感到訝異。「我以爲這是特馬利亞的軍隊，您是這裡的指揮官。」

「這是特馬利亞派出來的分支。我是佛特斯特國王的聯絡官，不少特馬利亞的貴族也在這裡，形式上，他們的盾牌上都有百合花。但這支軍隊裡的成員主要是另一個王國的人，你們有看見營帳前那面旗幟嗎？」

「獅子，」傑洛特頓了一下。「藍底金獅，這……這個徽紋是……」

「琴特拉。」伯爵給了肯定的答覆。「他們是從目前被尼夫加爾德佔領的琴特拉裡出來的移民，帶領他們的是維瑟格德元帥。」

傑洛特轉過身，打算告知伯爵自己有急事待辦，不得不捨棄鹿肉、鱘魚和松露；只可惜爲時已晚。

他看見一群人朝他們走過來，領頭的是一名身型壯碩、有著渾圓肚子的白髮騎士，身上穿著蔚藍披風，鎧甲上掛著金色鏈條。

「兩位詩人先生，這位就是維瑟格德元帥本人。」丹尼爾．埃卻維立說道。「大人，請容我爲您介紹……」

「不用了。」維瑟格德元帥粗聲說道，犀利的目光直盯著傑洛特。「我們早就認識，在琴特拉、卡蘭特女王的宮殿裡，在芭維塔公主定親的那天。那是十五年前的事，不過我的記性很好。你呢？渾帳獵魔士，你記得我嗎？」

「我記得。」傑洛特點了點頭，認命地伸出手讓士兵捆綁。

□

步兵把受縛的傑洛特與亞斯克爾押到帳篷內的椅凳上時，加洛蒙內伯爵丹尼爾．埃卻維立就已經試著爲他們擔保。而現在，當步兵依維瑟格德元帥的命令離開營帳後，伯爵又再次嘗試說服元帥。

「元帥大人，這是吟遊詩人亞斯克爾。」他重複道。「我認識他，全世界都認識他。我認爲他不應當受到如此的對待。我願以騎士之名保證，他不是尼夫加爾德的間諜。」

「您不要隨便掛保證。」維瑟格德粗聲說著，雙眼依舊緊盯著兩名囚犯。「這人或許是個詩人，不過既然他是和這個流氓獵魔士一起被抓到的，我可不會替他擔保。您好像還是不清楚，掉到我們網子裡的是隻怎樣的鳥兒。」

「獵魔士？」

「不然你以爲呢？這是人稱白狼的傑洛特。就是這個渾帳提出他對奇莉拉的所有權，就是現在大家都在說的那個奇莉——芭維塔的女兒、卡蘭特的外孫女。伯爵，您當時還太年輕，不記得這個當時傳遍許多宮廷的醜聞，不過我剛好就是那起事件的目擊者。」

「那和奇莉拉公主有什麼關係？」

維瑟格德指著傑洛特說：「因爲這個惡棍的關係，卡蘭特女王的女兒芭維塔下嫁給杜尼——一個默默無名、來自南方的旅人。奇莉拉就是在這樣的雜配關係下誕生，是他們卑鄙無恥的圖謀對象。要知道，當年就是混蛋杜尼把這女孩交給獵魔士，作爲婚事說成的代價。驚奇法則，您懂嗎？」

「不完全懂，不過您再繼續說下去吧，元帥大人。」

維瑟格德再度指著傑洛特，說：「這個獵魔士想在芭維塔死後帶走那女孩，但是卡蘭特不允許，把他趕了出去。不過他還是等到了下手的時機。他趁尼夫加爾德和琴特拉之間爆發戰事，就趁亂擄走了奇莉。他明知道我們在找這女孩，卻把她藏了起來。到最後，他玩膩了，就把她賣給了恩菲爾！」

「這都是謊話，都是胡編的！」亞斯克爾大叫。「這些話沒一句是眞的！」

「彈琴的，閉嘴！不然我就把你的嘴堵起來。伯爵，您把這些事情連起來想想。奇莉拉本來在獵魔士那裡，現在卻到了恩菲爾．法．恩瑞斯的手上，而獵魔士則在尼夫加爾德的先鋒部隊裡被抓到。這代表了什麼呢？」

丹尼爾・埃卻維立聳了聳肩。

「這代表什麼呢？」維瑟格德俯身到傑洛特面前，又重複了一次。「怎樣？你這個卑鄙的傢伙，說！你替尼夫加爾德當間諜有多久了？走狗。」

「我不是任何人的間諜。」

「我會放狗把你給生吞活剝！」

「那您就放吧。」

「亞斯克爾先生，」加洛蒙內伯爵突然出聲。「如果由您來解釋的話，應該會比較好一點，而且是越快越好。」

「我早就想這麼做了，不過尊貴的元帥大人威脅要把我的嘴堵住！」詩人一口氣爆發出來。「我們是無辜的，這一切全都是虛構亂造、惡意編派。奇莉拉是在塔奈島被人抓走，而傑洛特爲了保護她受了重傷。所有人都可以證實這件事。塔奈島上每一個巫師，還有雷達尼亞的國務大臣希格西蒙・戴斯特拉……」

亞斯克爾突然打住，想起在替他們說話這件事上，戴斯特拉完全派不上用場。而列舉塔奈島上的巫師，也沒辦法改善他們的處境。

「指控傑洛特從琴特拉綁走奇莉，這是多麼荒謬的謊言啊！」亞斯克爾說得又急又大聲。「傑洛特是在屠城過後，那女孩躲到扎澤徹時找到她的，而他之所以把她藏起來，並不是要讓你們找不到，而是要躲避追捕那女孩的尼夫加爾德特務！我本人也被那些特務抓走，他們對我拷打刑求，要我說出奇莉的藏身處！不過我沒洩露半個字，而那些特務已經趴在地上吃土了。他們不知道自己惹到的是什麼人！」

「不過您的英勇事蹟全都付諸東流。」伯爵插了話。「恩菲爾最終還是得到了奇莉拉。正如大家知道的，他打算與她結婚，讓她作尼夫加爾德的帝后。他現在奉她爲琴特拉和臨近地方的女王，這對我們來說有些困擾。」

「恩菲爾可以把任何一個他中意的人，塞到琴特拉的王座上。奇莉就不一樣了，她天生有權繼承王位。」詩人聲明道。

「她有權？」維瑟格德聞言大叫，還噴了傑洛特一身口水。「狗屁！她沒有這個權利！恩菲爾想和她結婚是他的事，說不定奇莉自己也是這麼想。恩菲爾要是想給奇莉，還有她幫他生的孩子賜封也可以，隨便他看到什麼、想到什麼，就拿什麼當封號都行。琴特拉和斯格利加島女王？有什麼不可以？布魯格女公爵？索登女伯爵？都可以啊，大家一起深深一鞠躬！不過我虛心請教一下，怎麼不叫她太陽女王和月亮公主呢？她身上流的血液，是骯髒、受詛咒的，她無權繼承王位！這是一條受詛咒的血脈，這個家族裡的娘們一系全都受了詛咒，全都是劣質品，從黎安弄開始就是了！像奇莉拉的曾外祖母亞達莉亞，就和自己表兄攪和在一起；像她的曾曾外祖母惡女木莉葉，就和每個人都攪和在一起！這個家族裡生的這些賤貨，全都是生性淫蕩的惹禍精，而且全都一個樣！」

「元帥大人，您說話小聲點。」亞斯克爾傲慢地說。「您帳前掛的旗子上，可是繡了金獅子。您的將士裡，大多數都爲了奇莉的外祖母卡蘭特——琴特拉的獅后，在馬爾那達爾和索登灑下了熱血，而您卻稱她爲賤貨。我實在不敢肯定，到時候您的軍隊是不是還會對您唯命是從。」

維瑟格德前進了兩步，拉近了與亞斯克爾間的距離。他一把揪住亞斯克爾的胸飾，把他從椅子上拉了起來。元帥的臉原只是布滿紅斑，現在那些斑色轉為深紅，好像是他臉上的徽紋一般。傑洛特開始擔心好友，所幸一名副官突然闖進帳裡，高聲通報軍隊帶回了重要的緊急情報。維瑟格德把亞斯克爾大力扔回凳子上，然後轉身離開。

「呼……」亞斯克爾扭扭頸項，鬆了口氣。「好險，我差點就被他給掐死了……伯爵先生，您可以稍稍替我把繩子鬆開點嗎？」

「不行，亞斯克爾先生。我不能。」

「您信了那一派胡言？您相信我是間諜？」

「在這裡，我相信什麼並不重要。你們還是得被綁起來。」

「算了。」亞斯克爾清了清喉嚨。「您那位元帥大人是哪根筋不對勁？怎麼好像貓看到老鼠一樣，突然就朝我衝過來？」

丹尼爾．埃卻維立譏笑著，說：「提起將士的忠誠，您可是踩到了他的痛腳啊，詩人先生。」

「怎麼會？什麼痛腳？」

「奇莉拉的死訊傳到軍中的時候，那些將士可是打從心裡為她哀悼啊。然後等到新消息傳出來，說卡蘭特的女兒原來還活著，說她人在尼夫加爾德，享受恩菲爾的款待，當時甚至還爆發了大規模的逃兵潮。您知道嗎？那些人拋下家庭妻小，逃去索登和布魯格、逃去特馬利亞，因為他們想為琴特拉而戰、為卡蘭特的嫡血而戰。他們想解救國家，想把入侵者趕出琴特拉，想讓卡蘭特的後代重新奪回王位。結果呢？卡蘭特的血脈將頂著榮耀與光輝，重返琴特拉寶座……」

「當綁架她的恩菲爾手上的傀儡。」

「恩菲爾要和她成親，想把她放在自己身邊的帝國寶座上，確立她的頭銜與封地。一般人是這樣對待傀儡的嗎？科維爾的使節團在尼夫加爾德帝國的宮廷裡見過奇莉拉，認爲她看起來不像受到暴力綁架。奇莉拉——琴特拉王位的唯一繼承人，會以尼夫加爾德的盟友之姿重返寶座。將士間就是這麼謠傳的。」

「這都是尼夫加爾德的特務放出來的消息。」

「我知道，」伯爵點了點頭。「不過將士們不知道。他們只要抓到逃兵，就把他們綁到木樁上受死。不過我有一點了解他們。他們是琴特拉人，想要爲自己的家庭奮戰，不是特馬利亞的。他們想要待在自己的部隊裡，不是特馬利亞的。他們想舉自己的旗幟。在這裡他們看到的，是他們的金獅向特馬利亞的百合屈膝行禮。維瑟格德本來有八千將士，其中五千人是土生土長的琴特拉人，剩下的是特馬利亞的士兵，以及從布魯格和索登自願加入的騎士。目前部隊裡只有六千人，而逃走的都是琴特拉來的。維瑟格德的軍隊現在是不攻自破。您了解這對他來說是什麼意思嗎？」

「失掉威望與地位。」

「當然。只要再多幾百個逃兵，佛特斯特國王就會收回他手中的權杖。這支部隊現在就已經幾乎稱不上是琴特拉軍了。維瑟格德目前的立場也很搖擺，他想留住逃兵，所以他放出謠言，說奇莉拉和她先祖的出身有問題，而且血統一定不純正。」

聽到這裡，傑洛特終於忍耐不住，問道：「爲什麼您會對他講的話感到很不開心呢？伯爵。」

「您注意到了嗎？」丹尼爾・埃卻維立微笑道。「這個嘛，維瑟格德並不曉得我的出身……簡單來說，我和那個奇莉有血緣關係。加洛蒙內女伯爵，人稱美麗惡女的木莉葉，是奇莉拉的曾曾外祖母，也是我的曾曾外祖母。家族裡一直都有關於她那些羅曼史的傳說，不過當維瑟格德指控我的先祖行爲放蕩、勾三搭四時，我卻聽得頗不是滋味。不過我不會做任何反應，因爲我是軍人。兩位能了解我的意思嗎？」

「能。」傑洛特說。

「不能。」亞斯克爾說。

「維瑟格德是這支隸屬特馬利亞大軍的部隊指揮，而在恩菲爾手上的奇莉則成了部隊的威脅。所以，不管是對大軍或是對我自己的君王、國家都好，我不打算反駁維瑟格德放出的謠言，或是挑戰部隊指揮的威信。我甚至打算幫他證實奇莉是個私生子，無權登基。我不僅不會和元帥作對、不會質疑他的決策與命令，還會表示支持。而且必要時，我也會執行這些決策與命令。」

獵魔士嘲諷地笑了笑。

「現在你懂了吧？亞斯克爾，伯爵先生從來就沒把我們當作間諜，不然他不會向我們解釋得這麼清楚。伯爵先生知道我們是無辜的，不過維瑟格德對我們判刑的時候，他連眉頭也不會皺一下。」

「意思是說……意思是說……」

伯爵別開了臉。

「維瑟格德氣瘋了。」他輕聲說。「你們眞是太不走運，落到了他手上。尤其是你，獵魔士先生。我會試著把亞斯克爾先生……」

維瑟格德走進帳內，他的話也跟著打住。維瑟格德仍是一臉漲紅，像隻公牛一樣地喘氣。元帥走進桌子，手上的權杖大力地打在攤著地圖的桌上，然後轉向傑洛特，狠狠瞪著他。獵魔士沒有斂下目光。

「那個被我們偵察隊逮到的尼夫加爾德人受了傷，」維瑟格德咬牙切齒地說：「卻設法在半路上拆掉包紮，讓自己流血流到不省人事。他情願犧牲自己，也不要讓親人面臨失敗和死亡。我們本想要利用他，他卻用死亡來逃避，從我們的指縫間溜掉，讓我們手上什麼都不剩，只剩下他的血。果然是訓練有素。可惜，獵魔士沒有把這種思想灌輸到他們撫養的孩子身上。」

傑洛特保持沉默，但還是沒有斂下目光。

「怎樣，怪胎？自然的瑕疵品？地獄的產物？你都教了被抓走的奇莉拉什麼東西？你是怎麼撫養她的？現在大家都看到了，也知道了！這個不良品還活著，她就坐在尼夫加爾德的寶座上，一副沒事的樣子！等到恩菲爾把她帶上床的時候，她也一定會無所謂且開心地把腿張開，眞是個賤貨！」

「您被怒氣沖昏頭了。」亞斯克爾喃喃說道。「元帥大人，用騎士的角度來看的話，這一切難道都要算到這個被恩菲爾以武力綁走的孩子頭上嗎？」

「還是有辦法對抗武力的！而且用騎士的方式、皇室的方式！如果她身上流的是眞正的皇室血液，那麼她就會知道該用什麼方式！她會知道要找一把刀！剪刀、碎玻璃，不然用把錐子也行！那賤人大可用牙齒咬斷腕骨上動脈！用她自己的襯襪上吊！」

「我不想再聽您說下去了，維瑟格德先生。」傑洛特小聲說道。「不想再聽您說一個字。」

元帥氣得牙齒喀喀響，他彎下身。

「你不想？」他的聲音因怒極而顫抖。「那正好，因爲我和你已經沒什麼好說的了，只剩一件事。當年，在琴特拉，十五年前，大家可是說了很多有關命運的事。我當時以爲只是無稽之談，不過那卻是在說你的命運啊，獵魔士。從那一夜起，你的命運就已經註定好了，用黑色的盧恩字寫在滿天星斗之間。奇莉——芭維塔的女兒，就是你的命運，也是你的死神。因爲，爲了芭維塔的女兒奇莉，你將會被吊死。」

我們的旅是以「第四騎兵團」分隊的名義加入這場「半人馬」行動。我們所獲得的支援是三支維爾登輕騎兵，我把他們分到「佛倫德特遣隊」。至於旅裡剩下的兵力，則仿效在亞丁的部署，分成「西佛斯」和「莫鐵森」兩個特遣隊，然後每隊再細分成四個中隊。

八月四日晚上，我們從得列斯賀附近的集軍區出發。部隊收到的命令如下：大軍移往維多特、卡卡諾與阿美利亞交界，遇上敵軍就將之殲滅，阻擋他們過伊那河，敵軍火力集中處則避開。大軍須製造火勢，尤其是在夜間，好替第四騎兵團各中隊照路，也在平民間製造恐慌，讓難民把敵軍後方的主要通連道路全部堵住。等敵軍後撤，再以環狀隊形將他們趕往我軍眞正埋伏的地點。挑選特定民間團體進行屠殺以製造恐怖情勢，好加深敵軍恐慌，擊潰敵軍士氣。

以上任務執行完畢，但我們的旅也付出了很大的犧牲。

——《爲帝王與祖國而戰：達爾蘭第七騎兵旅的光榮戰蹟》

艾蘭・特拉赫

# 第五章

米爾娃趕不及過去救馬，只能眼睜睜看著馬被偷，卻無能爲力。先是一股瘋狂恐慌的人潮把她捲走，接著一輛輛疾駛的馬車堵住她的去路。在那之後，她又困在一堆綿毛豐厚、不斷咩叫的羊群裡，只得像走在積雪中那樣，拖著沉重的腳步前進。然後，已經來到厚特拉河畔的她，只能往菖蒲環生的沼澤一跳，以免命送尼夫加爾德人劍下。他們朝擠在河邊的難民大開殺戒，不管是女人還是孩子，一個都不放過。米爾娃跳入水中，時而涉水前進，時而仰泳於隨波逐流的死屍之間，來到了河水的另一岸。

接著，她開始追蹤馬匹。村民偷走小魚兒、飛馬、紅棕馬，還有她那匹黑馬，她牢牢記住了他們逃走的方向。她那把無價之弓還掛在黑馬鞍側。她一路跑著，腳下的鞋子不斷滲出水來。*沒辦法了，其他人只能自己先看著辦。我他媽的一定得把弓和馬拿回來！*

她第一個搶回來的是飛馬。詩人的坐騎根本不理會猛戳牠腹部的那雙草鞋，對於牠身上那名生手騎士的催趕也完全充耳不聞。這馬兒根本就不想大步馳騁，只是懶洋洋又慢吞吞地緩緩跑過樺樹林。那村民明顯落後其他偷馬賊許多。當他聽見、看見在他身後的米爾娃，便想都沒想就跳下馬，雙手抓著褲子，一溜煙跑掉了。米爾娃硬是壓下大開殺戒的欲望，沒追過去。她縱身上馬，卻因爲跑中起跳，力道過大，把綁在鞍囊上的魯特琴撞出聲響。不過她很懂馬的性子，因此成功催促馬兒舉步奔馳，又或者該說是姿態笨拙地踏步，不過飛馬自認是在奔馳。

即使是假裝快跑，事實上也已經足夠，因爲偷馬賊的逃跑行動，讓另一匹同樣不尋常的馬兒給拖慢了下來。獵魔士這匹棗色母馬小魚兒很不聽話，常把他氣得一肚子火，不只一次揚言要將牠換掉，改乘別的坐騎，就算是驢子、騾子也好，甚至山羊也可以。小魚兒背上的那人毫無技巧地扯著韁繩，惹得牠心裡不快，一把將那人摔落地面。其他人見狀，紛紛跳下馬，努力想馴服不斷踢踏的小母馬，而米爾娃就在此時趕上了那群偷馬賊。一直到她騎著飛馬闖進他們當中，一腳踹斷其中一人的鼻梁之後，忙著對付小魚兒的眾人才注意到她的存在。當被她踹斷鼻子的那人呼號倒地之後，米爾娃才認出了對方是誰。那個人是鞋子。這傢伙顯然碰到別人就沒好事，尤其是碰到米爾娃的時候。

不幸的是，米爾娃同樣不受幸運之神青睞。更正確地說，這件事不該歸咎於運氣，而是她的自大。自恃有幾分經驗的她，以爲三兩下就能撂倒兩個莊稼漢，可以將他們搓圓捏扁。不過她跳下馬後，一記老拳卻突然朝她的眼睛招呼過來，她就這麼糊里糊塗倒在了地上。她拿出刀子，打算替對方清清腸子，可是一根粗大的棍子又朝她腦袋揮過來，甚至還斷掉，弄得她眼裡都是樹皮與木屑。不過，變得又聾又瞎的米爾娃，還是成功抱住身旁持棍打她的莊稼漢膝蓋，對方驚呼一聲，摔倒在地。另外一人雙手掩頭，放聲大叫。米爾娃揉了揉眼睛，看見他正試圖擋住不斷落下的鞭子，那鞭子的主人是一名騎在灰馬上的男子。米爾娃快速起身，朝縮在地上那名莊稼漢的脖子重重踹了一腳。偷馬賊悶哼一聲，兩腿一伸，門戶大開。米爾娃馬上利用機會，瞄準目標，把滿腔怒火踢了出去。那莊稼漢大聲慘叫，雙手壓在胯下，整個人縮成一團，那叫聲之響亮，連樺樹的葉子都被震落。

於此同時，灰馬騎士解決了另一名莊稼漢與流著鼻血的鞋子，用馬鞭將他們趕進了林子。那名騎士掉回頭，打算要給大聲嚎叫的莊稼漢抽幾下鞭子，但又把馬給拉住了。因爲，米爾娃已經趁機跳到她的黑馬那兒，抓起長弓，搭箭上弦。那條弦只拉了一半，但箭鏃卻筆直對準騎士的胸口。

有那麼一刻，他們彼此看著對方——騎士和女孩。然後，騎士慢慢地從腰帶後方拿出一支長羽箭，丟到米爾娃腳邊。

「我就知道，總有一天我可以把這支箭還妳，精靈。」他平靜地說。

「我不是精靈，尼夫加爾德人。」

「我不是尼夫加爾德人。妳可以把弓放下了吧？我如果想害妳，只要待在一旁看妳被他們毒打就好了。」

「鬼才知道你是什麼人、想對我做什麼。」她恨恨地說。「不過，謝謝你救了我，還有我的箭，還有處理掉上次那片空地上，我沒射死的那個混蛋。」

被米爾娃踢中的偷馬賊縮成一團，大聲嚎叫，整個人埋進樹葉堆中，一口氣忽然就這麼哽住，提上不來。坐在馬上的那名騎士沒有瞧他一眼，而是把目光落在米爾娃身上。

「把那些馬拉好，我們得快點離開河岸，軍隊會仔細搜索兩岸的樹林。」他說。

「我們？」米爾娃把弓放下，皺起眉頭。「一起？我們什麼時候變自己人，或者說是夥伴了？」

「如果妳給我時間的話，」他掉轉馬兒，抓起紅鬃馬的轡繩。「我會解釋給妳聽的。」

「不過問題是我沒時間，獵魔士和其他人……」

「我知道，不過自己送命或被抓，也救不了他們。把馬抓好，我們逃到那一大片密林裡去。快！」

□

他的名字叫卡希。米爾娃坐在被風吹倒的樹木留下的坑洞裡自顧自想著，並瞄了一眼身旁這名奇怪的同伴。眞是個奇怪的尼夫加爾德人，竟然說自己不是尼夫加爾德人。卡希。

「我們以爲你被殺了。」她喃喃說著。「紅棕馬跑來找我們，但背上卻沒了主人……」

「我碰到一點小麻煩，和三個長得像狼人的大鬍子殺手交上了手。」他淡淡地說。「他們埋伏在路上突襲，我的馬跑了。他們沒有得手，不過也沒騎馬。等我找到新的馬，已經落後你們一大段了。直到今天早上，我才在營區外頭趕上你們。我穿過河水往下，在這一岸等著。我知道你們要往東走。」

藏在赤楊林的那些馬中，有匹噴了口氣，踏動幾步。時值黃昏，惱人的蚊蟲不斷在耳畔嗡鳴。

「林子很靜。」卡希說。「軍隊走了，這場仗已經打完。」

「你是指屠殺吧。」

「我們的騎兵隊……」他突然哽住，清了清喉嚨。「尼夫加爾德帝國的騎兵隊對營區發動攻擊，而你們的軍隊則在同一時間從南方進攻。那大概是特馬利亞軍吧。」

「要是那邊已經打完了，那現在就應該回去，去找獵魔士、亞斯克爾和其他人。」

「等天黑再行動比較理智。」

「這裡好像挺可怕的。」她緊抓著手上的弓，小聲地說。「這座林子陰森森的，害我都起雞皮疙瘩了。明明好像很安靜，卻老是有東西在樹叢裡動來動去……獵魔士說過，戰場會引來食屍鬼……那些村民也一直在說吸血鬼的事……」

「妳現在不是一個人落單。」他輕聲說。「自己一個人比較可怕。」

「說得對。」她聽出他話中的含意。「畢竟你騎馬跟在我們後面走了差不多兩星期，就自己孤伶伶的。你辛苦追在我們後面，但到處都是你們的人……雖然你說你不是尼夫加爾德人，但你還是他們的人。這話我要是聽得懂，那才有鬼……你不回去找你的人，卻跑來跟在獵魔士後面。爲什麼？」

「這說來話長了。」

□

當高個子的斯寇亞塔也壓低身子，看著被綁在木樁上的斯圖易次根時，後者害怕得閉上了眼睛。聽說這世上沒有醜精靈，所有的精靈都有一副好皮相，天生如此。也許這名傳奇的「松鼠」領袖原本也生得俊俏，不過現在那張臉被一道形狀醜陋的傷疤斜斜割開，從額頭、眉毛、鼻子一路劃到臉頰，精靈那副與生俱來的好皮相，可說是一點都不剩了。

這名疤面精靈在橫倒一旁的樹幹上坐了下來。

「我是伊森格林．法伊提亞納。」他說，再度傾身靠近俘虜。「我和人類打仗打了四年，突擊隊也帶了三年。我親手埋了一個戰死的手足、四個表兄弟，還有四十多名同袍。在我的戰鬥中，我把你們的帝王當作盟友。爲了證明這點，我多次爲你們的情報組織提供線索、爲你們國內外的特務提供援助、剷除你們指定的對象。」

法伊提亞納沉默了下來，用戴著手套的手給了個暗示，站在一旁的斯寇亞塔也便從地上拿起用樺樹皮做成的瓶狀容器。一種甜甜的氣味從那樺皮瓶裡傳了出來。

「以前我把尼夫加爾德當作盟友，現在也還是。」疤面精靈又重述了一次。「所以，一開始我的眼線通知我，說尼夫加爾德人要設陷阱抓我時，我都沒有採信。我的眼線說尼夫加爾德人會要求我和他們的使者單獨碰面，一旦我去了，就會把我抓起來。我沒有相信自己親耳所聞，不過我這人天生就比較小心，所以我提早抵達碰面地點，也帶了人在身邊。結果卻讓我萬分驚訝，也萬分喪氣啊。等在那裡的竟不是信使，而是六名刺客，個個手上拿著魚網、麻繩、皮製罩耳帽加塞布，以及上了綁帶與釦環的約束衣。要我說，這可是貴組織逮人時的標準裝備。尼夫加爾德的情報組織妄想把我——法伊提亞納給活捉，想要塞住我的嘴、堵住我的耳朵，把我套在約束衣裡送去某個地方。要我說，這件事可眞是個謎，得有人解釋一下。我很高興，起碼活捉了一個刺客，而且顯然是他們的首領，可以把事情解釋清楚。」

斯圖易次根咬緊牙關，把頭別開，好避開精靈那張被劃破的臉。他情願看著那個被兩隻黃蜂圍繞的樺皮瓶。

法伊提亞納拿出手帕，一邊擦著汗濕的脖子，一邊說：「所以現在呢，讓我們來聊一聊吧，綁匪先生。爲了讓對話進行得順利點，我先說明細節：這瓶子裡裝的是楓糖漿。如果我們不是用相互體諒的態度聊天，也沒有半點眞心誠意，那麼我們就會把這糖漿厚厚地抹在你頭上，尤其是眼睛和耳朵上。然後，我們會把你放到蟻穴裡，喏，就是這個有一堆勤勞可愛的小昆蟲在爬的地方。另外再補充一下，這個方法已經在幾個對我缺乏誠意，又態度固執的都因和安及法列身上試過了，效果非常好。」

「我為尼夫加爾德帝國效力！」那名探子慘白著臉大叫著。「我是帝國情報組織的軍官，我是伊登子爵瓦鐵．德里多大人的手下！我叫洋．斯圖易次根！我反對……」

「這還真是太不湊巧了，」精靈打斷了他。「這些喜歡楓糖漿的紅螞蟻，可沒聽說過德里多大人呢。我們開始吧。我不會問是誰下令抓我，因為答案已經很明顯。所以，我的第一個問題如下：你們本來打算把我送到哪裡去？」

被麻繩綁住的尼夫加爾德探子甩著頭掙扎了一番，因為他感覺那些螞蟻好像已經爬上了他的臉。即便如此，他還是保持沉默。

「沒辦法了。」法伊提亞納打破這場沉默，朝拿著瓶子的精靈比了個手勢。「給他塗上去。」

「我本來是要把您送到維爾登，送去那斯洛格堡！」洋．斯圖易次根尖聲道出。「這是德里多大人的命令！」

「謝謝。那斯洛格堡那邊，等著我的是什麼？」

「偵訊……」

「要問什麼？」

「塔奈島上發生的事！求求您，替我鬆綁吧！我會把一切都說出來！」

精靈伸了個懶腰，說：「你當然會說，尤其我們已經開了頭，這種事最難的就是開頭。說下去。」

「我收到的命令，是要逼您說出維列佛茲和黎恩斯藏在哪！還有凱羅之子卡希．馬芙．狄福林！」

「眞好玩。你們設陷阱抓我，竟然是爲了要問維列佛茲和黎恩斯的事？他們的事我怎麼知道？我和他們有什麼關係？至於卡希，那就更好玩了。這人我可是已經照你們的要求送過去了，而且是五花大綁。難道你們沒收到貨嗎？」

「派去約定地點的那整支部隊都被殺了……可是卡希不在那裡……」

「哦，所以瓦鐵．德里多大人起了疑心？不過他沒有直接再派一個使者到突擊隊來問個明白，反倒是馬上設陷阱要把我抓起來，下令把我拖到那斯洛格受審，要問塔奈島上發生的事。」

間諜沒有答腔。

「你沒聽懂？」精靈將那張可怕的臉湊近他。「剛剛那是問句，問的是：現在是怎麼回事？」

「我不知道……我發誓這個我不知道……」

法伊提亞納大手一揮，下了指令。斯圖易次根慘叫一聲，縮成一團，並以偉大的太陽起誓，說自己一點都不知情。他甩頭哭叫，不斷吐掉抹在他臉上那層厚厚的楓糖漿。一直到被四個斯寇亞塔也抬往蟻穴時，他才下定決心要把事情說出來，雖然後果可能會比螞蟻還要可怕。

「大人……這件事要是被人知道，我就完了……不過我會把一切都告訴您……我有看到祕密指令，我有偷聽……我會把一切都說出來……」

「這是當然。」精靈點了點頭。「在蟻穴裡待最久的，是戴馬溫王特種部隊裡的軍官，一個鐘頭又四十分鐘。不過，他最後也還是招了。好了，開始吧。說快點，簡明扼要。」

「大帝很確定自己在塔奈島上被背叛了。背叛他的是盧格溫的巫師維列佛茲，還有他的幫手，叫黎恩斯的。當然，還有卡希．馬芙．狄福林．阿波．凱羅。瓦鐵……瓦鐵大人不確定您是不是和這場叛變有關係，就算您自己不知情……所以他下令把您拿下，暗中送到那斯洛格……法伊提亞納大人，我在組織裡做了二十年……瓦鐵．德里多是我的第三任主子……」

「麻煩講重點。還有，別再抖了。要是你對我開誠布公，那你就還有機會再多替幾任主子做事。」

「這件事雖然保密到家，但我知道……我知道他們要抓的人是誰。而且看起來，他們也的確抓到了人。因爲那個……那個琴特拉的公主，被帶去了洛克格林宮。我以爲事情辦成了，卡希和黎恩斯會成爲男爵，而那個巫師至少也會是個伯爵……可是大帝卻叫來夜梟，我是說斯凱蘭大人，還有瓦鐵大人，下令捉拿卡希……還有黎恩斯和維列佛茲……所有可能知道塔奈島上的事，還有這件事的人，都要嚴刑拷問……還有您也是……不難猜想……呃……是因爲有人叛變。送到洛克格林宮的公主是假的……」

那名探子覺得呼吸困難，不斷張開被楓糖漿黏住的嘴巴，大口大口地吸取空氣。

「給他鬆綁。」法伊提亞納對他的「松鼠」下了命令。「還有，讓他把臉洗一洗。」

命令一出，底下的人馬上動作。過了一會兒，這個失敗的陷阱策劃人已經垂著頭，站在斯寇亞塔也的傳奇首領面前。法伊提亞納一臉漠然地看著他。

最後，他終於開口說：「把耳朵裡乾糖漿清掉。把耳朵豎好，腦袋理清，拿出一個資深探子該有的樣子。我會拿出證據來證明我對帝王的忠誠，會拿出完整的報告，把你們感興趣的事都告訴你們。至於你，則是要把所有的話一字不漏地轉述給瓦鐵．德里多。」

特務聞言，連連點頭。

「布拉謝過一半的時候，根據你們的算法，也就是六月初，」精靈開始講述。「人稱法蘭西絲·芬妲芭兒的女巫艾妮得安葛雷娜找上我。沒多久，就有一個黎恩斯領著她的命令來我的突擊隊。這人好像是盧格溫維列佛茲的心腹，也是個魔法師。那次策劃的行動是最高機密，目的是要在塔奈島大會上剷除某些巫師。他說這個計畫已經獲得恩菲爾大帝、瓦鐵·德里多和史蒂芬·斯凱蘭的全力支持。若非如此，我不會同意和都因聯手，不管他們是不是巫師都一樣，因爲我這輩子已經看過太多過河拆橋的行爲。凱羅之子卡希帶著特殊授權與命令，乘艦登上了布來梅爾沃德岬，落實了帝國在這件事上的參與。而我按照這些命令，從突擊隊裡挑出一組人馬給卡希專用。我知道這組人馬的任務是要在島上……逮一個人，並且把這個人送出島外。」

半晌，法伊提亞納繼續說：「我們搭卡希的船去塔奈島。黎恩斯有護身符，可以用魔法迷霧爲船掩護。我們開進到塔奈島的地下洞穴，從那裡去到加樂斯但宮的地底。」

「我們還在地底下時，就知道事情不太對勁。黎恩斯透過心靈感應，從維列佛茲那裡收到了某些訊息。我們知道馬上要面對一場正進行得如火如荼的戰鬥，還好我們已先有了心理準備，因爲我們一出地層，就掉進一座煉獄裡。」

精靈那張帶疤的臉緊緊皺了起來，看起來就像是回憶那個事件會讓他感到痛楚。

「開始，一切都很順利，但後來事情卻複雜起來。我們沒有成功剷除所有的皇家巫師，而且損失了很多人。有幾個參與這場陰謀的巫師，也同樣葬送了性命，剩下的巫師則開始自保，使出瞬間移動。維列佛茲不知道在什麼時候消失了，然後黎恩斯也跟著消失。沒多久，艾妮得安葛雷娜也跟在他們後頭不見了。我知道這表示自己也該撤軍了。不過我沒有下令，因爲我在等卡希跟他的人回來；他們在這次行動一開始，便出發去完成他們自己的任務。由於他們沒有回來，我們開始找人。」

法伊提亞納直視著尼夫加爾德探子，說：「那隊人馬裡，沒有任何一個人生還，所有人都被人以非常殘暴的方式斬殺。我們在通往托爾拉拉的階梯上找到卡希。那座塔在那次的打鬥中炸開，碎成一堆瓦礫。卡希受了傷，不省人事，顯然沒有完成任務。附近絲毫沒有任務目標的蹤跡，而各國國王的人馬已經從下方的阿瑞圖沙和羅西亞宮擁來。我知道卡希無論如何不能落入他們手中，否則就會成爲尼夫加爾德參與這場行動的證據。我們把他帶走，逃到地下洞穴，登船離開。經過這一戰，我們的突擊隊只剩下十二人，而且大多數都受了傷。」

「當時的風向對我們有利，我們順利登上希倫墩的西邊，躲進森林。卡希試著扯掉身上的繃帶，直喊著什麼綠眼睛的瘋女孩、琴特拉的小母獅、砍了他整組人馬的獵魔士、海鷗之塔，還有一個像鳥一樣飛走的巫師。他跟我們要馬，下令要我們回到島上，說這是帝王的命令。到後來，我只能把這些當做是他的瘋言瘋語。當時，我們已經知道亞丁那裡戰火四起，所以我認爲儘快重組已潰散的突擊隊回去跟都因作戰，才是更重要的事。」

「我在聯絡箱裡找到你們那個祕密指令的時候，卡希一直都還跟我們在一起。我當時心裡很訝異。雖然卡希很明顯沒有完成任務，但沒有任何跡象指出他是叛徒。不過我並沒有花太多心神去思考，我認爲這是你們的事，你們應該要自己去弄清楚。卡希被綁起來的時候沒有反抗，他很平靜，好像已經放棄了一樣。我命人把他放進木棺，藉著熟識的哈付卡倫幫忙，把卡希送到了密函中指定的地點。我承認自己當時並不想派人押送，那會削減突擊隊的戰力。我不知道是誰在碰面地點殺了你們的人，而這個碰面的地點，只有我一個人知道而已。所以，要是你們不認同這支部隊被屠殺是個意外，那就去你們自己內部找叛徒吧。因爲除了我之外，就只有你們知道碰面的時間和地點。」

法伊提亞納站起身。

「這就是事情全部的經過。以上所言，絕對屬實。就算是在那斯洛格的地牢裡，我能提供的還是只有這麼多。也許我會試著用謊言和假話，來討問話的人和他那票手下的歡心，不過這種話對你們只有害處，沒有助益。我知道的就這麼多，尤其我一點都不清楚維列佛茲和黎恩斯身在何處，也不知道他們叛變一事，更不知道你們的懷疑有沒有道理。我同時也要嚴正聲明，我完全不知道琴特拉公主的事，不管是眞公主還是假公主，都不知情。我已經把知道的都說完了。我希望，無論是德里多大人，還是史蒂芬・斯凱蘭大人，都不會想要再設計抓我。都因從很久以前就試著要把我抓住或殺掉，所以我習慣把埋伏的人全殺乾淨，沒有例外。今後，我不會再去問這些埋伏我的人裡，是不是恰好有瓦鐵或斯凱蘭的部下。我不會有時間，也不想再進行現在這樣的問話。我說得夠清楚了嗎？」

斯圖易次根點點頭，嚥了下口水。

「那麼，上馬吧，探子。滾出我的林子。」

□

「意思是說，他們把你裝在棺材裡送去砍頭。」米爾娃喃喃說道。「現在我懂了，不過還沒全懂。你爲什麼不去找個地方躲起來，反而跟在獵魔士後面？他已經對你很好了……放了你兩次……」

「三次。」

「我看到的是兩次。雖然在塔奈島上打斷獵魔士骨頭的人不是你，這和我本來想的不一樣，不過我不知道你這樣又跑到他劍下躺著，到底安不安全。我對你們的恩恩怨怨不是很清楚，不過你救了我，而且你看起來也不壞……卡希，我對你只有簡單一句話：獵魔士一想到把他的奇莉抓到尼夫加爾德的那些人，他就會恨得牙癢癢，還冒出火咧。如果你在那種時候朝他吐口水，還可以聽見滋滋響呢。」

「奇莉。」他複誦了一次。「好聽。」

「你不知道她的名字嗎？」

「不知道。在我面前，大家總是稱她作奇莉拉，或是琴特拉的小母獅……而她和我在一起時……因爲她跟我在一起過……雖然我救了她的命，但她沒對我說過一句話。」

「這一切，大概就只有鬼才搞得清楚。」她晃了晃腦袋。「你們的人生還眞是複雜啊，卡希，糾成一團、亂七八糟。不是我的腦袋可以理解的。」

「那妳叫什麼名字？」他突然問道。

「米爾娃……米爾娃．巴林格。不過，叫我米爾娃吧。」

「米爾娃，獵魔士要去的方向是錯的。」過了一會後他說道。「奇莉不在尼夫加爾德。如果她眞是被人抓走，不是被抓去尼夫加爾德。」

「怎麼會？」

「這說來話長。」

□

「我偉大的太陽啊！」芙琳吉拉站在門邊，十分訝異地偏頭看著自己的好友。「阿西蕾，妳把頭髮怎麼了？」

「我把頭髮洗了，也做了造型。」阿西蕾．法．阿娜西得冷冷地答道。「請進，坐吧。梅林，從椅子上下去。去！」

女巫坐到黑貓不甘不願讓出來的位置上，雙眼仍盯著好友的髮型。

「不要再訝異了。」阿西蕾用手心碰了碰散發光澤的蓬鬆鬈髮。「我決定要稍微做個改變。再說，我只是拿妳當範本而已。」

「我呢，」芙琳吉拉．薇果咯咯笑著。「每次都被當成離經叛道的怪胎，不過妳要是在學院裡或是宮廷被人看到的話……」

「我又不會出入宮廷。」阿西蕾打斷她。「而學院裡的人只得習慣我現在的樣子。以前的人總認爲女巫要是注重自己的外表，就會變得膚淺輕率。現在已經是十三世紀，也該打破這種迷思了。」

「還有指甲也是。」芙琳吉拉微微瞇起從不漏看任何細節的綠色眼睛。「親愛的，我都認不出妳了。」

女巫冷冷地答道：「只要一個簡單的咒語，應該就夠讓妳確認是我本人，不是什麼分身。要是妳一定得試試的話，就施一個這樣的咒語吧。然後，我們就來談我拜託妳的那件事。」

貓兒拱起背，呼嚕嚕地蹭著芙琳吉拉．薇果的小腿肚，假裝這是一種親切的表現，而不是要黑髮女巫離開扶椅的含蓄暗示。芙琳吉拉摸了摸貓咪。

「而拜託妳這件事的人，」她開了口，依舊低著頭。「是那個總管凱羅．阿波．格魯飛德，對吧？」

「對。」阿西蕾低聲證實。「凱羅來找過我，他很絕望，來找我幫忙求情，要我去救他的兒子。恩菲爾下令要抓他兒子用刑問斬。這種事，不找親戚要找誰？凱羅的妻子、卡希的母親馬芙是我姪女，是我親妹妹最小的女兒。即便如此，我還是沒答應他，因爲我根本使不上力。畢竟不久前才發生了那些事，現在的我，不能引人注意。我會把事情的來龍去脈告訴妳，不過妳得先和我說我拜託妳的事。」

芙琳吉拉．薇果悄悄鬆了口氣。凱羅之子卡希這件事，飄散著斷頭台的臭味，她本來還怕自己的好友會想要去插手，也怕她會要自己幫忙，而這樣的要求，她將會無法拒絕。

「大約七月中旬，」她開始述說：「聚在洛克格林宮裡所有人，都見識到了一名十五歲女孩的芳采。據說那是琴特拉公主，不過恩菲爾在接見她時，堅持要稱她爲女王，而且對她呵護備至，有傳言說，他即將娶她爲妻。」

「這事我聽過。」阿西蕾說道，並摸了摸貓兒。對芙琳吉拉感到失望的貓兒，正打算爭取自己的椅子。「這無疑是場政治聯姻，現在大家也在討論這件事。」

「不過已經沒有那麼熱絡，也沒有那麼頻繁了。因爲那個琴特拉小姑娘被送去了達倫羅旺堡。妳也知道，達倫羅旺堡住的常常是政治犯。給帝妻人選住的情況，可就少見多了。」

阿西蕾沒有發表評論。她看著自己不久前修平拋光的指甲，耐心等待。

「妳一定記得，」芙琳吉拉．薇果說：「三年前恩菲爾把我們所有人都叫去，命我們找出某個人的所在。地點在北方諸國境內。妳一定還記得當時我們沒找到，他有多麼生氣。阿布利解釋說，在這種距離下沒有辦法進行探測，更別提還有重重屏障要打破，而他到現在都還在氣阿布利。現在，聽好了。在洛克格林宮那場著名的接見儀式過後一星期，在大家慶祝阿爾得堡那場勝仗的時候，恩菲爾在廳裡看到我跟阿布利，還紆尊降貴來跟我們說話。不作太多修飾的話，他的重點大概是：『你們都是些白吃白喝、無所事事的米蟲。你們的這些戲法花了我大把金錢，卻一點用處都沒有。你們這一整個可悲的學會裡沒有人能完成的任務，一個普通的占星家用四天就完成了。』」

阿西蕾．法．阿娜西得冷冷哼了一聲，依舊不停撫著貓兒。

芙琳吉拉．薇果繼續說了下去：「我不用想，就知道那個會創造奇蹟的占星家，就是臭名遠播的克薩爾提修斯。」

「他們當時在找的人，就是那個琴特拉小女孩——帝后的候選人。克薩爾提修斯找到了她，可是結果又怎樣呢？他有擢升爲國務大臣嗎？有擢升爲不可能事務部部長嗎？」

「沒有。一個星期之後，他就被關到地牢裡去了。」

「我想，我可能不太明白，這和凱羅的兒子卡希有什麼關係。」

「耐心點。讓我按部就班把事情說完，這很重要。」

「抱歉，說吧。」

「妳記得三年前我們開始找人的時候，恩菲爾給了我們什麼東西嗎？」

「一小綹頭髮。」

「沒錯。」芙琳吉拉拿出了一個小皮囊。「就是這個，一綹六歲女孩的灰色頭髮。我把剩下的收了起來。還有一件事妳也應該要知道：被孤立在達倫羅旺堡的琴特拉公主，是由里德塔爾伯爵夫人史黛拉·康格瑞夫來照顧。史黛拉欠過我幾個人情，所以我可以輕鬆拿到另一綹頭髮。就是這個，稍微深了點，髮色會因為年紀增加而加深。可是，這兩綹頭髮是來自完全不同的主人。我檢驗過，絕不會錯。」

「我一聽到琴特拉來的小女孩被隔離到達倫羅旺堡，就想到可能是類似這種情況。」阿西蕾·法·阿娜西得坦承道。「那個占星家要嘛就是沒把這個任務當一回事，要嘛就是被扯進把假公主送給恩菲爾的陰謀裡；而卡希·阿波·凱羅要為這個陰謀付出的代價，則是他自己的項上人頭。謝謝妳，芙琳吉拉，現在一切都清楚了。」

「不是一切。」女巫搖了搖黑色的小腦袋。「首先，找到琴特拉小女孩的人不是克薩爾提修斯，把小女孩帶到洛克格林宮的人不是他。克薩爾提修斯是在恩菲爾發現送到自己身邊的是假公主，進而四處尋找真公主的時候，才開始占星觀象的。至於進地牢這件事，是因為這個一把年紀的跳梁小丑，在變戲法或設騙局時，犯了個很簡單的錯誤。就我查到的消息，他畫下的搜尋範圍有方圓百哩大。這一整塊地方是片沙漠，而這個荒野大沙漠所處的位置，甚至是過了提透哈山、過了薇兒塔河的源頭。被派去那裡的史蒂芬·斯凱蘭，只找到了毒蠍與禿鷹。」

「我本來就不認爲克薩爾提修斯能有什麼作爲，但這對卡希的命運並沒有多大影響。恩菲爾是個易怒的人，不過他不會沒來由地就把人用刑問斬。就像妳自己說的，有人從中操弄，讓假公主進了洛克格林宮，而不是眞公主。有人刻意魚目混珠，也就是說，那是場陰謀，而卡希被捲了進去，也有可能不知情而被利用了。」

「如果是這樣，那他應該會被利用到底、親自把替身送到恩菲爾手上。可是卡希卻消失得無影無蹤，這是爲什麼呢？他一旦消失，就一定會啓人疑竇啊。難道他早就料到，恩菲爾只要一眼就能看穿這場騙局？因爲恩菲爾確實是看穿了這一切。他一定會看穿，因爲他有……」

「那一綹頭髮。」阿西蕾插了話。「一綹六歲小女孩的頭髮。芙琳吉拉，恩菲爾找這個女孩不只找了三年，他是從更久以前就開始找了。看起來，卡希被捲進了一起十分糟糕的事件中，而這起事件在他還騎著竹馬的時候，就已經開始轉動了。嗯……把那兩綹頭髮留給我吧？我想要好好檢查一番。」

芙琳吉拉·薇果緩緩頷首，一雙綠眼瞇了起來。

「我會留給妳。不過，阿西蕾，妳要小心點。不要把自己扯進亂七八糟的事件裡，這樣可能會引起他人的注意，而在我們剛開始談話的時候，妳提到自己不方便插手。還有，妳說過會解釋不方便插手的原因。」

阿西蕾．法．阿娜西得站起身，走到窗邊，看著尼夫加爾德城的高塔尖樓在夕陽的餘暉中閃閃發亮。這座城是尼夫加爾德帝國的首都，享有「金塔城」的美名。

阿西蕾沒有轉過身，只是開口說道：「魔法不該被任何界線切割。妳曾經這麼說過，而我也把這話記在心裡了。魔法之善應是至高之善，立於其他各種良善之上。妳說過，要是有個像是……祕密組織之類的東西就好了……像是集會或女巫會之類的……」

「我準備好了。」尼夫加爾德女巫芙琳吉拉．薇果打破了這幾秒鐘的沉默。「我已經做了決定，也準備好要加入了。謝謝妳相信我、選中我。這個女巫會什麼時候、在哪召開，我充滿謎題與祕密的好友？」

尼夫加爾德女巫阿西蕾．法．阿娜西得轉過身，一朵笑靨飛上了她的唇畔。

「快了。」她說。「我等等就把一切都告訴妳。不過在這之前……芙琳吉拉，先把妳的造型師地址給我，免得我等等忘了。」

□

「沒有半點火光。」米爾娃看著月光下水波粼粼的漆黑河岸，低聲說著。「依我看，對岸那邊一點人氣也沒有。營區裡的難民有兩百多人，難道一個活口都沒留下？」

「可能是帝國軍隊發了狠，把所有人都抓去當奴隸。」卡希也壓著嗓子回應。「也可能是你們的人打贏，離開時把他們都帶走了。」

他們往岸邊又靠近了點，來到長滿蘆葦的沼澤邊。米爾娃發現自己踩到某樣東西，定睛一看，壓下尖叫的衝動，跳了開來。那是一雙僵硬的手，從爛泥裡露了出來，上頭還爬滿水蛭。

「這只不過是具屍體。」卡希抓住她的手臂，喃喃說道。「我們的人，達爾蘭人。」

「誰？」

「達爾蘭第七騎兵旅，他的袖子上有銀蠍……」

「我的天啊。」女孩把弓緊緊握在汗濕的手上，渾身抖得厲害。「你有聽到那個聲音嗎？那是什麼？」

「狼。」

「不然就是食屍鬼……再不然就是別種遭天譴的東西。那邊，營區那裡，一定也躺了一堆屍體……該死，我不要在晚上過去對岸！」

「那我們就等到破曉……米爾娃？有個很奇怪的……」

「雷吉思……」聞到艾草、鼠尾草、芫荽和八角味的弓箭手，不讓自己尖叫出聲。「雷吉思？是你嗎？」

「是我。」理髮師無聲無息地自黑暗中現身。「我很擔心妳。依我看，妳不是自己一個人。」

「是啊，你沒看錯。」米爾娃放開卡希的手臂，而後者已經把劍拔了出來。「我不是自己一個人，他現在也不是了。不過就像某些人講過的，這事說來話長。雷吉思，獵魔士怎樣了？還有亞斯克爾呢？

其他人呢？你知道他們發生什麼事嗎？」

「我知道。你們有馬嗎？」

「有，藏在灰毛柳裡……」

「那我們就往南去，沿厚特拉河走。別再耽擱了，我們必須在午夜前抵達阿美利亞堡。」

「獵魔士和詩人怎樣呢？他們還活著嗎？」

「他們還活著，不過碰到麻煩了。」

「什麼麻煩？」

「這說來話長。」

□

亞斯克爾擠出吃奶的力氣，試著想要轉身，挪成比較舒服的姿勢，就算只能稍稍舒適點也好。然而當一個人躺在一堆鬆軟的木屑上，全身被綁得像要進燻窯的火腿時，這顯然是不可能的任務。

他吃力地說：「他們沒有馬上把我們吊死，這樣至少還有希望。這是我們全部的希望了……」

「你可以安靜點嗎？」獵魔士透過柴房屋頂上的洞，靜靜躺著看月亮。「你知道爲什麼維瑟格德沒有馬上把我們吊死嗎？因爲他要當眾處決我們，時間就在破曉、全體部隊整裝出發的時候。他要有震懾人心的效果。」

亞斯克爾不再出聲。傑洛特聽到了他的哽咽及喘氣聲。

「你還是有機會跑得掉。」傑洛特安慰著他說。「出於私人恩怨，維瑟格德早就想把我生吞活剝，不過他和你沒有過節。你認識的那位伯爵會救你脫困的，你等著看吧。」

「屁啦。」出乎獵魔士意料，詩人十分理智而冷靜地回應。「屁啦、屁啦、屁啦，別把我當成小孩。第一，如果是要達到震懾人心的效果，吊死兩個會比吊一個好。第二，對於私人恩怨的目擊者，一般都不會留下活口。不，兄弟，我們兩個會一起上斷頭台。」

「夠了，亞斯克爾。安靜躺好，想想辦法。」

「什麼辦法？想個屁啊！」

「隨便什麼都好。」

詩人的聒噪讓獵魔士無法專心思考，而他已經沒時間好浪費了。他一直在等特馬利亞的軍情人員闖進來，這支部隊裡有他們的人，這點不會有錯。而這個情報組織一定會想要問問他，塔奈島的加樂斯但宮事件的詳細經過。傑洛特雖然不太清楚事情經過，但他知道那些密探相信他之前，會先毒打他一番。現在他所有的希望，就寄託在維瑟格德身上，但願被仇恨蒙蔽的他，沒有把抓到自己的事宣揚開來。情報組織或許會想從憤怒元帥的利爪下奪走俘虜，帶去騎兵團主營。更精確地說，是將那些撐過初次審問的俘虜帶去主營。

於此同時，詩人想出了一個計謀。

「傑洛特！我們假裝有重要情報，假裝我們真的是間諜或是類似身分。然後……」

「拜託你饒了我吧，亞斯克爾。」

「我們也可以試著買通守衛。我身上有藏錢，是金幣，就縫在鞋底，緊急時刻用的……我們把守衛叫來……」

「然後他們就會把你的錢全都拿走，順便踹你兩腳。」

詩人不情願地嘀咕了幾句，最終還是閉上了嘴。營區廣場那頭，傳來了一陣喊叫與馬蹄聲，最糟的是，還有大兵豌豆湯的香氣。要是現在可以來上一碗，傑洛特甘願拿世上所有的鱒魚與松露來交換。站在柴房前的哨兵有一搭沒一搭地閒聊著，發發牢騷，還時不時把喉嚨清出的痰吐到地上。看得出來，這些哨兵是職業軍人，因爲他們有只用代詞與髒話就能交談的驚人能力。

「傑洛特？」

「什麼？」

「不知道米爾娃怎樣了……還有佐丹、培齊瓦、雷吉思……你有看到他們嗎？」

「沒有。不過他們也許在開打時被砍了，又或者是讓馬給踩死，這很有可能。營區那邊可是堆了一堆屍體。」

「我不信。」亞斯克爾堅定地說，語氣懷抱著希望。「我不信像佐丹、培齊瓦……或是米爾娃……這樣機伶的人會……」

「別再自欺欺人了。就算他們逃過一劫，也幫不了我們。」

「爲什麼？」

「原因有三個。第一，他們有自己的問題。第二，我們被五花大綁，躺在這個倉庫裡，在這個幾千人部隊的營區正中心。」

「那第三個原因呢？你說了，有三個。」

「第三，」獵魔士用著疲憊的語氣說：「凱諾夫村的那個娘兒們見到失散的丈夫，把這個月的奇蹟配額給用掉了。」

□

「那邊。」理髮師指著有點點營火的地方。「那邊就是阿美利亞堡，現在是在馬耶那集結的特馬利亞軍前哨基地。」

「獵魔士和亞斯克爾就是被他們關在那裡？」米爾娃在馬鐙上站了起來。「哈，那就慘了……那裡面的人一定都帶著武器，四周都有人守著，要潛進去不容易啊。」

「你們用不著這麼做。」雷吉思一邊從飛馬下來，一邊如是說著。飛馬長鳴一聲，把頭別開，顯然很不欣賞從理髮師身上鑽進牠鼻子裡的那股藥草味。

「你們不用潛進去。」他又重複了一次。「我自己一個人就行了。你們帶著馬在那邊等，就是河水閃爍的那個地方，你們看到了嗎？就在七羊座裡最亮的那顆星底下，那裡是厚特拉河匯入伊那河的地方。我幫獵魔士脫身後，會要他往那邊去，你們就在那裡碰面。」

卡希趁著下馬後，和米爾娃靠得比較近的機會，小聲對她說：「他還眞有自信。妳聽到了嗎？他不用任何幫助，自己一個人就可以替獵魔士脫困。這個人是誰？」

米爾娃也小聲回答：「說實話我不知道。至於脫困這件事，我倒是相信他。昨天他當著我的面，徒手把一塊燒紅的馬蹄鐵從炭火裡拿出來……」

「他是巫師嗎？」

「不是。」雷吉思的回應從飛馬身後傳來，此舉也說明了他有過人的聽力。「再說，我是誰有那麼重要嗎？畢竟，我也沒有查問你的身家背景。」

「我是卡希．馬芺．狄福林．阿波．凱羅。」

「謝謝。」理髮師的語氣帶著一絲輕蔑。「我很訝異頂著尼夫加爾德姓氏的你，卻幾乎沒有尼夫加爾德口音。」

「我不是……」

「夠了！」米爾娃中斷兩人的對話。「現在不是在這裡爭辯、磨蹭的時候。雷吉思，獵魔士還等著人去救呢。」

「要先等到半夜。」理髮師看著月亮，冷冷地道。「所以，我們還有一點時間可以聊聊。米爾娃，這個人是誰？」

「這個人把我從一場困局裡救了出來。」弓箭手護著卡希，有些動了怒氣。「這個人要在碰到獵魔士的時候，告訴他他走錯方向了。奇莉不在尼夫加爾德。」

「的確，太棒了。」理髮師的語氣和緩了些。「那麼，令人尊敬的凱羅之子卡希，你這消息是從哪裡來的呢？」

「這就說來話長了。」

□

一名哨兵原是咒罵連連，卻突然噤聲，另一人則悶哼一聲，又或者可能是呻吟了一下，從那之後，亞斯克爾已經有好一段時間沒有開口說話。傑洛特知道總共有三個士兵，所以他豎耳傾聽，可是那第三名士兵卻連一丁點聲音也沒有發出。

他屏住呼吸，靜靜等待，可是過了一會兒，傳進他耳朵的，不是救兵打開柴房的聲音。結果完全不是這麼回事——他聽到的是平緩微弱、此起彼落的鼾聲，那些哨兵就這麼在當差時睡著了。

他鬆了口氣，無聲咒罵了一下。他原本打定主意要集中思緒去想著葉妮芙，但他脖子上的獵魔士徽章卻突然劇震起來，鼻間也傳進一股艾草、羅勒、芫荽、鼠尾草加茴香的氣味。至於那股氣息裡還混了什麼，只有鬼才知道了。

「雷吉思？」獵魔士不可置信地小聲問著，徒勞地想將頭從木屑堆裡抬起。

「雷吉思。」亞斯克爾低聲呼喚，一面還窸窸窣窣地移動身子。「身上會這麼臭的沒有別人……你在哪裡？我看不見你……」

「小聲點。」

徽章不再震動，傑洛特聽見詩人大大鬆了口氣，緊接著是刀子切斷身上麻繩的聲音。過了一會兒，血液恢復循環，讓亞斯克爾吃痛出聲，便把拳頭塞進口中，免得發出更多聲音。

「傑洛特。」獵魔士身前出現理髮師的模糊暗影，正把握時機為他割斷束縛。「你們得自己穿過營區的崗哨。往東走，朝七羊座裡最亮的那顆星去，一直走到伊那河，米爾娃已經帶著馬在那邊等了。」

「幫我站起來……」

獵魔士咬緊拳頭，先站起一腳，再站起另一腳。亞斯克爾的血液循環已正常運作，獵魔士的行動也在一會兒之後恢復自如。

「我們要怎麼出去？」詩人突然提問。「那些哨兵雖然在門口打呼，不過他們可能……」

「他們不會。」雷吉思壓著嗓子打斷他。「不過你們出去時要小心。現在是滿月，營區也被火光照得通亮。雖然現在是晚上，但營裡的人都還沒睡，不過這樣反倒更好，這些守兵現在應該已經懶得盤問了。快走，祝你們好運。」

「那你呢？」

「不用擔心我。你們別等我，也別到處亂看。」

「可是……」

「亞斯克爾，叫你別擔心他，聽見了沒？」獵魔士壓著嗓子不悅地說。

「快走吧。」雷吉思再度說道。「保重。再見，傑洛特。」

獵魔士轉過身。

「謝謝你來救我們，」他說：「不過我們以後別再見面會比較好。你懂我的意思嗎？」

「完全了解。別浪費時間了。」

那些哨兵一個個都睡得很熟，歪嘴舔唇、鼾聲不斷，甚至在傑洛特和亞斯克爾溜出半開的門扉時，連動都沒動一下。而當傑洛特隨手從其中兩人身上扯下厚重的手織披風時，也沒有人有任何反應。

「這不是普通的睡法。」亞斯克爾低聲說。

「當然不是。」傑洛特答道。他隱身柴房陰影處，查看營區廣場狀況。

「我懂。」詩人嘆了口氣。「雷吉思是巫師？」

「不，他不是巫師。」

「他從火裡抽出馬蹄鐵、讓守衛昏睡……」

「不要再說話了。專心點，我們還沒脫困。用披風把自己包好，我們要通過廣場了。如果被人攔下，我們就假裝是營裡的士兵。」

「好。要是有個萬一的話，我就說……」

「我們要扮的是飯桶大兵，走吧。」

他們穿過廣場，與聚在燃燒旺盛的油罐及火堆前的士兵遠遠保持距離。出了廣場後，四處都有人閒晃，但沒有任何人注意到他們。他們沒有引起任何人懷疑，也沒有人出聲喚住或攔下他們。他們就這樣快速出了圍欄，沒有碰上任何麻煩。

這一切都進行得很順利，順利過頭了。傑洛特開始感到不安，因爲他直覺有危險正在逼近，而他們離開營區中心後，這股直覺不但沒有減弱，反而還越來越強。他不斷告訴自己這沒什麼好奇怪的——這座軍營就連夜晚也如此人聲鼎沸，不會有人特別去注意什麼。只有睡在柴房門邊的守衛被人發現，營區警報大響時，才有可能對他們造成威脅。不過，他們現在越來越接近瞭望塔，那邊的守備一定比較森嚴。他們雖是從營區方向過來，但這點卻幫不了他們。獵魔士記得維瑟格德的部隊裡很盛行開小差，他很確定這裡的守衛一定有得到指令，對於想離開營區的人要特別留意。

這晚月光十分明亮，所以亞斯克爾不必摸索前進。在這樣的光線下，獵魔士的視物能力就像白天一樣好，也因此他們成功避開兩隊衛兵，並在草叢中靜靜等待騎兵巡衛隊經過。一小片漆黑的赤楊林就在他們眼前，看來這裡已經出了營區的守備範圍。一切都進行得很順利，太順利了。

然而，他們對軍隊習性並不了解，也因此前功盡棄。

那片低矮幽暗的赤楊林強烈誘惑著他們，那是他們可以藏身的地方。可是從古至今，總有些大兵在當差的時候，跑到樹叢裡摸魚，因爲這樣，這些剛好沒有入睡的大兵，便可以留心敵方，同時也注意著自家那些惹人厭的軍官，以防他們心血來潮想突擊檢查。

傑洛特和亞斯克爾才剛走近赤楊林，眼前便生出幾道人影，以及一根根尖矛。

「暗號？」

「琴特拉！」亞斯克爾想也不想便脫口而出。

那幾名士兵聽了，哈哈大笑。

其中一人說：「哎呀呀，你們瞧瞧，這人還眞是有夠沒想像力的啦，起碼也編一個比較有創意的吧，嗯？算了，就『琴特拉』吧。想家啊？好吧，價碼跟昨天一樣。」

亞斯克爾的牙齒大聲打顫。傑洛特評估了下當前的情勢與勝算，但結果顯然對他們非常不利。

「快啊。」士兵催促著。「你們想過去，就要付過路費，而我們就睜一隻眼閉一隻眼，當作沒看見。動作快點，不然巡騎等等就來了。」

「等一下啦。」亞斯克爾改變了說話的方式和腔調。「你也讓我先坐下，把鞋子脫掉啊，因爲我這鞋裡……」

剩下的話他已經沒有機會說完。四名軍人把他壓倒在地，兩人各夾住他的一隻腳，把他的鞋脫了下來。提問暗號的那個士兵把鞋筒內襯扯開，裡頭的東西便鏗鏗鏘鏘地掉了出來。

「是金子！」帶頭的那名大叫。「把另一個人的鞋也給我脫了！還有把巡騎叫過來！」

然而，沒人動手脫傑洛特的鞋子，也沒人去叫人，因爲一部分的衛兵忙著跪在地上找尋散落在葉子間的金幣，剩下的則爲了亞斯克爾的第二隻鞋搶破頭。趁現在，不然沒機會了。傑洛特心想。接著，他一拳打向帶頭士兵的下巴，趁他倒下之際，在他腦側又補了一腳。其他士兵忙著找金幣，甚至沒注意到這一幕。亞斯克爾馬上跳起來，拖著綁腿繩閃進樹叢。傑洛特在他後頭也跟著跑。

「來人！來人啊！」被打趴在地的帶頭衛兵大叫起來。過了一會兒，其他人也跟著大叫：「巡騎——！」

「這些混蛋！」亞斯克爾邊跑邊罵。「一群騙子！錢你們明明就已經拿走了！」

「省省力氣吧，笨蛋！你看到那片林子沒？快跑。」

「戒備！戒——備！」

他們繼續往前跑，傑洛特忍不住破口咒罵，因爲到處都是叫喊聲、哨音，還有馬匹的蹄聲與嘶鳴。聲音從他們的後方傳來，還有前方也是。他沒來得及訝異太久，只消一眼，事情就清楚明白了。原先他以爲能用來脫身的林子，竟是一整支如浪潮般向他們湧來的騎軍。

「亞斯克爾，站住！」他出聲大喊，轉身面向朝他們策馬而來的巡衛隊，飛快在指間吹出哨音。

「尼夫加爾德！」他用盡肺部的力氣大吼。「尼夫加爾德來了！回營！快回營啊，白痴！發警報！尼夫加爾德！」

帶著巡衛隊追在最前頭的那名騎士拉住了馬，往傑洛特說的方向一看，嚇得大聲尖叫，當下便想回頭。但是傑洛特認爲自己橫豎爲琴特拉之獅及特馬利亞百合做的已經夠多，便跳到那名士兵面前，快手快腳將他拉下馬。

「亞斯克爾，跳上來！抓好！」

這回，詩人用不著人叮嚀第二次。背上多了一名騎士的重量，馬兒的腿微微沉了一下，不過隨即又撐起他們兩人，舉步奔馳。現在與維瑟格德和他的軍隊比起來，步步逼近的尼夫加爾德人要來得危險多了，因此他們順著營區的守備圈奔跑，努力想在最短的時間內，逃離這兩個即將開打的陣營。然而，尼夫加爾德人已經離他們很近，也注意到他們。亞斯克爾放聲大叫，傑洛特環顧了下四周，看到了黑牆般的尼夫加爾德入侵部隊，開始朝他們伸出黑手。他毫不遲疑，掉頭轉往營區，快馬加鞭，搶過了那群奔逃的守衛。亞斯克爾再度大叫，但這次的反應是多餘的，同時獵魔士也清楚看見了營區那邊往他們衝來的人馬。維瑟格德的部隊從警報響起到上馬出戰的速度，快得驚人。傑洛特與亞斯克爾兩人現在成了兩軍的交鋒點。

此時此刻，他們已別無選擇。雙方人馬不斷逼近，獵魔士再度改變逃跑路線，逼著馬兒使出渾身解數，試圖從這道前後受夾的縫隙中鑽走。就在他發現一絲成功逃跑的希望時，夜空中突然響起嗖嗖箭聲。亞斯克爾大叫一聲，而且這次眞的叫得很大聲，十根手指也緊緊掐進傑洛特的身側。獵魔士感覺到背頸上有一股溫熱的液體。

「抓好！」傑洛特抓住詩人的手肘，把他用力壓向自己的背部。「抓好，亞斯克爾！」

「他們把我殺了！」詩人大聲尖叫。就一個被殺掉的人來說，聲音還眞是洪亮。「我在流血！我要死了！」

「抓好！」

飛箭與弩箭如冰雹般落下，密密點點地撒向兩邊軍隊，這對亞斯克爾來說是個災難，但同時也是良機。受箭雨攻擊的軍隊亂了套，也失了速度，這對他們來說已經足夠了。原本兩軍間逐漸縮緊的縫隙，留下了足夠的空間，讓氣喘吁吁的馬兒得以把牠背上的兩名騎士載離這個困境。傑洛特心知馬兒的狀況，仍毫不留情地催著牠往前衝，前方那片可供掩護的林子已近在眼前，但後方的馬蹄聲依舊震耳。馬兒悶哼一聲，絆了一下，繼續往前跑。他們本來或許逃得掉，不過亞斯克爾倏地嗚咽一聲，猛然往後倒去，掛在馬臀上，還連帶把獵魔士也拉下馬鞍。傑洛特反射性地收住韁繩，馬兒便高舉前腳站了起來，兩人也因此摔到地上，跌進一片十分低矮的松樹間。詩人像灘爛泥似地摔在地上，沒有起身，只發出殘破的呻吟。他的腦側與左肩流滿鮮血，在月光的照射下顯現黑暗的色澤。

他們身後那兩支軍隊短兵相交，鏗鏘四起。即便雙方已經開打，尼夫加爾德軍並沒有忘掉他們兩個，三名騎兵往他們衝了過來。

獵魔士跳起身，感到體內掀起一股冰冷的憤怒與憎恨的浪潮。他跳到騎兵面前，把他們的注意力從亞斯克爾身上移走。不過，他不是想爲朋友犧牲，他是想殺人。

衝在最前頭的騎兵高舉戰斧，率先發動攻勢，卻沒料到自己衝撞的對象會是個獵魔士。尼夫加爾德人伏在鞍側，朝傑洛特揮出一擊，傑洛特輕鬆地避開，一手抓住對方披風，另一手五指緊扣對方腰帶，使勁把那名騎士拉下馬，撲到他身上，把他緊緊壓住。直至此刻，他才意識到自己沒有武器。他箝住對方喉嚨，但那人頸上的鐵甲礙了事，沒辦法把他掐死。尼夫加爾德人奮力掙扎，用臂甲猛力敲擊，劃傷了他的臉。獵魔士整個人往他身上壓，在他的寬皮帶上摸到一把短劍，拔了出來。被制住的尼夫加爾德人察覺到他的意圖，開始大吼。傑洛特推開那隻袖上有銀蠍符號、不斷朝他敲打的手，舉起短劍刺了下去。

尼夫加爾德人嘶啞地叫出聲。

獵魔士舉起短劍刺進他張開的嘴，連劍柄都刺了進去。

他起身後，看到的是無人騎乘的馬匹、倒地不起的屍體，以及趕往兩軍交戰處的部隊。從營區出來的琴特拉人擊潰了尼夫加爾德軍，卻完全沒察覺在漆黑矮松林裡的詩人，以及兩個打鬥的人。

「亞斯克爾！你傷到哪？箭射中哪裡？」

「在頭……頭上……插在我頭上……」

「別說這種蠢話！該死的，算你命大……箭只是擦過去……」

「我在流血……」

傑洛特脫下外衣，撕下襯衫的袖子。箭鏃劃過亞斯克爾的耳朵上方，留下一道長至太陽穴的醜陋傷口。每過一會兒，亞斯克爾就抖著雙手壓在傷口上，然後看著自己被鮮血染紅的掌心與袖口，眼神渙散。這時，獵魔士了解到，眼前這人是生平第一次受傷疼痛、生平第一次看見自己流了這麼多血。

「起來。」獵魔士一邊說，一邊襯衫袖子快速而草率地包住詩人的頭。「這沒什麼，亞斯克爾，只是擦傷而已……起來，我們得趕快離開這裡……」

這場夜戰在草地上沸騰起來，鐵器敲撞、馬群高鳴，眾人喊得聲嘶力竭。傑洛特快速地攔下兩匹尼夫加爾德戰馬，後來發現其實只需要一匹馬。亞斯克爾爬了起來，又馬上重重坐下，痛苦萬分地呻吟啜泣。獵魔士把他拉起來，大力晃了晃，然後丟上馬鞍，自己則坐到他身後，策馬離去。天空已經透出一道淡藍色曙光，他們往西而行，朝掛在曙光之上、七羊座裡最亮的那顆星奔去。

□

「馬上就要天亮了。」米爾娃說，不過她看的不是天空，而是波光粼粼的河水。「鯰魚一直追著小魚。而獵魔士和亞斯克爾不但沒消沒息，就連個人影都沒有。唉，雷吉思該不會搞砸了吧……」

「別烏鴉嘴。」卡希一面替失而復得的紅棕馬調整腹帶，一面喃喃地說。

「呸、呸……不過好像就是會這樣……誰和你們的奇莉沾上了邊，就像把頭擱到了斧頭下一樣……那女孩會招來厄運……厄運和死亡。」

「米爾娃，趕快呸。」

「呸、呸、呸，百無禁忌、百無禁忌……好冷，我都發抖了……還有我想喝水，可是我在岸邊的水裡又看到了發爛的屍體。噁……我覺得很反胃……我大概要吐了……」

「給妳。」卡希把水袋遞給她。「喝吧，然後坐靠近我一點，我幫妳取暖。」

又一條鯰魚攻向聚在淺水處的小魚，淺灘的水面濺起粒粒銀珠。

不知是長耳蝠或是夜鷹，在朦朧月色中飛掠而過。

「誰知道明天會怎麼樣？」米爾娃挨著卡希的手臂，若有所思地說著。「渡過這條河的會是誰，倒在地上起不來的又會是誰？」

「該來的，就會來。別想這麼多。」

「你不怕嗎？」

「我怕，妳呢？」

「我想吐。」

他們沉默了很長一段時間。

「卡希，告訴我，你是什麼時候遇見那個奇莉的？」

「妳是說第一次嗎？三年前，琴特拉之戰的時候，我把她帶出城，我找到被火焰包圍的她。我越過熾火，越過烈焰與濃煙，把她圈在雙臂間，而當時的她，也像一道焰火。」

「然後呢？」

「烈焰是沒有辦法握在手中的。」

她沉默了很長一段時間後，說：「如果在尼夫加爾德的不是奇莉，那會是誰？」

「我不知道。」

□

德拉根堡，這裡原本是雷達尼亞的碉堡，現在成了精靈與其他牛鬼蛇神的營區。這座碉堡開始運作後的三年間，創下了些黑暗的傳統。其中一項是在破曉執行絞刑，另一項則是先把被判了死刑的犯人全都集中到一間大牢房，等黎明時分再把人從這間大牢房送上絞刑架。

這間牢房裡關的犯人有十幾人，而每天早晨則會有兩、三個人，有時是四個人被吊死。剩下的人就在牢房裡繼續等待輪到自己的時候。那是一場漫長的等待，有時得等上一個星期。營區裡，他們把等在這種牢房裡的人稱作「快樂小丑」，因爲這間死囚室裡的氣氛總是很歡樂。第一，這些犯人喝的是摻了很多水的酸葡萄酒，在營裡這種酒被戲稱爲「不甜的戴斯特拉」，因爲大家都知道，只有被雷達尼亞情報首領親自賜死的人，才能喝到這種死前之飲。第二，在這死牢裡，死囚再也不會被拖去凶險的地下「洗衣間」審問，而按規定，負責看守的衛兵也不能找死囚的麻煩。

這天夜裡，這項傳統同樣徹底執行。地牢裡有六名精靈、一名半精靈、一名半身人、兩名人類，以及一名尼夫加爾德人，氣氛熱鬧得很。他們把「不甜的戴斯特拉」全倒在錫盤上，不靠手直接用嘴啜飲，因爲這酒又薄又淡，這樣才最有可能麻醉自己。那群精靈中，只有一名仍舊泰然處之、毫無懼色。這名斯寇亞塔也來自敗散的尤威特突擊隊，不久前才在「洗衣間」慘遭毒打，現正忙著在牆柱刻下「不自由，毋寧死」。各個牆柱上頭早已刻了好幾百個類似字樣。其他囚犯也依循傳統，不斷唱著「快樂小丑之歌」。這首歌是在這座德拉根堡裡譜出來的，作者不詳，但牢房裡每個囚犯都是聽著死囚室裡傳出的夜半歌聲，把歌裡的字字句句給學了起來。他們知道，總有一天自己也會成爲合唱這首歌的一份子。

絞繩圈上人兒舞
身體抽動打節拍
齊聲唱出自家歌
聽來動人又淒哀

快樂小丑眞開心
具具屍首憶當初

腳下踏凳旁邊傾
兩眼一翻直如柱

此時傳來門栓喀吱、門鎖開轉的聲音，快樂小丑停下了歌聲。在這破曉時分進來的守衛，傳達的訊息只有一樣——等會兒這支合唱曲就會少了幾道歌聲。唯一的問題是——少掉的會是誰的歌聲。

衛兵成群結隊走了進來，手上拿著麻繩，那是在絞刑台上要拿來綑綁死囚雙手用的。一名衛兵吸了吸鼻子，把棍子夾在腋下，打開一紙羊皮卷，清了清嗓子。

「艾赫・特羅格勒同！」

「特萊格列坦。」隸屬尤威特突擊隊的那名精靈消極地指正對方。他再看了一眼牆上刻出的字句，然後吃力地站起身。

「科斯莫・巴登維各！」

半身人大聲地嚥下一口唾沫。納札利安知道他之所以會入獄，是因爲遭指控替尼夫加爾德情報組織進行破壞。然而巴登維各並沒有認罪，他堅持那兩匹戰馬都是他自己要偷的，目的是想賺點錢，尼夫加爾德與這件事根本扯不上邊。但他們顯然不相信他。

「納札利安！」

納札利安順從地起身，把雙手遞給那些衛兵捆綁。當三個人都被帶出去後，剩下的「快樂小丑」開始唱起歌來。

絞繩圈上人兒舞
身體抽動打節拍
小丑歌曲風中傳
歌聲嘹亮響四周……

拂曉充滿紫光與紅光，看來這會是晴朗美麗的一天。納札利安發現快樂小丑之歌誤導了他們，被吊死的人沒辦法跳出生動的吊頸者之舞，因為上吊的地方不是加有橫木的絞刑台，而是插在土裡的尋常木樁；腳下會被人踢走的也不是凳子，而是實用的樺木塊，高度很低，上頭有經常使用的痕跡。一年前離開的那位匿名作者在創作囚歌時，自是無從得知。就像每個被吊死者一樣，這些細節他在臨死前才知道。在德拉根堡，行刑從不公開。這是公正的懲罰，而非殘虐的報復。這些也是戴斯特拉提出的論調。

尤威特突擊隊的那名精靈掙開衛兵的手，自行走向木塊，讓絞索套在頭上。

「精靈萬……」

他腳下的木塊讓人給踢了。

半身人得用到兩個木塊堆疊在一起。被指控進行破壞的半身人，沒有試著發出任何高聲呼喊，短短的雙腿奮力一踢，人就這麼掛在木樁上，一顆腦袋也了無生氣地垂到肩頭。

守衛們抓起納札利安，而納札利安突然下了決定。

「我說！」他啞著嗓子說。「我招了！我有重要的情報給戴斯特拉。」

「有點太遲了。」瓦斯科因有些疑心地說。他是協助行刑的德拉根堡政務代理指揮官。「再說，你們每兩個人中就有一個在看見絞繩之後，就開始胡編亂造！」

「我沒有胡謅！」被劊子手壓制住的納札利安掙扎了一下。「我有情報！」

不到一個鐘頭後，納札利安坐在禁閉室裡，感嘆生命的美好。整裝完畢的傳信官站在馬旁等候，不斷地猛抓胯下。瓦斯科因把這份要給戴斯特拉的報告再看了一次，仔細檢查。

尊貴的伯爵大人鈞鑒：

被控搶劫皇家官員，名喚納札利安之人犯，做了以下招供：

人犯在一名為利恩斯之男子指使下，於今年七月朔夜，與其兩名同夥之混血精靈斯希路與亞格瓦，共同謀殺多利安城中的兩名律師科林爵與分恩。亞格瓦命喪當場，混血精靈斯希路則下手殺害兩名律師並縱火燒屋。人犯納札利安將一切罪行推給斯希路，好似下手殺人者僅有斯希路一人；不過人犯肯定是因畏懼絞繩之故，才會有此說法。至於這當中，尊貴的伯爵大人您可能會感興趣的是：他們三人，也就是納札利安、半精靈斯希路和亞格瓦，在下手殺害那兩名律師之前，看見了來自利維亞，名叫傑洛德之類的獵魔士，與律師科林爵在密謀一些事情。至於密謀的情事為何，人犯納札利安並不清楚，因為不管是之前提到的利恩斯，或是半精靈斯希路，都沒有在他面前洩露半點祕密。不過利恩斯在收到他們密謀的情報後，便下令除掉那些律師。

人犯納札利安另外供稱，共犯斯希路從該二名律師住所竊出一份文件，並帶到卡雷拉斯裡，一處名爲「土狼酒吧」的小酒館給利恩斯。利恩斯與斯希路二人就此事進行詳談，其內容納札利安並不清楚，但二日後犯下罪行的三人一同抵達布魯格，並於朔夜後的第四日前往一處紅磚屋，擄走一名少女，紅磚屋的門上還插了一把銅剪。利恩斯用魔藥麻痺那名少女，然後斯希路與納札利安將她放到板車上，快馬加鞭送到維爾登的那斯洛格要塞。接下來，便是我建議尊貴的伯爵大人特別留意的地方：人犯將該名少女交給了一名尼夫加爾德指揮官，並向對方保證該少女爲來自琴特拉的齊麗菈。據納札利安所稱，這個情報讓該名指揮官歡喜萬分。

以上描述之極機密情報，已派專人送達尊貴的伯爵大人手中。詳細的審問報告只等書記再清楚地謄寫一次，便會送出。懇請尊貴的伯爵大人下令指示，該如何處置人犯納札利安。請指示是要對他施打鞭刑好問出更多細節，還是依令將他吊死。

我在此恭敬地向您鞠躬。

□

瓦斯科因飛快地在報告上簽了名，落下印款，並喚來傳信官。

這份報告的內容，當天晚上便到了戴斯特拉那裡。隔天中午，又到了菲莉帕·愛哈特那裡。

當載著獵魔士與亞斯克爾的馬匹從岸邊的赤楊林中出現時，米爾娃與卡希顯得十分緊張。他們早先便已經聽見打鬥的聲音，伊那河的水把聲音傳得很遠。

幫忙亞斯克爾下馬的時候，米爾娃注意到傑洛特在看見尼夫加爾德人後，身體僵了一下。她沒來得及說什麼，不過獵魔士也沒有，因爲亞斯克爾呻吟得非常淒慘，還從米爾娃的手中滑了下來。他們把他擺到沙地上，捲起披風枕在他的腦下。亞斯克爾頭上的包紮已經被血水浸濕，米爾娃本來要開始處理，卻感到有隻手按在她的肩上，鼻間也傳來一股熟悉的味道。那是混著艾草、八角，還有其他藥草的味道。雷吉思一如他的行事風格，不知是什麼時候、從哪裡、用怎樣的方式冒了出來。

「讓我來吧。」他說，隨即從身上的斜背囊裡拿出醫療器具。「我來處理。」

當理髮師把傷口上的包紮撕開時，亞斯克爾痛苦地呻吟出聲。

「冷靜點。」雷吉思一邊清洗傷口，一邊說道。「這沒什麼，只是流了點血，只有一點點而已……詩人，你的血很香。」

就在此時，獵魔士做了一個米爾娃意想不到的舉動。他走向馬匹，從掛在馬鞍下的劍鞘裡拔出尼夫加爾德長劍。

「離他遠一點。」他站到理髮師身前，大聲吼著。

「這血的味道很香。」雷吉思再次說道，完全不理會獵魔士。「我聞不到感染的氣息，要是頭上的傷口出現感染，可能會導致很糟糕的後果。動脈和靜脈都沒有傷到……現在會有點刺痛。」

亞斯克爾呻吟了一聲，猛力吸取空氣。獵魔士手上的劍抖了一下，劍身也因河面上反射的光線閃了一下。

「我要替你縫幾針。」雷吉思逕自說著，仍舊沒有理會獵魔士，也沒有理會他的劍。「亞斯克爾，勇敢一點。」

亞斯克爾很勇敢。

「差不多了。」雷吉思開始用繃帶包紮。「就像大家老說的一樣，這個傷到你辦喜酒前一定會好。這個傷正好適合詩人。你可以像個戰爭英雄一樣，額頭上綁著光榮的繃帶，昂首闊步地走出去。那些女孩看到你，心肝兒都會像蠟一樣整個融化的。是啊，這眞是個詩一般的傷口，和肚子上那種不一樣。肝臟破裂、腸胃絞爛、滿地湯汁屎尿，還會產生腹膜炎……好了。傑洛特，現在我可以任憑你處置。」

他站了起來。就在這時，獵魔士把劍指到了他的脖子上。動作快到只有一眨眼的時間。

「退後。」他對米爾娃大吼。劍尖雖然已經微微抵在雷吉思的脖子上，他卻連動都沒動一下。弓箭手屏住了呼吸，因為她看見理髮師的眼睛，在黑暗中像貓眼般閃著一種奇異的光芒。

「怎麼？繼續啊。」雷吉思平靜地說。「刺下去。」

「傑洛特，你發瘋了嗎？他把我們從絞刑架下救了出來……幫我把腦袋包好……」亞斯克爾躺在地上吃力地說，但他的思緒十分清明。

「在營區裡他救了我們和那女孩。」米爾娃輕聲提醒。

「你們安靜，你們不知道他是什麼人。」

理髮師沒有移動。米爾娃突然驚恐地瞥見她早該注意到的事——雷吉思沒有影子。

「沒錯。」雷吉思慢條斯理地說。「你們不知道我是誰，但現在也該知道了。我叫艾墨．雷吉思．洛何雷克．特契高佛。照你們的算法，我在這世上已經活了四百二十八年，按精靈的說法是六百四十二年。我是殺人魔的後代，是那些大災難後、受困在你們之中的不幸生物所留下的後代，那場大災難也就是你們所謂的『異界交會』。說得婉轉一點，我有怪物的血統，是吸血怪物，現在碰上了以斬殺我這種生物爲業的獵魔士。我要說的就這麼多。」

「這樣就夠了。」傑洛特放下了劍，說：「甚至是太多了。艾墨．雷吉思什麼什麼的，你走吧。」

「眞是不可思議。」雷吉思冷笑了一下。「你要讓我走？要讓對人類來說是個威脅的我離開？獵魔士應該要善用每個消滅這種威脅的機會。」

「走，走遠一點，動作快。」

「我要走多遠呢？」雷吉思慢條斯理地問。「畢竟，你是獵魔士啊，你了解我。等你解決你的問題，等你辦好你的事，你一定會再回來。你知道我住在哪、會待在哪、會做什麼事。你會來殺我嗎？」

「有可能，要是有賞金的話。我是獵魔士。」

「那就加油啦。」雷吉思把袋子扣好，順了順披風。「再會了。哦，還有一件事。我的腦袋要值多少錢，你才會想要費心動手？你認爲我值多少？」

「値錢得不得了。」

「你還眞是滿足了我的虛榮。不過，具體一點，多少？」

「滾吧，雷吉思。」

「好，好。不過在這之前，先替我估個價，麻煩你了。」

「對付一隻普通的吸血鬼，我的價碼等同一匹上了鞍的好馬，而你並不普通。」

「多少？」

「我很懷疑，」獵魔士的語氣變得像冰一樣冷。「我很懷疑，會有人出得起這個價碼。」

「我懂了，謝謝。」吸血鬼笑了笑，這次卻把牙齒露了出來。米爾娃與卡希見到這一幕都往後退了一步，亞斯克爾則是嚇得放聲大叫。

「各位再會了，祝你們好運。」

「你也是，雷吉思，再會。」

艾墨．雷吉思．洛何雷克．特契高佛把披風一拉，裹住自己，然後消失了；就這麼消失在他們面前。

「現在，」傑洛特轉過身，手上仍然拿著那把劍。「該你了，尼夫加爾德人……」

「不！」米爾娃生氣地打斷他。「我已經受夠了。上馬，我們離開這裡！河水會把叫喊聲傳到四面八方，在我們都還來不及回頭看的時候，就會有人找上門了！」

「我不會跟他一起走。」

「那你就自己走！」她氣得大吼。「你走另一邊！我已經受夠你的脾氣了，獵魔士！雷吉思救了你的命，你卻把他趕走，那是你的事。可是卡希救過我，他就是我的同伴！要是你把他當敵人，那你就回阿美利亞堡去，沒人攔著你！你的朋友已經準備好絞木在那邊等你了！」

「別吼。」

「那就不要像塊木頭一樣杵在這裡，幫我把亞斯克爾放到馬上去。」

「妳救了我們的馬？小魚兒也是？」

「他救的。」她的頭一偏，指向卡希。「上馬，出發。」

□

他們渡過伊那河，順著右岸，穿過平淺的支流、柳樹叢與牛軛湖，以及片片草澤與濕地。濕地上，除了蛙聲響亮，還伴有只聞聲音不見影的野鴨和水鴨。烈日當空，在一座座睡蓮漂浮的小巧湖面上，反射出刺眼的光芒，他們轉了方向，朝伊那河眾多分支當中流入亞魯加河的那條支流而去。現在他們穿過一座森林，裡頭的樹木直接長在綠萍滿覆的沼澤裡，又高又直，讓整座林子顯得又陰又暗。

米爾娃領在前頭，與獵魔士並行。一路上，她不斷小聲地把卡希告訴自己的事轉述給獵魔士。傑洛特宛如巨石一般沉默，完全沒有顧盼四周，也沒看騎馬跟在後頭、扶持詩人的尼夫加爾德人一眼。亞斯克爾微微呻吟了一下，又是咒罵，又是抱怨頭上的痛楚，不過他很勇敢地撐了下去，沒有停下馬。重新拿回飛馬與綁在鞍前的魯特琴，讓他感覺好了許多。

將近正午時分，他們再度安全地來到一片陽光普照的濕草原，從這裡再延伸過去，是平淺開闊的溪流，那是大亞魯加河的分支之一。他們費了番工夫通過一座座牛軛湖，涉水渡過各個淺灘和沙洲。這裡支流無數，沼澤、樹群遍布其中。他們來到一座島，算是這塊區域中的乾地。島上長滿樹叢與柳樹，還有幾棵樹木生長其中，光禿禿又乾巴巴，沾滿鸕鶿的排泄物而呈白色。

米爾娃第一個瞥見蘆葦叢中那條船，那一定是被流水沖到這邊的。頭一個看見柳樹間那片空地的也是她，那是個很理想的歇腳地點。

他們停了下來。獵魔士認爲，該和尼夫加爾德人談談了，兩個人面對面單獨地談。

□

「在塔奈島上，我放過你一條生路。我當時爲你感到惋惜，你這不知天高地厚的小子。那是我這輩子犯過最大的錯。今天清晨我放過了劍下的高等吸血鬼，他這輩子殺過的人肯定不只一個。我本來應該要殺了他，不過我當時腦子裡想的不是他，我想的只有一件事：把傷害奇莉的人剝皮拆骨。我對自己發過誓，傷害她的人，都必須用血來賠罪。」

卡希沉默不語。

「你做的那些好事，米爾娃都跟我說了，不過這改變不了什麼，只說明了一件事：你在塔奈島上沒有成功抓走奇莉，雖然你真的很盡力了。所以你現在跟在我後面，想讓我幫你帶路找到她，好讓你再一次把魔爪伸向她，這樣你的帝王說不定就會饒你一命，不送你上斷頭台。」

卡希沉默不語。傑洛特覺得一肚子火，非常光火。

他大吼：「因爲你，她在夜裡不斷喊叫。你在她那雙童稚的眼睛裡，放大成一個惡夢。而當時的你、現在的你，明明就只是個工具，只是你那帝王手下的可憐小兵。我不知道你對她做了什麼，但你對她做的那些事都成了她的夢魘。最糟的是，儘管理由有千百種，我卻不懂自己爲什麼殺不了你、不懂是什麼攔住了我。」

「也許，」卡希輕聲說。「儘管立場和外貌不同，你和我，我們兩人之間也許有個共通點。」

「什麼共通點？」

「和你一樣，我想救奇莉。和你一樣，我不在乎有人會對這件事感到震驚訝異。和你一樣，我不打算向任何人解釋我的動機。」

「就這樣？」

「不。」

「那就說吧。」

尼夫加爾德人緩緩地開了口：「奇莉她騎馬經過一座布滿塵埃的村落，和六名年輕人在一起。在那些人之中，有個頭髮剃得很短的女生。奇莉在一間倉庫裡的桌上跳舞，她很快樂……」

「米爾娃跟你說了我作的那些夢。」

「沒有，她什麼也沒說。你不相信我？」

「不相信。」

卡希垂下頭，把一邊的鞋跟戳進沙裡。

「我忘了，」他說：「你不能相信我、不能信賴我。我懂。不過你還有作一個夢，就和我一樣。你沒有告訴過任何人那個夢，因爲我很懷疑你會願意把它說給別人聽。」

□

薩瓦迪歐可以說眞的很走運。他會去羅瑞多，並不是因爲要監視某個特定人物。這個村子以前會叫作「強盜村」，不是沒有原因。羅瑞多村位在搶匪道上，薇兒塔河上游一帶的惡徒、匪類都會在這邊出沒、碰頭，以販售或交換贓物、採購補給品、歇一下腳，也到這個土匪圈子裡找找樂子。這村子被燒過幾次，不過長住這裡的少數居民，與外頭擁進的大量住民，卻一直不斷重建村子。他們靠這些搶匪營生，而且過得還著實不錯。至於像薩瓦迪歐這樣愛打探、告密的人，總是有機會在羅瑞多裡找到一些能讓執政付出幾個弗洛倫的情報。

不過現在薩瓦迪歐想要的，可不只是幾個弗洛倫而已，因爲老鼠幫進了這個村子。

領頭的人是吉澤赫，星火與凱雷在他的兩側。米絲特與那名新來的、叫法兒卡的灰髮女孩跟在他們後頭。阿瑟與瑞夫兩人則拉著馬匹走在隊伍末端，不消說，那些馬肯定是他們搶來賣的。他們雖然一臉疲憊、風塵僕僕，卻仍舊精神奕奕地坐在馬鞍上，熱絡地回應向他們打招呼的羅瑞多村友人與舊識。他們下了馬，喝過村民款待的啤酒後，便立刻與貿易商及黑市商人展開嘈雜的交涉。所有人都加入了這場談判，不過米絲特與背上揹著把劍、新來的灰髮女孩卻是例外。廣場上一如往常，擠滿了各色攤商，兩人一起走了過去。羅瑞多村有特定的市集日，在這種時候，要賣給盜賊的銷贓物品也會特別豐富多樣，而今天正是這樣的日子。

薩瓦迪歐小心翼翼地跟在兩個女孩後頭；想要賺錢就得拿到消息，想要拿到消息就得拉長耳朵偷聽。

女孩們賞玩了五顏六色的手巾、珠鏈、手工刺繡的衣裳、鞍墊，以及給馬兒裝飾用的頭帶。她們看了許多東西，卻沒有買下任何一樣。米絲特的手幾乎時時刻刻都搭在灰髮女孩的肩上。

這名窺視者小心翼翼地靠近了些，假裝在看皮革工匠攤子上的皮帶與腰帶。兩個女孩在說話，但聲音太小，他聽不清楚，但也不敢再靠近些。他怕會因此引起她們注意，讓她們起疑心。

這些攤位當中，有一家賣棉花糖，兩個女孩靠了過去。米絲特買了兩根捲滿甜甜雪花的棒子，一根遞給了灰髮女孩。灰髮女孩輕輕地撕下一塊雪花，一小團白花花的棉球黏到了她的嘴唇上，米絲特小心仔細地幫她擦掉。灰髮女孩一雙祖母綠的眼睛睜得圓圓的，緩緩舔過嘴唇，勾起一抹笑容，俏皮地把頭歪向一邊。薩瓦迪歐覺得渾身起雞皮疙瘩，一股冷汗從背後流下，腦子裡想起有關這兩個強盜婆子的傳言。

他打算偷偷抽身，因爲他顯然什麼都聽不到，也探不到。這兩個女孩聊的都是些無關緊要的事，反倒是不遠處，吉澤赫、凱雷和其他幾個盜群裡說話比較有分量的人正聚在一起，大夥正吵得火熱，相互砍價，又吼又叫，時不時就把杯子擺到酒桶栓嘴下。薩瓦迪歐從他們這邊還比較有機會探到消息。老鼠幫裡的某一人，或許會在無意間透露接下來的搶劫計畫、路線或目標，就算是只說漏半句話也好。要是他能竊聽成功，並即時將情資上報執政手下的將士，或是對老鼠幫備感興趣的尼夫加爾德特務，到那時候，賞金可說是已經入袋。當執政根據他的情報成功設下陷阱之後，薩瓦迪歐就可以盼著領到一筆著實可觀的銀子。他興奮地想著，我要給家裡的女人們買件羊皮外套，也總算可以給孩子們買鞋，還可以買些玩具……然後可以給自己……

兩個女孩從棉花糖上撕下小塊雪片舔食，一路沿著攤商逛下去。薩瓦迪歐突然察覺四周的人都在看她們，對她們指指點點。他認識那些人，都是盜匪和偷馬賊，是有「水獺尾」之稱的品托手底下的人。這些土匪彼此大聲交換了幾句評論，然後哈哈大笑。米絲特瞇起眼，將手搭到灰髮女孩的肩上。

「小灰鴿！」水獺尾手下一個身材異常高大、鬍子像條麻花辮似的盜賊，粗聲喊著。「大夥兒瞧瞧！她們等等還眞的會小嘴啄小嘴呢！」

薩瓦迪歐看到那個灰髮女孩是怎樣渾身一僵，看到米絲特按在她肩上的指頭是怎樣緊捏。那群盜賊全都哈哈大笑。米絲特慢慢轉過了身，幾名盜賊見狀，馬上止住了笑，不過那個麻花鬍不知道是喝太多了，還是反應太慢。

「還是妳們哪一個缺男人啊？」麻花鬍走近了些，比出極具暗示性的噁心手勢。「我相信，就算是像妳們這樣的，只要好好被操個幾次，那種變態傾向馬上就能治好！喂！我在跟妳說話，妳……」

他沒來得及碰她。灰髮女孩像條發動攻擊的蝰蛇般，一個回身，劍光一閃，在棉花糖落地前已正中目標。那個麻花鬍晃了晃，像火雞般咕嚕了聲，一道長長血柱從斷頸中噴出。女孩再度轉身，跳舞似地踏了兩步，再下一劍，血水頓時如浪潮般灑向附近的攤子，斷了氣的身軀重重摔下，四周沙地隨即染紅。有人尖叫出聲。另一個盜賊彎身拔出鞋筒中的刀子，但當下就被吉澤赫鑲了鐵的皮鞭打趴在地。

「這裡有一具屍體就已經夠了！」老鼠幫的首領大吼。「這個人是自找的，因為他沒搞清楚自己在跟誰胡鬧！法兒卡，退下！」

灰髮女孩一直到現在才把劍放下。吉澤赫舉起一小袋錢，晃了晃。

「按照道上的規矩，這個人被殺了，我付錢。公公道道，按這個臭皮囊的重量來付，一磅一塔拉！這場鬧劇就到此結束！我這樣說可以吧？各位兄弟，喂，品托，你怎麼說？」

星火、凱雷、瑞夫和阿瑟站在他們首領的身後，個個表情僵硬得像石頭，手也全都按在劍柄上。

「公道。」水獺尾那夥賊人裡，一個矮個歪腿、身穿皮衣的男子出了聲。「你說得對，吉澤赫。這場鬧劇就到此結束。」

薩瓦迪歐嚥下口水，努力想把自己藏進圍觀的人群中。突然間，他已經沒興趣跟在老鼠幫身邊、在那名叫作法兒卡的灰髮女孩身邊晃。突然間，他覺得執政允諾的那筆賞金，根本就不如他想像中的高。

法兒卡平靜地收劍入鞘，看了看四周。薩瓦迪歐看到她那張小小的臉蛋突然變色並皺成一團後，整個人都僵掉了。

「我的棉花糖。」女孩看著掉到骯髒沙地上的美味甜品，心疼不已地喃喃說著：「我的棉花糖掉到地上了……」

米絲特摟住了她。

「我再買一個給妳。」

□

獵魔士坐在楊柳環繞的沙地上，盯著一群鸕鶿停在沾滿鳥糞的樹上，一臉陰鬱、氣悶，若有所思。

卡希與獵魔士談過話後，便隱於樹叢之中，再沒出現。米爾娃與亞斯克爾忙著尋找充飢的東西。他們成功地在一艘被流水沖壞的小船上，找到蓋在網子底下的一個小銅鍋與一簍菜。

他們把小船裡找到的柳簍擱在河岸的溝渠裡，然後踏入河水中，挨著岸邊，用棍子大力戳進水草，想把魚兒趕進陷阱。詩人覺得已沒有大礙，頂著那顆像勇士般裹了繃帶的腦袋，像隻孔雀一樣地走著。

傑洛特若有所思，心情氣悶。

米爾娃和亞斯克爾把簍子拉起來後，便開始咒罵，因為那裡頭沒有他們預期的鯰魚和鯉魚，反倒是一堆泛著銀光、活蹦亂跳的小魚。

獵魔士站了起來。

「你們過來吧，兩個都過來！不要管那個魚簍，過來這裡，我有話要和你們說。」

濕答答又滿身魚腥的兩個人走近後，他開門見山地說：「你們回家。往北走，朝馬哈喀姆的方向去。接下來的路我自己走。」

「什麼？」

「我們要分道揚鑣了，亞斯克爾。這場遊戲已經玩夠了，你回家寫詩去。米爾娃會帶你穿過森林……怎麼了？」

「沒什麼。」米爾娃用力甩開肩上的頭髮。「沒什麼。繼續說啊，獵魔士。我很想知道你會說什麼。」

「我要說的就只有這麼多。我要往南方走，去亞魯加河的那一岸。我要穿過尼夫加爾德的領地。這條路很危險，也很遠，而我已經不能再拖，所以我要自己一個人上路。」

「所以你要把礙事的包袱丟掉。」亞斯克爾點了點頭。「把會拖慢速度，又會惹麻煩的重擔給丟掉。換句話說，就是我。」

「還有我。」米爾娃看向一旁，也跟著說。

「你們聽著，這是我自己一個人的事。」傑洛特說，他已經冷靜了許多。「這和你們完全沒有關係。我不想要你們爲了只和我有關的事，拿命去冒險。」

「這只和你有關。」亞斯克爾慢條斯理地重複道。「你不需要任何人。同伴對你來說只會礙事，只會拖慢你的速度。你不想要任何人的幫助，而你自己也不打算去管任何人。除此之外，你喜歡自己一個人。我還漏了什麼沒說嗎？」

「當然有。」傑洛特生氣地答道。「你忘了說你自己根本就是腦袋空空。要是那支箭再往右偏一吋，現在烏鴉就在啄你的眼睛了，白痴。你是詩人，你有想像力，去想想這是怎樣的情景。我再說一次：你們回北方去，我要走的是反方向。我自己去。」

「那你就去啊。」米爾娃彈跳了起來。「你以爲我會求你嗎？你去死吧，獵魔士。亞斯克爾，過來，我們去找點吃的。我快餓死了，再聽他說下去，我都想吐了。」

傑洛特轉過頭，盯著停在沾滿鳥糞的樹冠上，正在晾乾翅膀的綠眼鸕鶿。突然間，他聞到了草藥的味道，火爆地咒罵起來。

「你把我的耐心都磨光了，雷吉思。」

不知何時、從何處冒出來的吸血鬼，一點也不在意他的話，在他的身旁坐了下來。

「我得幫詩人換藥。」他平靜地說道。

「那就去找他，然後離我遠一點。」

雷吉思嘆了口氣，卻一點也沒有離開的意思。

「我剛剛聽了你和亞斯克爾，還有弓箭手說的話。」他的話音裡帶著嘲弄。「我必須承認，你真的很有收買人心的天分。雖然全世界好像都在排隊等你，你卻可以無視這些想要幫助你的同伴和盟友。」

「這個世界眞是反過來了，吸血鬼要來教我怎麼和人類相處。人類的事你懂什麼？雷吉思，你知道的就只有一件事——他們的血是什麼味道。該死的，我和你聊起來了嗎？」

「這個世界的確是反過來了。」吸血鬼承認道，而且態度十分認眞。「你是和我聊起來了。既然如此，或許你會想聽些建議？」

「不，我不想，我不需要。」

「說得對，我差點忘了。建議對你來說，是不必要的；盟友對你來說，是不必要的。沒有同伴的旅程，你照樣可以前進。畢竟你這趟出門，是個人性質、私人目的，再說，這個目的的重點就是要你自己去完成，親力親為。風險、威脅、困難、猶豫與掙扎會拖累的，都只有你一個，不會牽扯到其他人。因為這些都是苦修的一部分，也是你想得到的罪贖。我會說，這叫火之洗禮。你要穿火而過，烈焰會將你燃燒，但也會將你淨化。你必須單獨一個、隻身一人。因為要是有人幫助你、讓你依靠，哪怕是只為你承受一丁點的火之洗禮、一丁點的痛楚、一丁點的苦修，便會讓你自身變得貧瘠。這人會因為與你共同經歷這一切，而從你身上剝奪原本只屬於你的罪贖。有債要還的人只有你，你不想在還債的同時，又欠了別人的債。我這樣的理解合乎邏輯嗎？」

「就你現在沒喝醉的情況下，合理得出奇。吸血鬼，你在這裡讓我心煩。拜託你，讓我一個人獨處，去面對我要贖的罪，還有我要還的債。」

「馬上照辦。」雷吉思站了起來。「你自己在這裡坐一下，好好想想。不過我還是要給你一些建議：罪惡感，還有需要贖罪與火之洗禮，都不是你可以宣稱只屬於你的東西。人生與銀行的不同在於，可以用積欠他人債務的方式，來還清眼前的債。」

「拜託你，走開。」

「馬上走。」

吸血鬼離開了獵魔士，加入亞斯克爾及米爾娃。在幫亞斯克爾換藥的時候，三人開始討論這個地方有什麼東西可吃。米爾娃從魚簍裡倒出小魚，並用評判的眼光檢視了下那些魚。

「沒什麼好想的，應該拿叉子把這些小蟑螂叉來烤。」她說

「不。」亞斯克爾搖了搖剛包紮好的頭。「這不是個好辦法。這種魚太小了，吃不飽。我提議把牠

們拿來煮湯。」

「煮魚湯?」

「對啊。我們有這麼多小魚,也有鹽。」亞斯克爾一邊說,一邊扳著指頭數。「可以找顆洋蔥、紅蘿蔔、香菜和連莖帶葉的整株芹菜,還要一個大鍋子。把它們全都丟在一起,就會變成一鍋湯了。」

「要是有些調味料就好了。」

「喔。」雷吉思笑了笑,把手探進袋裡。「沒問題。九層塔、多香果、胡椒、月桂葉、鼠尾草……」

「夠了,夠了。」亞斯克爾攔住他。「這樣就夠了,這湯裡不用放曼德拉草。好了,做事吧。米爾娃,把這些魚處理一下。」

「你自己去處理!看看他們!別以為有女人同行,就可以叫她們做廚房的苦工!我去拿水、生火,那些泥鰍你們就自己看著辦!」

「這些不是泥鰍。」雷吉思說。「這些是鰱魚、湖擬鯉、梅花鱸和平鯛。」

亞斯克爾忍不住說:「哈!我看你很懂魚嘛。」

「我懂的事情很多。」吸血鬼無所謂地承認道,話聲中沒有絲毫傲氣。「我學過很多東西。」

「要是他學過那麼多東西,那這些小魚就讓他這個行家來殺吧。我去拿水。」

「這麼一大鍋妳自己一個人搬得動嗎?傑洛特,幫幫她。」

「我可以,不用他幫。」米爾娃不屑地說。「他有他自己的問題,我可不敢煩他!」

傑洛特轉過頭，假裝沒聽見。亞斯克爾和吸血鬼俐落地把這些小魚清了清。

「這鍋湯會是傑作。」亞斯克爾一邊說著，一邊攪拌火上的鍋子。「眞是的，要是有條大一點的魚就好了。」

「這條可以嗎？」卡希突然從垂柳中出現，肩上扛著一條三磅重的狗魚，那條魚還不停鼓著鰓子、拍打尾巴。

「哦！漂亮！尼夫加爾德人，這東西你是去哪挖出來的？」

「我不是尼夫加爾德人。我來自維可瓦洛，名字叫作卡希……」

「好啦、好啦，這個我們已經聽過了。我是問你，這條狗魚哪來的？」

「我做了把釣竿，然後用青蛙當餌，丟到岸邊的水洞裡。狗魚立刻就上鉤了。」

「我們這裡，個個都是行家。」亞斯克爾晃了晃包著繃帶的腦袋。「眞可惜我沒說要做牛排，不然他們一定馬上就去抓條牛來。不過，我們就用現有的材料吧。雷吉思，把那些小魚都丟到鍋裡，要連頭帶尾。至於狗魚的話，就要先好好處理一下。你會嗎，尼夫……卡希？」

「會。」

「開始做事吧。該死的，傑洛特，你還要拉著臉在那裡坐多久？去把菜切一切！」

獵魔士乖乖起身，坐了過去，卻故意離卡希遠遠的。他還來不及抱怨自己沒有刀，尼夫加爾德人——或者該說是維可瓦洛人——便把自己的刀子遞給獵魔士，然後從自己的刀鞘裡抽出另一把刀。獵魔士接過刀子，含含糊糊地道了謝。

這場分工合作進行得很順利。裝滿小魚和野菜的鍋子沒多久便開始冒泡，滾了起來。吸血鬼用米爾娃削好的湯匙，熟練地把雜質撈掉。卡希把魚殺好，亞斯克爾就把這條凶猛狗魚的尾、鰭、脊椎，以及長滿刺的魚頭都丟到湯裡，攪拌了一下。

「嗯——眞香。等這些料都煮好了，再來把它們濾掉。」

「我看大概要用綁腿帶吧。」米爾娃削著另一根湯匙，一臉嘲諷。「我們又沒有這種東西，要怎麼濾？」

「親愛的米爾娃呀，」雷吉思笑了笑，「話不是這麼說！我們手邊沒有的，當然可以找到其他東西來代替。重點是要主動、樂觀。」

「吸血鬼，你不說教會死嗎？」

「用我的鎖子甲來當篩子吧。」卡希說。「用完再把它洗一洗就好，沒問題的。」

「不過在把它拿來當篩子之前，我要先把它洗過一遍，不然我不喝。」米爾娃表示。

於是，他們快手快腳地把湯濾了一遍。

「現在把狗魚丟進高湯裡，卡希。」亞斯克爾吩咐著。「哇，這味道，嗯，眞香。你們不要再加柴了，讓湯這樣冒著泡就行了。傑洛特，你的湯匙在幹嘛！現在不用再攪拌了！」

「別吼，我不知道。」

「不知情，」雷吉思笑了笑，「不能作爲莽撞行事的藉口。當你不知道、不確定的時候，就應該要徵詢他人的建議……」

「閉嘴，吸血鬼！」傑洛特站了起來，轉身背對他們。亞斯克爾見狀，哼了一聲。

「你們看，他生氣了。」

「他這脾氣是改不了了。」米爾娃抿著嘴說。「光說不練。他不知道該做什麼的時候，就只會碎碎唸，然後發脾氣。這點你們還沒搞懂嗎？」

「早就知道了。」卡希輕聲說。

「加點胡椒。」亞斯克爾舔了舔湯匙，嘖嘖舌頭。「再加點鹽……啊，現在剛剛好。我們把鍋子從火上移開吧。媽的，燙死了！我沒有手套……」

「我有。」卡希說。

「而我，」雷吉思抓住鍋子的另一邊。「不需要。」

「好了。」詩人用褲子上擦了擦湯匙。「好了，通通有，坐過來，開動！傑洛特，你在等你專屬的邀請函嗎？等人家敲鑼打鼓去恭迎你？」

所有人緊挨在一起，圍著沙地上的小鍋坐著。好長一段時間，只聽得見稀哩呼嚕的喝湯聲，還有此起彼落的吹湯匙聲。等湯喝掉一半後，大家便開始小心地撈魚塊，到最後只剩湯匙在鍋底刮舀的聲音。

「喔，吃太飽了。」米爾娃痛苦地說。「亞斯克爾，煮湯的主意還眞不賴。」

「確實如此。」雷吉思表示認同。「傑洛特，你說呢？」

「我會說：『謝謝。』」獵魔士吃力地站起來，揉了揉又開始刺痛的膝蓋。「夠了嗎？要我敲鑼打鼓嗎？」

「他就是這樣。」詩人揮了揮手。「你們別理他。你們還算是幸運，我認識他的時候，他正好和那個頭髮像烏木一樣的蒼白美女葉妮芙吵架。」

「別逼他。」吸血鬼提醒他。「還有，別忘了他有自己的問題。」

「有問題，」卡希打了聲響嗝。「就要解決。」

「對啦。」亞斯克爾說道。「不過，要怎麼解決？」

躺在滾燙沙地上的米爾娃哼了一聲，給自己挪了個比較舒服的姿勢。

「吸血鬼懂得多，他一定知道要怎麼做。」

「問題不在於懂多少，而是要懂得評估局勢。」雷吉思平和地說道。「一旦評估了局勢，就會得到結論，知道我們面臨的問題根本就無法解決。所有的努力都不會有機會成功，找到奇莉的可能性是零。」

「可是不能這樣啊。」米爾娃嘲笑道。「我們要正面、積極地思考。這就像剛剛的篩子，如果我們沒有，就找別的東西來代替。我是這麼想的。」

吸血鬼接著說：「不久前，我們還以爲奇莉在尼夫加爾德，要去那邊把她救出來，或者說是偷出來。這些計畫本來就已超出我們的能力範圍，而現在在卡希的大揭祕之後，我們根本就不知道奇莉在哪裡。當我們不知道方向在哪時，要定下計畫是很難的。」

「那我們現在該怎麼辦？」米爾娃嘆了口氣。「獵魔士堅持要往南走……」

雷吉思微微一笑，說：「對他而言，不管去世界的哪一邊都沒有太大意義。對他來說，去哪裡都一樣，只要別坐著不動就好。這還眞是獵魔士的基本守則。這個世界充滿邪惡，只要往眼睛所看的方向去就好，殲滅一路所見之惡，用這樣的方式爲善，其他的事自有定數。換句話說：行動就是一切，目的則是虛無。」

「一堆廢話。」米爾娃評論道。「他的目的就只有奇莉。奇莉是一個人，哪裡是什麼虛無。」

「我是開玩笑的。」吸血鬼承認道，並朝依舊背對他們的傑洛特瞥了一眼。「而且這玩笑開得不太恰當。我道歉。妳是對的，親愛的米爾娃。我們的目標是奇莉。因爲我們不知道她在哪裡，就應該先把這點弄清楚，然後再適當地調整行動策略。在我看來，驚奇之子這件事牽扯到的，是魔法、宿命與其他一些超自然的元素。我知道誰對這種事情很在行，而且一定能幫助我們。」

「哈。」亞斯克爾開心起來。「是誰？在哪裡？有多遠？」

「比尼夫加爾德的首都近。精確地說，是非常近。在安格崙，就在亞魯加河的這一岸，我指的是卡耶度裡的德魯伊圈。」

「別再拖了，我們上路吧！」

「難道沒有人覺得應該要問問我的意見嗎？」傑洛特終於動了肝火。

「問你？」亞斯克爾轉過身。「你根本就不知道要怎麼做。就連剛才你唏哩呼嚕灌下的那碗湯，也是拜我們所賜。如果沒有我們，你就得餓肚子了。要是我們等你行動的話，我們也得餓肚子。這一小鍋湯是合作的成果，是一個有共同目標的團體通力合作的成效。你懂嗎？老友。」

「你叫他要怎麼懂？」米爾娃一臉嘲諷。「他只會一直『我、我、我』，只會說他是自己一個，孤家寡人，是孤獨一匹狼！從他不懂在森林裡要集體行動，就看得出他絕對不是個狩獵好手。狼群不會單獨出獵！絕對不會！孤單一匹狼，哈，少騙了，這些都是城市佬編出來的蠢話，可是這點他不懂！」

「他懂，他當然懂。」雷吉思亮出他的招牌抿唇笑。

「他只是看起來很笨。」亞斯克爾說。「不過我一直在等哪一天他會想把自己的腦袋給補一補。說不定這樣他得到的結論就會比較有道理，說不定他就會懂，自己一個人做比較好的事，就只有自慰。」

卡希・馬芙・狄福林・阿波・凱羅明智地保持緘默。

「你們全都去死。」獵魔士總算開了口，還一邊把湯匙收到靴筒裡。「你們這群一搭一唱的白痴，都去死吧。你們因爲相同的目的而聚在一起，卻沒有人了解這個目的是什麼。還有我，也去死吧。」

這次他們也學起卡希，全都明智地保持緘默——亞斯克爾、人稱米爾娃的瑪麗亞・巴林格，以及艾墨・雷吉思・洛何雷克・特契高佛一起保持緘默。

「這是怎樣的組合！」傑洛特搖著頭說。「一群戰友！一群英雄！也罷，只好認了。帶著魯特琴的三流詩人，又野又多話、算是半個德律阿得的女人，快五百歲的吸血鬼，還有一直說自己不是尼夫加爾德人的該死尼夫加爾德人。」

「而這支隊伍領頭的，是患了良心不安症、虛軟無力又不會做決定的獵魔士。」雷吉思靜靜地把話接完。「說眞的，我建議大家一路上還是隱姓埋名，以免引人注目。」

「也免得讓人見笑。」米爾娃補充道。

女王答道：「妳該請求憐憫的對象不是我，而是那些被妳用魔法所傷的人。妳當初既然有膽量作惡，那麼被逮捕歸案的現在，同樣也鼓起勇氣吧。寬恕妳的罪孽，非我能力所及。」就在此時，女巫如貓兒般發出嘶聲，她那雙邪惡的眼睛也跟著透出光芒。「我的滅亡時刻已經接近，」她尖叫道。「不過妳的時刻也不遠了，女王。在那可怕的死亡時刻，妳將會想起拉拉．多倫及她的詛咒；妳也要知道，我的詛咒會持續下去，延及子子孫孫，直到妳的十世之後。」然而，在了解到女王的心臟並沒有因此加速跳動後，邪惡的精靈女巫便不再繼續辱罵威脅，也不再以詛咒恫嚇，而是開始像隻母狗般地哀嚎，祈求援助與憐憫……

——《拉拉．多倫的故事／人類版》

……不過這樣的哀求並沒有打動鐵石心腸的都因——殘酷無情的人類。當拉拉不再為自己，而是為她的孩子緊抓著女王的車門邊，懇求女王展現憐憫時，女王一聲令下，劊子手狠狠一刀斬斷她的手指。大雪紛飛的夜裡，拉拉在林木環繞的山丘上，拚著最後一口氣把女兒生下，也把體內殘存的溫暖都給了她。雖然當時她們四周只有黑夜、酷寒與霜雪，春天卻突然降臨山頭，綻放出一朵朵的法因諾為得。這種花至今只開在兩個地方：布蘭薩納之谷與拉拉．多倫．阿波．夏得哈兒辭世的那座山丘上。

——《拉拉．多倫的故事／精靈版》

# 第六章

「我已經和妳說過了。」躺在地上的奇莉怒吼著。「我已經和妳說過不要碰我了。」

米絲特收回手，也拿掉了一直搔著奇莉頸子的那根草。她在奇莉身旁伸展了一下後，把雙手枕在剃著短髮的腦後，望著天空。

「妳最近很奇怪，小獵鷹。」

「我只是不想妳再碰我而已！」

「這只不過是場遊戲。」

「我知道。」奇莉抿起雙唇。「這只不過是場遊戲，這一切都只是場遊戲。可是我現在已經不覺得有趣了，妳懂嗎？我已經不想玩了！」

米絲特再度躺下，看著被雲朵的利鋸切開的藍天，沉默了許久。森林上方，一隻蒼鷹高高盤旋。最後，她終於開口：「妳那些夢，是因爲妳那些夢，是嗎？妳幾乎每晚都尖叫著醒來。妳以前經歷過的那些事，午夜夢迴又再度出現。這我懂的。」

奇莉沒有回答。

「妳從來沒有和我說過妳的事。」米絲特再度打破寂靜。「沒和我說過妳的遭遇，也沒說過妳是從哪來的，有沒有家人……」

奇莉的手快速地在頸子附近一動，不過這次只是一隻小瓢蟲。

「我曾經有過家人。」她悶悶地答道，沒看向身旁的同伴。「我以爲我有。如果他們想的話……又或者如果他們還活著，就算是在這裡——世界的盡頭，他們也會找到我。啊，米絲特，妳想怎樣？要我向妳吐露心事嗎？」

「不用。」

「那就好。因爲這只是場遊戲，就像我們之間的一切。」

「我不懂。」米絲特轉過頭。「要是和我一起有那麼糟，爲什麼妳不離開？」

「我不想孤單一個人。」

「就這樣？」

「這樣就夠了。」

米絲特咬住嘴唇，還來不及說什麼，她們就聽見了哨聲。兩人馬上起身，拍掉身上的針葉，向馬兒跑去。

「遊戲開始了。」米絲特一邊說著，一邊躍上馬鞍，把劍拿起。「妳喜歡這種遊戲勝過一切，而這已經有好一段時間了，別以爲我沒注意到。」

奇莉忿忿地用腳跟撞了馬兒一下。她們沿著山溝的邊坡奔馳，又急又快，耳畔傳來一聲聲狂野的叫囂，那是商道彼端、從林子裡竄出的老鼠幫其他成員。圈套已慢慢縮緊。

□

這場私下拜謁已經結束。瓦鐵．德里多，也就是伊登子爵，恩菲爾．法．恩瑞斯大帝的軍情組織首腦，朝百花谷女王行了個禮，離開圖書館。他行禮的方式甚至比宮廷禮儀規範的還要崇敬許多。瓦鐵在鞠躬時，動作小心而謹慎——帝國特勤的雙眼，一直緊盯著趴在精靈統治者腳下的兩頭豹貓。這兩頭金眼貓兒看來既慵懶又睏倦，不過瓦鐵知道牠們不是絨布娃娃，而是蓄勢待發的敏銳守衛，能在轉瞬間把每個踰越禮節規範、企圖更加靠近女王的人化成一灘漿血。

法蘭西絲．芬妲芭兒，人稱艾妮得安葛雷娜、來自山谷的雛菊，一直等到瓦鐵關上門，才拍撫兩頭豹貓。

「可以了，依達。」她說。

在瓦鐵晉見時施法遁形的依達．艾曼．阿波．希芙內，精靈女巫，來自青紫山的自由阿因雪以，在圖書館一角現了身，整了整裙裝與棕紅色秀髮。兩頭豹貓僅是稍稍張大眼睛回應。就像所有的貓兒一樣，牠們看得見無形的物體，不會被這種簡單的咒術矇騙。

「這場間諜盛會已開始讓我覺得不悅。」法蘭西絲譏諷道，並在黑檀椅上換了個比較舒服的姿勢。「喀艾德的韓瑟頓不久前派了一名『領事』來我這兒，戴斯特拉則送了個『貿易團』到布蘭納薩谷。而現在是大間諜瓦鐵．德里多本人親自到訪！哎，大名鼎鼎的帝國無名小卒史蒂芬．斯凱蘭早先也在這裡晃頭晃腦，不過我沒見他。我是女王，而斯凱蘭什麼都不是。就算他代表官方，依然是個無名小卒。」

「史蒂芬．斯凱蘭，」依達．艾曼慢條斯理地說：「也來見過我們，而且比在這裡走運。他和費拉凡德瑞及魏納達因說過話。」

「然後就像瓦鐵在我這裡一樣，他也問了維列佛茲、葉妮芙、黎恩斯和卡希．馬芙．狄福林．阿波．凱羅的事？」

「其中一件是這樣沒錯。說出來讓妳嚇一跳，他對伊特莉娜．愛格利．阿波．艾玟年的原始預言版本更有興趣，尤其是有關阿因恆伊凱爾，上古之血那部分。他感興趣的還有海鷗之塔托爾拉拉，以及那個曾連接海鷗之塔與托爾奇來亞，也就是燕之塔的傳奇傳送點。這還眞是人類典型的作風啊，艾妮得。以爲只要動動小指，我們就會馬上替他們揭開那些我們自己都解了幾百年的謎題和祕密。」

法蘭西絲抬起手，仔細地瞧了瞧戒指。

「我在想，」她說：「斯凱蘭和瓦鐵的這些奇特興趣，菲莉帕曉不曉得？而他們兩人效忠的恩菲爾．法．恩瑞斯又知不知道呢？」

「假設她不知道，」依達．艾曼一臉精明地看著女王。「或是隱瞞在孟特卡佛的會議上，我們從菲莉帕和整個女巫會所得知的事，這樣太冒險了。這會讓我們處於不利的立場……我們要的是這個女巫會能辦得成，而我們——精靈女巫，想要獲得信任，而不是被人懷疑在玩兩面手法。」

「但重點是，我們確實是在玩兩面手法，依達。我們還在玩火，玩尼夫加爾德的白色之焰……」

「火可以燃燒，」依達．艾曼抬起一雙上了濃妝的細長眸子看著女王。「也可以淨化，必須從中穿越，必須放手一搏，艾妮得。這個女巫會應該要辦，也該開始行動了。要全體行動，十二位女巫一起。

而這十二人當中，有一個會預言。就算這是場遊戲，我們還是要給予信任。」

「如果這是一個陷阱呢？」

「妳比我還要了解參與遊戲的那些人。」

艾妮得安葛雷娜考慮了一下。

最後，她終於開口：「夕欒．德唐卡維勒是神祕的獨行者，和王室沒有任何牽扯。特瑞絲．梅莉戈德與凱拉．梅茲有過，但現在她們兩人都移居他國，佛特斯特國王把所有巫師都趕出了特馬利亞。」

「馬格麗塔．老克斯安提列除了她的學校，對其他事物都沒興趣。當然，菲莉帕對最後提到的這三人有很大的影響力，而菲莉帕本身是個謎。莎賓娜．葛雷維席格不會放棄她在喀艾德的政治影響力，但也不會背叛女巫會。女巫會帶來的權力很吸引她。」

「那個阿西蕾．法．阿娜西得呢？還有我們在孟特卡佛認識的那個尼夫加爾德女巫呢？」

「我對她們所知甚少。」法蘭西絲微微笑了一下。「不過一旦見到她們，我就可以知道更多了。只要看她們的穿著就行了。」

依達．艾曼瞇起上了妝的眼睛，但沒有把心中的疑問道出。

過了一會兒，她說：「剩下的還有那尊玉雕。那尊玉做的雕像一直那麼啓人疑竇、神祕難解，在伊特林思帕舍裡也能找到和它有關的字句。現在該讓她爲自己辯解了，也要讓她知道，等著她的是什麼。要幫妳把她還原嗎？」

「不，我自己來。妳也知道被解咒的人會有什麼反應。在場的人越少，越不會傷到她的自尊。」

□

法蘭西絲·芬妲芭兒再次確認庭院已與王宮其他部分隔開，完整地罩在防禦結界之內，把四周景象與喧囂都阻絕於外。地板上有個以馬賽克拼貼而成的圓圈，上頭標示了精靈黃道威卡的八種圖案，在象徵五朔節、收穫節與尤冽節的三個符號上，各有一支鑲著凹鏡的燭台，上頭插著黑色蠟燭。法蘭西絲將那三根蠟燭點燃。馬賽克拼貼而成的黃道圈內，產生了另一個布滿魔法符號、較小的圓圈，中間還有一顆五芒星。法蘭西絲在小圈的其中三個符號上，各放了小型三腳鐵架，然後小心翼翼地分別放上三顆水晶。水晶底部經過拋磨，與三腳架中心的形狀相符，所以放上去後可以完美地嵌入，不過法蘭西絲還是把一切都反覆檢查了好幾次。她情願不要冒險犯錯。

一旁的噴水池淅淅瀝瀝，水泉女神的大理石雕立於其中。池水自女神手中的大理石壺飛濺而出，形成四道水柱落下，牽動了睡蓮葉片，一條條金魚則在底下忙碌穿梭。

法蘭西絲打開一個小盒子，從裡頭取出由軟玉製成、觸感如皀的小巧雕像，並把它放在五芒星正中央。她往後退了些，再次看了擺在小桌上的魔法書，然後深吸一口氣，舉起雙手，吟誦咒語。

燭火瞬間放亮，水晶表面也跟著閃耀光芒，射出道道光線。這些光線射入那個小雕像中，雕像的顏色頓時由綠轉金，一會兒之後又轉爲透明。空氣因魔法能量而波動，不斷撞擊防禦結界。其中一根蠟燭噴出火花，地上的片片暗影開始舞動；馬賽克磚也有了生命，變換形狀。法蘭西絲繼續舉著雙手，唸誦咒語。

小雕像瞬間放大，不斷震動並改變結構形狀，慢慢在地上凝聚成一團煙霧。從水晶射出的光線穿過這團煙霧，亮光之中，開始出現一個不斷凝固的形體。又過了一會兒，魔法圈中突然出現人形，那形體是個癱軟、躺在地上的黑髮女子。

三根蠟燭紛紛冒出緞帶般的黑煙，水晶的光芒也消失無蹤。法蘭西絲放下雙手，鬆了鬆指頭，抹掉額上的汗水。

地上的黑髮女子縮成一團，開始尖叫。

「妳叫什麼名字？」法蘭西絲鏗鏘有力地問道。女子全身僵直，雙手往小腹一壓，大叫出聲。

「妳叫什麼名字？」

「葉……葉妮……葉妮芙──！啊──」

精靈聞言，鬆了口氣。那女子依舊不斷滾動、嘶吼、呻吟，掄著拳頭不斷敲打地板，試著要吐出來。法蘭西絲耐心地等候，心平氣和。不久前還是尊軟玉雕像的這名女子，顯然十分痛苦，這是很正常的反應，不過她的大腦沒有受到損傷。

又過了一段時間，法蘭西絲打斷女子的呻吟，說：「好了，葉妮芙。應該已經夠了吧？嗯？」

葉妮芙以四肢撐地起身，模樣顯然很吃力。她用手臂抹了下鼻子，茫然看著四周。她的目光掃過法蘭西絲，好似精靈根本不在這庭院裡，一直到看見水花四濺的噴水池，才打住目光，有了生氣。葉妮芙費盡力氣走到池邊，慢慢爬過池牆，摔進水中。嗆到的她，一會兒噴氣、一會兒咳嗽、一會兒吐水，最後，她擠開水面的睡蓮，手腳並用，吃力爬向大理石雕成的水泉女神，背抵石雕底座坐了下來。池水深及她的胸部。

「法蘭西絲……」她一邊摸著頸上的黑曜星石，一邊稍微清醒地看著精靈，話音十分模糊。「妳……」

「是我。你記得什麼嗎？」

「妳把我封起來……該死的，妳把我封起來？」

「我把妳封起來，又把妳解開了，還記得什麼？」

「加樂斯但……精靈。奇莉。妳。還有壓在我頭上的千斤重量……現在我知道那是什麼了，縮形咒……」

「記憶運作沒問題，很好。」

葉妮芙低下頭，透過來回穿梭的金魚，看向自己雙腿間。「艾妮得，等等叫人把池水換掉。」她喃喃道。「我剛剛尿在水裡了。」

「這沒什麼。」法蘭西絲露出一抹微笑。「不過看一下水裡有沒有血，縮形咒有時會對腎臟造成損害。」

「只有腎臟？」葉妮芙謹慎地吸了口氣。「我體內的器官大概沒一個是正常的……至少我的感覺是這樣。該死的，艾妮得，我不知道我做了什麼事，要受到這樣的對待……」

「從池子裡出來吧。」

「不，我在這裡很好。」

「我知道，那叫脫水。」

「那叫丟臉和折磨！妳爲什麼要這樣對我？」

「出來吧，葉妮芙。」

女巫雙手扶著大理石做的水泉女神，吃力地起身。她抖掉身上的睡蓮，用力扯破貼在身上、不斷滴水的裙裝，全身赤裸地站在噴水口灑出的水柱下。她把全身略微沖洗、喝足池水，便出來坐在池邊，擰乾頭髮，看向四周。

「我在哪裡？」

「布蘭納薩谷。」

葉妮芙抹了抹鼻子。「塔奈島的事還沒結束嗎？」

「不，已經結束了。一個半月前。」

「我一定是大大得罪了妳，艾妮得。」一段時間後，葉妮芙說。「不過妳可以把我們之間這筆帳勾銷了。雖然手段殘暴了些，不過妳已經給了我相當的報復。妳不能只把我的喉嚨割破就算了嗎？」

精靈嘴角一偏，說：「別說這些傻話。我把妳收起來，帶出加樂斯但，爲的是要救妳的命。我們會再回過頭來談這件事，不過要晚一點。來吧，毛巾，還有沐浴巾。等妳洗完澡後，新的裙裝就會送過來，不過妳要在合適的地方洗——有熱水的浴缸。這些金魚已經被妳折騰夠了。」

依達・艾曼與法蘭西絲喝著葡萄酒，葉妮芙則喝著大量的葡萄糖與紅蘿蔔汁。

聽完法蘭西絲的描述後，她說：「我們來總結一下，尼夫加爾德打敗了利里亞，然後和喀艾德聯手拆了亞丁，還把凡格爾堡燒了，把維爾登納入自己的附庸，如今則是在攻打布魯格和索登。維列佛茲消失無蹤。緹莎亞・德芙利斯自殺。而妳成了百花谷女王，恩菲爾大帝用王冠與權杖來感謝妳讓他得到我的奇莉，他找她找了那麼久，現在終於得到她，可以對她為所欲為。我被妳收起來，當作軟玉雕像關在盒子裡一個半月。妳一定也預想到我會因此感謝妳。」

「妳的確該這麼做。」法蘭西絲・芬妲芭兒冷冷地答道。「塔奈島上有個叫黎恩斯的，曾以自己的名譽起誓，要讓妳死得不乾不脆、痛苦萬分，而維列佛茲承諾給他這個機會。黎恩斯翻遍整個加樂斯但要找妳。不過他沒找到，因爲妳已經變成一尊軟玉雕，藏在我的胸口裡。」

「而這尊軟玉雕我一當就當了四十七天。」

「對。所以有人問起的時候，我可以心平氣和地回答：『葉妮芙不在布蘭納薩之谷。』因爲這問的是葉妮芙，而不是那尊雕像。」

「是什麼讓妳終於決定要爲我解咒？」

「很多事，我馬上就說給妳聽。」

「在這之前，先告訴我另一件事。塔奈島上有個傑洛特，獵魔士。我在阿瑞圖沙向妳介紹過，記得嗎？他怎樣了？」

「冷靜點，他還活著。」

「我很冷靜。說吧，艾妮得。」

「妳的獵魔士，」法蘭西絲說：「在僅僅一個鐘頭內所做的事，比許多人這輩子做的還要多。簡單地說，他打斷戴斯特拉一條腿，斬掉阿爾圖．特拉諾瓦的腦袋，還把十來個斯寇亞塔也砍得血肉模糊。喔，我差點忘了，他還喚起凱拉．梅茲身上病態的亢奮。」

「眞是太可怕了。」葉妮芙誇張地皺起眉。「不過凱拉應該已經恢復正常了吧？她應該沒對他懷恨在心吧？他在她身上點火，卻沒有好好操她，絕對不是因爲不尊重她，而是因爲他沒時間。麻煩妳用我的名義向她保證。」

「妳將有機會親自向她說明。」來自山谷的雛菊冷冷道。「而且就在不久之後。我們還是回到那些妳想裝作不在乎，卻一點都不像的事情上吧。妳的獵魔士發了瘋地要保護奇莉，做出一些非常不理智的行爲。他去找維列佛茲，卻被維列佛茲打成廢人。維列佛茲之所以沒把他殺了，絕對是因爲時間不夠，而不是他不夠努力。怎樣？妳還是要假裝妳一點都不在乎嗎？」

「不。」葉妮芙的唇畔不再掛著嘲諷。「艾妮得，我很在乎。我向妳保證，要不了多久，有些人就會更了解我有多在乎。」

正如先前的嘲諷，這個威脅法蘭西絲一點都沒有放在心上。

「特瑞絲．梅莉戈德把被打成殘廢的獵魔士傳送到布洛奇隆。」她說。「就我所知，他還在那邊接受德律阿得的治療。他現在應該已經沒事了，不過最好不要踏出那邊一步。戴斯特拉的特務和各國國王的情報人員都在找他。話說回來，他們也在找妳。」

「我是做了什麼豐功偉業，可以獲得如此特殊待遇？我又沒有打斷戴斯特拉的任何部位……喔，不要說，我自己猜。我在塔奈島上一聲不吭就消失了。沒有人會想到我被縮小、封印起來，藏到了妳的口袋裡。除了那些正牌陰謀策劃者以外，所有人都相信我和同夥一起逃到尼夫加爾德去了，而陰謀策劃者是不會替任何人解開這個誤會的。畢竟現在在打仗，假情報就是武器，消息一定要勁爆才夠鋒利。而如今，過了四十七天之後，使用這把武器的時間也到了。我在凡格爾堡的家被燒，到處有人打聽我的下落。沒辦法，只能加入斯寇亞塔也的突擊隊了，不然就是用別的方式參加精靈的自由之戰。」

葉妮芙嚥下紅蘿蔔汁，直直盯住仍舊平靜如水、一語不發的依達．艾曼．阿波．希芙內。

「如何？依達小姐，來自青紫山的自由阿因雪以？我有猜中妳們幫我安排好的命運嗎？為什麼您像塊巨石般沉默？」

「葉妮芙小姐，」紅髮精靈回應道。「我不說沒有意義的話，這樣總好過沒有根據就憑空臆測，或是用天花亂墜來掩飾不安。艾妮得，我們說重點吧，告訴葉妮芙小姐我們要做什麼。」

「那我就洗耳恭聽。」葉妮芙伸手碰了碰絲絨帶上的黑曜星石。「說吧，法蘭西絲。」

來自山谷的雛菊將下巴抵在交疊的雙手上。

「今天，」她說：「是滿月後的第二夜。再過一會兒我們會用瞬間移動去孟特卡佛堡——菲莉帕．愛哈特的據點。我們會加入一個會議組織，妳應該會有興趣。畢竟一直以來，妳都認為魔法是最核心的價値，凌駕於所有的分歧、糾紛、政治選擇，凌駕於個人的利益、怨懟、憤恨與敵意。妳聽到這個消息一定會很高興：有個組織在不久前才剛成形，類似祕密女巫會，而它成立的目的，純粹只爲維護魔法界的利益，確保魔法在各種事件層級上應有的地位。我擁有爲這個女巫會提名新成員的殊榮，因此藉由這個特權，提名兩個會員候選人：依達．艾曼．阿波．希芙內，還有妳。」

「這還眞是讓人意想不到的榮耀與拔擢呀。」葉妮芙譏諷道。「直接從魔法界的無足輕重，跳到祕密、全能、只容菁英的女巫會，一個超越個人恩怨情仇的女巫會。不過，這樣的位置我坐得起嗎？我的個性有堅強到可以對那些人屏棄仇恨嗎？對那些搶走我的奇莉、把對我來說並非無所謂的男人打得不成人形，還把我……」

「我很確定，」精靈打斷她。「妳夠堅強，葉妮芙。我了解妳，也相信妳有這種力量。我也相信妳有足夠的企圖心，那應該會消除妳對這份榮耀與擢升的疑慮。不過如果妳要的話，我也可以直接了當地說：『我之所以推薦妳，是因爲我認爲這是妳應得的，而且妳絕對可以勝任。』」

「謝謝。」女巫嘴邊的諷笑壓根兒沒有消失。「謝謝妳，艾妮得。的確，我感覺到體內的野心、驕傲與自信漲得滿滿，要不了多久就會爆炸。而且是在我還沒開始思考，爲什麼妳不從布蘭納薩谷裡挑一個男精靈，或是從青紫山挑一個女精靈，推薦給那個女巫會的時候。」

法蘭西絲冷冷答道：「妳到了孟特卡佛就會知道爲什麼了。」

「我比較想要現在知道。」

「告訴她吧。」依達．艾曼輕聲說道。

法蘭西絲考慮了一會兒，抬起一雙讓人讀不出心思的眼睛看著葉妮芙。「是和奇莉有關。女巫會對她有興趣，可是沒有人像妳這麼了解這女孩。剩下的妳到了就知道。」

「好。」葉妮芙用力抓了抓肩膀，縮形術造成她的肌膚乾燥，一直搔癢難耐。「不過我還有一件事要問。那個女巫會的成員，除了妳們與菲莉帕外，還有誰？」

「馬格麗塔．老克斯安提列、特瑞絲．梅莉戈德、凱拉．梅茲、科維爾的夕樂．德唐卡維勒、莎賓娜．葛雷維席格，以及兩名尼夫加爾德女巫。」

「女人國際共和國？」

「可以這麼說。」

「她們到現在一定還以為我是維列佛茲的同夥，她們會接受我嗎？」

「她們接受了我，剩下的妳就自己努力吧。她們會要妳好好說明與奇莉的關係，會要妳從最開始講起，從十五年前你的獵魔士在琴特拉那時候講起，一直到一個半月前之間的所有事情。一切都要如實托出，不能有半句虛言。這樣她們就會認定妳對女巫會的忠誠。」

「是誰說了要做什麼認定？現在說忠誠不會太早了嗎？我甚至不知道這個國際仕女會的章程與程序……」

「葉妮芙，」精靈微微皺起經過修整的眉毛。「我是推薦妳進女巫會沒錯，但我並不打算逼妳做任何事，尤其是忠誠這件事。妳有妳的選擇。」

「可以想見是怎樣的選擇。」

「沒錯，不過說到底，妳還是有選擇權。不過，就我的立場來說，我會強烈建議妳選擇女巫會。相信我，用這樣的方式，妳爲奇莉所提供的幫助，會比盲目地插手一連串事件更有效。而我相信，妳會願意這麼做。奇莉正遭受死亡的威脅。只有我們團結行動，才救得了她。等妳知曉妳即將在孟特卡佛聽到的事，就會相信我所言不假……葉妮芙，我不喜歡在妳眼底看見的光芒。向我保證妳不會試圖逃跑。」

「不。」葉妮芙以掌心蓋住絲絨帶上的星石，搖了搖頭。「法蘭西絲，我不能向妳保證。」

「親愛的，眞心警告妳，孟特卡佛的定點傳送都上了變形鎖。沒經過菲莉帕同意就想進出的人，會落到四面牆上都鋪了敵魔力特的地牢裡。如果沒有正確的媒介，妳無法打開自己的傳送點。我不想把妳的星石奪走，因爲妳必須要完全掌控自己的思緒。不過要是妳試圖搗亂……葉妮芙，我不允許……女巫會不允許妳自己一個人，發瘋似地跑去拯救奇莉或尋仇。妳的模子還在我這裡，我也知道演算咒術。我會把妳縮小，再一次收進軟玉雕像裡。必要的話，會把妳關幾個月，或是關個幾年。」

「謝謝妳的警告，不過我還是不會給妳保證。」

□

芙琳吉拉．薇果表面上佯裝鎭定，但心裡其實緊張萬分。她不只一次指責尼夫加爾德的年輕巫師，說他們過於陳腐的成見與印象，絲毫不具批判精神。她自己經常會嘲笑北方女巫那膚淺、被流言與謠傳過度渲染的典型外貌——人工創造的美麗、自大、虛榮、驕縱至近乎墮落，而且遠不只如此。不過現在，每當傳送轉換點將她往孟特卡佛推進一步，內心的不確定感就更加拉扯著她，她不知道自己將在這祕密女巫會上發現什麼，也不曉得在那裡等著她的會是什麼。豐富的想像力刻劃出一個個有著驚天之姿的女子，她們頸上戴著鑽石項鍊，身上穿著低胸裙裝、乳頭若隱若現；她們的嘴唇濕潤，眼睛因酒精和毒品而閃耀光芒。在芙琳吉拉的想像中，她已經看見這場祕密集會，變成狂野放縱的熱情派對，有鼓譟的音樂、春藥、男奴與女奴，以及世間罕見的道具。

最後一次瞬間移動，把她送到了兩根黑色大理石柱間，她口乾舌燥，眼睛被魔法之風逼出了淚水，一手緊壓在填滿她低胸方領的那條翠綠項鍊上。一旁，阿西蕾．法．阿娜西在一旁現了形，顯然也非常緊張。然而，芙琳吉拉有理由猜測，好友對自己這件不尋常的新服飾感到不自在。那是一件款式簡單高雅的橘紅色裙裝，配上一小條低調的紫翠玉項鍊。

緊張的情緒在瞬間放鬆開來。被魔法燈籠照了個通明的廣大廳堂又冷又靜，到處都找不到裸著身子猛敲鼓的黑人，也沒有恥骨貼了亮片、在桌上跳舞的女孩，感受不到大麻與春藥的味道。盛裝打扮、態度正式、有禮且講求實際的城堡主人菲莉帕．愛哈特，即刻上前歡迎兩位尼夫加爾德女巫的到來。現場其他女巫也都靠過來自我介紹，而芙琳吉拉則是鬆了一口氣。這群來自北方的女魔法師都很漂亮，穿著各色衣服，戴著閃閃發亮的珠寶，不過在她們上了淡淡彩妝的眼眸裡，沒有一絲麻醉品或催情劑的痕跡。她們也沒有任何一個人袒胸露乳。相反地，其中兩名還異常低調，脖子以下的部位都扣了起來，那是表情嚴肅、身穿紅衣的夕樂．德唐卡維勒，以及有著碧藍雙眼、栗色秀髮、樣貌十分年輕的特瑞絲．梅莉戈德。黑髮的莎賓娜．葛雷維席格，以及金髮的馬格麗塔．老克斯安提列與凱拉．梅茲，服飾雖然有開襟，卻不比芙琳吉拉的領口要深多少。

等待集會其他參與者的期間，已經到場的女巫客套地交談，每個人都說了些有關自己的事。菲莉帕·愛哈特圓滑的發言與評論，破除了橫亙眾人之間的寒冰，現場眞正的寒冰就只有餐桌之上，被成堆生蠔壓著的冰塊。除此之外，感受不到任何冰冷氣息。身爲研究人員的夕樂·德唐卡維勒，馬上就和同樣身爲研究人員的阿西蕾·法·阿娜西得，找到許多共同話題。芙琳吉拉則是很快便喜歡上開朗的特瑞絲·梅莉戈德。談話當中，眾人盡情享用生蠔，只有莎賓娜·葛雷維席格例外；她是標準的喀艾德沙漠女兒，對這「黏糊的噁心東西」表示輕蔑，偏好一小塊冷鹿肉配李子。面對這番侮辱，菲莉帕·愛哈特沒有回以高傲冷漠的態度，而是拉了拉鈴繩。沒多久，僕人便低調無聲地送來肉類料理。芙琳吉拉對此感到訝異不已。嗯，每個國家都有自己的風俗。她心想。

柱子間的傳送點透出亮光，並傳出聲聲震動。莎賓娜·葛雷維席格一臉震驚。凱拉·梅茲把生蠔與刀子擱到冰上。特瑞絲倒抽了一口氣。

傳送點中出現了三名女巫。三名女精靈，一名髮色金褐，一名髮色棕紅，還有一名髮色烏黑。

「嗨，法蘭西絲。」菲莉帕說。從她的話音聽不出其眼底透露的情緒，而那也只是僅僅一瞬。

名喚法蘭西絲的金髮精靈，顯然注意到菲莉帕的訝異，開口說道：「我當初得到挑選兩名成員入席的特權，這就是我的人選。眾所皆知的凡格爾堡葉妮芙，與來自青紫山的阿恩瑟分——依達·艾曼·阿波·希芙內小姐。」

「嗨，葉妮芙。」

依達．艾曼微微點了下紅色的腦袋，身上那套黃水仙色的飄逸裙裝發出一陣窸窣聲。

「我想，」法蘭西絲看了看四周。「所有人應該都到齊了吧？」

「只差維列佛茲。」莎賓娜．葛雷維席格斜睨葉妮芙，小聲擠出一句，語氣帶了明顯怒意。

「還有躲在地底下的斯寇亞塔也。」凱拉．梅茲喃喃道。特瑞絲用冰冷的目光瞪著她。

菲莉帕為大家做了介紹。芙琳吉拉興味盎然地看著法蘭西絲．芬妲芭兒，艾妮得安葛雷娜，來自山谷的雛菊，鼎鼎大名的布蘭納薩谷女王，不久前才奪回自家國度的精靈領袖；芙琳吉拉認為那些關於法蘭西絲的美貌傳聞，確實不誇張。

紅髮大眼的依達．艾曼引起了所有人，包括那兩名尼夫加爾德女巫的興趣。來自青紫山的自由精靈不僅與人類沒有任何牽扯，也不和在人類附近生活的同胞來往。而這些自由精靈當中，有少部分是阿恩瑟分——智者，一個近乎傳奇的謎團。就算是精靈當中，也沒有多少人能拍著胸脯，說自己和阿恩瑟分有較為親近的接觸。依達在這個團體裡之所以顯得特別，不單只是髮色的緣故。她的首飾當中，沒有大手筆的貴重金屬或寶石，僅戴了珍珠、珊瑚和琥珀。

不過最能挑動眾人情緒的，顯然還是那第三名女巫，秀髮烏黑、身穿黑白服飾的葉妮芙。她並不是精靈，但給人的第一印象卻是如此。她的出現，在孟特卡佛絕對是件大事，而且不見得是個美好的驚喜。芙琳吉拉感覺到部分魔法師的氣場染上了反感和敵意。

當葉妮芙被介紹給來自尼夫加爾德的兩名女巫時，她的一對紫眸在芙琳吉拉身上停了下來。那雙眼睛顯得疲憊，眼皮下方那兩道陰影甚至連彩妝也遮掩不了。

「我們認識。」她摸著黑絲絨帶上的黑曜星石說。

廳裡突然一片寂靜，那是充滿好奇的寂靜。

「我們已經見過面了。」葉妮芙重複道。

「我不記得我們有見過。」芙琳吉拉沒有移開目光。

「這我一點也不奇怪，不過我對臉蛋和身形的記憶力還算不錯。我在索登丘上看過妳。」

「如果是這樣，那的確不是誤會。」芙琳吉拉・薇果驕傲地抬起頭，環視在場每個人。「我當年也在索登丘。」

菲莉帕・愛哈特搶在她說下去前先開了口：「我當時也在那裡，記得的也不只一人。不過，我不認爲勉強回憶過往，多此一舉去挖掘舊事，可以爲這間大廳內的我們，帶來任何益處。我們打算在這裡決定的事，比較需要的是淡忘、寬恕與團結。妳同意我說的嗎？葉妮芙。」

黑髮女巫甩掉額前的一綹鬈髮。

「等我終於搞懂妳們打算在這裡做什麼的時候，」她答道：「我會告訴妳，菲莉帕，我同意哪些事，又不同意哪些事。」

「既然如此，我們最好馬上開始。各位女士請入座吧。」

圓桌前的座位——除了一張椅子——都標了記號。芙琳吉拉坐在阿西蕾・法・阿娜西得的旁邊，而那張空椅子就在芙琳吉拉的右手邊，把她和夕樂・德唐卡維勒隔了開來，再過去就是莎賓娜・葛雷維席格與凱拉・梅茲。從阿西蕾的左邊開始是依達・艾曼、法蘭西絲・芬妲芭兒與葉妮芙。菲莉帕・愛哈特則坐在阿西蕾的正對面，右邊有馬格麗塔．老克斯安提列，左邊則是特瑞絲．梅莉戈德。

所有椅子的扶手上，都雕了斯芬克斯像。

菲莉帕開了頭。她先是再次歡迎眾人，接著便進入正題。在這段引言中，已聽過阿西蕾描述前次女巫會會議的芙琳吉拉，並沒有獲得任何新訊息。同樣地，對於在座所有女巫宣誓加入集會，或是一開始的種種討論，她也不覺得意外。然而，她感到有點尷尬，因爲起先的討論是關於尼夫加爾德帝國與北地林格的戰爭，尤其是不久前才剛剛在索登與布魯格揭幕的事件。在那起事件中，尼夫加爾德帝國的大軍與特馬利亞的部隊發生了軍事衝突。雖然集會的設定是反政治，女巫們卻隱藏不了自己的立場。有些人甚至對尼夫加爾德就在大門前，明顯感到不安。芙琳吉拉的心中五味雜陳。她以爲擁有如此學識的人，理當會了解她的帝國爲北方帶來了文化、繁榮、秩序與穩定的政治。話說回來，她不知道如果外來軍隊進到自己家裡，自己又會作何反應。

不過，菲莉帕．愛哈特顯然已經受夠了這些軍國大事。

「戰爭的結果沒有人可以預測。」她說。「再說，預測這些事情一點意義也沒有。我們還是冷靜以對吧。首先，戰爭並非如此罪大惡極。我比較怕的是人口過剩的後果，就現階段的農業與工業發展程度，將演變成饑荒。再者，戰爭是當權者的政策延續。目前的統治者當中，有多少人能活過百歲？很顯然，沒有人。而這些王朝中，又有多少個能千秋萬世？這點沒人可以預料。今日的地域之爭、王朝之爭，今日的野心與今日的希望，百年之後，都將成爲史籍中的塵埃。可是，如果我們不爲自己設下防線，如果我們讓自己捲入戰爭，我們也將化爲塵埃。然而，要是我們的雙眼能落在稍微超出常規的高度，要是我們的雙耳不去聽那好勇愛國的喊叫，我們就能延續下去。而我們必須延續下去。我們必須這麼做，因爲我們身上擔負著責任。這無關諸國國王，和其侷限於單一王國的狹隘利益。我們要負責的對象是世界，是進步，是這個進步所帶來的改變。我們負責的是未來。」

「緹莎亞・德芙利斯則會有不同的說法。」法蘭西絲・芬妲芭兒說。「她生前在乎的，一直都是要對一般人負起責任。不是未來，而是現在與當下。」

「緹莎亞・德芙利斯已經不在了。要是她還在，就會是我們當中的一份子。」

「當然。」來自山谷的雛菊笑了笑。「不過我不認爲她會同意『戰爭是饑荒與人口過剩的救贖』這種說法。各位盟友，請留意最後這個字眼。我們在這邊討論用的是共通語，好方便大家互相理解。不過對我來說，這是陌生的語言，越來越陌生的語言。我的母語沒有『人口過剩』這個字眼，要說『精靈過剩』的話，那就是一個新詞了。已故的緹莎亞・德芙利斯在意的是一般人類的命運。如果是我的話，一般精靈的命運不會比較不重要。我很樂意爲『預先設想未來、把今日當作曆書』這樣的理念鼓掌。不過我要很遺憾地說，今天會影響明天，而沒有明天就不會有未來。對你們人類來說，在戰爭風暴中被燒毀的接骨木下哭泣，或許是件可笑的事，畢竟到處都有接骨木，這株沒了還有別株，要是接骨木都沒了，那也還有金合歡。很抱歉，我拿植物來做比喻。不過請妳們了解，對妳們人類而言是政治議題，對我們精靈來說卻是生死攸關的問題。」

「我對政治沒興趣。」女子魔法學校校長馬格麗塔・老克斯安提列高聲道。「只是不希望我悉心教育的那些女孩，被人用祖國之愛的口號混淆視聽、當成傭兵利用。那些女孩的祖國是魔法，我是這樣教她們。要是有人把我那些丫頭拉進戰爭裡，把她們擺到新的索登丘上，那麼不論戰事結果如何，她們都會是輸家。艾妮得，我了解妳想說的重點，不過我們要處理的是魔法的未來，而不是種族問題。」

「我們要處理的是魔法的未來。」莎賓娜．葛雷維席格複述道。「不過魔法的未來取決於巫師的地位。我們的地位，我們的重要性，我們在社會上所扮演的角色。信任、尊敬與公信力。要普羅大眾相信我們對他們有用，相信魔法對他們來說不可或缺。在我們面前的選擇很簡單：要嘛就是失去地位、孤立於象牙塔中，要嘛就是爲人做事；甚至是要站上索登丘頭，甚至是以傭兵的身分……」

「又或者是以女僕與炊婦的身分？」特瑞絲．梅莉戈德甩開肩上的美麗秀髮。「我們要躬著身子隨時待命，只要帝王動動手指，立刻就上前服侍？因爲世界一旦籠罩在尼夫加爾德一手打造的和平之下，這就是我們會被分配到的角色。」

「要是這樣，」菲莉帕強調道。「我們不會有其他選擇。我們必須要做事。不過是爲魔法做事，不是爲諸位國君與帝王，不是爲他們現今的政策。不是種族融合之事，因爲這也是當今政治目的的一環。親愛的女士們，我們的集會之所以召開，不是要讓我們去迎合現今政治與前線的每日變化。不是要我們以變色龍的方式改變膚色，熱切地尋找解決單一情況的辦法。我們女巫會應該要積極運作，但所扮演的角色卻要相對冷靜。我們必須用盡一切辦法，讓這個角色誕生。」

「如果我的理解正確的話，」夕樂．德唐卡維勒抬起頭。「妳在說服我們積極地改變現況，用盡所有方法，就算是沒有法律依據？」

「妳說的是什麼法律？是指給那些百姓用的？還是指那些我們自己編寫，再口述給皇室法學專家的律法？我們要遵守的法律只有一種，我們的法律！」

「我懂。」來自科維爾的女巫笑了笑。「因此我們要積極地改變現況。要是當權者的政策不合我們的想法，我們就改變它。是這樣吧？菲莉帕，又或者最好馬上推翻這些帶著王冠的蠢蛋，把他們罷黜驅逐？又或者現在就把政權接收過來？」

「我們已經把方便我們行事的人放到王座上。我們的錯誤在於沒把魔法放到王座上，我們從來沒有給過魔法絕對的權力，該矯正這個錯誤了。」

「妳所指的，當然妳自己囉？」莎賓娜．葛雷維席格俯身桌面。「是指雷達尼亞的王座？菲莉帕一世陛下？讓戴斯特拉以王夫的身分一起？」

「我想的不是我自己。我想的不是雷達尼亞王國。我想的是偉大的北方之國，而當今的科維爾王國則會在這當中發展壯大。這將會是個能與尼夫加爾德抗衡的帝國，而此時此刻，搖擺不定的世界天平兩端，也終將達得到平衡。這將是一個由魔法統治的帝國，我們會讓一名女巫和科維爾的王位繼承人聯姻，把魔法推上王座。是的，各位親愛的盟友，妳們沒聽錯，你們看的也是正確方向。是的，這裡，這張桌子的另一端，我們會把女巫會的第十二位成員放在這個空位上。然後，我們會把她放到王座上。」

夕樂．德唐卡維勒打破現場陷入的沉默。

「這個計畫確實很有雄心壯志。」她的語調中帶著一絲嘲諷。「對我們在座所有人來說都很有利，這是召開這種集會最有力的論調基礎了。畢竟，沒有崇高目的任務，對我們來說是種侮辱，即使是那種介於可行與不可行之間的任務。那就像是拿星座盤釘釘子一樣。不，不，最好一開始就爲自己設立那種根本不可能執行的任務。」

「爲什麼不可能執行?」

「行行好吧，菲莉帕。」莎賓娜．葛雷維席格說。「從來就沒有哪個國王會和女巫成親，沒有哪個社會能接受女巫坐在王座上。這個幾世紀以來的習俗會構成阻礙。這個習俗或許不明智，卻眞眞確確地存在。」

「會構成阻礙的，」馬格麗塔．老克斯安提列補充說：「還有本質，我會說這是技術上的阻礙。可以與科維爾王朝結合的女巫，必須要符合特定條件，無論從我們的角度或是從科維爾王朝的角度來看，都是這樣。這些條件顯然相互排擠與抵觸。這點妳看不出來嗎?菲莉帕。對我們來說，這個人應該要受魔法教育，徹底奉獻魔法事務，要了解自己的角色並能稱職地扮演，不引人注目，不受人猜疑。沒人指揮和提點，沒人幕後操縱;畢竟叛變時，頭一個對付的就是幕後黑手。這人同時也必須是科維爾在不受我們明顯施壓的情況下，自行爲王座繼承者選出的妻子。」

「這是當然的。」

「那妳覺得沒被施壓的科維爾會選誰?出身王室、承襲世代皇家血統的女孩;配得上年輕王子的年輕女孩;要能生育的女孩，因爲我們現在說的是王朝的延續。這道門檻就把妳排除在外了，菲莉帕，我也被排除在外，甚至把我們當中最年輕的凱拉和特瑞絲都排除了。我學校裡的所有學徒也都被排除在外，話說回來，她們都還是未知數，因爲她們都只是剛萌芽的少女，不曉得以後會開出什麼顏色的花朵，沒人會去考慮她們有誰能坐到這張桌子的這第十二個座位上。換句話說，就算整個科維爾都瘋了，願意接受王子與女巫的婚姻，我們也找不到合適的女巫。所以有誰能成為這個北方之后呢？」

「有王室血統的女孩。」菲莉帕平靜地回答。「她體內流著王家之血、幾代偉大王朝之血。她年輕，有生育能力。這女孩有難得一見的魔法及預言能力，她是預言中的上古之血傳承者。這女孩可以很出色地扮演自己的角色，不用人指揮、提點，不用人在一旁支持或幕後操縱，因為她的命運正是如此安排。這女孩的能力事實上我們都知道，也只有我們會知道。奇莉拉，琴特拉的芭維塔之女，獅后卡蘭特之孫。上古之血、北方的民族之焰、毀滅者與重建者，她的到來早在幾百年前便已預言。琴特拉的奇莉，『北方之后』，還有她的血脈，『世界女王』將從中誕生。」

□

一見到老鼠幫從埋伏現身，兩名護送馬車的騎士立刻掉頭，亡命奔逃；不過他們一點機會也沒有。吉澤赫夥同瑞夫與星火斬斷他們的退路，三兩下便把他們砍得七零八落。剩下的兩人為保護四匹花斑白馬所拉的馬車，已經準備好做最後的絕望之鬥。凱雷、阿瑟與米絲特朝他們攻去。奇莉心裡感到失望，還有一股強大的怒氣。他們一個目標也沒留給她，看起來，她沒有機會宰人了。

不過還有一名騎士，他騎在馬車前方，輕裝快馬，像是一名扈從。那人原可逃跑，不過他沒有。他掉過頭，舞起劍，直接往奇莉衝來。

她讓他衝來，甚至還微微拉住自己的馬匹。當他踩在馬鐙上朝她攻來時，她滑下馬鞍，靈巧地躲過劍尖，然後坐正，並用力朝馬鐙一蹬。那名騎士身手矯健，趁機再度發動攻擊。這次她斜身擋住來勢，手上的劍跟著一滑，由下而上劃了一劍，速度很快，命中手腕，然後舉劍作勢攻往他的臉部，等他反射性地以左手擋頭，她又俐落地反轉掌中劍，一鼓作氣往他脅下刺去，這個刺擊她在卡爾默罕已練過不知多少個鐘頭。尼夫加爾德人滑下馬鞍，摔落地面，跪起身，瘋狂大叫，慌亂地想堵住從切斷的動脈中噴湧而出的鮮血。奇莉盯著他看了一會兒，人類痛苦掙扎、力抗死亡的景象，一如以往，令她著迷不已。她一直等，等到他的血流盡。然後，策馬離去，不再顧盼。

埋伏已經結束，護衛隊被殺得片甲不留。阿瑟與瑞夫拉住領頭那對馬匹的轡頭，把馬車攔下。右邊那匹馬上的馬僮被推下馬，那是個年紀很輕的男孩，身上穿著彩色制服，跪在地上大哭求饒。車夫丟下韁繩，如禱告般合著掌，也向他們乞求憐憫。吉澤赫、星火與米絲特驅馬跑向馬車，凱雷跳下馬，用力打開車門。奇莉也靠近了些，跟著下馬，不過那把染血的劍始終握在手裡。

馬車裡坐著一名身穿傳統禮服、頭戴禮帽的胖婦人，手裡攬著一名嚇得臉色發白的年輕女孩；女孩身穿黑色裙裝，縷空的蕾絲領緊緊扣至鎖骨上方。奇莉注意到女孩的裙裝上還別了別針，很好看。

「是花斑白馬耶！」星火一邊瞧著馬車，一邊驚呼。「這些斑點馬真漂亮，好像從畫裡跑出來的一樣！這四匹馬可以值幾個弗洛倫呢！」

「而這輛馬車，」凱雷對著婦人與女孩咧嘴一笑。「就讓馬夫與馬僮幫忙帶去鎮裡。要是碰到上坡的話，兩位小姐也會跟著幫忙吧！」

「各位土匪先生！」穿著傳統禮服的婦人開始嗚咽，很明顯，凱雷粗鄙的笑容比奇莉手上沾了血的鐵器來得更嚇人。「請想想你們的榮譽心！不要玷污這名年輕的處子啊！」

「喂，米絲特！」凱雷帶著一臉譏笑喚道。「依我看，她叫妳要有榮譽心耶！」

「閉上你的狗嘴。」依舊坐在鞍上的吉澤赫皺起眉頭。「你這些笑話沒有人覺得好笑。至於妳，女人，給我安靜下來。我們是老鼠幫，不跟女子打，也不會傷害她們。瑞夫、星火，把車上的馬解下來！米絲特，去把那些護衛騎的馬抓住！我們走！」

「我們老鼠幫，不會跟女子打。」凱雷看著黑裙女子那張刷白的臉，再度咧嘴一笑。「我們只會偶爾和她們玩玩，如果她們有興趣的話。妳有興趣嗎？小姐，妳那兩條嫩腿中間，不會剛好癢癢的吧？來，沒什麼好害羞的，只要點個頭就好。」

「麻煩你放尊重點！」穿傳統禮服的女士用著破碎的聲音叫道。「土匪先生，你怎麼敢這樣和尊貴的男爵千金說話！」

凱雷聞言，哈哈大笑，誇張地行了個禮。「請見諒，沒有冒犯的意思。怎麼，難道連問問都不行？」

「凱雷！過來！」星火喊道。「你在那邊蘑菇什麼？過來幫我們把花斑馬解開！法兒卡！別杵在那裡！」

奇莉的目光仍舊盯在馬車門上的徽章，那是一匹黑原上的銀色獨角獸。獨角獸。她心想。我曾經看過這樣的獨角獸……是什麼時候呢？是上輩子嗎？又或者那只是夢呢？

「法兒卡！妳是怎麼回事？」

我是法兒卡。不過我並非一直都是法兒卡，並非一直都是。

她晃了晃腦袋，咬住嘴唇。我先前對米絲特太壞了。她心想。我傷了她，得想個辦法向她道歉。

她一隻腳踩到了馬車踏階上，盯著慘白女孩裙裝上的別針。

「把這個給我。」她簡潔地說。

「妳好大膽！」婦人氣急敗壞地說。「妳知道妳在和誰說話嗎？這可是高貴的卡薩代男爵千金啊！」

奇莉看了看四周，確認是否有人聽見她們的對話。

「男爵千金？」她咬著牙說。「爵位眞低。就算這死丫頭是伯爵千金，在我面前也得把她的小屁股貼在地上跪著，把腦袋瓜壓得低低的。把胸針給我！還等什麼？要我把它連妳的馬甲一塊扯下來嗎？」

□

菲莉帕發完言後，一股寂靜在桌前降臨，不過很快便被騷動取代。女魔法師個個搶著表達自己的訝異與難以置信，紛紛要求解釋。

她們當中的某些人，對那位被預言爲北方統治者的奇莉拉還是奇莉的，早已耳聞不少；其他人對名字主人的認識就沒那麼深了。芙琳吉拉．薇果雖無半點頭緒，內心卻有所疑慮，她的思緒主要圍繞在一綹謎樣的髮絲上。原本與她竊竊私語的阿西蕾轉爲靜默，並要她也跟著照做，因爲菲莉帕．愛哈特再度開始發言。

「妳們大多數人在塔奈島上都見過奇莉，她當時在恍惚狀態下說出預見的未來，造成許多混亂。我們當中有些人和她較爲親近，甚至可說是非常親近。我指的主要是妳，葉妮芙。現在輪到妳發言了。」

□

當葉妮芙向與會成員講述有關奇莉的事時，特瑞絲．梅莉戈德特意留心觀察自己的好友。葉妮芙述說的方式很平靜，不帶絲毫情緒，不過特瑞絲已經認識她很久，也很清楚她是怎樣的人。她已經見識過葉妮芙在各種狀況下的反應，包括那些令她備感壓力、心力交瘁，幾乎要犯病的情況，有時甚至身體抱恙。現在的葉妮芙，毫無疑問，就是在這樣的狀態。她看起來情緒低落、又累又病。

女巫持續述說關於奇莉的事，而對這個故事與故事主人翁也同樣了解的特瑞絲，則不動聲色地觀察在場所有聽眾，尤其是那兩名尼夫加爾德女巫。阿西蕾．法．阿娜西得顯得與平常十分不同，不過經過特意打扮的她，很不習慣臉上的彩妝與時髦的衣著。而芙琳吉拉．薇果，也就是那名比較年輕的女巫，看起來親切、得體且溫雅。她有雙綠色眼睛，以及像葉妮芙那樣的黑色頭髮，不過髮量沒那麼多，長度也較短，而且梳理得十分服貼。

葉妮芙從琴特拉的芭維塔，與受詛咒的青年刺蝟那場沸沸揚揚的戀情，說到傑洛特所扮演的角色與驚奇法則，再說到將獵魔士與奇莉扣在一起的宿命。她也提到了奇莉與傑洛特在布洛奇隆的相遇、戰爭、奇莉的失蹤與尋獲、卡爾默罕。她還提到黎恩斯與追捕奇莉的尼夫加爾德特務、奇莉在梅莉特列神殿的學習經過，以及奇莉的神祕能力。儘管葉妮芙的故事又長又離奇，兩名尼夫加爾德女巫看來並沒有被奇莉複雜的身世弄得一頭霧水。

她們雖然在聽，卻是面無表情。特瑞絲看著阿西蕾與芙琳吉拉，心裡如是想著。簡直就像斯芬克斯雕像一樣。不過她們很顯然在遮掩什麼，會是什麼呢。奇怪了，難道她們不知道被恩菲爾綁到尼夫加爾德的是誰？還是她們早就知曉這一切，說不定知道的還比我們多？葉妮芙等等就要說到奇莉上塔奈島的事，說到她在恍惚中的預言所造成的大混亂，說加樂斯但裡那場導致傑洛特被打成重傷、奇莉被人綁架的血戰。到那時候，她們的假裝也該結束了。特瑞絲心想。她們的假面會落下，所有人都知道塔奈島事件的幕後黑手是尼夫加爾德。一旦所有的眼睛都看向妳們，尼夫加爾德人，妳們就不得不開口了。到時有些事就能得到解答，說不定我也能獲得更多資訊。葉妮芙是怎麼從塔奈島消失的？爲什麼突然出現在這裡——孟特卡佛，還和法蘭西絲一起？來自青紫山的阿恩瑟分——精靈依達・艾曼是誰？扮演的又是怎樣的角色？雖然菲莉帕・愛哈特聲稱她忠誠奉獻的對象是魔法，而不是一直和她來往的戴斯特拉，爲什麼我卻還是覺得，她沒有把知道的一切都說出來？

說不定我總算可以知道奇莉到底是誰。對她們來說，奇莉是北方之后，但對我來說，她是來自卡爾默罕的灰髮獵魔士，是我一直視爲小妹的人。

□

有關獵魔士這群以斬殺魔物及野獸爲業的人，芙琳吉拉．薇果早有耳聞。她很專心傾聽葉妮芙的敘述，聽著她聲音裡的情緒，觀察著她的臉，不讓自己被表面故事蒙蔽。那個讓眾人如此感興趣的奇莉與葉妮芙之間的羈絆顯然很強烈。更有趣的是，女巫與她所提到那名獵魔士間的羈絆，也同樣明顯而強烈。芙琳吉拉開始思考，不過一旁拉高的音量卻妨礙了她。

她已經發現，與會的部分女巫於塔奈島叛變一事中，屬於不同陣營。所以當桌前這些女巫的反感化爲夾槍帶棍的敵意，忽地襲向正在發言的葉妮芙時，她一點也不訝異。眼看就要爆發爭吵，但菲莉帕．愛哈特出手制止，她恣意地往桌面一拍，連酒杯和高腳杯都跟著震響。

「夠了！」她大喊。「莎賓娜，住嘴！法蘭西絲，不要被人挑釁了！塔奈島和加樂斯但的事已經說夠了。這已經是歷史！」

歷史。芙琳吉拉帶著一股令她意外的遺憾想著。她們雖然身處不同陣營，都對這個歷史發揮了影響力。她們在這段歷史中都有各自的意義，她們很清楚自己在做什麼、爲何要這麼做。而我們，尼夫加爾德帝國的女巫，卻什麼也不知道。事實上，我們就像打雜的一樣。她心想。知道要被派去做什麼，卻不知道爲什麼。成立這個女巫會是件好事。她想。沒人知道最後會怎樣，不過能夠有個開端就是好事。

「葉妮芙，繼續吧。」菲莉帕示意道。

「我已經說完了。」黑髮女巫抿住嘴唇。「我再說一次，是緹莎亞．德芙利斯要我把奇莉帶去加樂斯但的。」

「把一切都賴給死人是最簡單的。」莎賓娜．葛雷維席格厲聲說道，但菲莉帕猛然出手要她噤聲。

「我不想把阿瑞圖沙那晚發生的事，混到這件事上頭。」葉妮芙說。她臉色刷白，顯然動了氣。「我想帶奇莉逃離塔奈島。不過緹莎亞說服了我，她說這孩子如果出現在加樂斯但，會讓許多人都大吃一驚，而這孩子在恍惚中的預言，可以避免衝突發生。我並不是要怪罪緹莎亞，因爲我當時也抱持類似看法。我們兩人都犯了錯，不過我的部分佔比較大，要是我把奇莉留給麗塔照顧……」

「事情發生就發生了，不會逆轉。」菲莉帕打斷了她。「每個人都會犯錯，就算是緹莎亞．德芙利斯也一樣。緹莎亞第一次見到奇莉是什麼時候？」

「大會開始的三天前。」馬格麗塔．老克斯安提列說。「在葛思維冷，我也是在那時認識奇莉的。而我一見到她，就知道她不是個普通人。」

「非比尋常的不平凡。」一直保持靜默的依達．艾曼．阿波．希芙內出聲回應。「因爲她身上繼承了不平凡的血統。恆伊凱爾。上古之血。這種遺傳物質會爲擁有者帶來非凡的能力，讓其擔任偉大的角色，而也是這名基因擁有者必須扮演的角色。」

「只因爲精靈的傳說、神話和預言這麼說？」莎賓娜．葛雷維席格尖酸地問道。「這整件事從一開始對我來說就是童話、幻想！而現在我對這點已經沒有絲毫疑問了。各位親愛的女士，我建議大家改成處理一些比較重要、理性且實際的事。」

「務實的理性是妳們一族強大優勢的力量來源，對此我鞠躬致意。」依達．艾曼微微一笑。「然而聚集在此的各位，都有能力去使用某種力量，而那種力量並非總能用理性來分析與解釋。我認爲蔑視精靈的預言，似是有些不恰當。吾人一族並非如此理性，亦非從理性之中汲取力量。即便如此，吾人一族的存在，已有幾萬年之久。」

「但事實證明，我們所說這個名為上古之血的遺傳物質，並沒有那麼強壯。」夕樂・德唐卡維勒指出道。「我對精靈的傳說與預言沒有半點不敬，但就算是這些傳說與預言，也承認上古之血已經徹底毀滅、絕跡。不是嗎？依達小姐。在這世上已經沒有上古之血，最後一個擁有這血脈的，是拉拉・多倫・阿波・夏得哈兒。所有人都知道拉拉・多倫與洛得的可雷給南之間的傳奇故事。」

「不見得。」阿西蕾・法・阿娜西得說，這是她頭一次發言。「我曾研讀過你們的神話，而這個傳奇故事我並不知道。」

「這不是傳奇故事。」菲莉帕・愛哈特說。「這是眞實的歷史。我們當中，有人不僅十分清楚拉拉與可雷給南的歷史，還知道其後之發展，而這一切大家一定會覺得很有趣。法蘭西絲，請妳來說吧。」

「照妳這樣說，」精靈女王微微一笑。「妳知道的不會比我少。」

「是有這種可能，不過我想請妳來說。」

「就當作是考驗我對女巫會的忠誠吧。」艾妮得安葛雷娜點了點頭。「好。請各位女士找個舒服的姿勢坐吧，因為這個故事可不短。」

□

「拉拉與可雷給南的歷史，是一段眞正的歷史，不過現在被添加了許多神話色彩，讓人幾乎忘了它原本的面貌。在人類與精靈間流傳的版本，差異非常大，不過兩種版本都隱含著沙文主義與種族仇恨。因此，我會省略當中的修飾，只說最平實的事情經過。可雷給南曾是名巫師。拉拉·多倫·阿波·夏得哈兒是精靈魔法師，阿恩瑟分，智者，上古之血恆伊凱爾的繼承者之一，這個身分對我們精靈來說，也實屬團謎。兩人之間，起初是友情，然後是愛情，一開始也受到兩族間的歡迎。然而，沒過多久，他們的敵人出現了，並強烈反對人類與精靈魔法相結合。不管在精靈或人類之中，都有人把這視爲背叛。當年也有一些因個人的嫉妒與憎恨而引起的衝突，詳細內容今日已不可考。簡而言之，在有心者的陰謀策劃下，可雷給南遭到殺害。拉拉·多倫遭到起訴與追捕，最後在荒野中誕下女嬰，衰竭而死。那孩子奇蹟般地活了下來，雷達尼亞的皇后卡羅把她收留在身邊。」

「在卡羅拒絕幫助拉拉，把她趕到天寒地凍中後，她對卡羅下了詛咒，令卡羅恐懼萬分。」凱拉·梅茲插嘴道。「要是卡羅沒收留那孩子，可怕的詛咒便會降臨在她和一整個家族身上……」

「而這正是法蘭西絲略掉的神話色彩。」菲莉帕·愛哈特打斷道。「我們還是跟著事實走吧。」

「上古之血一族的智者有預言能力是事實。」依達·艾曼抬眼看向菲莉帕說。「而在所有傳說版本中重複出現的預言，其暗示動機令人玩味。」

「不只當時如此，直至今日，依舊令人玩味。」法蘭西絲附和道。「有關拉拉詛咒的傳言沒有止息，甚至過了十七年，人們依舊記得。當年讓卡羅收在身邊，名喚黎安弄的小女孩，出落得亭亭玉立，風采猶勝她那擁有傳奇美貌的母親。被收養的黎安弄，頂著雷達尼亞公主的正式頭銜，許多王族都對她有興趣。黎安弄終於自眾多競爭者中做出決定，選擇特馬利亞的年輕國王戈德馬之後，關於詛咒的謠言差點毀了這段婚姻。然而，這些謠言真正廣為流傳民間，是在戈德馬與黎安弄結婚三年之後；而當時正值法兒卡叛變。」

從未聽過法兒卡，也沒聽過她叛變一事的芙琳吉拉，在這時挑起了眉。法蘭西絲注意到了這點。

「對北方諸國來說，」她解釋道：「那是一連串悲慘而血腥的事件，直到今天，即使已過百年之久，一切仍舊歷歷在目。當時的尼夫加爾德與北方幾乎沒有任何往來，想必對這件事不清楚，所以我在這裡自作主張，簡短描述一下某些事實。法兒卡是雷達尼亞王維利丹克的女兒。維利丹克一見到美麗的卡羅，也就是收養拉拉的卡羅，便結束了自己的婚姻。在留下來的文件中，可以看見當初離婚的原因洋洋灑灑寫了一大堆，不過留下來的，還有維利丹克首任妻子的肖像畫，從那當中可以窺見更多細節。他的首任妻子是科維爾貴族，且毫無疑問是個半精靈，但樣貌卻大多承襲自人類那一方：她的眼睛像發了瘋的隱士，頭髮像女鬼，嘴巴像蜥蜴。簡單地說，那個醜女和她一歲的女兒法兒卡一起被送回科維爾。沒多久，不管是大的還是小的，都被人忘得一乾二淨。」

過了一會兒，艾妮得安葛雷娜繼續說道：「法兒卡在二十五年後，主動喚起眾人的注意。她發動政變，親手謀殺自己的父親、卡羅，跟兩名同父異母的弟弟。一開始，這場武裝叛變用的名義，是長女對王位繼承順位的法理之戰，也受到了部分特馬利亞與科維爾貴族的支持，不過沒多久，整個局勢轉變成大規模的農民之戰。雙方都做出了極度殘忍的暴行。法兒卡成了傳說中的嗜血狂魔，事實上，比較可能的情況應該是她掌控不了局面，也掌控不了幡幟上不斷出現的新口號：『國王該死、巫師該死、祭司該死，貴族、富人、領主都該死』。沒多久，口號演變成：『所有人和所有事情都該死』，因為已經無法抑制殺紅眼的暴民，這場叛變開始蔓延至其他國家……」

「尼夫加爾德的歷史學者有記載此事。」莎賓娜·葛雷維席格打斷道，語調中有著明顯的諷刺。「而阿西蕾小姐與薇果小姐肯定讀過。法蘭西絲，扼要一點，直接跳到黎安弄與豪特堡的三胞胎那段吧。」

「好的。黎安弄，即卡羅收養的拉拉·多倫之女，也就是特馬利亞王戈德馬的妻子，意外地被法兒卡的叛軍抓到，關進了豪特堡。她被抓時已懷有身孕。在叛亂鎮壓下來、法兒卡死後，那座城堡繼續抵抗了很長一段時間，不過戈德馬最終還是踏平那座城堡，把妻子解救出來，連同三個孩子一起，兩個已經會走路的女孩，和一個正在學步的男孩。當時黎安弄已喪失心智，陷入狂怒的戈德馬對所有囚犯嚴刑拷打，並從他們哀嚎不斷、說說停停的自白中，為這些事件拼湊出清晰的圖像。」

「法兒卡的美貌該說是繼承了她的精靈外祖母，而不是她的母親。她把自己的魅力大方貢獻給所有的『將軍們』，從貴族到普通的盜匪首領和殺手，藉此確保他們對自己的忠誠。最後她終於懷上身孕，生下一個孩子，與黎安弄在豪特堡裡誕下孿生子的時間點一模一樣。法兒卡命人把自己的嬰孩放到黎安弄的孩子之中。就像傳聞中她曾宣告的那樣，只有皇后才夠資格成為她的私生子的奶媽，而這樣的命運，會在她法兒卡勝利後所建造的新秩序中等著每個女王和公主。」

「問題在於，沒人知道這三個孩子當中，哪個是法兒卡的孩子，就連黎安弄自己也不知道。據說最有可能的，是其中一個女孩，因為黎安弄似是生下一男一女。我再說一次，只是可能，因為法兒卡雖然做出那樣自負的聲明，但那些孩子是由尋常的村婦哺乳。當他們終於把失心瘋的黎安弄治好時，她幾乎什麼都記不得了。當然，她是生了孩子，而他們有時也會把三個孩子抱到她床邊給她看，僅此而已。」

「當時許多巫師被召去檢查那三名小孩，確認誰是誰。盛怒之下的戈德馬，打算找出哪一個是法兒卡的私生子，將之公開處死。我們不能讓這種事發生。動亂平息之後，被捕獲的叛軍承受許多無以言喻的暴行，也該為這一切畫下休止符了。處決一個不到兩歲的嬰孩，妳們能想像這種事嗎？一旦如此，才眞是會把這件事變成傳奇！再說，當時就已有謠傳，說因為拉拉．多倫的詛咒，法兒卡誕生時，早就是個怪物。這當然只是沒有根據的胡謅，法兒卡出生的時候，拉拉還沒認識可雷給南。不過好像沒什麼人想到去推算年分，甚至在奧克森福特學院裡也有人悄悄發行一些小冊子和荒謬的文件。不過，我還是回頭說戈德馬交代給我們的檢查……」

「我們？」葉妮芙抬起頭。「這是指誰？」

「緹莎亞．德芙利斯、奧古絲塔．汪格、蕾蒂西亞．沙爾波諾，以及漢．蓋第枚特。」法蘭西絲平靜地說。「之後，我也加入了這個團隊。我當時還是個年輕女巫，但身上流有純粹的精靈之血。而我的父親……是名智者……我是指我的生父，因為他拋棄了我。我知道如何檢測帶有上古之血的基因。」

「而你們在黎安弄身上找到了這種基因。就在檢查那群孩子之前，先檢查她跟國王的時候。」夕樂．德唐卡維勒得出結論。「而這個基因在其中兩個孩子身上也有找到，沒有那個基因的法兒卡私生子，就此攤在了陽光下。你們是怎麼把那孩子從國王的盛怒中解救出來？」

「用非常簡單的方法。」精靈微微一笑。「我們假裝不知道。我們向國王解釋，事情很複雜，我們還在檢測中，而這種檢查要花很久的時間……非常久。戈德馬的本質是善良而高貴的，所以他很快便冷靜下來，而且完全沒有催促我們，而三個孩子就在王宮裡奔跑嬉鬧、日益茁壯，爲國王夫婦與整座王宮帶來喜悅。阿馬維特、費歐娜和愛黛拉，這三個孩子就像三隻麻雀。所有人都非常小心地觀察他們，任何風吹草動都會引起眾人的懷疑，更別說是這些孩子中哪一個搗蛋的時候。一次，費歐娜把夜壺裡的東西，從窗口直接倒到偉大的宮廷禁衛首領頭上，那名首領大聲呼她爲『惡魔小雜種』，爲此丟了官職。過了一段時間，阿馬維特把階梯塗滿了油脂，且某個宮女的一隻手被夾板夾到，哭喊著說出『詛咒之血』後，也就此告別宮廷。出身低賤的碎嘴下人則被綁到了木樁上，當眾遭到皮鞭笞打。在這之後，所有人很快便學會管好自己的舌頭。就算是某個來自古老家族的男爵，在被愛黛拉用弓箭射中臀部後，也自制到……」

「我們不用離題去談那些小可愛的惡作劇。」菲莉帕·愛哈特切斷法蘭西絲的發言。「戈德馬到底是什麼時候知道眞相的？」

「他從來就不知道事情的眞相是什麼。他沒問，我們也省事。」

「可是你們知道那些孩子當中，哪個是法兒卡的私生子嗎？」

「當然，是愛黛拉。」

「不是費歐娜？」

「不，是愛黛拉。她得瘟疫死了。這個惡魔的雜種、受詛咒的血脈，魔鬼法兒卡之女，在傳染病盛行期間，不顧國王多次反對，到城堡外緣的醫院幫忙祭司，拯救了許多生病的孩子，而自己卻染病去世。當時她只有十七歲。一年過後，她的假兄弟阿馬維特和伯爵夫人安娜．卡梅尼陷入熱戀，而遭伯爵雇殺手謀殺。黎安弄因摯愛的孩子死去而深受打擊，也在同一年過世。就在那時，戈德馬再度召喚我們，因爲琴特拉王寇朗姆對大名鼎鼎的三胞胎中，僅存的費歐娜公主有興趣。他想替自己同樣也叫寇朗姆的兒子，把她娶過來當妻子，不過他也知道那些不斷流傳的謠言，不想讓自己的兒子娶到可能是法兒卡私生子的公主。我們以全體的權威之名，向他保證費歐娜是婚生之女。我不知道他有沒有採信，不過兩個年輕人自己看對了眼，就這樣，黎安弄的女兒，也就是妳們奇莉的曾曾曾祖母，過沒多久變成了琴特拉的皇后。」

「也把妳們至今還在追查的著名基因，帶進了寇朗姆王朝。」

「費歐娜，」艾妮得安葛雷娜平靜地說：「不是上古之血的基因繼承者。那個基因我們在當時便已經把它稱作拉拉基因。」

「這是什麼意思？」

「拉拉基因的繼承者是阿馬維特，所以我們便繼續進行實驗。因爲讓丈夫與愛人送了性命的安娜．卡梅尼，在兩人的喪期未完，便生下了一對雙胞胎，一男一女。孩子的父親毫無疑問是阿馬維特，因爲那女孩就是那基因的繼承者。她的名字是木莉葉。」

「美麗惡女木莉葉？」夕樂．德唐卡維勒備感訝異。

「那是在很久之後。」法蘭西絲微微一笑。「一開始她只是『小可愛木莉葉』。事實上，這是個可愛又甜美的孩子。等到她滿十四歲後，人們已經稱她爲『美眸木莉葉』，陷進她那眼瞳中的人不在少數。最後，她被嫁給了加洛蒙內伯爵羅伯特。」

「那男孩呢？」

「他叫克利斯賓。他沒有繼承基因，所以我們對他不感興趣。他應該是在某一場戰事中喪生，因爲他的腦袋裡就只有戰爭。」

「等一下。」莎賓娜用力甩開頭髮。「美麗惡女木莉葉明明是人稱仙女的亞達莉雅的母親……」

「沒錯。」法蘭西絲給了肯定答覆。「亞達莉雅是個很有趣的人。她是個能力很強的源術士，天生就是當女巫的料。不幸的是，她並不想成爲女巫，她情願當個皇后。」

「那那個基因呢？」阿西蕾．法．阿娜西得問道。「她有繼承那個基因嗎？」

「很有趣的是，她沒有。」

「我也是這麼想。」阿西蕾點了點頭。「拉拉基因一直以來只能傳給女性一脈。若繼承者爲男性，這個基因在兩代之後，最多不超過三代，就會消失了。」

「不過這個基因在之後又再度活化了。」菲莉帕．愛哈特說。「畢竟，沒有這個基因的亞達莉雅，是卡蘭特的母親，而卡蘭特——奇莉的外祖母——卻是拉拉基因的繼承者。」

「她是在黎安弄之後的第一個繼承者。」夕樂．德唐卡維勒突然出聲。「你們犯了一個錯誤，法蘭西絲。基因有兩種，一種是眞正的基因，一種是潛在的基因，而你們忽略了費歐娜身上的潛在基因。你們被阿馬維特強而外露的基因給騙過了。不過阿馬維特身上的，並不是拉拉基因，而是啓動基因。阿西蕾小姐說的沒錯。啓動基因順著男性一脈傳承下來，到亞達莉雅身上已經非常不明顯，所以你們才沒發現。亞達莉雅是惡女的第一個孩子，之後的那些孩子身上，可以確定甚至連一點點啓動基因影子都沒有。潛伏費歐娜身上的基因，在她的男性子孫傳承到第三世後，一定也會消失無蹤。不過這個基因並沒有消失，而我知道爲什麼。」

「該死。」葉妮芙咬牙切齒地說。

「這一堆族譜和遺傳學，已經把我搞糊塗了。」莎賓娜．葛雷維席格表示。

法蘭西絲把水果拼盤移到自己面前，伸出手唸起咒語。

「不好意思要用到念力這種市井技倆，讓妳們見笑了。」她微微一笑，並使一顆蘋果高高升至桌面上方。「不過透過這些飄浮的水果，會比較好解釋，包括我們犯下的那個錯誤也是。這顆紅蘋果就是拉拉基因——上古之血，而綠色這顆就當作是潛伏基因，石榴是僞基因——啓動基因。現在我們開始吧。這是黎安弄，紅蘋果，她的兒子阿馬維特是這顆石榴。阿馬維特的女兒——美麗惡女木莉葉，和孫女亞達莉雅也都是石榴，這條線到這裡就漸漸消失了。而這是第二條線，費歐娜，黎安弄的女兒，也就是這顆綠色蘋果。她的兒子琴特拉王科爾伯特，綠色。科爾伯特與喀艾德的愛蓮所生下的兒子達果拉得，綠色。正如妳們注意到的，接下來的這兩世都是男性後代，所以基因逐漸消失，變得非常微弱。而我們現在在整個脈絡最底端看到的，是一顆石榴和一顆青蘋果，即馬利堡女公爵亞達莉雅與琴特拉王達果拉得。這兩人的女兒卡蘭特，紅蘋果，一出生就帶有強大的拉拉基因。」

馬格麗塔．老克斯安提列點了點頭，說：「費歐娜的基因，透過亂倫的婚姻關係，碰到了阿馬維特的啓動基因。都沒人注意到血緣問題嗎？皇室裡司掌宗譜紋章和年史的官員，沒有人注意到如此明顯的亂倫關係？」

「這其實沒有那麼明顯。畢竟安娜．卡梅尼沒有向世人宣告自己的雙生子是私生的，不然她丈夫的家族會把她和孩子們的紋章、頭銜與財產全部收走。當然，關於這一切，自是謠言滿天飛，且不只謠傳於平民之間。也因爲這樣，當年替被指爲亂倫之女的卡蘭特找丈夫時，還得千里迢迢跑到流言未至的艾冰格去。」

「艾妮得，再加兩顆紅蘋果到妳的金字塔上。」馬格麗塔說道。「現在，依照阿西蕾小姐合理指出的重點，拉拉基因就這女性一脈，順利重生。」

「對，就是芭維塔，卡蘭特的女兒。還有芭維塔的女兒，奇莉，當前上古之血的唯一繼承人，拉拉基因的延續者。」

「唯一一個？」夕樂．德唐卡維勒問得尖銳。「妳太有自信了，艾妮得。」

「什麼意思？」

夕樂突然站起身，戴滿戒指的手指往水果拼盤的方向一彈，讓其他水果也浮了起來，把法蘭西絲的整個架構變成了一團充滿各種色彩的混亂。

「這就是我的意思。」她指著水果堆，冷冷地說。「因爲這都是可能的基因組合。而我們所知道的，就只有在這裡看到的。也就是說，我們什麼都不知道。法蘭西絲，你們當年犯下的錯，現在回過頭來反噬，造成一場由錯誤構成的雪崩。這個基因的出現是個意外，到一百年後的現在，很多事都可能在期間發生，而我們卻一無所知。其中可能隱藏了許多祕密。結婚前生下的孩子、偷情生下的孩子、被偷偷收養的孩子，甚至是被偷龍轉鳳的孩子；亂倫、種族交混，遭到遺忘，卻在後代身上再度發聲的先祖之血。說到底，一百年前，那基因就在你們觸手可及的地方，甚至就握在你們手上，然後又從你們手上溜走。你們錯了，艾妮得，犯了可怕的錯！太多混亂，太多意外。能掌控的太少，能干涉的太少。」

艾妮得安葛雷娜抿住雙唇，說：「我們處理的不是可以關進籠子配成對的兔子。」

芙琳吉拉隨著特瑞絲．梅莉戈德的目光看過去，只見葉妮芙的雙手突然緊緊抓住了椅子上雕刻精美的扶手。

□

葉妮芙與法蘭西絲在這方面有共同之處。特瑞絲熱切想著，但依舊迴避好友的目光。算計。畢竟，配對和生育是不可避免的。是的，她們對奇莉與科維爾王子的計畫，看似不可能，卻是再實際不過。她們以前有這麼做過。她們把想要的對象放上王位，製造出她們想要、對她們來說方便的婚姻關係與王朝。她們使用美色、春藥和鍊金藥。但女王與公主們會突然締結不尋常的婚姻關係，而且常常還是貴賤通婚，推翻一切計畫、盤算與約定。之後，她們對生育問題又故技重施。那些她們認爲不該生育的，悄悄餵給他們避孕方劑。至於不願生育但她們認爲該生育的，拿到的不是女巫們應承的方劑，而只是寬心丸與甘草水。一切看似不可能的關係締結，都是這麼來的，卡蘭特、芭維塔……還有奇莉。葉妮芙在這點上也摻了一腳，現在她後悔了。這是對的。該死，要是傑洛特知道了……

□

斯芬克斯。芙琳吉拉想著。雕在椅子扶手上的斯芬克斯。是啊，這應該要當成女巫會的標示與紋章。知識、神祕、沉默。她們都是斯芬克斯，毫不費力就能達到想要的目標。對她們來說，把她們的奇莉嫁去科維爾，簡直易如反掌。她們有力量、有知識，還有手段。莎賓娜·葛雷維席格脖子上那條鑽石項鍊，價值大概等同於布滿林地岩山的喀艾德的全部收入。她們輕而易舉就能達成計畫。不過，這當中有一個障礙……

□

啊，特瑞絲·梅莉戈德想著。終於要講到本來應是開頭的部分。也就是嚴重且令人沮喪的事實，奇莉人在尼夫加爾德，在恩菲爾的掌控下。與原本的計畫差得非常遠……

「無庸置疑，」菲莉帕說：「恩菲爾老早就在追捕奇莉拉。大家都以爲他要的是與琴特拉的政治聯姻，以及把那女孩法定繼承的屬地變成他的附庸。然而，我們不能排除他要的不是政治，而是帶有上古之血的基因，恩菲爾想把這個基因引進他的帝國血脈。要是恩菲爾知道我們所知的，那麼他可能會想要讓預言在自己的家族應驗，讓未來的『世界女王』出生在尼夫加爾德。」

「修正一下。」莎賓娜．葛雷維席格插嘴道。「想要如此的並非恩菲爾，而是尼夫加爾德的巫師。只有他們才能找出基因，讓恩菲爾知道其所代表的意義。在座的尼夫加爾德女巫，想必一定有興趣發言，向我們解釋自己在這場陰謀中所扮演的角色。」

「我很驚訝。」芙琳吉拉忍不住開口。「各位女士傾向去搜尋大老遠的尼夫加爾德，尋找陰謀線索，但證據卻指出各位應該在靠近自身的地方，去尋找陰謀者與背叛者。」

「這個提點眞是又直接、又準確。」夕樂．德唐卡維勒以銳利的眼神，讓準備反駁的莎賓娜噤了聲。「所有的線索都指出，上古之血的資訊，是從我們當中外洩到尼夫加爾德。各位女士難道忘了維列佛茲嗎？」

「我沒忘。」莎賓娜的黑瞳中閃過一簇厭惡之火。「我沒有忘！」

「總有一天會輪到他。」凱拉．梅茲呲牙咧嘴。「不過現在重點不是他，而是奇莉，是這個對我們來說如此重要的上古之血，現在在恩菲爾．法．恩瑞斯——尼夫加爾德大帝的手上。」

「大帝的手上，」阿西蕾看了芙琳吉拉一眼，平靜地宣告。「什麼也沒有。被留在達倫羅旺堡的，不是什麼特殊基因繼承者。那只是個普通的女孩，絕對不是琴特拉的奇莉，不是那個大帝要找的女孩。而他一直在找的，是那個擁有特殊基因的女孩。他甚至擁有她的頭髮。這些頭髮我檢查過，並且找到某個我不了解的東西，不過現在我懂了。」

「所以奇莉不在尼夫加爾德。」葉妮芙輕聲說。「她不在那裡。」

「她不在那裡。」菲莉帕．愛哈特鄭重地給予肯定。「恩菲爾被騙了，送到他那裡的是冒牌貨，我也是昨天才知道的。然而，我很高興阿西蕾小姐做出這番告白，這表示我們的女巫會已開始運作。」

□

葉妮芙必須費很大一番工夫，去抑制顫抖的雙手與嘴唇。冷靜。她不斷對自己說。要冷靜，別露出破綻，要等待時機。把耳朵張開，聽她們說，蒐集情報。斯芬克斯，要把自己當成斯芬克斯。

「所以是維列佛茲。」莎賓娜一拳敲在桌上。「不是恩菲爾，而是維列佛茲，那個法師，那個長了一副好皮相的騙子！他把恩菲爾耍了，也把我們給耍了！」

葉妮芙深深吸了幾口氣，冷靜了下來。顯然對緊身裙裝感到很不自在的阿西蕾・法・阿娜西得，這名來自尼夫加爾德的女巫，提到了某個年輕的尼夫加爾德貴族。葉妮芙知道她說的是誰，不知不覺又握緊了拳頭。帶著翼盔的黑騎士，奇莉囈語中的惡夢……她感覺到法蘭西絲與菲莉帕投到自己身上的目光。而她試著引起特瑞絲的注意，但特瑞絲的目光卻避開了她。該死。葉妮芙努力裝出一臉無所謂，心裡想著。我還真是把自己困到窘境裡了。我把這女孩拖進了怎樣該死的圈套？該死，我要怎麼面對獵魔士……

「不過這樣一來將會是個絕佳機會，可以把奇莉搶回來，順便把維列佛茲的皮給扒了。讓這個混蛋火燒屁股！」凱拉・梅茲用著興奮的語氣喊道。

「在放火之前，得先找到維列佛茲的藏身處。」夕樂・德唐卡維勒譏笑道。葉妮芙從來就沒有特別喜歡這名來自科維爾的女巫。「不過至今還沒有人找得到，就算是在座某些女士也一樣。她們不惜耗費自己的時間與過人天賦，致力搜尋維列佛茲，卻是一無所獲。」

「已經找出維列佛茲的兩個藏身地點了。」菲莉帕．愛哈特冷冷地回應。「戴斯特拉正積極尋找其他地點，是我的話，就不會輕視他的努力。有時候，魔法辦不到的事，間諜與眼線卻能辦到。」

□

與戴斯特拉一起的其中一名特務往地牢一看，猛然退後，抵著牆，臉白得像紙一樣，看起來好像就要昏過去。戴斯特拉見狀，在心裡記下要把這個弱雞調去處理文書。不過當他自己去看那間牢房時，馬上改變看法。他的胃差點跳出喉嚨。但是，在自己的手下面前不能漏氣，於是他不疾不徐地從口袋裡掏出噴了香水的手帕，摀住嘴巴和鼻子，俯身查看那具躺在石板上的裸屍。

「肚子和子宮都被切開。」他努力維持平靜而冷漠的語氣，做出了判斷。「手法很俐落，簡直就是外科之手。這小女孩的胎兒被人取走了。取胎時她還是活的，不過不是在這裡取的胎。所有女孩都是同樣狀況嗎？冷內普，我在問你話。」

「不是……」特務瑟縮了一下，將眼神從屍體身上移開。「其他的被環頸架絞斷了脖子。那些女孩都沒懷孕……不過我們會驗屍……」

「總共找到多少人？」

「除了這邊這個，還有四個。不過都辨別不出身分。」

「是嗎？」戴斯特拉透過手帕否定這個說法。「我已經辨識出這女孩了。這是尤莉葉，拉尼爾伯爵的小女兒，一年前莫名失蹤。我去看一下剩下那些。」

「她們有些被火燒到，」冷內普說：「很難辨識……不過，大人，除了這個……我們還找到……」

「有話就說，不要支支吾吾的。」

特務指著地上的黑洞，說：「在那邊的井裡，有骨頭，很多骨頭。我們還沒來得及挖出來檢驗，不過我敢用我的人頭打賭，那些全都是年輕女孩的骨骸。要是請魔法師幫忙，說不定認得出來……也可以通知那些一直在找失蹤女兒的父母……」

「想都別想。」戴斯特拉猛然轉身。「關於這裡找到的東西，一個字都不准說。任何人都不准說，尤其是魔法師。看過這裡發生的事後，我已經不信任他們了。冷內普，上面幾層都仔細檢查過了嗎？沒找到任何可以幫助調查的東西？」

「什麼都沒有，大人。」冷內普垂下了頭。「我們一收到線報，就立刻上馬趕到這座城堡。不過已經太晚了。我們到的時候，一切都燒光了。那是擁有可怕力量的火焰，一定是魔法之火。只不過魔法在這些地牢裡，不是每處都能發揮效力。我不知道爲什麼……」

「我知道。這場火不是維列佛茲放的，而是黎恩斯或別的打雜巫師做的。維列佛茲不會犯錯，除了焦黑一片的城牆外，他什麼都不會留給我們。他知道火能淨化一切……也能抹掉痕跡。」

「對啊。」冷內普咕噥著。「甚至沒有證據指出，維列佛茲曾在這裡出現過……」

「那就僞造一些證據。」戴斯特拉把手帕從臉上拿開。「要我教你們怎麼做嗎？我知道維列佛茲在這裡出現過。地底下除了那些屍體外，還有什麼？那邊那道鐵門後有什麼？」

「大人，請您移步。」特務從助手手中接過火炬。「我帶您去看。」

毫無疑問，那把要燒盡一切的魔法之火，眞正目標是那道鐵門後方的大房間。不過施咒者動手時犯下一個重大錯誤，毀了這個計畫，儘管如此，那場火還是燒得又猛又烈，把其中一面牆上的架子都燒了個焦黑，把玻璃器皿徹底熔化，把一切變成一團惡臭。那間房裡沒被摧毀的東西有：一張鍍了錫板的桌子，和兩張固定在地板上的怪椅。椅子的造型很奇怪，不過用途是再明顯不過了。

冷內普噓了下口水，指著椅子與上頭的扶把，說：「這個設計，是要讓……腳……可以打開，張得大大的。」

「混蛋。」戴斯特拉從牙縫迸出一聲低吼。「他媽的混蛋……」

「從流到木椅底下那灘液體裡，」特務小聲地繼續說下去。「我們找到血跡、糞便與尿液。那張鐵椅還很新，大概從來沒有用過。我不知道爲什麼這張椅子……」

「我知道。」戴斯特拉說。「這張鐵椅是爲了特別的人準備的，某個維列佛茲懷疑擁有特殊能力的人。」

□

「我一點都沒有藐視戴斯特拉和他的情報組織。」夕樂・德唐卡維勒說道。「我知道要找到維列佛茲只是時間的問題。不過，撇開讓在座部分女士情緒激昂的個人復仇動機，我斗膽提醒大家，根本就無法斷定奇莉在維列佛茲手上。」

「如果不是維列佛茲，那她是在誰的手上？她當時在島上。根據我的理解，我們當中沒有任何一個人，把她從那裡用瞬間移動送走。我們知道她不在戴斯特拉手上，也不在任何一個君主手上。而海鷗之塔的廢墟裡，也沒有找到她的屍首。」

「托爾拉拉，」依達・艾曼緩緩說道：「曾經藏著一個很強大的傳送點。那女孩或許有可能從那個傳送點逃離塔奈島？」

葉妮芙斂下眼色，指甲都戳進了椅子扶手上的人面獅身像頭部。要冷靜。她想著。要冷靜。她感覺到馬格麗塔的目光轉到自己身上，但她沒有抬起頭。

「要是奇莉進入了托爾拉拉的傳送點，我想我們就忘掉這個計畫吧，恐怕再也見不到奇莉了。」阿瑞圖沙的校長說道，語氣有些改變。「海鷗之塔的傳送點早已被破壞，不復存在，且會讓人喪命。」

「現在是在說什麼？」莎賓娜大聲嚷道。「光是要找出塔裡的傳送點、要看見傳送點，就得使用四級魔法，不是嗎？而驅動傳送點要用到的，是魔法大師等級的能力！就算是維列佛茲，我都不知道他能不能辦到，更別說是哪個十五歲的丫頭。妳們怎麼會做出這種假設？妳們以爲這女孩是誰？她到底有什麼能耐？」

「她有什麼能耐，有那麼重要嗎？邦哈特。」恩菲爾．法．恩瑞斯大帝的驗屍官，人稱夜梟的史蒂芬．斯凱蘭慢條斯理地說。「再說，眞的有嗎？我比較感興趣的，是讓她根本就不存在。我會付您一百弗洛倫。要是您想的話，可以在殺她之前或之後，檢查一下她身上有什麼。就算您眞的找到什麼，這個價錢也不會變，我這可是把話先說清楚了。」

「如果我帶回來的是活口呢？」

「同樣不會有改變。」

這名身高嚇人、骨瘦如柴、名喚邦哈特的男子捻了捻鬍子，另一隻手一直擱在劍上，好像想要擋住劍首上的雕飾，不讓斯凱蘭的目光注意到。

「要把頭帶回來嗎？」

「不。」夜梟皺起眉頭。「我要她的頭做什麼？泡到蜂蜜裡存起來嗎？」

「當作證據。」

「我相信您的話。您很出名，邦哈特，而您的可靠也是出了名的。」

「謝謝您的看重。」賞金獵人笑了笑。雖然酒館外頭有二十名武裝分子候著，斯凱蘭一看到這個笑容，還是感到背脊起了一陣疙瘩。「雖然話是這麼說，不過很少有人會這麼做。我必須把老鼠幫全體成員的腦袋，拿給法倫哈根家的那些大人，以及其他男爵大人看，不然他們不會付錢。要是您不需要法兒卡的腦袋，那麼我想，您應該不會反對我把她加到其他人那裡，湊成整套吧？」

「好再賺一筆？您的職業道德呢？」

邦哈特瞇起眼睛，說：「尊貴的斯凱蘭大人，我，收的不是殺人費用，而是提供殺人服務的費用。而這個服務我提供給您，也提供給法倫哈根家。」

「說得很合理。」夜梟表示同意。「您想怎麼做就怎麼做吧。您什麼時候要來收帳呢？」

「不用太久。」

「意思是？」

「老鼠幫正往搶匪道去，他們想在山裡過冬。我會在路上攔截他們。二十天，不會再多。」

「您確定他們是走那條路嗎？」

「他們去過芬阿斯帕，在那裡搶了個車隊和兩名商人。接著他們在提飛城附近遊蕩，晚上又跑去杜魯伊城的農民慶典上跳舞。最後他們去了羅瑞多村。在羅瑞多那邊，那個法兒卡砍了一個人。她當時用的手法，讓那邊的人至今還抖著牙議論不已。就是因為這樣，我才會問這個法兒卡身上到底有什麼能耐。」

「說不定她有的就和您一樣。」史蒂芬·斯凱蘭冷笑了一下。「不過，應該還是不同，請您見諒。畢竟您不是收取殺人費用，而是收取服務費用。您是眞正的職匠，邦哈特，是有眞材實料的專家。就跟其他交易一樣？拿錢辦事？人們付錢給您，而每個人都得過活？嗯？」

賞金獵人嚴肅地盯著他看了許久，久到夜梟唇上的笑容終於消失。

「的確。」他說。「每個人都得過活。有的人靠本事賺錢過活，有的人則是做不得不做的事過活。不過多數職匠並沒有像我這麼幸運：人們付我錢讓我去做我喜歡的事，即使妓女也不比我幸運。」

□

菲莉帕．愛哈特提議稍事休息，吃點點心、潤潤發言後乾渴的喉嚨。對此，葉妮芙鬆了口氣，欣然接受，且心裡燃起了希望。不過這個希望沒多久便破滅了。馬格麗塔顯然渴望與葉妮芙交談，卻被菲莉帕快速地拉向大廳另一端。特瑞絲．梅莉戈德往她走去，身旁卻伴了一個法蘭西絲，整場談話都在精靈毫不客氣的掌控之下。然而，葉妮芙在特瑞絲那矢車菊般的藍眼中看見了不安，她已經可以肯定，就算沒有其他人見證她們的談話，向特瑞絲求援也會是枉然。毫無疑問，特瑞絲已經全心投入女巫會，而毋庸置疑，她已察覺葉妮芙對女巫會的忠心依舊搖擺不定。

特瑞絲試著讓她開心起來，向她保證傑洛特在布洛奇隆裡，說他很安全，在德律阿得的幫助下正逐漸恢復健康。一如往常，說到傑洛特的時候，她臉上總會浮現紅暈。他當時一定取悅了她。葉妮芙不懷好意地想著。她以前沒見過像他這樣的男人，她不會那麼快忘了他。而這是一件好事。

她聳聳肩，裝出一副對這些消息不感興趣的樣子。不管是特瑞絲還是法蘭西絲，都沒有人相信她的無所謂，不過她一點也不在意。她想獨處，想讓她們知道這點。

她們也了解她的意思。

她站在餐點桌遠遠的另一端，專心食用生蠔。她吃得小心翼翼，因為她的頭依然發疼，這是縮形咒的副作用。

「葉妮芙？」

她轉過身。芙琳吉拉．薇果看著她緊握在掌心裡的短刀，淡淡地笑了笑。

「我看得出來，也感覺得到，妳比較想打開的是我，不是生蠔。還是對我有敵意嗎？」芙琳吉拉說。

「女巫會要求全體成員彼此忠誠，但沒有說一定要建立友誼。」葉妮芙冷冷地答道。

「是沒有說要建立友誼，也不該要有。」來自尼夫加爾德的女巫環視整個大廳。「友誼呢，要嘛是長期維持的過程產生的結果，要嘛是自發性的。」

「敵意也是差不多。」葉妮芙打開生蠔，將裡頭的東西連同海水一起吞了下去。「有時只要看一眼，對方甚至不用做任何惹人厭的事，妳就知道自己不喜歡對方。」

「哎，敵意這種事複雜多了。」芙琳吉拉瞇起眼睛。「想想看，妳不認識的人在索登丘頭，當著妳的面把妳的朋友撕成碎片。妳根本就沒看見也不認識她，但妳就是不喜歡她。」

「有時是這樣。」葉妮芙聳了聳肩。「命運總愛開人玩笑。」

「命運確實是無法預料。」芙琳吉拉輕聲說。「就像個被寵壞的孩子。朋友有時會把背轉向妳，而敵人有時反倒對妳有用。比方說，可以和他們面對面說話，沒有人會試圖干擾、打斷或偷聽。所有人都會想：這兩個敵對的女人有什麼好聊的？只有言不及義罷了。哎，不過就是說些老掉牙的客套話，時不時互放冷箭罷了。」

葉妮芙點了點頭，說：「所有人的確都是這麼想，而且完全正確。」

芙琳吉拉沒有失掉自信、感到困惑。「這種情況下，會讓我們更方便去聊某件事，某個重要，而且不是老掉牙的事。」

「妳指的是什麼事？」

「妳打算逃跑的這件事。」

正在打開第二顆生蠔的葉妮芙聞言，差點就把指頭劃破。她悄悄看了下四周，然後微微抬眼看著尼夫加爾德女巫。芙琳吉拉・薇果露出一抹淺笑。

「可以請妳好心借我刀子嗎？剝生蠔用的。妳們的生蠔很美味，這在我們南方那邊可不好取得。尤其是現在，在戰事封鎖的情況下……封鎖是很不好的，對吧？」

葉妮芙輕咳了一下。

「我注意到了。」芙琳吉拉吞下生蠔，伸手拿了第二個。「對，菲莉帕在看我們，阿西蕾也是。阿西蕾一定是擔心我對女巫會的忠誠，岌岌可危的忠誠。她可能覺得我會同情妳。嗯……親愛的男子遭人毒打，自己當成女兒一樣的孩子消失不見，可能被關了起來……說不定命在旦夕？又說不定，她只是被當成賭局裡的一張牌來利用？我敢保證，換作是我，一定忍不住，我會馬上從這裡逃跑。來，刀拿去吧。我已經吃夠這些生蠔了，得注意一下身材。」

葉妮芙看著尼夫加爾德女巫的綠色眼瞳，低聲說：「正如妳剛剛才好心點出的，封鎖是很不好的，很討人厭，讓人無法做想做的事。要是有……媒介的話，封鎖也是可以解除的，不過我沒有。」

「妳是指望我會把媒介給妳？」尼夫加爾德人仔細看了看還握在手上的粗糙生蠔殼。「喔，這不可能。我對女巫會是很忠心的，而女巫會不希望妳趕去救心愛的人，這點很清楚。再說，我可是妳的敵人，妳怎麼可以忘了這點呢？葉妮芙。」

「說得對，我怎麼可以忘了？」

「如果是朋友的話，」芙琳吉拉小聲說。「我就會警告她，就算有施展瞬間移動咒的媒介，也沒辦法神不知鬼不覺地打破封鎖。這種事要花時間，而且很引人注目。用某個不顯眼的天然物質來當媒介，會比較好一點。我再說一次，只是好一點。妳一定知道，拿臨時湊和的媒介來做瞬間移動是很冒險的。如果是我的朋友決定要冒這種險，我會勸她不要。不過，妳不是我的朋友。」

芙琳吉拉把握在手中的蠔殼微微一傾，將剩下的一點點海水倒在桌面上。

「我們這場老套的對話就這樣結束吧。」她說。「幸好，女巫會只要求我們對彼此忠誠，友誼不是必要條件。」

□

「她已經用瞬間移動離開了。」當葉妮芙的消失所引起的騷動趨爲平靜，法蘭西絲・芬妲芭兒便以不帶情感的語氣冷冷地說道。「各位小姐，沒什麼好焦躁的。我們現在什麼都做不了，她已經離我們太遠。這是我的錯，我曾懷疑過她的黑曜星石能遮蔽咒語的回音……」

「天殺的，她是怎麼辦到的？」菲莉帕大叫。「回音可以蓋住，這並不難，但她是用哪門子的方法自己打開傳送點？孟特卡佛明明就加了結界！」

「我從來就沒喜歡過她。」夕樂・德唐卡維勒聳了聳肩。「我從來就不贊同她的生活方式，不過我也從沒懷疑過她的能力。」

「她會把一切都說出去！」莎賓娜・葛雷維席格大聲吼道。「她會把女巫會的事全說出去！她會直接……」

「胡說。」特瑞絲・梅莉戈德看著法蘭西絲與依達・艾曼，硬生生打斷莎賓娜。「葉妮芙不會出賣我們。她之所以逃離這裡，不是為了要出賣我們。」

「特瑞絲說得對。」馬格麗塔・老克斯安提列支持特瑞絲的看法。「我知道她為什麼要逃跑、想要去救誰。我見過她和奇莉兩人，所以這一切的一切，我都明白。」

「而我一點都不明白！」莎賓娜大聲嚷著，現場的音調又再度升高。

阿西蕾・法・阿娜西得傾身倒向好友。

「我不會問妳為什麼要這麼做。」她小聲說。「我不會問妳是怎麼辦到的，我只問：她去哪了？」

芙琳吉拉・薇果用指尖撫摸雕在椅子扶手上的斯芬克斯頭部，露出一抹幾乎令人察覺不到的笑意。

「我哪知道這些生蠔是從哪個海岸來的？」她小聲地回應。

伊特莉娜，事實上爲伊特莉娜．愛格利，艾玟年之女，傳說中的精靈治療師、星象師與占卜師，以預測、占卜和預言聞名，其中以阿恩伊特林思帕舍，「伊特莉娜的預言」最廣爲人知。從古早以來，這個預言被多次謄寫，以多種形式發表。在不同的時代，很多人相信這個預言；而各個評論、釋義與闡述，也將當下發生的事件對應到預言內文中，屢屢強化伊女偉大預言的可信度，尤其是北方戰爭（一二三九—一二六八）、大瘟疫（一二六八、一二七二、一二九四）、血腥的雙獨角獸之戰（一三〇九—一三一八），以及哈克人入侵（一三五〇）等。一般認爲，這些皆在伊女的預言之內。伊女也預見了十三世紀以來，人們便不斷觀察的氣候變化（亦即「白冬」），而這種變化，一直都被迷信地視爲世界末日的開端，與預言中的毀滅者降臨連結在一起。「伊特莉娜的預言」中的這一段，成了爲人詬病的獵殺女巫行動導火線（一二七二—七六），導致許多不幸的女子與少女被視爲毀滅者化身而喪命。今日，衆多研究員認爲伊女是名傳說人物，而「預言」則被視爲是當代編篡的僞書，是狡獪的文學欺詐。

——《大世界紀元百科全書》第十卷
艾凡伯格與塔波特

# 第七章

孩子們在流浪說書人波格維茲德身邊圍成一圈，表達他們的抗議，形成了筆墨無法形容的喧鬧場面。後來，最年長、最強壯、最勇敢的鐵匠之子康諾爾，以眾孩童的意見表達者及發言人之姿站了出來。再說，他還給過那說書人兩碗滿滿的酸白菜湯，和淋了豬油的馬鈴薯。

「怎麼可以這樣？」他大喊。「怎麼可以說『今天就講到這裡』？故事在這裡結束合理嗎？講得正精采的時候就結束了？我們想知道接下來的故事！我們不要等到您下一次進村，因爲還要等上半年，說不定要等一年！您繼續說啦！」

「太陽公公下山了。」老人回應道。「小傢伙們，該上床睡覺囉。明天你們幹活的時候，要是又打哈欠又伸懶腰的，你們的父母會怎麼說？我知道他們會說什麼，老波格維茲德又和他們講故事講到大半夜，淨往孩子的腦袋裡塞一堆老掉牙的故事，不讓他們好好睡覺。下次他再進村，就什麼都別給他，別給他燕麥粥、別給他饅頭、別給他燻豬油，直接把他趕走就對了。這個乞丐的故事只會妨礙我們、給我們找麻煩……」

「他們才不會這麼說！」孩子們齊聲叫道。「您再繼續說嘛！拜託啦！」

「嗯……」老人看著亞魯加河對岸那逐漸消失在樹梢後方的太陽，斟酌一番，說：「好吧，不過有個條件：一個人先跑回家去拿酸奶，好讓我有東西潤潤喉。剩下的人就好好想想，要我說誰的故事，因爲就算講到明天，也沒辦法講完所有人的故事。所以要先選一選，誰的故事要現在聽，誰的故事下次再聽。」

孩子們再度嚷了起來，一個比一個大聲。

「安靜！」波格維茲德揮了下拐杖，大聲喊道。「我是說要你們選，不是要你們像松鴉一樣嘎嘎嘎地叫個沒完！怎樣？要說誰的故事？」

「說葉妮芙。」妮穆耶撫摸著在她膝上睡覺的小貓，高聲喊道。她是這群聽眾中年紀最小的，因爲身高的關係，被人叫作小肘子【註】。「老乞丐，請您繼續說這個女巫接下來的故事，說她是怎樣施魔法，從光禿山上那個集……集灰跑去救奇莉。我想聽這個，因爲我長大以後要當個女巫。」

「最好是！」磨坊主人的兒子布羅尼克叫道。「把鼻涕擤乾淨吧，小肘子，因爲臉上掛著鼻涕的，巫師學校可不會收！而您呢，老乞丐，別說葉妮芙的事，說奇莉和老鼠幫的事，說他們是怎麼去搶、去打架的……」

「你們都安靜。」一臉煩惱、不知在想些什麼的康諾爾說道。「你們兩個都是笨蛋。要是我們今天還想聽故事，那得規規矩矩地聽。老乞丐，您和我們說獵魔士和他的隊友吧，說他們是怎麼從亞魯加河出發……」

「我想聽葉妮芙。」妮穆耶叫道。

「我也是。」她的姊姊歐若拉附和道。「我想聽她的故事，還有獵魔士對她的愛。我想知道他們怎麼談戀愛，不過結局要是好的喔，老乞丐！我不想聽什麼死掉的事，不要！」

「安靜，笨蛋，誰管什麼戀愛啊！我們想聽打仗的事，聽打架的事！」

「聽獵魔士之劍的事！」

「聽奇莉和老鼠幫的事！」

「給我閉上你們的鳥嘴。」康諾爾惡狠狠地環視眾人。「不然我就拿棍子來修理你們，一群小王八蛋！我說過了，要守規矩。讓老乞丐接著說獵魔士的事，說他一路上和亞斯克爾、米爾娃……」

「對！」妮穆耶又叫了起來。「我想聽米爾娃的事，米爾娃！因爲以後要是她們不收我當女巫，我就去要當弓箭手！」

「那我們就這麼決定了，」康諾爾說：「而且時間剛剛好，你們看老乞丐，他都快睡著了，白花花的腦袋已經點呀點的，鼻子像雉雞一樣釘呀釘的……喂，老乞丐！您別睡！和我們說獵魔士傑洛特的事，從他們在亞魯加河那邊組成隊伍的地方說。」

「不過，老乞丐，您至少先和我們說一點其他人的事，告訴我們他們怎樣了，免得我們被好奇心扎得難受。」布羅尼克插嘴道。「這樣到您下次回村子和我們繼續說故事之前，就不會那麼難捱。至少說一下葉妮芙和奇莉的事，一下下就好，拜託。」

老乞丐波格維茲德咯咯笑了笑，說：「葉妮芙施展咒語，從那個叫作光禿山的女巫城堡跑掉，然後

【註】波蘭人形容矮個子，會以手肘爲喻，意指這人身高僅至常人手肘。波蘭國王瓦迪斯瓦夫一世（一二六〇／六一－一三三三）即因身高之故，獲得矮子（小肘子）的稱號。

就直接掉進海裡去啦。摔進了波濤洶湧的大海，跌到了尖銳的岩石之間。不過你們不用怕，這對那個魔法師來說沒什麼，沒淹死她。她上了斯格利加島，直接殺去找她在那邊的盟友；因爲她心裡非常怨恨巫師維列佛茲。她相信就是他擄走奇莉，一心想去追查他的行蹤，好好報復他，然後把奇莉救出來，就這樣。這件事我改天再和你們說。」

「那奇莉呢？」

「奇莉一直和老鼠幫混在一起，用法兒卡這個名字來掩飾身分。她挺喜歡這種爲非作歹的生活，因爲這女孩身上有著邪惡與殘酷的因子，雖然當時還沒有人知道這點。藏在每個人身體裡最糟糕的東西，都從她身上慢慢跑了出來，一點一滴地蓋掉了她的善良。唉，卡爾默罕的獵魔士犯下了天大的錯誤，教會她怎麼殺人！奇莉自己壓根兒也沒想過，她殺人的同時，死神也一步一步地緊跟在後；因爲可怕的邦哈特追著她的腳步，要來抓她了。他們兩人註定會碰上，邦哈特和奇莉；不過改天再說這件事。現在呢，你們就先聽獵魔士的事吧。」

孩子們安靜了起來，緊緊圍著老人坐成一圈，專心聽著。天色漸漸暗了。白天常見的大麻與覆盆莓，還有長在屋子不遠處的錦葵，突然變成異常可怕的黑森林。什麼東西在裡頭窸窸窣窣？是老鼠嗎？是眼睛會冒火的恐怖精靈嗎？說不定是斯奇嘉，或是愛抓小孩的老巫婆？是牛棚裡的牛在跺腳？是入侵者的戰馬在踏步，就像百年前那樣，再度跨過亞魯加河？是夜鷹在茅屋頂上衝了過去，還是那是渴望鮮血的吸血鬼？又或者是美麗女巫用神奇的魔咒正飛向遠方的大海？

「獵魔士傑洛特，」說書人開始了。「和自己的新夥伴一起前往充滿沼澤與密林的安格崙。那時候的茂密森林啊，呵呵，和現在的可不一樣，現在已經沒有那種密林，也許在布洛奇隆還找得到……他們一夥人往西行，朝亞魯加河上游，往黑森林外緣的稀疏林地去。起先，一切都很順利，不過後來，呵呵……我接下來要說的……」

接下來故事進入了許久之前，那段被人遺忘的時光之中。孩子們個個拉長了耳朵聽著。

□

獵魔士坐在斷崖頂的一根小樹幹上，瞭望亞魯加河畔那片草原與蘆葦。太陽西下。灰鶴扯著嗓子，排成三角隊形，飛離濕地。

一切都搞砸了。獵魔士看著已成廢墟的樵夫小屋，以及米爾娃的火堆裡升起的一縷細煙，心裡如是想著。全都亂了套。一切本來都很順利。我的這群夥伴都是些怪人，但也加減湊成一隊。我們的目標就在眼前，這麼近、這麼眞實、這麼具體。走安格崙往西，去卡耶度。本來一切那麼順利，卻非得搞砸。是走霉運，還是早就註定？

鶴群如號角般高聲啼叫。

□

艾墨．雷吉思．洛何雷克．特契高佛在前頭領路，身下騎的棗紅色尼夫加爾德公馬，是獵魔士在安格崙附近捉來的。一開始這匹公馬有點怕吸血鬼和他身上的藥草味，不過很快便習慣了，也不像走在牠旁邊的小魚兒那樣會惹麻煩。小魚兒要是被馬蠅叮，可是會胡亂跳腳。在雷吉思與傑洛特之後的是騎在飛馬上的亞斯克爾，頭上纏著繃帶，一臉戰士的表情。

一路上，詩人譜著富有節奏感的英雄之歌，雄壯的音調與韻律似是在回顧他們不久前的歷險；歌詞表明那段歷險期間，作者與演唱者本人可謂是英雄中的英雄。在隊伍後面押隊的是米爾娃與卡希．馬芙．狄福林．阿波．凱羅。卡希騎著重新找回的紅棕馬，身後還拉了一匹灰馬，而那匹灰馬身上則馱了他們部分的簡樸裝備。

最後他們終於走出河畔濕地，往地勢較高的乾燥區域、往山頭而去。從那裡可以觀察南方大亞魯加河寬廣、閃亮的河道，而遠方馬哈喀姆山群前的岩石高地，則位在北方。天氣很好、太陽很暖，耳畔少了蚊子的爭吵嗡鬧，鞋子與褲管也都乾了。向著陽光的坡面上長著黑莓叢，因結滿果實而顯得黑壓壓的。馬群嚼食著青草。山丘流下的條條小溪，帶來純淨晶瑩的流水與滿滿鱒魚。當夜晚降臨，他們可以生火，甚至可以躺在火堆旁。簡單來說，一切是那麼美好，苦悶的心情理應即刻好轉，可是沒有；原因在初期的某次露宿中，揭曉開來。

□

「等一下，傑洛特。」詩人一邊左顧右盼，一邊不斷清著嗓子，起了頭。「別這麼急著回營地。我和米爾娃想私下跟你聊聊，是有關……就是有關雷吉思的事。」

「喔。」獵魔士把抱在手上的樹枝擱到地上。「你們開始害怕了嗎？不會太晚嗎？」

「你夠了喔。」亞斯克爾皺起眉頭。「我們接受他成爲我們的同伴，他也提議幫我們找奇莉。我這條脖子是他從絞繩圈裡拉出來的，這點我永遠不會忘。可是，該死的，我們有種類似恐懼的感覺。你很驚訝嗎？你這輩子都在追殺像他這樣的對象。」

「我沒有殺了他，也不打算殺他。這個聲明對你來說夠了嗎？如果不夠，我就算是滿心遺憾，也沒辦法治好你的恐懼感。這很矛盾，不過我們當中唯一懂得治療的就是他，雷吉思。」

「我說過了，你夠了哦。」吟遊詩人動了氣。「你不是在和葉妮芙說話，所以替你自己，也替我們省掉你那九拐十八彎的舌粲蓮花吧。只要回答一個簡單的問題就好。」

「問吧，省掉九拐十八彎的舌粲蓮花。」

「雷吉思是吸血鬼。吸血鬼靠什麼過活不是祕密，要是他眞肚子餓了，那會怎樣？對，我們是看到他喝了魚湯，從那時候起他都和我們一起吃，正常得不得了，就像我們每個人一樣。不過他……他有沒有辦法控制渴望……傑洛特，你要逼我說出來嗎？」

「雖然你流了一脖子血的時候，他差點忍不住，不過還是制住了對血的渴望。他幫你包紮完後，甚至沒舔過手指。而之前滿月，我們喝曼德拉草釀的酒喝到醉，在他的小屋裡睡著的時候，他有大好機會對我們下手。你有檢查過你那天鵝般的漂亮脖子上有沒有咬痕嗎？」

「獵魔士，不要笑他。」米爾娃不悅地說。「你比我們更了解吸血鬼。你對亞斯克爾正經不起來，那就跟我說吧。我是在荒野裡長大的，沒上過學，沒懂什麼知識。不過這不是我的錯，所以不能取笑我。這麼說雖然挺丟臉的，不過我有點怕那個……雷吉思。」

「這也不是沒道理。」他點點頭。「他是所謂的高等吸血鬼，非常危險。他如果是我們的敵人，我也會怕。不過不知道是基於什麼見鬼的理由，他與我們結伴同行，而且正帶著我們去卡耶度找可以幫我取得奇莉消息的德魯伊。我現在已經沒有希望了，只想試試這個機會，不想放棄，所以才同意讓他這個吸血鬼與我們一起走。」

「就因爲這樣？」

「不。」他回答得有些遲疑，最後決定坦誠以對。「不只因爲這樣。他……他行事講一個理字。在厚特拉河的營區那邊，他們審判那女孩時，雖然知道身分會曝光，他卻馬上行動，沒有猶豫。」

「他把燒紅的馬蹄鐵從火裡拿出來。」亞斯克爾回想道。「是啊，他把那個馬蹄鐵拿在手上好一會兒，眉頭連皺都沒皺一下。就算是用烤馬鈴薯，我們當中也沒人耍得出這樣的伎倆。」

「他不怕火。」

「他還會什麼？」

「要是他想的話，可以隱形、用眼神催眠，讓人進入深層睡眠；他在維瑟格德的營地裡對守衛用的就是這招。他可以變身成蝙蝠，像蝙蝠一樣在空中飛，不過只能在晚上，而且要是滿月，但我也可能想錯。他已經讓我吃驚過很多次，可能還有一些我不知道的特殊才能。我懷疑，他在吸血鬼中也是與眾不同。他跟人類非常相像，而且他這樣已經很多年了。馬和狗可以察覺他的本質，他就用藥草味去混淆牠們，所以他身上一直有那股味道。我的徽章也對他沒有反應，照理說應該要有才對。我再說一次，不可以用尋常的標準來看待他。剩下的你們自己問他吧。這是我們的同伴，彼此間不該藏話，更不該相互懷疑、恐懼。我們回營地去吧，這些柴火你們也幫我拿一些吧。」

「傑洛特？」

「怎麼了？亞斯克爾。」

「要是……我只是就理論上問一下……要是……」

「我不知道。」他答得很誠實，也很坦白。「我不知道我殺不殺得了他。說真的，我情願不要嘗試。」

□

亞斯克爾把獵魔士的話聽進了心坎裡，決定要把事情弄清楚，把疑惑解開。他們一繼續上路，他便馬上按照自己的方法展開行動。

「米爾娃！」他在行進間突然開口喊道，一邊還斜眼瞄著吸血鬼。「妳可以帶妳的弓去前面射頭公鹿或野豬嗎？真是的，我已經受夠野莓配香菇，還有吃魚配河蚌了。我想換換口味，吃塊真正的肉。你覺得怎樣？雷吉思。」

「什麼？」吸血鬼從馬脖子上抬起頭。

「肉！」詩人加重語氣重複了一次。「我在說服米爾娃去打獵。你要不要吃新鮮的肉？」

「也好。」

「那血呢？你要喝新鮮的血嗎？」

「血？」雷吉思嚥了下口水。「不，要是血的話，我不需要。不過你們要是有興趣，不用不好意思。」

傑洛特、米爾娃和卡希察覺到一股尷尬、陰鬱的沉默。

「我知道你的意思，亞斯克爾。」雷吉思緩緩地說。「請容我來安撫你吧。沒錯，我是吸血鬼，不過我不喝血。」

沉默的氣氛變得如鉛一般沉重。不過要是亞斯克爾也跟著沉默，那他就不叫亞斯克爾了。

「你大概誤會我的意思了。」他的口氣顯然不是在開玩笑。「我不是要說……」

「我不喝血。」雷吉思打斷了他。「很久以前就不喝了，戒掉了。」

「什麼叫作你戒掉了？」

「就是這樣。」

「我眞的搞不懂……」

「請你見諒，這是私人問題。」

「可是……」

「亞斯克爾，雷吉思剛才的意思是叫你別煩他了。」獵魔士忍不住，在鞍上轉過身叫道。「他只是用客氣的說法。你就行行好，閉上你的嘴吧。」

□

已經種下的焦慮不安之種，畢竟還是發了芽。當他們停下來過夜時，氣氛仍舊沉重而緊繃，就算是米爾娃在小河邊射到的八磅肥雁，也沒辦法把氣氛炒熱。他們把這隻像是白頰黑雁的肥雁抹上泥土烤來吃，連最小根的骨頭都啃得一乾二淨。飢餓是解除了，但不安感還是存在。縱使亞斯克爾使出渾身解數，談話的氣氛依舊熱絡不起來。說到後來，顯然變成一場獨角戲，到最後連他自己都發現而閉上了嘴。火堆周圍一片死寂，只聽得到馬匹嚼草的聲音。

時間已經很晚，卻沒人打算就寢。米爾娃在火堆上方吊的小鍋裡燒水，並整理幾枝尾羽歪斜的箭。卡希在修理掉了的鞋釦，傑洛特削著木枝，而雷吉思則一個個地掃視所有人。

最後，他終於開口：「哎，好吧，我看是躲不掉了。看來，有些事好像早就應該向你們解釋……」

「沒人要求你這麼做。」傑洛特把專心削了很久的木枝丟進火堆，抬起了頭。「我不需要你的解釋。我是老派的人，一旦對人伸出了手，就是接受對方成爲夥伴，對我來說，這個意義要比在公證人那邊簽的合約大得多。」

「我也是個老派的人。」一直低頭處理鞋子的卡希出聲回應。

「我也只認得這一派。」米爾娃把另一支箭探進鍋中冒出的蒸氣，冷冷地說。

「不用管亞斯克爾說的話。」獵魔士又說。「他就是這樣。你不用對我們掏心掏肺，也不用對我們解釋什麼，我們也沒有把心底話都對你說。」

「不過，」吸血鬼微微一笑。「我還是認為我要說的事，你們會想聽，而且不用逼你們。對於我伸出援手並納為夥伴的人，我覺得有必要坦誠以對。」

這一次，沒人答腔。

過了一會兒，雷吉思說：「首先你們應該要知道，所有與吸血鬼本性有關的恐懼，都是沒有道理的。我不會攻擊任何人，不會在夜裡偷偷摸摸，把尖牙刺進入睡之人的脖子裡。這不只是針對你們在座各位，也是針對那些不會比我還要老派的老派夥伴。我不碰血，一點都不碰，也不會碰。在血對我來說成為問題之後，我就把它戒掉了。那個問題對我來說很嚴重，費了我一番工夫才解決。」

過了一會兒，他繼續說：「這個問題具有許多書上寫的那種負面特質。我年輕的時候很愛……呃……很愛和喜歡找樂子的吸血鬼作伴。話說回來，就這一點，我和同族大多數吸血鬼沒兩樣。你們也都年輕過，知道這是怎麼回事。不過你們當中還是有約束與規範的制度：雙親、監護者、上級、長輩，最後還有習俗。在我們當中，沒有這些東西。年輕的吸血鬼有完全的自由，可以為所欲為，也可以創造出自己專屬的行為模式，當然那都是一些很蠢的行為，只有年輕人才會做的蠢事。你不盡情吸血？那你算是哪門子吸血鬼？他不吸血？那就不要找他玩，掃興！我不想掃興，很怕自己會失去同伴的認同，所以我也跟著玩。狂歡嬉鬧、牛飲爛醉，每逢月圓就飛到村裡，見人就咬；就算是最糟糕、等級最差的……

呃……液體也一樣。對我們來說，對象是誰都沒差，重點是要有……呃……血紅蛋白……畢竟沒有血就沒得玩！而且如果沒有先吸上兩口，也沒什麼人敢去碰女吸血鬼。」

雷吉思沉默了下來，陷入一陣沉思。在場沒人發表評論。傑洛特覺得自己想喝一杯。

「情況變得越來越混亂。」吸血鬼再度開口。「而且隨著時間流逝，也變得越來越不可收拾。有時要是出去吸血，我就三、四天都沒回墓穴；當時只要一點點量的……液體，就能讓我失去控制，不過這並不影響我繼續玩樂。我的朋友，就像一般的朋友一樣；有些好心地提醒我，所以我就不高興，而有些則一直來找我，把我從墓穴裡拉出來玩，哼，把……呃……物體塞給我，拿我尋開心。」

一直忙著修復歪折箭羽的米爾娃，氣憤地嘟囔了幾句。卡希修完鞋子，看起來好像快睡著。

「後來，」雷吉思繼續說。「出現了些警訊。玩樂與夥伴開始成了配角。我發現，我不用靠他們，自己一個也行。對我來說，變得只有血才是真正重要的，只要有血就夠了，就算是……」

「自己對著鏡子喝？」亞斯克爾插了嘴。

「更糟。」雷吉思平靜地回答。「鏡子照不出我的樣子。」

接著，他沉默了一段時間。

「我認識了一個……女吸血鬼，那可能是、也應該是一段認真的感情。我不再那麼瘋狂，可是這並沒有維持很久。她離開了我，而我開始變本加厲。就像你們知道的，沮喪、遺憾是很好的藉口。這種事應該大家都懂，甚至我自己也這麼覺得，而我只不過是把理論套到現實裡罷了。我讓你們無聊了嗎？我快說完了。最後，我開始做一些完全不被接受的事、不管是哪個吸血鬼都不會做的事。我開始在醉飲鮮血後飛行。某天夜裡，同伴派我去村裡拿血，我本來要攻擊一個往井邊走去的女孩，卻一頭撞上井口，差點沒被村裡的人打死，還好他們不知道該怎麼做才對。他們用木樁在我身上釘了好幾個洞、把我的頭砍掉、潑了我滿身聖水，還把我埋了起來。你們可以想見，我醒來之後有什麼感覺嗎？」

「可以想見。」米爾娃一邊審視著箭，一邊回答。所有人都一臉奇怪地看向她。弓箭手清了清喉嚨，別開了頭。雷吉思露出了一抹很淺的笑。

「我快說完了。」他說。「在墓裡的時候，我有足夠的時間去好好想想自己的未來……」

「足夠的時間？」傑洛特問道：「多久？」

「這是職業病嗎？大概五十年。當身體重建完成，我決心要振作。這並不容易，但我做到了。在那之後，我就不喝血了。」

雷吉思看著他。

「完全不喝？」亞斯克爾結巴了起來，可是好奇心戰勝了一切。「完全不喝？永遠都不喝？可是……」

「亞斯克爾，」傑洛特微微挑起眉毛。「克制一點，說話前先想一想，在心裡想。」

「抱歉。」詩人悶悶地說。

「不用抱歉。」吸血鬼出聲調解。「至於你，傑洛特，不要教訓他。我了解他的好奇，我本身，更精確地說，是我和我的神話，具體化身爲他身爲人所有的恐懼。這些恐懼在人類心中扮演的角色，與其他情緒所扮演的角色一樣重要。缺乏恐懼的心理狀態，是一種殘缺的心理狀態。」

「意思是說，」找回自信的亞斯克爾開口道：「要是你沒喚起我的恐懼，那我就是個殘缺的人？」有那麼一刻，傑洛特以爲雷吉思會把牙齒展示出來，去治好亞斯克爾認爲的殘缺，不過他錯了。吸血鬼並沒有這種戲劇性的傾向。

「我指的是深植意識與潛意識中的恐懼。」他解釋道。「請不要介意我用這個隱喻，例如：要是烏鴉克服了恐懼，便會停到桿子上，不再畏懼那上頭掛的帽子與大衣。可是稻草人一旦被風扯動，鳥兒便會飛走。」

「烏鴉這種舉動，說明了何謂生存之戰。」卡希在黑暗中點出意見。

「說什麼明什麼啊？」米爾娃不屑地說。「烏鴉怕的不是恐懼，而是人類，因爲人類有石頭和箭可以對付牠。」

「這就是生存之戰。」傑洛特點了點頭。「只不過是以人類的角度來看，不是烏鴉。謝謝你向我們解釋，這一切我們全都接受。不過，別去挖掘人類潛意識的深淵。米爾娃說得對。人類之所以見到吸血鬼就慌張驚恐，不是因爲他們的不理性，而是因爲想活下去的念頭。」

「專家發言了。」吸血鬼朝傑洛特的方向微微鞠躬。「畢竟專家的專業驕傲，不容許他收錢去向假想的恐懼對戰。懂得自重的獵魔士，只會受僱去和實際的邪惡與直接的威脅戰鬥。所以專家一定會想向我們解釋，爲什麼吸血鬼是比龍或狼還要強大的邪惡，畢竟後兩者也同樣擁有尖牙。」

「或許是因爲後兩者之所以使用尖牙，是飢餓或自衛之故，從來不是爲了好玩，或是要打破冷場及對異性的羞澀感？」

「人們不知道這點。」雷吉思直接反駁。「而你早就知道，但我們這個團隊裡的其他人剛剛才知道。這當中的多數人都深信吸血鬼的吸血不是在找樂子，而是以吸血維生，只吸血，而且是人血。而血是賦予生命的液體，這種液體的流失，會引起器官與生命力的衰竭。你們是這麼理解的：會讓我們血流滿地的生物，是我們的死敵。而會把目標鎖定我們的鮮血、依此而活的生物，是加倍的邪惡：利用我們去加強自身的生命力，爲了讓彼族壯大，我族必須消失。最後的結論就是，這種生物令人作嘔，即使你們知道血能給予生命，血對你們來說卻是讓人厭惡的。你們當中會有人想喝血喝個夠嗎？我很懷疑。有些人一見到血便會癱軟或昏倒。在部分社會中，女性每個月會有幾日被視爲不潔，需要隔離……」

「大概只有在野蠻人的社會才會這樣。而見到血就昏倒的，大概只有你們——北地林格才會這樣。」卡希打斷說。

「我們在令人質疑的哲學叢林中，偏離了直線路徑，」獵魔士抬起頭。「迷失一旁的歧途之中。雷吉思，你認爲當人類知道，你們把他們視爲酒吧，而不是獵物時，對他們來說有分別嗎？你有看到哪種不理智的恐懼？吸血鬼吸食人血，這是不容質疑的事實。人類被吸血鬼當成是裝了烈酒的玻璃瓶，爲此失去氣力，這也是鐵一般的事實。我這麼說吧，被抽乾的人類必定會喪失生命力，通常會死亡。請你見諒，不過你不能把對死亡的恐懼與對血液的厭惡，不管是經血或其他的血，相提並論。」

「你們講得這麼深奧，聽得我頭都暈了。」米爾娃粗聲道。「說來說去，這些大道理還不都是繞著女人裙子底下的東西打轉。去他媽的哲學。」

「我們先把血所代表的象徵擱到一旁。」雷吉思說。「因爲在這點上，一般迷思確實有幾分依據。

我們就專注在那些沒有事實根據，卻普遍存在的迷思上吧。被吸血鬼咬過的人，就算活了下來，也會變成吸血鬼，這點我想大家都知道，對吧？」

「對。」亞斯克爾說。「有這麼一首歌謠……」

「你懂基本的算數嗎？」

「人文七藝我全都唸過，而我拿到的證書是最優等。」

「在『異界交會』之後，大約有一千兩百名的高等吸血鬼在你們的世界留了下來。完全不吸血的吸血鬼，除了我之外，不在少數；他們的數量和像我以前那樣吸血超標的吸血鬼是相同的。根據統計，吸血鬼平均每逢月圓就會吸血，因爲月圓對我們來說是慶祝的日子，我們通常會……呃……吸個痛快。把這點套到人類曆法上，每年以十二次月圓計算的話，理論上，我們可以得出一個數字——每年有一萬四千四百名人類被咬。再用你們的時間來算，從『異界交會』至今，大概過了一千五百年。經過簡單的計算，理論上，目前在這個世界，應該要有兩千一百六十萬名吸血鬼。如果這個數字再以幾何級數增加的話……」

「夠了。」亞斯克爾嘆了口氣。「我現在沒有算盤，可是我想像得到那是怎樣的數字。應該說我想像不到。你的意思是說，被吸血鬼咬會變成吸血鬼根本就是無稽之談，是編出來的。」

「謝謝。」雷吉思行了個禮。「我們再來說下一個迷思：吸血鬼是已經死掉，但沒有死透的人類；在墳墓裡不會發爛，也不會化成灰。就這樣乾乾淨淨、臉色紅潤地在墓裡躺著，等著隨時出來咬人。如果不是因爲你們的潛意識對可敬亡者的不捨，這種迷思又從何而來呢？你們把崇敬與懷念套在亡者身上，夢想著永生不死，在你們的神話與傳說當中，時不時就有人死而復生，戰勝死亡。不過要是你們已故的可敬祖父，眞的突然從墳墓裡爬出來，向你們要啤酒喝，一定會造成恐慌。這點我也沒什麼好奇怪的。有機物質一旦停止生命過程，就必須面臨令人不適的明顯退化，會發出惡臭，化成黏液。不死之魂，是你們的迷思中不可或缺的元素，其捨棄發臭的腐肉，且靈魂飄升而去。不死之魂是純淨的，人們可以放心尊崇。但你們卻發想出這種令人厭惡的鬼魂，靈魂不會飄升，不放開已死的肉身，哈，甚至不會發出惡臭。這很噁心，也不自然！行屍走肉對我們來說，是所有不正常的噁心事物中，最噁心的一樣。某個白痴甚至造出『活死人』，這個你們十分願意贈與我們的詞彙。」

「人類，」傑洛特微微一笑。「是個原始又迷信的種族。對於被木樁刺得渾身是洞，被砍掉頭埋進墳裡，躺在地下五十年，卻依然能夠死而復生的物種，很難要他們完全了解，並正確說出名稱。」

「是啊，是很難，確實如此。」對於這種譏諷，吸血鬼並不買帳。「你們突變一族可以重建指甲、頭髮和皮膚，卻沒辦法接受有他族在這一方面的能力強過你們。而讓你們沒辦法接受的原因，並不是因爲你們比較原始。正好相反，這是因爲你們的自我中心主義，以及對自身完美的深信不疑。舉凡比你們完美的事物，都一定是噁心的變異。而噁心的變異正好適合迷信，也符合社會學上的目的。」

「你們說的這些，我連個屁都聽不懂。」米爾娃用箭桿撥開額前的髮絲，平靜地說。「不過我知道你們說的跟童話故事有關，而我雖然是個森林裡出來的蠢村姑，童話故事也是知道的。我很訝異的是，雷吉思，你竟然一點都不怕太陽。故事裡都說，太陽會把吸血鬼燒成灰。所以，這也要當成故事看看就好嗎？」

「的確如此。」雷吉思說。「你們相信吸血鬼只在夜晚才有危險，只要第一道曙光出現，就會把他燒成灰。而這個迷思的起源，則是最初的部落火堆旁，是源於你們對陽光的偏好，也就是對溫暖的偏好，還有一天作息的活躍期是在白日的預設上。夜晚對你們來說是寒冷、黑暗、邪惡的，具威脅性又充滿危險。太陽東升則是面對生存之戰的再度勝利，是嶄新的一天，是你們存在的延續。陽光帶來明亮與溫暖，對你們而言，能帶來活力的陽光，帶給你們敵對怪物的卻是滅亡。吸血鬼會化成灰，巨魔會化爲石塊，小妖精會矇著眼睛逃命。夜間出沒的猛獸會回到自己的巢穴，不再對你們造成威脅。一直到日落之前，整個世界都屬於你們。我要再說一次，也要特別強調：迷思是遠古以前，在營火邊形成的。現在這只是迷信，因爲你們現在可以點亮、溫暖自己的住所，雖然你們還是受制於日出日落，但也接受了夜晚。我們——高等吸血鬼也離開了最初的地穴，接受了白天。類比舉例說完了，親愛的米爾娃，這樣解釋讓妳滿意了嗎？」

「不怎麼滿意。」弓箭手丟開了箭。「不過我大概懂了。我還在學，有一天我會懂的。社什麼學、活什麼學、狼什麼學、什麼什麼學的。人家說，在學校都是用鞭子打人。跟你們學輕鬆多了，腦袋是挺痛的，但屁股沒事。」

「有一件事是毋庸置疑，也很容易注意到。」亞斯克爾說。「雷吉思，陽光不會把你化成灰，太陽的暖度對你的影響也很小，更別說你徒手就能把燒燙的馬蹄鐵從火裡拿出來。不過我還是要回到你的類比說明，對我們——人類來說，白日是活動的時刻，夜晚是休息的時刻，這很自然。這就是我們的生理構造，比方說，我們在白天的視力較夜晚好。傑洛特是例外，他不管什麼時候都看得清楚，不過他是變種人。你們吸血鬼也和變種有關嗎？」

「可以這麼說。」雷吉思表示同意。「不過我認爲變種一旦成爲長時間的現象，就不再是變種，而是進化。不過你所說的生理構造的確沒錯。接受陽光一事對我們來說，是不得已的行爲。爲了存續下去，在這點上，我們不得不變得像人類一樣。我會說，這是模仿。不過這樣做有其不良的後果，如果使用隱喻的話，那就是：我們躺到了病床上。」

「什麼意思？」

「根據一些資料，可以說，以長遠的角度來看，陽光對我們來說是致死的。有一種理論的說法是，保守估計，再過個五千年左右，居住在這世上的，將會只有活躍於夜間的月之生物。」

「還好我不會活到那個時候。」卡希嘆了口氣後，大大打了個呵欠。「我不知道你們怎麼樣，不過我特別高漲的白日活動力，就在剛剛提醒我夜間睡眠的必要性。」

「我也是。」獵魔士伸了伸懶腰。「而距離殺手太陽的東升只剩下幾個小時。不過在我們被瞌睡蟲征服之前……雷吉思，在學術與擴充知識的前提下，再跟我們說一個吸血鬼的迷思吧。因爲我敢打賭，你還沒有全部說完。」

「當然可以。」吸血鬼點了點頭。「還有一點。這是最後一點，不過一樣重要。這個迷思，點出了你們對性的恐懼。」

卡希不屑地輕哼一聲。

「我把這個迷思留到最後，」雷吉思用目光掃過他。「而我自己也技巧性地避而不談，不過傑洛特提了出來，所以我就不再對你們保留。以性爲來源的恐懼，對人類的影響最大。處女會昏倒在吸她血的吸血鬼懷中，女吸血鬼的雙唇在年輕男子身上遊移，對其爲所欲爲。你們的想像就是這樣，強迫口交。吸血鬼會以恐懼麻痺祭品，逼其進行口交，或者該說是噁心地模仿口交；這樣的性交令人厭惡。當然，生育一事，早被排除在外。」

「那是你的個人意見。」獵魔士咕噥著。

「此舉的目的不是生育，而是歡愉與死亡。」雷吉思繼續說。「所以你們把它變成是邪惡的迷思。你們自己在潛意識裡夢想類似的事，卻拒絕爲男性或女性伴侶而做。所以那個神話般的吸血鬼，就來幫你們做這件事，也因爲這樣，得到了令人著迷的邪惡象徵。」

亞斯克爾向米爾娃解釋雷吉思在說什麼，一等他結束，她便大聲嚷道：「我早說了吧！你們只會說這個，不會說別的！每次開頭都是滿嘴道理，最後卻老是要用屁股來做結束！」

□

灰鶴號角般的叫聲逐漸消失遠離。

隔天，我們帶著好了許多的心情上路。獵魔士回想著。而戰爭就在那時，又毫無預警地趕上我們。

□

他們行經一個幾乎沒有人煙、戰略地點無足輕重的國家，這裡長了大片原始密林，對侵略者毫無吸引力。雖然尼夫加爾德已很接近，與之相隔的，只有大亞魯加河的寬廣水道，卻是條不易跨越的界線。因此，眼前的景象令他們更加震驚。

這場戰事顯現的方式，並不像在布魯格與索登時那樣戲劇化。戰時，那裡夜晚的地平線總是被火光照得通明，白日的天際則被一條條黑色煙柱反覆刺穿。在安格崙這裡，沒有這等景觀可看。當時情況更糟。他們突然看見一群烏鴉在林上盤旋，發出恐怖的叫聲，在那之後沒多久，便見到一具具屍體。那些死屍雖然都被扒去衣衫、無法辨識，但可以確認的是，這些屍首都遭到極殘忍的對待。這些人是在戰亂中被殺的，不僅如此，大部分的屍體都躺在草叢中，可是有一部分遭到肢解，模樣很是可怕。有些屍首的手或腳被掛在樹枝上，有些從已熄滅的木棧堆中探出焦黑的四肢，有些直直立在木樁之上。而且，這些屍體都發出陣陣惡臭。整片安格崙突然瀰漫著一股噁心至極的野蠻惡臭。

他們沒看多久，就不得不躲進山溝和灌木叢中，因爲騎兵的馬蹄聲從左右、前後地面隆隆傳來。每次軍隊經過他們藏身的地方，就揚起一陣塵土。

□

「又來了。」亞斯克爾搖了搖頭。「我們又不知道，現在是誰在打誰、爲什麼要打了。我們又不知道，是誰在前面、誰在後面，誰打算往哪去，進攻的是誰、防守的又是誰。讓他們全都得瘟疫死光好了！我不記得和你們說過了沒，我認爲戰爭像是陷在火海中的妓院……」

「你說過了。」傑洛特打斷他。「說過上百次了。」

「他們是在爭什麼啊？」詩人大大啐了一口。「爭杜松和沙子嗎？這個美得不得了的國度，除了這兩樣，就什麼都沒有了啊！」

「躺在樹叢的那些死屍，有些是精靈。」米爾娃說。「這裡是斯寇亞塔也突擊隊的行經路線，他們每次都走這裡。志願軍要從布蘭納薩谷和青紫山去特馬利亞的話，都會走這條路。有人想要在路上攔截他們，我是這麼想的。」

「也有可能是特馬利亞軍在這裡搜捕『松鼠』。」雷吉思說。「不過這附近的軍隊數量有點太多了。我懷疑，尼夫加爾德人還是渡過亞魯加河了。」

「我也是這麼想。」獵魔士看著臉孔依舊如石頭般的卡希，微微皺起眉頭。「我們早上看見的那些屍體，看得出尼夫加爾德的作戰手法。」

「都是半斤八兩啦。」出人意表，米爾娃爲年輕的尼夫加爾德人辯護。「少用你那雙眼睛去瞪卡希，因爲你們兩個現在已經被奇怪的命運連在一起了。他要是落到黑衣軍手裡就完了，而你不久前也才從特馬利亞人的木樁下逃掉。哪支軍隊在我們後面、哪支在前面，哪些是自己人、哪些是外人，哪些是好人、哪些是壞人，知道這些又有什麼用。不管穿什麼顏色的衣服，現在他們都是敵人。」

「妳說得對。」

□

第二天，當他們再度躲進山溝裡等待軍隊通過時，亞斯克爾說：「奇怪了。軍隊騎著馬在山上跑來跑去，連地面都隆隆作響，可是底下亞魯加河那裡，卻聽得到斧頭砍伐的聲音。那些樵夫好像沒事人似的，木照伐，樹照砍。你們聽到了嗎？」

「說不定那些不是樵夫。」卡希思索著。「說不定那也是軍隊？是工兵在做事？」

「不，那是樵夫。」雷吉思這麼認為著。「很明顯，沒有什麼可以阻擋他們挖掘安格崙黃金。」

「什麼黃金？」

「你們仔細看看這些樹。」吸血鬼再度用一副全知聖人在教導蒙昧世人的優越口吻。他說話時，常會出現這種口吻，這讓傑洛特有些反感。

「這些樹，」雷吉思又說了一次。「是安格崙的雪松、杜松與松樹，是很昂貴的樹材。這裡到處都是漂木點，樵夫在這些定點把木材捆好，放到河裡運送。到處都有伐木場，斧頭更是從早砍到晚。這麼看來，我們聽得見，而且正在觀察的這場戰事，確實有其道理。就像你們知道的，尼夫加爾德控制了亞魯加河口、琴特拉和維爾登，還有上索登。目前布魯格與部分下索登，大概也在他們的控制之中。意思就是，從安格崙走水路出來的木材供應對象，已經變成是尼夫加爾德帝國的鋸木廠和造船廠了。所以北方各國試圖要攔截木材運送，而尼夫加爾德人則反過來，要這些樵夫盡量砍樹，盡量把木材送出去。」

「而我們就像平常一樣，運氣不好。」亞斯克爾點了點頭。「因爲我們得去卡耶度，而且就這麼剛好，得穿過安格崙的正中心及這場木頭大戰。該死的，沒有別條路了嗎？」

□

等馬蹄聲遠去，四周安靜下來，終於可以繼續上路時，我也問了雷吉思相同的問題。傑洛特望著亞魯加河上方的落日，回想起這件事。

□

「別條去卡耶度的路？」吸血鬼思索了一下。「好繞過山頭，避開軍隊的路？當然有這樣的路。不過那條路不太好走，也不太安全，而且比較遠。不過保證不會碰上軍隊。」

「說吧。」

「我們可以轉往南方，試著穿過亞魯加河的曲流低地。走惡斯及。你知道惡斯及嗎？獵魔士。」

「我知道。」

「你有走闊葉林的經驗嗎？」

「當然。」

「從你平靜的語氣聽來，」吸血鬼清了清嗓子。「你同意這個想法。好吧，我們有五個人，其中一個是獵魔士，一個是戰士，還有一個是弓箭手。經驗、兩把劍再加一把弓，要去對付整支尼夫加爾德長征軍，是太勉強了。不過如果是要越過惡斯及，應該還可以。」

惡斯及。獵魔士在心裡想著。那是一片佔地三十餘哩、湖眼散布的沼澤泥地，其中分布著一座座長著怪異樹木的黑暗闊葉林。有些樹幹覆有鱗片，根部形似洋蔥，愈往上長愈發細長，樹冠平整而濃密。有些則長得低矮歪斜，樹根如扭曲的八爪魚般盤踞著，而光禿頂冠上長有苔蘚與乾枯的沼澤地衣所組成的鬍鬚。這些植鬚總是不斷擺動，卻不是風的緣故，而是因爲這裡的毒沼氣。惡斯及，也就是「爛泥坑」，也許「臭氣坑」這個名稱比較貼切。

至於那泥地與沼澤之中，那長滿浮萍與水藻的湖塘之中，也是一片盎然生機。在那裡定居的不只有水獺、青蛙、烏龜和水鳥，惡斯及裡充斥著危險非凡的生物。牠們有著螯鉗與觸角，以及善於抓握的下肢，能夠捕捉、浸溺和拆扯獵物。這些生物的數量之多，從來沒人有辦法將之全數辨認分類。就算是獵魔士也辦不到。他自己也鮮少在惡斯及，還有下安格崙捕獵魔物。這個地區的人煙很稀少，只有一些人住在沼澤邊。他們習慣性地將怪物當成風景的一部分，對牠們抱以尊重，幾乎沒想過要雇用獵魔士來抓怪物。幾乎沒有，但也不是沒有先例，所以傑洛特知道惡斯及這個地方及其危險所在。兩把劍和一把弓。他想著。還有經驗，我的獵魔士實戰經驗。大家一起的話，應該沒問題。尤其是由我來打頭陣，我會注意一切的。注意腐爛的樹幹、水草堆、樹叢、草叢、植物，甚至是蘭花。因爲在惡斯及，有時看起來像是蘭花的植物，事實上卻是有毒的蟹蜘蛛。得把亞斯克爾拴在身邊，免得他到處亂碰。更何況，那裡有不少植物喜歡用肉塊來補充葉綠素。一旦皮膚碰到這種植物的芽苗，毒性就和蟹蜘蛛一樣強。當然，還有沼氣，具有毒性的水氣。得想想怎麼把口鼻遮住……

「所以，怎樣？」雷吉思把他從思緒中拉了出來。「你同意這個計畫嗎？」

「我同意，我們動身吧。」

□

當時我有種奇怪的感覺，別和夥伴們說走惡斯及這個計畫，且拜託雷吉思也別和其他人說。獵魔士回想著。

我也不知道爲什麼自己會如此遲疑。現在，當一切都完完全全、徹徹底底地亂了套，我大可說我早就注意到米爾娃的異常舉止。注意到她身上的問題、那些明顯的徵狀。不過若我眞的那麼做，那就是說謊了。我什麼也沒注意到，而對於注意到的那些，又視若無睹。就像個蠢蛋一樣。我們就這樣繼續往東走，一邊還猶豫著是否要轉往那些沼澤地。

另一方面，多走這一段路也是好的。他一邊想著，一邊拿出劍，用拇指碰著鋒利得像剃刀一樣的劍身。如果我們那時候直接往惡斯及走，我今天也不會有這把武器。

□

打從天亮，他們就沒聽過、也沒見過任何一支軍隊。米爾娃騎在前頭，遠遠領先其他夥伴。雷吉思、亞斯克爾與卡希在聊天。

「但願那些德魯伊願意出手，在奇莉的事情上給我們援助。」詩人有些擔心。「相信我，我碰過那種求也沒用、孤僻得不得了的德魯伊，那種躲在荒郊野嶺的隱士。說不定，他們根本就不想和我們說話，更別說要他們施魔法了。」

「雷吉思在卡耶度那裡有認識的德魯伊。」傑洛特提醒道。

「該不會是三、四百年前認識的吧？」

「對方沒有那麼老。」吸血鬼掛著神祕笑容給予保證。「話說回來，德魯伊都很長壽。他們一直處在未遭破壞的原始自然中，而這種環境對健康很有幫助。亞斯克爾，大力深呼吸，讓森林裡的空氣塡滿你的肺，這樣你也會變健康。」

「森林裡的空氣沒多久就會讓我長出該死的動物皮毛了，我每天晚上都夢到旅店、啤酒和浴池。這是原始的大自然中，原始的瘟疫吧。我眞的很懷疑大自然對健康的益處，尤其是心理層面。德魯伊就是最好的例子，因爲他們都是行爲古怪的瘋子。一提到他們的自然和自然的保護，馬上就會整個發狂。他們去給君主送請願書的情況我看得可不少：不要打獵、不要伐木、不要把排泄物排進河裡，還有其他一堆這類狗屁倒灶。而這些愚蠢舉動裡最經典的，就是他們派的代表團，戴著槲寄生冠出現在奇達里士的艾塔因王面前，我那時剛好也在……」

「他們想做什麼？」傑洛特被勾起了好奇心。

「就像你們知道的，奇達里士是個多數人民以捕魚維生的王國。德魯伊要求國王下令使用網眼大小合乎規定的漁網，並嚴懲那些使用小於規定尺寸的人。艾塔因聽得連下巴都掉了，而那些槲寄生痴解釋說，限制網眼尺寸是保護漁獲資源耗竭的唯一辦法。國王把他們領到陽台去，指著大海說，他最大膽的水手有一次往西航行了兩個月，然後掉頭回來，因爲船上的水喝光了，而地平線上連個陸地的影子都沒有。國王問說，難道他們——德魯伊想像得到這樣的海裡，會有漁獲資源耗竭的一天嗎？那群槲寄生痴的回答是：當然有可能。就從自然界裡直接拿取食物的方式來說，即使海上捕撈是最持久的辦法，但總會有魚群耗盡、飢餓上門的一天。因此，得用網眼較大的魚網來捕魚，只抓已經成熟的大魚，以保護魚苗。艾塔因問說，根據德魯伊的看法，這個可怕的饑荒何時會發生，而他們的回答是：根據他們的預測，再過兩千年。國王客氣地與他們道別，並請他們大概過一千年後再來，到時他會想想該怎麼做。那些槲寄生痴沒聽懂這個玩笑，開始提出異議，所以就被丟出城門了。」

「那些德魯伊就是這樣。」卡希認同道。「在我們尼夫加爾德那裡……」

「被我逮到了吧！」亞斯克爾勝利地大喊。「『在我們尼夫加爾德那裡』！昨天我叫你尼夫加爾德人時，你還像被黃蜂螫到似地直跳腳呢！卡希，你要不要乾脆決定一下，自己到底是誰？」

卡希聳了聳肩，說：「對你們來說，我只能是尼夫加爾德人。我看得出來，不管我怎麼說，你們都不信。不過，爲求精準，你們還是要知道，這種稱呼在尼夫加爾德帝國裡，只有生在首都和首都附近的下阿爾巴河流域一帶居民才能使用。我的家族來自維可瓦洛，所以……」

「閉嘴啦！」領在前頭的米爾娃，既突然又不太有禮地下了命令。所有人即刻噤聲，把馬拉住。他們已經知道這代表那女孩看到、聽到或直覺感應到了什麼可以吃的東西，只要成功接近，並用箭射下就行了。事實上，米爾娃的確拿起了弓，卻沒有下馬，所以這不是和狩獵有關。傑洛特謹慎地往她騎了過去。

「煙。」她簡短地說。

「我沒看見。」

「用你的鼻子聞。」

雖然這股煙味幾乎難以察覺，但弓箭手的嗅覺並沒有錯。而這股煙味不可能是來自火場，也不可能是出自焦地。這股煙味挺好聞的。這是火堆的煙味，而上頭正烤著東西。傑洛特在心裡如是認定。

「我們要避開嗎？」米爾娃壓著聲音問。

「嗯，不過先瞄一眼。」傑洛特答道。他跳下馬，把轠繩交給亞斯克爾。「搞清楚我們要避開的東西是什麼比較好，還有是誰在我們的背後。妳隨我來，其他人待在馬上，你們要提高警覺。」

越過林邊的樹叢，可以看見一片寬廣的林場和堆放整齊的木材。一縷輕煙正從木堆之間飄了出來。傑洛特稍稍放了心。視線所及沒有任何動靜，而木堆之間的距離太小，藏不了什麼太大的東西。這些，米爾娃也注意到了。

「沒有馬。」她壓著聲說。「這不是軍隊。依我看，是樵夫。」

「我也這麼覺得，不過我去看看。幫我掩護。」

他在木堆間躲藏前進，靠近之後，聽見了一些聲音。他又靠近了一些，內心滿是訝異。不過，他的聽覺並沒有欺騙他。

「小球半片糕！」

「鈴鐺一小堆！」

「轉螺紋！」

「我跟。出牌吧！把第一張打出來。喔，眞是……」

「哈！哈！哈！只不過是士兵加張小牌罷了，沒什麼了不起的！你還沒拿到你的一小堆，自己就先拉一大堆！」

「等著瞧吧，我出士兵。他出什麼？喂，亞宗，你的牌技也太爛了吧！」

「你這個王八蛋，幹嘛不出少女啊？我等等就拿棍子……」

獵魔士本來或許還是會很小心，畢竟很多半身人都會玩轉螺紋，而名字叫作亞宗的也可能不少。不過在這些牌家激動的聲音中，突然殺出一道他很熟悉的粗啞叫聲。

「X你……媽！」

「各位兄弟，你們好啊！」傑洛特從木堆後頭走了出來。「很高興見到你們，尤其是你們又全員到齊，甚至連鸚鵡也在。」

「他奶奶的！」佐丹．奇瓦意外得連牌都掉到地上，不過馬上又撿了起來，動作之粗魯，讓坐在他肩頭的飛得元帥．嘟答嚇得拍翅大叫。「獵魔士！眞高興你沒事！我沒眼花吧？培齊瓦，你看到的和我一樣嗎？」

培齊瓦．舒登巴、蒙羅．布魯斯、亞宗．華爾達，還有菲吉斯．默盧卓紛紛跑到獵魔士身邊，用力握著他的右手。當傑洛特的其他夥伴從木堆後頭現身，原本就很歡樂的氣氛更加熱絡了。

「米爾娃！雷吉思！」佐丹一邊用力擁抱所有人，一邊高聲喊著。「亞斯克爾，你這腦袋瓜上雖然綁了繃帶，不過你還活著！怎樣，你這個滿腦子只會唱歌的樂師，再寫下一首老掉牙的傳奇樂曲？人生和寫詩不同，可不是鬧著玩的！你知道為什麼嗎？因為人生可不是能讓你挑三揀四的東西！」

亞斯克爾四處瞧了瞧，問：「卡列伯．斯特拉通在哪裡？」

佐丹與其他人突然沉默下來，一臉嚴肅。

最後，矮人吸了吸鼻子，說：「卡列伯在樺樹下睡著了，跟他最愛的卡本山隔得老遠。黑衣軍在伊那河邊追上我們，他跑得太慢，來不及跑進森林……他的腦袋被砍了一劍，等他倒下後，他們還用長戟刺他。好了，你們開心點，我們已經為他掉過眼淚，這樣就夠了。應該要開心點，畢竟你們從營區那場騷動全身而退。喔，依我看，你們的陣容甚至還變大了。」

面對矮人謹慎的目光，卡希只是微微頷首，沒有開口。

「來，來坐吧。」佐丹邀請著。「我們這裡在烤小羊。我們在幾天前碰見這頭孤單又可憐的小羊，不能讓牠毀在邪惡的死神手裡，讓牠餓死或被野狼咬死，所以就好心地把牠給宰了，做成菜來吃。你們坐啊。至於你，雷吉思，麻煩到旁邊來一下。傑洛特，麻煩你也過來。」

木堆後面坐著兩名女人。一個正在哺乳懷裡的嬰孩，一見人來，便暗暗轉過身子。一旁有個年輕女孩，手上纏著不甚乾淨的布條，正蹲在沙地上和兩個孩子玩耍。女孩抬起一雙渾濁、無所謂的眼睛看著獵魔士的時候，他馬上就認出了她。

「我們把她解開的時候，馬車已經著火。」矮人說明著。「她差一點就稱了那個討厭她的祭司的心意，就那樣完蛋了。不管怎樣，她已經受過火的洗禮。焰火舔過了她，燒著了她身上的活肉。我們幫她抹過豬油，用我們會的方式幫她包紮，不過還是有些發炎了。理髮師，要是你可以……」

「當然。」

當雷吉思想替那女孩把包紮解開，她大叫了起來，整個人往後瑟縮，並用沒受傷的那隻手擋住自己的臉。傑洛特往她靠近了些，想把她制住，不過吸血鬼朝他揮了揮手。他深深地看進女孩茫然的雙眼，女孩馬上就冷靜下來，渾身癱軟。她的頭微微垂到胸前。雷吉思小心地解開髒布條，爲她燒傷的手臂抹上一種氣味怪異而強烈的膏藥時，那女孩甚至連動都沒動一下。

傑洛特轉過頭，看了看那兩個女人和那兩個孩子，然後又看向矮人。佐丹清了清喉嚨。

「我們是一直到了安格崙這裡，才碰上了這兩個婆娘和孩子。」他壓著聲音解釋道。「這些人在逃亡時迷了路，就只有他們幾個，又慌又餓的，所以我們就把他們帶在身邊照顧；不知不覺就變成這樣了。」

「不知不覺就變這樣。」傑洛特帶著淺淺的微笑，跟著說了一次。「佐丹．奇瓦，你這個利己主義者當得還眞不稱職啊。」

「每個人總有些缺點，你不也還在趕著去救你的小女孩。」

「對，不過事情變得有點複雜了。」

「因爲那個之前在你後頭追趕，現在升格變成你同伴的尼夫加爾德人？」

「有一部分是。佐丹，你這些難民是從哪來的？他們在躲誰？尼夫加爾德人還是『松鼠』？」

「這很難說。這些孩子連個屁也不懂，那些婆娘又不太說話，不知道在怕什麼。你在她們面前說句髒話、放個屁，她們的臉就紅得像番茄一樣……這不重要。不過我們還碰過其他難民，是樵夫，我們從他們那裡知道，尼夫加爾德正在這裡開打。這支部隊是從西方的伊那河對岸來的，大概是我們的老朋友吧，不過這裡好像也有南方來的部隊，從亞魯加河對岸來的。」

「他們在和誰打？」

「這是個謎。那些樵夫說到一支什麼白色女王帶領的軍隊，那個女王在打黑衣軍。她大概會帶著自己的軍隊，一路打到亞魯加河對岸，攻打尼夫加爾德帝國。」

「這會是哪支軍隊？」

「我不知道。」佐丹撓了撓耳朵。「你看，這裡每天都有帶武器的人騎著馬在路上跑，可是我們不會去問他們是誰。我們都躲在樹叢裡……」

這場對話被處理完女孩燙傷手臂的雷吉思給打斷。

「傷口要每天換藥。」他對矮人說道。「我會把藥膏和紗布留給你們，紗布不會黏到燒傷的部位。」

「謝了，理髮師。」

「她手上的傷不久就會好了。」理髮師小聲地說，同時看著獵魔士。「過一段時間，甚至連疤都會從那年輕的肌膚上消失。問題比較大的，是這個不幸女孩的腦袋，而我的藥膏幫不上忙。」

傑洛特沒有說話。雷吉思用布條擦了擦手。

「不是她命該如此，就是被詛咒了。」他壓低聲音說。「我感覺得到她血中的疾病、感覺得到那疾病的完整面貌，不過我卻沒辦法治好她……」

「是啊。」佐丹嘆了口氣。「把皮補好是一件事，但如果是腦袋壞掉，那就沒藥醫了。只能好好看照著……謝謝你的幫忙，理髮師。我看，你也加入了獵魔士的陣營啊？」

「是啊，不知不覺就變這樣了。」

「嗯……」佐丹順了順鬍子。「那你們打算走哪條路去找奇莉？」

「我們要往東走，去找卡耶度的德魯伊圈。我們想藉用德魯伊的力量……」

「那種力量是沒用的。」一道金屬般的響亮聲音回應著，那是來自手上包著繃帶的女孩。「那種力量是沒用的，只有血，還有火之洗禮。火能淨化，不過也能奪取生命。」

這番話讓佐丹整個人完全呆住，雷吉思重重壓住他的肩膀，用手示意其保持沉默。已經知道何謂催眠狀態的傑洛特，在一旁保持沉默，沒有任何動作。

女孩低著頭說：「誰潑灑鮮血，誰啜飲鮮血，就得用鮮血還債。三天內，一個將在另一個中死去，到那時候，每一個都會有部分死去，漸漸死去，一點一滴……當鐵鞋終於磨穿、眼淚終於流乾，留下來的丁點也會死去。甚至是從來不死的，也將死去。」

「說吧。」雷吉思小聲而溫和地說。「把妳看到的說出來吧……」

「霧，霧中有座塔。那是燕之塔……在結了冰的湖面上。」

「妳還看到什麼？」

「霧。」

「妳有什麼感覺？」

「痛……」

雷吉思沒來得及問出下一個問題。女孩大力晃著腦袋，粗暴地嘶喊一聲，開始嗚咽。當她再度抬起雙眼，那對眸子裡只剩一片白霧。

□

佐丹在那件事後對雷吉思產生了敬意，不再使用平常對理髮師說話時的日常語調。傑洛特在心裡回想著，手指仍在覆了盧恩字母的劍身上遊走。依照雷吉思的要求，對於這起詭異的事件，他們一個字也沒對其他人說。獵魔士對這一切沒有什麼特別感覺。他已經見識過類似的恍惚狀態，傾向認爲人在催眠狀態下所說的不是預言，而是重複捕獲的思緒，與催眠師所下的暗示。事實上，這次的現象也不是催眠，而是吸血鬼的魔力，而且傑洛特不禁要想，如果這個恍惚狀態再持續久一些，這女孩還會從雷吉思身上抽出怎樣的思緒。

他們跟著矮人及其保護的對象一起走了半日。在那之後，佐丹．奇瓦將隊伍停了下來，把獵魔士叫到一旁。

「該分手了。」他簡潔地宣告著。「傑洛特，我們已經做了決定。北方的天際已經可以看見馬哈咯姆山，而這個山谷會直接通往山裡。這些日子的冒險已經夠多了。我們要回家去，回到卡本山下。」

「我了解。」

「我很高興你能夠了解這點。祝你好運，你和你的同伴都好運。我大膽地說一句，你們還眞是個奇怪的組合。」

「他們想幫我。」獵魔士輕聲答道。「這對我來說是種新的體驗，所以我決定不去探究原因。」

「聰明。」佐丹把自己背上那把夕希爾從裹著貓皮的漆鞘中抽了出來。「在我們分道揚鑣以前，給你，拿去。」

「佐丹……」

「別廢話，拿去就是了。我們會在山裡坐著等戰事結束，用不到鐵器的。而偶爾喝啤酒的時候，可以想到這把馬哈咯姆打出來的夕希爾，是握在好人的手上做好事，不會給我丟面子，這種感覺挺好的。而你呢，用這把劍砍向害你的奇莉的那些人時，至少也替卡列伯．斯特拉通砍上一個吧。還有，也想想佐丹．奇瓦跟矮人打鐵舖吧。」

「你可以放心。」傑洛特接過劍，把它揹到背上。「你可以放心，我一定會想到你說的這些。想到在這個骯髒污穢的世界上，有佐丹．奇瓦、良善、誠實與正直，這些都深深烙印在我的記憶裡。」

「你說得對。」矮人眨了眨眼睛。「我也不會忘了你和林子前的那群匪兵，也不會忘了雷吉思和熱火裡的馬蹄鐵。既然說到彼此互惠這上頭……」

他打住未竟之語，清了清喉嚨，咳了咳嗓子，然後又啐了一口。

「傑洛特，我們在第林根搶了一個商人，那是個做哈付客生意的有錢人。當他把黃金和寶石裝到車上逃出城時，我們把他給堵了下來。他抵死保護財產，喊著要人來幫忙，所以頭蓋骨就被十字鎬給敲了幾下。在那之後，他就安安靜靜、沒有聲音了。你記得我們一路上用手搬著走、用車載著走，最後還埋在啊溪旁邊地下的那個箱子？裡面裝的，就是從哈付客那裡搶來的財寶。我們打算靠這一筆搶來的贓物，建立自己的未來。」

「你爲什麼要告訴我這些事？」

「因爲我注意到你不久前才被騙子的外表給牽著走。你以爲是良善和正直的東西，結果卻是躲在美麗面具底下的卑鄙與邪惡。獵魔士，你很好騙，因爲你不會追根究柢。不過我不想騙你。不要只看這些娘兒們和孩子，不要以爲站在你面前的矮人行事正直、有高貴情操。站在你面前的是個賊，是個強盜，說不定還是個殺人犯；因爲被打了一頓的哈付客，可能已經死在第林根商道旁的溝裡。」

他們看著北方那些沒入雲中的遙遠山頭，沉默了許久。

最後，傑洛特終於開口：「再會了，佐丹。也許有天，我不再懷疑某些事物的存在時，這些事物的力量會讓我們再度碰面。我希望有這麼一天，我想要把奇莉介紹給你，想讓奇莉認識你。不過就算不會有這麼一天，你也要知道，我不會忘記你的。再會了，矮人。」

「你會和我握手嗎？和我這個賊、這個強盜？」

「這點我不會遲疑，因爲我已經不像以前那麼好騙了。雖然我不會追根究柢，但我正慢慢學習去了解面具底下的藝術。」

□

傑洛特將夕希爾一揮，把一旁的飛蛾切成了兩半。

與佐丹及他的夥伴分手後，我們在林子裡碰上一群村民。傑洛特回憶著。一部分的人看到我們拔腿就跑，不過米爾娃攔下了幾個，拿弓威脅他們。原來，不久前這些村民還是尼夫加爾德人的俘虜。他們被趕去砍雪松，不過幾天前，一支部隊向看守他們的守衛發動攻擊，把他們救了出來。現在他們要回自個兒的家去。亞斯克爾鐵了心，要他們說出救他們的人是誰，以非常尖銳、決心追到底的方式問他們。

□

「那些戰士是白色女王手下的人。他們把黑衣軍打得稀里嘩拉！他們說他們就像敵人背後的猩猩兵。」一個村民重複道。

「像什麼？」

「我剛剛不是說了，像猩猩兵。」

「猩猩兵，搞什麼啊。」亞斯克爾一臉不以爲然地揮了揮手。「哎，各位啊，各位……我是問，那支軍隊鑲了什麼標誌？」

「什麼都有啊，先生，那些騎軍都是散兵。步兵的話，就是像這樣紅紅的東西。」

那名村民拿起棍子，在沙地上刮出一個菱形。

「鑽石。」精通各種徽紋的亞斯克爾感到訝異。「不是特馬利亞的百合，而是鑽石，利維亞的徽章。這下可有趣了。從這裡到利維亞絕對超過兩百哩，更不用說利里亞與利維亞的軍隊，早在安葛拉谷與阿爾得堡這兩場戰役就被徹底殲滅了，國土也被尼夫加爾德給佔去……我完全搞不懂了！」

「這很正常。」獵魔士爲這段談話劃下句點。「話說夠了，上路。」

□

「哈！」詩人大叫一聲。一路上，他不斷思索、分析著從村民那裡得來的訊息。「我懂了！不是猩猩兵，是星散兵！就是跟在敵人後方的游擊兵！你們覺得呢？」

「我們也這麼覺得。」卡希點了點頭。「簡單一句話，在這些區域活動的是北地林格的游擊兵。這一定是七月中，在阿爾得堡被擊潰的利里亞和利維亞殘軍所組成的部隊。我在『松鼠』那邊的時候，有聽到那場戰役的事。」

「我認爲這是個令人高興的消息。」亞斯克爾宣布著。對於自己解開這個猩猩謎題這點，感到很驕傲。「就算那些農民搞錯徽紋，我們和特馬利亞的軍隊也沒有任何關係。我不認爲利維亞的游擊兵已經收到風聲，知道不久前有兩個間諜偷偷從維瑟格德元帥的絞刑架上溜走。要是我們碰上那些利維亞的游擊兵，還有機會矇混過去。」

「是有這個可能。」傑洛特一邊穩住不斷亂動的小魚兒，一邊說道。「不過，老實說，我寧願不要碰到他們。」

「那畢竟是你的同胞阿，獵魔士。」雷吉思說。「再說，人人都叫你利維亞的傑洛特。」

「修正一下。」傑洛特冷冷答道。「這樣稱呼我的人，是我自己，好讓名號聽起來響亮點。名字裡加了這種陪襯，可以讓客戶更信任我。」

「我懂了。」吸血鬼笑了笑。「不過爲什麼你選的恰恰就是利維亞呢？」

「我挑了一些響亮的名號，用抽籤決定的。這個方法是我的獵魔士導師教的，不過他不是立即告訴我要這麼做。他是在我堅決地要把自己的名字取作傑洛特．羅傑．艾瑞克．杜豪特貝雷加爾德時，才把這個方法告訴我。維瑟米爾覺得這麼名字太可笑、太自命不凡，也太愚蠢了。看來他是對的。」

亞斯克爾大聲地咳了一下，意有所指地看著吸血鬼與尼夫加爾德人。

眼神略顯不滿的雷吉思說：「我的名字很長，但這是眞名眞姓，也是遵循吸血鬼的傳統。」

「我的也是。」卡希急著解釋。「馬芙是我母親的名字，而狄福林是我爺爺的，這個名字沒什麼好笑的，詩人。至於你，好奇問一下，你叫什麼名字？畢竟，亞斯克爾只不過是你的化名。」

「我不能使用，也不能洩露我的眞實姓名，」吟遊詩人驕傲地揚起鼻頭，神祕地回答。「那太有名了。」

「至於我呢，」已經鬱鬱寡歡、沉默不語一段時間的米爾娃突然加入談話。「會有人叫我小米娃、小米兒或米娃兒的裝熟，這讓我覺得很討厭。這種名字讓人聽了，會以爲我是那種可以隨便讓人打屁股的女人。」

□

天色轉黑。鶴群已然遠離，牠們的鳴叫也逐漸向遠方淡去。從山頭吹來的微風也靜了下來。獵魔士將夕希爾收進劍鞘。

只有今天早上，今天早上還沒事。而中午過後，問題就來了。

我們原本可以早點發現的。他心想。不過我們當中，除了雷吉思，誰懂這方面的事呢？當然，所有人都注意到米爾娃常在清晨嘔吐。不過有時候，我們吃的那些東西，讓所有人都翻腸絞肚。亞斯克爾也吐過一、兩次，而卡希還曾拉肚子拉到怕，以爲自己得了下痢。至於這女孩動不動就下馬進樹叢，我當作是膀胱受寒……

我眞是個蠢蛋。

看起來，雷吉思早就猜到眞相，但選擇沉默，一直到沒辦法再保持沉默。當我們在沒人的樵夫小屋停下來過夜時，米爾娃把他拉到林子裡去，和他談了很久，有時還拉高聲調。吸血鬼獨自從林子裡回來，秤了些草藥混在一起。之後，他突然把我們都叫進小屋，用他那種說教的語調，開始兜圈子。

□

「我在此對所有人說。」雷吉思又重複了一次。「我們畢竟是個團隊，爲彼此共同承擔責任。不過這並沒辦法改變眼前的事實——該爲這件事負起最高責任，我的意思是，直接責任的人，很可能不在我們當中。」

「該死的，說清楚一點。」亞斯克爾焦躁了起來。「團隊、責任……米爾娃怎麼了？她生了什麼病？」

「這不是病。」卡希小聲地說。

「嚴格來說不是。」雷吉思附和道。「這女孩懷孕了。」

卡希點了點頭，表示自己也猜想到了。亞斯克爾整個人呆住，獵魔士把牙根咬緊。

「幾個月了？」

「她拒絕，而且是用非常不禮貌的方式，拒絕告訴我任何日期，包括她的最後一次來潮。不過這種事瞞不過我，應該是第十週了。」

「所以別再這麼高調地提什麼直接責任了。」傑洛特鬱悶地說。「該負責的，並不是我們當中的任何人。要是你對這點有任何疑慮，我謹在此為你消除。不過，不管怎麼說，關於群體責任那部分，你是對的。她現在是和我們在一起。所有人都突然升格到丈夫與父親的角色，所以我們就綳緊神經，來聽聽醫者說的話。」

雷吉思開始條條數來：「進餐要確實、有規律，不能有任何壓力。再過不久，馬也不能騎了。」

眾人聞言，沉默許久。

最後，亞斯克爾終於開口：「我們懂了。各位人夫、人父，我們有問題了。」

「問題比你們想的更大，或者更小。這一切，要看是從哪個角度切入。」吸血鬼說。

「我不懂。」

「但你該懂。」卡希嘀咕了一下。

過了片刻，雷吉思又說：「她要求我幫她調某種效果強大、快速的……藥劑。她認為這是補救的辦法，態度很堅決。」

「你給了嗎？」

雷吉思笑了笑。

「沒先和其他人父討論過？」

「她要的那種藥，」卡希輕輕出聲。「並不是什麼神奇的靈丹妙藥。我有三個姊姊，我知道自己在說什麼。看起來，她以為今天晚上喝過藥，明天就能和我們繼續上路。這根本不可能。她大概會有十天的時間，連上馬都不用想。雷吉思，在你給她那種藥之前，必須先告訴她這點。至於藥的話，等到我們找到乾淨的床之後再給她。」

「我懂了。」雷吉思微微點頭。「一票贊成。那你呢，傑洛特？」

「什麼？我？」

「各位男士，」吸血鬼用他的黑色眼睛掃過他們。「別假裝你們不懂。」

卡希紅了臉，低著頭說：「在尼夫加爾德，這種事都是女人決定。沒人有權影響她的決定。雷吉思說米爾娃很堅決要……吃藥。就是因爲這樣，這是唯一原因，我才不自覺地開始思考要怎麼進行，還有之後會有怎樣的後果。不過我是外國人，不懂你們……我根本就不該出聲。我向你們道歉。」

「道什麼歉？」吟遊詩人覺得奇怪。「尼夫加爾德人，你把我們當成了野人嗎？當我們還是迷信的部落民族，會遵行巫覡禁忌？這種事當然就只有女人能下決定，這是任何人都不能從她身上剝奪的權利。要是米爾娃決定要……」

「閉嘴，亞斯克爾。」獵魔士吼道。「拜託你行行好，閉嘴。」

「你有別的看法？」詩人挺起了身子。「你想要阻止她還是……」

「該死的，給我閉嘴，不然別怪我忍不住動手！雷吉思，你似乎想要我們集體表決之類的。這是爲了什麼？你是醫生。她要的那個方法……對，方法，因爲湯藥這個字，我聽著不大對勁……只有你可以幫她準備好那個方法。而且如果她再跟你要，你會給她。你不會拒絕她。」

「那個方法我已經準備好了。」雷吉思把一個小小的黑色玻璃瓶指給所有人看。「要是她再向我提，我不會拒絕。要是她再向我提的話。」他堅定地回答。

「所以你是什麼意思？要我們有一致的想法？要大家全都接受？這是你所期望的？」

「你很清楚是為了什麼。」吸血鬼說。「你很清楚地感覺到該怎麼做。不過既然你問了，我就回答你。對，傑洛特，我要大家有一致的想法。對，我要大家全部都接受。不，那不是我所期望的。」

「你可以說清楚點嗎？」

「不，亞斯克爾。」吸血鬼答道。「我已經不能再說得更清楚了。更何況，沒這個必要。對吧？傑洛特。」

「對。」獵魔士將額頭靠在合攏的手上。「對，他媽的對。不過為什麼你要看著我？要我去做嗎？這種事我不懂，我不會。我一點都不適合這種角色……一點也不，你們懂嗎？」

「不。」亞斯克爾提出異議。「我們一點都不懂。卡希，你懂嗎？」

尼夫加爾德人看了看雷吉思，然後又看了看傑洛特。

「大概懂吧。」他說得很慢。「我是這麼覺得的。」

「喔。」吟遊詩人點了點頭。「喔。傑洛特馬上就懂，卡希覺得他也懂。我用最直接的方式要求解釋，可是你們一開始就先要我安靜，然後又跟我說『我沒必要懂』。謝謝你們哦。我作詩作了二十年，久到讓我知道有些事是可以馬上理解，甚至不用半句解釋，而有些事則是讓人永遠也無法理解。」

吸血鬼笑了笑。

「我認識的人當中，沒有人可以像你這樣解釋得那麼優美。」他說。

□

天色已經全黑。獵魔士站了起來。

反正伸頭是一刀，縮頭也是一刀。他想著。這件事反正是避不掉，也沒什麼好拖拖拉拉的。這件事該做就是該做，沒什麼好說的。

□

同伴們都在樵夫小屋過夜，米爾娃卻在離小屋遠遠的林子裡，找了塊伐過木的空地生火，一個人獨自坐在那小小的火堆旁。聽到他的腳步聲，她連動都沒動一下。一點動靜都沒有，好像她早就知道他會來一樣。她只是往旁邊移了下，在倒木上讓出一個位子給他。

「怎樣？」她口氣很衝地說，根本不等他開口。「一切都亂了吧，啊？」

他沒有答腔。

「我們出發時，你沒想到會有這種事吧？讓我加入隊伍時，你也沒想到吧？『她出身低，是個沒大腦的村姑又怎樣？』你之前在心裡這樣想過吧？你讓她跟了你走，心裡想：『在路上是沒辦法和她言之有物，不過她也許派得上用場。她身體健康，壯得像頭牛似地，又會射箭，待在馬上不會喊屁股疼，碰到危險也不會嚇得拉一褲子，帶著她肯定派得上用場。』結果她派不上用場，只會礙事，是顆絆腳石。

這個蠢村姑到頭來還是像其他女人一樣！」

「妳爲什麼要跟我走？」他靜靜地問。「爲什麼妳不留在布洛奇隆？妳明明早就知道……」

「我是知道。」她很快地打斷他。「但我是和德律阿得待在一起，她們馬上就會知道哪個女孩有什麼事。在她們面前，騙不了誰。她們比我自己還要早知道……不過我沒想到我的身體會這麼快就撐不住。我以爲可以找機會喝麥角或其他湯藥，而你根本就不會曉得，也不會注意……」

「這沒有那麼簡單。」

「我知道，吸血鬼有和我說過。我拖太久、想太久，也猶豫太久了，現在沒那麼容易解決……」

「我指的不是這個。」

過了一會兒，她說：「該死。你想想，我本來還有亞斯克爾當備案！結果他卻變得越來越勇敢，而他本來是那麼軟弱，根本不習慣吃苦。我本來是想，等他有一天走不下去，我們不得不丟下他，那我就和亞斯克爾一起回頭……結果現在呢？亞斯克爾成了英雄，而我……」

她的聲音突然哽咽。傑洛特擁住了她，並且隨即了解到，那是她一直以來最需要的。布洛奇隆弓箭手的粗獷與強悍頃刻間消失無蹤，只剩下女孩在惶恐之際不斷顫抖的纖弱柔軟。不過這份不斷延續的沉默，卻還是由她來打破。

「你那時候和我說過……在布洛奇隆的時候，你說我會需要肩膀依靠；說我會大叫，在黑暗中……現在你就在這裡，我感覺得到你的臂膀搭著我的……但我還是想要大叫……喔、喔……爲什麼你在發抖？」

「沒什麼，只不過想起一些事。」

「我會變成怎麼樣呢？」

他沒有回答，這個問題並不是針對他提出的。

「我爸爸有一次和我說……我們那裡的河邊住了一隻黑蜂，牠在活的毛毛蟲身上產卵，蜂仔從卵中孵化後，就拿毛毛蟲當食物，一點一點地吃著……從裡面開始……現在在我的身體裡，也住著這種東西。在我身上，在我裡面，在我的肚子裡。那個東西在長大，一直長大，會把我活活吃掉……」

「米爾娃……」

「瑪麗亞。我是瑪麗亞，不是米爾娃。我這是哪門子的飛鳶？我是帶著蛋的母鴨，不是飛鳶……米爾娃會和德律阿得一起在戰場上大笑，把箭從血淋淋的屍體上拔起來，畢竟好好的箭頭丟了可惜。要是哪個人還有氣、胸口還在起伏，那她會一刀割斷那人的喉嚨！米爾娃殘酷無情，毫不在乎地取人性命……現在那些人的血在召喚她了。血就像蜂毒一樣，從裡面開始把瑪麗亞吃掉。瑪麗亞要替米爾娃付出代價。」

傑洛特一句話也沒說，因爲他不知道該說什麼。女孩緊緊地依偎在他肩膀上。

「我把突擊隊帶進布洛奇隆，」她小聲地說：「帶到火燒地去，那是六月的事，仲夏節前的星期天。我們遭到追捕，和對方打了起來，我們騎著七匹馬逃了出來：五個男精靈，一個女精靈，還有我。當時我們離絲帶河大概還有半哩，可是前面有騎兵，後面也有騎兵，四周烏漆抹黑，又是泥地，又是沼澤……我們得讓馬喘口氣，也讓自己喘口氣，所以晚上我們就躲進了柳樹林。那時候，女精靈二話不說就脫了個精光，躺到地上去……然後一個男精靈先走向她……我整個人都傻了，根本不知道要怎麼辦……是要走開還是假裝沒看到？我整個人頭昏腦脹，結果那個女精靈突然對我說：『誰知道明天會怎樣？是誰過得了絲帶河，誰會在地上趴著？恩卡米內。』她是這麼說的，一點點愛。她是這麼說的，只有這樣才能戰勝死亡，還有恐懼。他們害怕，她害怕，而我也害怕……所以我也脫了個精光，在旁邊躺下，把馬毯墊在背下……當第一個精靈抱住我的時候，我的牙齒都開始打顫，因為我沒有準備、怕得要命，而且口乾舌燥……不過他很聰明，畢竟他是精靈，只是看起來很年輕……他很聰明……很體貼……身上有青苔的味道，有草和露水的味道……等到了第二個，我就自己朝人家伸手……主動招呼……一點點愛？鬼才知道這當中愛有多少，恐懼又有多少，不過我很確定，絕對是恐懼比較多……因為那個愛雖然裝得很像，但畢竟是裝的，就像市集裡的遊戲一樣，就像是耶誕節的耶穌誕生劇一樣。因為在耍木偶戲的時候，要是演員夠厲害，你就會忘了什麼是假的，什麼是真的。可是恐懼還在，真真實實。」

傑洛特沒有說話。

「不過我們還是沒能戰勝死亡。清晨的時候，我們都還沒走到絲帶河，就有兩個精靈被殺了。活下來的那三個，我後來再也沒有見過。我母親和我說過，女人家都會知道自己肚子裡裝的是誰的種……可是我不曉得啊。我甚至不知道那些精靈叫什麼，要怎麼知道是哪個？你說啊，我要怎麼知道？」

傑洛特依舊沉默。他讓自己的臂膀代他說話。

「話說回來，知道又有什麼用？吸血鬼馬上就會把麥角準備好……然後你們就會把我留在哪個村子裡……不要，什麼都不要說，閉嘴。我了解你，你甚至連你那匹不聽話的馬都不會丟，雖然你一直威脅牠，不過你不會丟下牠，不會把牠換掉。你不是那種會把人拋下的人。可是現在你必須要這麼做。喝過麥角，我就上不了馬。不過你聽著，等我好了，我就會追著你們的腳步出發。因爲我要你找到你的奇莉，獵魔士。我要你在我的幫助下找到她，把她帶回來。」

「妳是因爲這樣才要跟我走。」他揉著額頭說。「這就是原因。」

她垂下了頭。

「妳就是因爲這樣才和我一起上路。」他又說了一次。「妳上路是爲了要幫忙去救別人的孩子。妳想還債，想還這筆妳在出發時就打算欠下的債……用自己的孩子來換別人的孩子。我承諾過在妳需要時幫助妳，米爾娃，但我幫不了妳。相信我，我幫不了。」

這次換她沉默了，但他沒辦法停止。他不得不開口。

「那個時候，在布洛奇隆裡，我對妳欠下了債，而且發過誓要把這筆債還清。我眞是太不理智了，太愚蠢了。妳在我急需幫助時伸了手，這種債根本就還不了。沒有價錢的東西是不可能還得了的。有些人認爲，在這世上每個人一定都有個價錢。這不是眞的。有些東西就是沒有價錢，而這就是無價之寶。這種東西很好認，因爲一旦失去了，就再也要不回來。我自己就失去過很多這種東西。就是因爲這樣，今天的我，幫不了妳。」

「你已經幫了我了。」她這麼答道，態度非常平靜。「你甚至不知道自己幫了我。現在，拜託，你走吧，讓我自己一個人。走吧，獵魔士。在你把我的世界整個打亂以前，你走吧。」

□

當他們在破曉繼續上路時，米爾娃到前頭領路，一臉平靜，面帶笑容。而當騎在她後頭的亞斯克爾彈起魯特琴時，她便和著旋律吹起口哨。

傑洛特與雷吉思兩人負責殿後。走到一半，吸血鬼看向獵魔士，然後笑了笑，一臉讚賞和欽佩地對他點了點頭，沒說半句話。然後，吸血鬼從自己的藥包裡拿出一個黑色小瓶子給傑洛特看。他再度笑了笑，把那小瓶子用力丟進了樹叢裡。

獵魔士一句話也沒說。

□

當他們停下來給馬喝水的時候，傑洛特把雷吉思拉到僻靜的地方。

「計畫改變。」他簡短地說。「我們不走惡斯及。」

吸血鬼轉動著他的黑色眼珠，沉默了一會兒。

最後，他終於開口：「我要是不知道你身爲獵魔士，只有眞正的危險才能讓你害怕，會以爲你把瘋女人的胡言亂語給當眞了。」

「不過你知道，所以你會用比較有邏輯的方式去思考。」

「當然。不過我想請你注意兩件事。第一，米爾娃現在的狀況並不是生病或受傷。當然，這女孩得要照顧自己，不過她十分健康、行動自如。要我說，她現在的行動力甚至更好，賀爾蒙……」

「不要再用這種自以爲高人一等、教訓人的口氣說話。」傑洛特打斷他。「我開始火大了。」

「剛剛說的，」雷吉思繼續道：「是我想提的兩件事之一。現在我要說第二件：要是米爾娃看出你對她過度照顧，發現你對她小心翼翼，像對一顆蛋那樣地戰戰兢兢，那她一定會氣得發瘋。然後她只會感受到壓力，而壓力對她來說絕對是不適合的。傑洛特，我不想說教，只想講道理。」

傑洛特沒有答腔。

「還有第三件事。」雷吉思補充說道，兩眼依舊不停打轉。「我們之所以要走惡斯及，不是因爲我們對那裡有特別偏好或想尋求冒險刺激，而是因爲必須這麼做。這些山頭上到處是軍隊，而我們得去卡耶度。我以爲這件事很緊急，而你很在乎能否盡快獲得資訊，好出發去救你的奇莉。」

「我確實在乎。」他別開臉。「非常在乎，我想把奇莉救回我身邊。不久前，我還想著要不計一切代價。可是不行，不能是這個代價。這個代價我付不起，我不同意去冒這個險。我們不走惡斯及。」

「有其他方案嗎？」

「亞魯加河的另一岸。我們往河的上游走，遠遠避開沼澤，等到了卡耶度對岸再過河。要是難度太高的話，那就我們兩個自己渡河去找德魯伊。我會渡水過去，而你就變成蝙蝠用飛的。你幹嘛這樣看我？河水對吸血鬼有害也是另一個迷思與迷信不是嗎？還是是我想錯了？」

「不，你沒有想錯。不過我只有在滿月時才能飛。」

「不過就兩個禮拜。等我們到了該去的地方，就差不多會是滿月了。」

「傑洛特，你還眞是個怪人。」吸血鬼在說話的同時，目光依舊盯著獵魔士。「別誤會，這句話沒有貶意。那好吧，我們就放棄惡斯及這個對身體狀況改變的女性來說有危險的地方吧。我們就過去亞魯加的另一岸，你覺得比較安全的那一邊吧。」

「我懂得如何評估風險。」

「我一點也不懷疑。」

「對米爾娃和其他人一句話都別說。要是他們問起，就說這在我們的計畫之內。」

「當然，我們開始找船吧。」

□

他們並沒有找很久，找到的東西更是出人意表。他們找到的不是小船，而是渡船。這艘渡船被藏在柳樹間，用樹枝及綑綑蒲草巧妙地蓋住，而洩露渡船位置的，是把船綁在左岸的繩子。

一併找齊的還有船夫。當他們策馬趨近時，那船夫迅速躲進樹叢中，不過米爾娃注意到他，揪著領子，把他從茂密的樹叢裡給拖了出來，連帶把他的幫手也擺平了。那幫手是個身材壯碩，肩膀魁梧得像移山力士的男子，而他的臉看起來是個十足十的白痴。船夫嚇得直發抖，兩隻眼睛就像空糧倉裡的老鼠般不斷打轉。

在他知道他們要自己做什麼後，哀怨地表示：「去對岸？門兒都沒有！那邊是尼夫加爾德的土地，而且現在在打仗！要是被他們逮到，就會被插到木樁上！我不去！你們殺了我吧，我不去！」

「我們可以殺了你。」米爾娃咬牙切齒。「也可以先把你毒打一頓。你那張嘴要是再打開一次，我就讓你見識見識我們的能耐。」

吸血鬼用目光穿透船夫，說：「打仗肯定對走私沒有影響，是吧？好心人，畢竟你刻意把渡船綁在這裡，老遠地避開尼夫加爾德與各國稅站，做的就是這門生意，我沒想錯吧？所以動手吧，把船推下水。」

「這樣比較明智。」卡希也添了一句，手裡還不斷撫著劍首。「你要是再推託，我們就自己過河，你沒跟著去的話，到時候你的渡船就會留在對岸，要想把它拿回來，就得像隻青蛙一樣游過去了。不過現在你可以跟我們一起渡河，然後再回頭。要擔心也只擔心一個鐘頭，回頭你就忘了。」

「你這驢蛋，再囉唆，我就把你打到趴在地上，讓你到冬天都忘不了我們！」米爾娃再度粗聲說。

船夫忖度了下當前這個不容他置喙的嚴峻情勢，決定讓步。不久後，一票人便都上了渡船。有些馬，尤其是小魚兒，頑強抵抗、不願登船，不過船夫和他那一臉蠢相的幫手，用棍棒與繩索猛拉馬兒。從他們引渡的方式看來，這不是他們第一次運偷來的馬過亞魯加河。傻大個轉動渡船的明輪，渡河航程就這麼展開了。

當他們來到河道寬淺處時，微風徐徐吹來，讓大夥的心情都好了許多。橫渡亞魯加河這件事，就好像鮮明的嶄新階段，代表旅程的進展。他們前方就是屬於尼夫加爾德的河岸、邊境、界線。所有人都雀躍不已。就連船夫那個蠢幫手也感受到這股氣氛，突然開始吹起口哨，編出某種不成調的旋律。傑洛特也感覺到一股奇異的欣喜，好似奇莉馬上就會從左岸的赤楊林裡冒出來，看著他開心地大叫。

不過大叫的人卻是船夫，而且一點都不開心。

「眾神啊！我們完了！」

傑洛特朝他指的方向看過去，咒罵了聲。上方岸邊的赤楊林裡，兵器晃晃、馬蹄隆隆。沒一會兒，左岸的渡輪碼頭便被一票騎兵包圍。

「黑衣軍！」船夫丟下船舵，臉色慘白地大叫起來。「尼夫加爾德人來了！完蛋了！眾神啊，救救我吧！」

「亞斯克爾，把馬拉好！」米爾娃大聲吼著，同時試著以單手將弓抽出弓鞘。「把馬拉好！」

「這不是帝國部隊。」卡希說。「我覺得不像……」

他的聲音被碼頭上吶喊的騎軍和船夫的吼叫給蓋過。蠢幫手被船夫一吼，趕忙抓起斧頭用力一揮，順著勢頭將斧刃砍在纜繩上。船夫拿起第二把斧頭幫他。碼頭上的那群騎士注意到這點，也開始大聲喊叫。有幾名騎士策馬入河，抓住纜繩。有些則直接跳入水中，往渡船的方向游去。

「別砍纜繩！」亞斯克爾大叫。「這不是尼夫加爾德軍！你們別砍……」

不過，一切都太晚了。被砍斷的纜繩被捲入水中，使船身微微轉向，開始往下游流去。岸邊的那批騎兵看著他們且吼叫著。

「亞斯克爾說得對。」卡希鬱鬱說道。「他們不是帝國軍……他們在尼夫加爾德那岸，不過不是尼夫加爾德軍。」

「當然不是！」亞斯克爾拔高聲音。「我會看徽記啊！那是老鷹和鑽石！利里亞的標記！那是利里亞的星散兵！喂，那邊的人……」

「笨蛋，躲到船邊啦！」

就像平常一樣，詩人沒有聽從警告，反而想要弄明白當前的情況。就在那時，空氣中響起箭嘯。部分飛箭重重射到船舷上，部分則高高飛過他們掉進水裡。兩支筆直地飛往亞斯克爾，不過獵魔士已經握劍在手，跳出來將兩支箭都擋開。

「偉大的太陽啊！」卡希驚呼。「他擋……他擋掉了兩支箭！太厲害了！我從沒看過這種事……」

「以後也看不到了！這是我這輩子第一次擋掉兩支箭！到船邊躲好！」

然而，碼頭上的騎兵在看到流水將慢了下來的渡船推向他們那岸後，便不再朝他們射箭。他們搶入河水，在馬匹身側激起朵朵水沫。渡輪碼頭上擠滿隨後跟來的騎兵，人數至少有兩百人。

「幫忙啊！」船夫叫了起來。「各位先生，快去拿竿子啊！河水要把我們帶到岸邊去了！」

他們馬上動作，所幸，船上的竿子也夠多。雷吉思和亞斯克爾抓住馬，米爾娃、卡希和獵魔士跑去幫船夫和他的蠢助手出力。渡船被五根竿子一推，轉了向，開始加快速度，快速朝水流中央駛去。岸邊的士兵再度吶喊，再度把弓舉起，幾道箭嘯再度響起，一匹馬狂野嘶鳴了聲。幸好，渡船搭上較強的水流，快速駛開，離岸邊越行越遠，出了弓箭的射程。

現在他們順著河道中央，也就是水流寬淺的部分行駛。渡船像糞坑裡的屎一樣打轉，馬匹紛紛踏腳鳴叫，把緊抓韁繩的亞斯克爾與吸血鬼東拉西扯。岸邊的騎兵大聲叫囂、揮拳恫嚇。傑洛特突然注意到他們當中一個白馬騎士，正揮著劍對眾士兵下達指令。過了一會兒，這支騎軍便退進林中，沿著他們上方的水岸奔去。鎧甲在岸邊茂密的樹叢中閃閃發亮。

「他們不會放過我們。」船夫說得哀怨。「他們知道過彎後，急流會把我們再推向岸邊……各位尊貴的先生小姐啊，你們可要把竿子準備好啊！等水把我們轉向右岸，就要幫這條船一把，要壓過水流登上岸……不然我們就慘了……」

他們一邊打轉，一邊微微漂往右岸，朝著又高又陡、插滿歪斜松樹的坡面而去。左岸，也就是他們駛離的那一邊，趨爲平緩，以半圓沙岬之姿沒入河水。騎兵策馬躍入沙岬，一股腦衝進水中。沙岬處顯然是片淺灘，是片沙洲，因此在水深淹及馬腹之前，騎兵已跨越河面好一大段。

「他們會走到射程範圍。」米爾娃鬱鬱地評估道。「你們要躲好。」

箭嘯再度響起，有些還重重釘入甲板。不過從沙洲反彈的水流，很快將船抬起，轉向右岸的急彎。

「就是現在，拿竿子！」發著抖的船夫呼喚道。「快啊，我們要在急流把我們捲走之前登上岸！」

事情並沒有那麼簡單。水流很強，水深很深，而渡船很大、很重、很不靈巧。一開始，船對他們的施力根本沒反應，不過最後竿子還是發揮的作用，用力頂住河底。看起來好像會成功，米爾娃卻在這時突然放掉長篙，一言不發地指著右岸。

「這一次……」卡希抹掉額上的汗水。「這一次就眞的是尼夫加爾德沒錯了。」

傑洛特也看見了。突然出現在右岸的這群騎士，身上繫了黑綠色披風，身下的馬匹則戴著特有的眼罩轡頭。他們至少有一百人。

「我們這下是眞的完蛋了……」船夫哀怨地說。「我的媽喔，這是黑衣軍啊！」

「竿子！」獵魔士大吼。「快撐竿子，往水流去！快離開岸邊！」

事情再次證明了沒有那麼簡單。右岸底下的水流很強，直接把渡船推至高聳的斷崖下，尼夫加爾德人的吶喊就從那上頭傳來。傑洛特憑著長竿站了一會兒，然後往上瞧，看見頭上的松樹枝。一支飛箭從斷崖射下，幾乎筆直插進甲板，離他兩步。另一支箭射往卡希，被他揮劍擊開。

米爾娃、卡希、船夫及他的幫手不再從河底撐船，而是從岸邊，從斷崖把船撐開。傑洛特把劍丟下，抓起長竿跟著去幫忙，而渡船開始漂往水流寬淺處。不過，他們仍舊離右岸太近，尚未脫險，而追兵正騎著馬沿右岸追來。不過就在他們來得及離開前，斷崖已經來到盡頭，尼夫加爾德人下到了地勢平坦的蘆葦岸。空氣中響起呼嘯的箭聲。

「找掩護！」

船夫的幫手突然怪異地咳了幾聲，手上的長篙也掉入水中。傑洛特看見染血的箭鏃與四吋長的箭桿從他背後穿出。卡希的紅棕馬高舉雙蹄，擺動中箭的頸子，痛苦地嘶鳴，撞倒亞斯克爾，跳出船舷。其他馬匹也叫了起來，互相推擠，渡船因馬蹄踏動而晃了起來。

「你們把馬抓好！」吸血鬼大叫。「抓……」

他突然打住，背倒船舷，坐了下來，把頭低下。一支黑羽箭從他的胸口穿出。

這一幕米爾娃也看到了。她怒吼一聲，抓起弓，把箭袋裡所有的箭都倒在腳邊，並開始射擊。她的速度很快，一箭接著一箭，沒有一箭失誤。

岸邊陷入一片混亂，尼夫加爾德人退往森林，把陣亡的士兵與尚在哀號的傷兵都丟在蘆葦叢中。躲進叢林中的那些士兵依舊持續射箭，不過箭鏃幾乎已碰不到他們，湍急的水流把他們帶往河流中央。這樣的距離對尼夫加爾德弓箭手來說，已經出了射程。不過，對米爾娃來說就不是這麼回事了。

那群尼夫加爾德人中，突然出現一名身上繫了黑色披風，頭戴凜凜黑翅盔的軍官。那人又吼又叫，不斷揮舞鎚矛，並且指著下游方向。米爾娃站得更開了些，把弦再往嘴邊拉近，快速地瞄準。一支箭在空氣中呼嘯而過，鞍上那名軍官往後一仰，倒在撐住他的幾名士兵手上。米爾娃再度拉緊弓，放掉指間的弓弦。撐住尼夫加爾德軍官的其中一名士兵痛苦萬分地叫出聲，從馬上摔了下來。餘下眾人紛紛消失在樹林中。

「這幾箭射得眞是高明。」雷吉思從獵魔士的背後平靜地說。「不過你們最好拿起長篙。我們離岸邊還是很近，而河水正把我們帶往淺水區。」

弓箭手與傑洛特轉過了身。

「你還活著？」他們同聲問道。

吸血鬼將黑羽箭桿拿給他們看，說：「你們以爲隨便一截棍子就能傷到我嗎？」

他們沒時間訝異。渡船在水流中再度轉向，駛往河道寬淺處。不過，彎道再度出現沙洲與淺灘，而岸邊則因爲尼夫加爾德人而呈現黑鴉鴉的一片。部分尼夫加爾德人驅馬入河，拉弓準備。所有人趕忙抓起長竿，就連亞斯克爾也包含在內。由於眾人合作的關係，很快地，長竿便不再抵著河底，渡船被水流帶到了深槽。

「好了，」米爾娃丟下長篙，喘著氣說。「現在他們已經追不上來了……」

「有人跑到沙洲了！」亞斯克爾伸手指著。「他拉弓要射箭了！快躲起來！」

「他射不到。」米爾娃冷冷地下了評論。

一支箭噗咚一聲，落入了離船頭二嗙的水中。

「他又拉弓了！小心啊！」吟遊詩人往船身外看了一眼，又大聲嚷道。

「他射不到。」米爾娃一邊調整左邊的護臂，又說了一次。「那把弓是好，不過弓箭手像個跛腳貓。他太急了，射完箭就抖一下，像個屁股兩團肉中間被蝸牛爬進去的娘兒們，抖啊抖的。你們把馬抓好，免得哪匹把我給踢了。」

這一次，尼夫加爾德人射高了，那支箭嗖地一聲，從渡船上方掠過。米爾娃舉起弓，邁開大步站著，快速拉弦就臉，然後輕輕一放，姿勢甚至絲毫不移。尼夫加爾德人像遭雷擊一般摔入水中，開始隨波逐流。他的黑色披風像顆氣球般地鼓了起來。

「這樣射才對。」米爾娃放下了弓。「不過他現在學太晚了。」

「剩下的人追上來了。」卡希指著右岸。「我保證他們不會放棄追逐。米爾娃射下他們的軍官後，他們不會放棄的。這條河彎彎曲曲，等到了下一個彎道，流水又會把我們推向他們那一岸。他們知道這點，會在那裡等著……」

「不過現在我們還有另一個麻煩。」跪在地上的船夫把被殺掉的幫手丟到一邊，站起身哭喪著臉說。「河水現在正把我們往左岸推……眾神啊，我們現在是蠟燭兩頭燒啊……各位尊貴的先生、小姐啊，這一切都是你們的錯！你們會有報應的……」

「閉上你的鳥嘴，快去撐篙！」

在左方那平坦且現在離他們較近的河岸上，聚集了一堆騎兵，亞斯克爾判定他們為利里亞的游擊兵。他們高聲吶喊，舉手揮舞。傑洛特注意到他們當中一名坐在白馬上的騎士。他覺得那是名女性，不過不大確定。那是名髮色很淺的女子，她身著鎧甲，但沒戴頭盔。

「他們在叫什麼？」亞斯克爾豎起耳朵。「好像是說女王還什麼的？」

左岸的吶喊聲又更大了，鐵器撞擊的聲音清楚可聞。

「這是場戰役。」卡希簡潔下了評論。「你們看，帝國軍從林子裡殺出來，北地林格兵則逃給他們追。現在他們被困在陷阱裡了。」

「而這個陷阱的出路，」傑洛特朝水裡啐了一口。「就是這艘船。照我看，他們想讓他們的女王和政要脫困，讓他們搭這艘船到對岸。而我們劫持了這艘船，噢，現在他們可不喜歡我們了，哦不……」

「他們應該要喜歡才對。」亞斯克爾說。「渡船救不了任何人，只會把人直送到右岸的尼夫加爾德人手上。我們也避開右岸吧。和利里亞人可以試著談條件，不過黑衣軍可是會把我們活活打死，絕不留情……」

米爾娃也朝水裡吐了一口口水，看著逐漸遠離的唾沫，下了評斷：「河水現在把我們越帶越快，而且我們走的是深槽中央。他們可以去吃屎了，這邊和那邊的都一樣。這些彎道都不急，兩邊的河岸也很平，而且全都被柳樹蓋住。我們就一直往亞魯加河駛下去，他們追不上我們，很快就會覺得沒意思了。」

「狗屁。」船夫發著牢騷。「前面是『紅漂木』……那裡有橋！還有淺灘！船會卡住……要是他們趕過我們，就會在那裡等……」

「北地林格不會趕過我們。」船尾的雷吉思指向左岸。「他們有自己的問題。」

的確，右岸已經展開了一場激戰，戰鬥多隱在森林中，只能從對戰中的吶喊推測交鋒的事實。不過在靠近水岸的許多地方，黑衣與彩衣騎士揮劍相對，屍首接二連三地摔入亞魯加河的水流中。戰場上的鼓譟與鐵器敲擊聲越來越小，渡船穩穩地往下游流去，但也保持了相當的速度。

他們行駛在水流中心，茂密叢生的兩岸沒看見任何武裝士兵的蹤影，也沒聽見追逐的聲音。當他們看見一條搭在左右兩岸的木橋就在眼前，傑洛特開始懷抱希望，這一切會有個好結局。河水在橋下的沙洲與河島間流動，木橋的其中一根支柱，就撐在其中最大的河島上。右岸是漂木點，他們看見成堆樹幹、四尺見方的木材，以及一堆堆木塊。

船夫喘著氣說：「那邊水都很淺，只有中間才過得去，要走那座島的右邊。流水現在就是把我們往那裡帶，不過你們把竿子抓好，要是我們卡住，就派得上用場……」

「那座橋上，」卡希用手掌遮在眼睛上方。「有軍隊，橋上和漂木點那裡都有……」

此時，所有人已經看見那支軍隊，也看見一支穿著黑綠色披風的騎軍，是如何從漂木點後方的林子裡跳出來攻擊那支軍隊。他們已經近到可以聽見戰鬥的吶喊聲。

「是尼夫加爾德。」卡希不帶感情地說出自己的看法。「先前追我們的那支軍隊。這麼看來，橋上的那些就是北地林格……」

「快去拿竿子！」船夫嚷著。「趁他們打起來，我們說不定能溜過去！」

他們並沒有溜過去。當橋上突然重重響起士兵跑步聲時，表示他們已經非常接近那座橋了。那些士兵穿的鎖子甲上都罩著飾有紅鑽的白色徽服。他們大部分都持有弩弓，並把弓靠在橋欄上，瞄準不斷接近木橋的渡船。

「各位，別放箭！」亞斯克爾扯著嗓子大叫。「別放箭，我們是自己人！」

那些士兵沒有聽見，又或者他們不想聽見。

弩弓萬箭齊發，但效果卻很淒慘。船上的人，只有還在努力撐篙的船夫一人被射中，弩箭直接穿過他的身體。卡希、米爾娃與雷吉思及時躲到了船舷下。傑洛特抓起劍擋掉一支，但射過來的弩箭有許多支。還在揮手大叫的亞斯克爾沒有中箭，這只能說是個無法解釋的奇蹟。不過這陣箭雨眞正展開屠殺的對象，卻是那群馬匹。一匹沒被拴住的灰馬中了三箭，跌跪甲板。米爾娃的黑馬四蹄一踢，倒了下來，雷吉思的棗馬也跟著倒下。小魚兒肩胛中箭，高舉前蹄，跳出船舷。

「別放箭——！」亞斯克爾喊得聲嘶力竭。「我們是自己人！」

這回見效了。

受水流牽引的渡船撞上沙洲，發出刮碰的聲響，船也因此停了下來。爲了躲避受驚馬匹的慌亂蹄步，所有人都跳到島上或水裡。米爾娃是最後一個，因爲她的動作突然慢得嚇人。她中箭了。看著女孩不甚俐落地爬過船舷，虛軟無力地在沙上掙扎，獵魔士心裡如是想著。他朝她跳了過去，不過吸血鬼的動作卻快過了他。

「我身體裡有個小東西掉了。」女孩說得非常緩慢，而且神色勉強。然後，她把手壓到胯下。傑洛特看見她毛褲的褲管顏色因染血而轉深。

「把這個倒到我手上。」雷吉思從袋子裡掏出一個小瓶子給他。「把這個倒到我手上，快點。」

「她怎麼了？」

「她小產了。把刀給我，我得把她的衣服割開。到一邊去。」

「不，我想要他在我身邊。」米爾娃說。

淚水滑過了她的臉頰。

他們頭上的木橋，被士兵的鞋子踏得隆隆作響。

「傑洛特！」亞斯克爾大叫。獵魔士在瞧見吸血鬼對米爾娃所做的事後，困窘地轉過了頭，看到穿著白色徽服的士兵匆忙跑過木橋。右岸那頭，一直可以聽見從漂木點傳過來的吶喊聲。

「他們跑了。」亞斯克爾喘著氣說，並且扯住他的袖子直跳腳。「尼夫加爾德人已經到右邊橋頭了！那裡還沒打完，可是大部分的士兵已經急著往左岸逃了！你聽到了嗎？我們也得快點逃啊！」

「我們沒辦法逃。」他咬住牙。「米爾娃流產了，她沒辦法走。」

亞斯克爾咒罵了聲。

「那就用抱的。」他大叫。「這是唯一的機會……」

「不是唯一。」卡希說。「傑洛特，上橋。」

「幹嘛？」

「我們把逃跑的士兵攔下來以拖延戰事。要是那些北地林格在右邊橋頭撐得夠久，也許我們就能成功從左邊溜走。」

「你要怎麼攔下逃兵？」

「我是帶過兵的人。快爬梁上橋！」

橋上，卡希當場證明自己確實有壓制軍中恐慌的經驗。

「往哪逃？你們這群王八蛋！往哪逃？你們這群狗娘養的！」他大聲吼著，每吼一聲，就揮出一拳，加強聲勢，把一個個逃兵打倒在木橋踏板上。「站住！你們這群該死的混蛋，站住！」

逃兵中有些人——離總人數還差得很遠——被卡希的怒吼與他大動作揮舞出的劍光嚇住，停了下來。其他人試圖溜到他背後，不過傑洛特已經拿起劍，加入這場表演。

「哪裡去？」他斥喝一聲，伸手用力一抓，把其中一名士兵釘在原地。「哪裡去？站住！給我回去！」

「尼夫加爾德啊，大人！」步兵叫著。「那邊在大開殺戒！您讓開啊！」

「懦夫！」正爬上橋的亞斯克爾大吼一聲，那是傑洛特未曾聽聞的語調。「一群膽小的懦夫！膽子小得像兔子一樣！你們要跑、要保住小命嗎？你們這群不要臉的傢伙，這輩子都要在恥辱中度過嗎？」

「騎士大人，他們太厲害了！我們打不過啊！」

「百夫長被他們殺了……」另一名人也擠出了話。「十夫長也都跑了！我們要死了！」

「我們這是去送死啊！」

「你們的同伴還在橋頭和漂木點打仗！」卡希揮著劍大吼。「他們還在奮戰！誰不去幫忙，就是無恥！跟我來！」

「亞斯克爾，下去河島。」獵魔士壓著嗓子說。「你和雷吉思要想辦法把米爾娃送到左岸。快啊，你還站在這裡幹什麼？」

「兄弟們，跟我來！」卡希揮劍大喊。「誰信天神，就跟我來！去漂木點！衝啊！殺！」

十幾名士兵晃了晃兵器，高聲吶喊，不過聲音裡傳達出的決心卻是程度各異。這十幾個人，是那些逃兵當中的一部分，因羞恥而回頭加入這支橋上成軍的部隊，這支突然間由獵魔士與尼夫加爾德人卡希領導的部隊。

這支部隊或許真的會挺進漂木點，不過橋頭那邊，突然被一支騎軍的披風染成一片黑。尼夫加爾德人已經打破防線，攻上木橋，陣陣馬蹄在橋面重重踏響。被攔下的士兵中，有部分再度臨陣脫逃，有部分停下腳步不知如何是好。卡希咒罵一聲，說的是尼夫加爾德話。不過除了獵魔士外，沒有任何人注意到。

「事情既然開了頭，就得做到完。」傑洛特握緊手中劍，粗聲說道。「我們上！我們的部隊得要有人先煽點火才行。」

卡希停了下來，不太確定地看著他，說：「傑洛特，你要我……要我去殺自己人？我不能……」

「我去他的狗屁戰爭。」獵魔士咬牙切齒。「可現在的重點是米爾娃。是你自己要加入我們，現在做決定吧。是要跟我走，還是要站到繫黑色披風的那些人那邊。快！」

「我跟你走。」

結果事情演變成獵魔士與和他聯手的尼夫加爾德人，同時狂嘯一聲，揮著劍跳了出來，沒有半分猶豫。這兩個夥伴、戰友、同志就這麼迎向他們共同的敵人，迎向這場差距懸殊的戰役。而這就是他們的火之洗禮，一場共戰、共憤、共狂與共亡的洗禮。他們兩個是去送死，他們是這麼想的。畢竟，他們不可能知道，那一日，在那座橫跨亞魯加河的橋上，不是他們的死期。他們不知道自己的死期另有定數，在別的地方、別的時間。

尼夫加爾德人兩手的袖子上都繡了嚇人的銀蠍。卡希舉起自己的長劍快速刺了兩下，解決兩名尼夫加爾德人；傑洛特揮出夕希爾，同樣砍下兩人。然後，傑洛特跳上橋欄，一路快跑攻向其餘尼夫加爾德人。他是名獵魔士，保持平衡對他來說根本不算什麼，不過他的特技表演，卻讓發動攻擊的尼夫加爾德人感到驚異。而他們死的時候，也是相同感覺，鎖子甲對矮人之劍來說，就和毛線沒有兩樣。濕滑的木橋踏板與墊木，灑上了飛濺的鮮血。

在一旁觀看將領展現壓倒性軍事力量的橋上部隊，這時已聚集許多人，他們一同高聲吶喊，在那之中，可以聽出漸漸返回的士氣，與慢慢凝聚的戰魂。結果情況演變成，早先還恐慌不已的逃兵成了好鬥的狼群，以長劍與戰斧砍殺，以長槍戳舉，以鎚矛與長戟刺擊，一路衝向尼夫加爾德人。橋欄斷裂，繫著黑色披風的騎士連人帶馬，紛紛落水。高聲吶喊的部隊打出橋頭，還不斷推擠他們前方的臨時將領傑洛特與卡希，不讓他們做想做的事；而他們本想悄悄後退，回頭去找米爾娃，然後偷偷摸上左岸。

漂木點那頭，打鬥聲激昂萬分。尼夫加爾德人將沒逃走的士兵團團圍住，把他們和木橋切開，而那些士兵則用雪松與松木塊做成路障，進行頑強抵抗。見到救援往他們而來，這群人數寥寥的守兵歡呼出聲。不過，這些歡呼來得有些輕率，也有些過早了。排成楔型的援軍把尼夫加爾德人推掃下橋，不過現在來到橋頭，卻遭到敵軍的側翼反攻騎軍攻擊。路障與漂木點上四尺見方的木塊堆阻斷了他們的後路，但也擋下騎軍的衝擊，若非如此，這些步兵在轉眼間便會被擊潰。倚在這些木堆上的士兵，開始展開激烈攻擊。

對傑洛特來說，這是一種他不知道的全新戰鬥方式。在這樣的戰鬥中，擊劍技巧與步伐完全派不上用場，只有雜亂無章地砍殺，與無止盡地抵擋從四面八方而來的攻擊。不過，即使有些名不正、言不順，他還是可以借用身為將領的優勢——士兵們聚在他身邊，為他抵禦身側、防守後背，為他清除前方障礙，理出一塊可以讓他盡情揮擊砍殺的地方。不過周圍的人越來越多，傑洛特與他的部隊不知道自己是從什麼時候開始，與浴血疲憊、大部分是矮人傭兵的路障守軍並肩作戰。他們環成一圈進行對抗。

接著，一道烈火燃起。

路障的其中一側，是一個宛如刺蝟的松木堆，就位在漂木點與木橋之間。這一堆由粗細不一的松樹枝組成的巨大堆體，對馬匹與步兵來說，是個無法克服的障礙。如今，這座松枝堆陷入了火海——有人將火炬塞入其中。守軍遭受濃煙烈焰的攻擊，紛紛後退。視線被阻的他們擠成一團，相互阻礙，開始一個個死在尼夫加爾德人那風暴般的刺殺之下。

這種情形卻讓卡希給挽救了。有過作戰經驗的他，在路障中，沒有讓自己帶的這方人馬圍住自己，他把自己這隊和傑洛特那隊拉開距離。而現在，他回來了，甚至奪下一匹披著黑毯的馬。現在，他揮劍砍擊四周，往側翼攻去。在他身後的，是穿著紅鑽徽服、瘋狂叫囂、趁隙殺入的戟兵與矛兵。

傑洛特疊起手指，將阿爾得之印打在燒得火熱的木堆上。他並沒有預期太大的效果，畢竟他已經有好幾週沒使用獵魔士之藥了。不過，打出的印記還是產生了效果。木堆爆裂開來，散落一地，點點火星也噴射四處。

「跟我來！」他一邊大吼，一邊還不斷斬殺闖入障礙堆中的尼夫加爾德人首級。「跟我來！穿火過去！」

於是，他們就這麼走過去，一邊用長矛撥開仍在燃燒的木堆，一邊將徒手抓到的劍刃丟往尼夫加爾德的馬匹。火之洗禮。獵魔士一邊像個瘋子般不斷砍殺、不斷閃擋，一邊心想。我穿過這道火，該是要爲了奇莉才對。而我卻是在這場我根本就不在意的戰事中，穿火而過。我根本就不了解這場戰事。這場原該爲我淨化的火，卻像平常一樣地燒灼著我的臉和髮。

噴濺的鮮血發出滋滋響聲，化爲水氣。

「士兵們，進攻！卡希！到我這裡！」

「傑洛特！」騎在馬上的卡希再度掃掉一個尼夫加爾德人。「上橋！帶人上橋！我們要加強防線……」

他沒把話說完，因爲一名穿著黑色胸甲、沒戴頭盔、頂著一頭染血亂髮的騎士衝過來撞開他。卡希擋住長劍的刺擊，卻從一屁股跌坐在地的馬上摔了下來。尼夫加爾德人壓低身子，想將他釘在地上。不過那人並沒有這麼做，反倒止住了攻勢。銀蠍在他的臂甲上亮了亮。

「卡希！」他驚呼。「卡希・阿波・凱羅！」

「莫鐵森……」卡希癱躺地面，語調中的訝異不會少於前者。

一名紅鑽徽服已焦黑、燒破的矮人傭兵跑在傑洛特身旁，沒有浪費時間去思索訝異。長矛一揮，刺進尼夫加爾德人的肚子，再把矛桿一推，將那人扔下馬鞍。另一名矮人跳了過來，一腳將厚重的鞋子踩在那人的黑色胸甲上，把矛尖直接刺進那人咽喉。尼夫加爾德人發出重重一聲，口吐鮮血，靴上的馬刺在沙地一犁而過。

同一時刻，獵魔士被某個十分沉重、十分堅硬的物體打中背脊，雙膝癱軟，倒了下來。耳畔傳來勝利的吶喊。他看見那群黑色披風的騎士是如何逃進森林，聽見左岸而來的騎軍是如何用馬蹄踏響木橋。那支騎軍所舉的幡幟上，有一隻被紅鑽圍繞的老鷹。

這場對傑洛特來說十分浩大的亞魯加河奪橋之戰，就這樣結束了。當然，這場戰爭在日後的史書上，沒有半點著墨。

□

「尊貴的大人，您別擔心。」軍醫說道，一邊還替獵魔士敲打按揉背部。「橋已經毀了，對岸那些人追不過來了，您的同伴與那位小姐也安全了。那是您的夫人嗎？」

「不是。」

「喔，我還以為……畢竟這真是太可怕了，大人，戰爭對孕婦造成的傷害……」

「別說了，一個字都別說。這些是什麼幡幟？」

「您不知道您是為了誰打仗嗎？怪了，怪了……這是利里亞的軍隊。您瞧，利里亞的黑鷹跟利維亞的紅鑽。嗯，好了，這只是挫傷。背脊會有點痛，不過這沒什麼，很快就會好的。」

「謝了。」

「是我要謝您才對。要不是您擋在橋上，尼夫加爾德在對面那一岸就會把我們殺了個精光，丟到河裡去。我們不會逃過他們的追殺……您救了女王！好了，大人，再會了。我走了，還有其他人等著我幫忙呢。」

「謝了。」

他坐在漂木點的一根樹幹上，又累又痛，對身旁的一切毫不關心。自己一人。卡希不知跑哪去了。那條橋攔腰斷裂，金綠色的亞魯加河從橋梁柱間流過，夕陽餘暉下，河面閃閃發亮。

他聽見腳步聲、馬蹄聲，還有鎧甲撞擊的聲音，抬起了頭。

「女王陛下，就是他。請讓我協助您下馬……」

「會下。」

傑洛特仰頭一看。他面前站著一名身著鎧甲的女子，髮色很淡，幾乎和他的一樣淡。後來他了解到那髮色並不是淡，而是灰白，只是女子的臉上並沒有歲月的痕跡。很明顯，這是一名成熟女性，不過她並不老。

女子將一條有蕾絲花邊的薄棉手帕按在嘴上。那條手帕上染了許多血漬。

「先生，您快站起來。」站在一旁的騎士，小聲地對傑洛特說著。「還要致敬，這是女王。」

獵魔士站起身，忍著背脊的疼痛，鞠了個躬。

「火住橋的就是你？」

「什麼？」

女子將手帕從嘴上拿開，吐掉一口血，其中幾滴落到了有綴飾的胸甲上。

「利里亞與利維亞的女王蜜薇陛下在問，是否就是您率人英勇地守住亞魯加河那座橋。」身上繫著金色繡花的紫色披風，站在一旁的騎士說道。

「剛好碰上。」

「剛好碰喪。」女王努力想笑出聲，但成效不是很好。她皺起臉，罵了聲，雖然不太清楚，但聽得出來很不雅，接著她又啐了一口。在她還沒來得及把嘴擋住之前，傑洛特看見那可怕的傷口，並注意到女王缺了幾顆牙齒。她捕捉到了他的目光。

「對啊。」她隔著手帕，直直盯著他的眼睛說。「一個不知套哪來特王八套持接從我的垂打下去。掃意思。」

「蜜薇女王，」繫著紫披風的騎士宣告著。「親自上了前線，像個男子，像個騎士一樣，站到了數量驚人的尼夫加爾德軍面前！這個傷口雖痛，卻無損她的風采！而您救了她，也救了我們的部隊。在一群不知名的叛徒佔據了渡船，並將其奪走之後，這條橋變成了我們唯一的救贖。而您英勇地守護了這條橋……」

「歐達，會下。你叫什麼名字？英紅。」

「我？」

「當然是您。」紫衣騎士一臉不善地看著他。「您是怎樣？被打傷了嗎？被砍傷了嗎？傷到頭了嗎？」

「沒有。」

「那女王問您話的時候，您就回答！您有看到陛下嘴上有傷，說話不方便吧！」

「會下，歐達。」

紫衣騎士行了個禮，然後看向傑洛特。

「您的大名？」

算了。他心想。我已經受夠了，就說實話吧。

「傑洛特。」

「來自何方的傑洛特？」

「沒有來自哪裡。」

「沒有受轟？」蜜薇再度用混著血液的唾沫點綴腳下的沙地。

「什麼？沒有，沒有。我沒有受封，女王陛下。」

蜜薇聞言，抽出寶劍。

「跪下。」

他依言照做，心裡依舊無法相信眼下發生的事。他還在想著米爾娃，想著因擔心惡斯及的沼澤而為她選擇的這條路。

女王轉向紫衣騎士。

「我切牙，你來梭轟辭。」

紫衣騎士用著充滿抑揚頓挫的語調背誦封辭：「為你在正義之戰的英勇無雙，為你證明自己的道德、榮譽與對王冠的忠貞，我，蜜薇，受眾神眷顧之利里亞與利維亞女王，以吾之力，以吾之權，賜封你為騎士。對我展現忠誠吧。承此一擊，不再受痛。」

傑洛特感到劍身在他肩上一擊，他看向女王的碧綠雙眼。蜜薇吐掉一口紅稠血水，將手帕覆到臉上，透過蕾絲花邊對他眨了眨眼。

紫衣騎士走向君主，低聲說了幾句。獵魔士聽見「稱謂」、「利維亞之鑽」、「幡幟」及「崇敬」等幾個字眼。

「梭得對。」蜜薇點了點頭。她說話越來越清晰，忍著痛，把舌頭推進掉了牙的空隙。「沒有來自哪裡、勇敢的傑洛特，你和來自利維亞的戰士一起保住了木橋。剛好讓你碰喪了，哈、哈，而我也剛好碰喪，給你這個稱號：來自利維亞的傑洛特。哈、哈。」

「騎士先生，您行禮吧。」紫衣騎士從牙縫中擠出這麼一句。

受封爲騎士、來自利維亞的傑洛特，深深行了一個禮，不讓蜜薇，他的領主見到自己的笑容，那個他抑制不了的苦笑。

《獵魔士長篇3　火之洗禮》完

# 獵魔士 長篇

Vol. 4

AUTUMN 2015

國家圖書館出版品預行編目資料

獵魔士長篇 3 / 安傑・薩普科夫斯基（Andrzej Sapkowski）；
葉祉君譯——初版・——台北市：蓋亞文化，2015.5-
冊；公分.——（Fever；FR042）
譯自：Chrzest ognia
ISBN 978-986-319-146-9（平裝）

882.157　　104003871

Fever 042

獵魔士 長篇 Vol. 3 火之洗禮 Chrzest Ognia

作者／安傑・薩普科夫斯基（Andrzej Sapkowski）
波蘭文譯者／葉祉君　審訂／陳音卉
封面插畫／Alejandro Colucci　地圖插畫／爆野家
封面設計／克里斯
出版／蓋亞文化有限公司
　地址◎台北市103承德路二段75巷35號1樓
　電話◎（02）25585438　傳眞◎（02）25585439
　網址◎https://www.gaeabooks.com.tw
　電子信箱◎gaea@gaeabooks.com.tw
　投稿信箱◎editor@gaeabooks.com.tw
　郵撥帳號◎19769541　戶名：蓋亞文化有限公司
法律顧問／宇達經貿法律事務所
總經銷／聯合發行股份有限公司
　地址◎新北市新店區寶橋路二三五巷六弄六號二樓
　電話◎（02）29178022　傳眞◎（02）29156275
港澳地區／一代匯集
　電話◎（852）27838102　傳眞◎（852）23960050
　地址◎九龍旺角塘尾道64號龍駒企業大廈10樓B&D室
初版九刷／2023年5月
定價／新台幣 350 元
Printed in Taiwan

ISBN／978-986-319-146-9